« Non ha più bisogno né di Dio né di un partito.
O forse ne avrebbe bisogno, ma non sa più trovarli. »

« Ils n'ont plus besoin de Dieu, ni d'un parti.
Ou s'ils en ont besoin, ils ne savent plus où les trouver. »

La Stratégie du lézard

Financé par l'Union européenne.
Les points de vue et avis exprimés n'engagent toutefois que leur(s) auteur(s) et ne reflètent pas nécessairement ceux de l'Union européenne ou de l'Agence exécutive européenne pour l'éducation et la culture (EACEA). Ni l'Union européenne ni l'EACEA ne sauraient en être tenues pour responsables.

Cofinancé par l'Union européenne

*

Cet ouvrage a été traduit avec la contribution du Centre du livre et de la lecture du ministère italien de la Culture.

CENTRO PER IL LIBRO E LA LETTURA

*

Ouvrage publié sous le titre original de
IL COMMISSARIO SONERI
E LA STRATEGIA DELLA LUCERTOLA

www.agullo-editions.com

Conception de la couverture : Cyril Favory
Image de couverture : Vlad Sokolovsky/Shutterstock

Valerio Varesi

La Stratégie du lézard

Traduit de l'italien par
Florence Rigollet

Agullo

CHAPITRE 1

— Juvara, si tu lisais qu'un morceau de coton tombé du quatrième étage avait blessé quelqu'un, ou bien qu'à cause d'une plume, un type serait entre la vie et la mort, ou carrément séché par une crotte de pigeon ?

— Excusez-moi, qu'est-ce que vous dites ? sourit l'inspecteur.

— Tu n'as pas remarqué toutes les infos bizarres qu'on lit dans les journaux, en ce moment ?

Juvara observa Soneri avec perplexité jusqu'à ce que ce dernier ne vienne étaler le quotidien sur son bureau en tapotant du doigt le titre à cinq colonnes : *Une semaine à la neige pour Giancarlo Corbellini*. Et, en dessous : *Sur la Paganella avec les jeunes de la paroisse de la Navetta.*

L'inspecteur lança un regard interrogateur.

— Tu vois ? ça ne t'étonne même pas. Tu es anesthésié.

— Mais, commissaire… bredouilla Juvara, soudain embarrassé.

— Tu réalises où cette ville en est arrivée ? Tu crois que c'est le moment pour le maire d'aller aux sports d'hiver ? Et en plus, il l'annonce publiquement ! Remarque, si tout le monde réagit comme toi… J'espère que des gens s'indigneront !

— Je ne vois pas en quoi c'est choquant, dit l'inspecteur avec un léger haussement d'épaules.

— Mais oui… laissons tomber.

— *Dottore*, excusez-moi de vous le dire, mais, quelquefois, je vous trouve un petit peu moraliste, répondit Juvara en ricanant, désormais habitué aux coups de colère imprévisibles du commissaire.

— Si seulement cette ville pouvait l'être encore un peu ! Elle pue tellement le pourri que si jamais tu te bouches le nez, on te prend pour un puritain, se plaignit-il. (Puis, aussitôt préoccupé, il ajouta :) Tu les vois, tous ces pauvres hères qui passent chez nous ? J'en viens parfois à me demander si c'est juste de les mettre en taule. Tu les punis de quoi ? D'aller braquer des banques alors que les banquiers nous braquent quotidiennement ? Comment tu expliques que les premiers finissent en taule et pas les seconds ?

— Commissaire, ce n'est pas à nous de tenir ce genre de discours, coupa court Juvara. Et puis ce serait trop long à expliquer...

— On dit ça quand on veut laisser tomber, bougonna Soneri.

Puis il se leva d'un bond et sortit du bureau.

Il marcha au pas de charge le long de la via Repubblica au milieu de la foule et en pleine heure de pointe. On eût dit que la ville devait être évacuée, et que des soldats en déroute la parcouraient frénétiquement sans se soucier de ce qui les entourait. Il avait suffi de quelques centimètres de neige pour que la folie gagne tous les parents : les mères harnachées comme des alpinistes au secours de leurs enfants, et les papas, emmitouflés à bord de ridicules 4 × 4 surdimensionnés, grimpés sur les trottoirs ou stationnés sur des plates-bandes pourvu d'être au plus près des marches de l'école. Presse et télévisions s'étaient à ce point acharnées sur les prévisions météo qu'elles avaient provoqué une vague d'hystérie. *Quelle comédie!* s'irrita Soneri à part soi. Lui se souvenait de son enfance dans le quartier Montanara, des chutes de neige autrement abondantes et des batailles qui s'ensuivaient, de la luge sur les rares talus, du chemin vers l'école en quête d'une poudreuse intacte, du crissement sous la semelle, de sa curiosité de retrouver ses traces en revenant chez lui. Dans quel monde vivait-on si l'un des phénomènes les plus naturels de l'hiver devenait un obstacle insurmontable ?

Angela lui avait plusieurs fois reproché ses humeurs. Elle lui disait qu'il n'avait pas le sens du temps. Dans ces cas-là, il rétorquait que ça n'était pas lui l'inadapté, plutôt le monde qui allait de plus en plus mal, gâché et déprimant, insupportablement indifférent. Il retrouva un peu de calme dans le silence du piazzale dei Servi et s'arrêta pour contempler un sapin chargé de neige. D'un coup, face à cet arbre, il effaça la rue, la foule, la ville entière, comme si lui aussi était au sommet de la Paganella. Ce fut à cet instant que le maire lui revint en tête.

Il n'avait jamais su que Corbellini skiait. Tellement tiré à quatre épingles, avec ses brushings impeccables et ses complets aux sobres coloris anglais, il donnait toujours l'air de marcher sur des œufs comme s'il traversait une bande de verglas. Il ne ressemblait pas du tout à un sportif. Et puis avec les jeunes de la Navetta, ce quartier de périphérie jadis peuplé de pauvres gens relogés dans des baraquements, accueillant à présent des cités HLM occupées par les immigrés, avec leurs balcons décorés de linge coloré à sécher. Curieuse journée, en vérité : la neige et le chaos, cette fausse agitation, Corbellini sur un tire-fesse, et tout le reste.

Angela l'avait appelé comme il admirait le sapin et laissait ses pensées papillonner dans l'atmosphère festive de ce baptême hivernal.

— Commissaire, il faut que tu fasses gaffe aux faux pas, la ville est devenue glissante, annonça-t-elle.

— Tu t'es pris une gamelle ?

— Tu rigoles ? Je patinais sur le verglas, quand j'étais petite.

— Quand tu étais petite…

— Tu sous-entends que je ne suis pas bien conservée ?

— Non, que les gens perdent la mémoire. On dirait que cette ville n'a jamais vu la neige. Tu sais quoi ? poursuivit Soneri en sentant remonter son irritation, je voudrais qu'il en tombe un mètre pour emmerder tous ces couillons.

— Je n'ai pas perdu la mémoire, moi, tint à préciser Angela. Et j'ai toujours aimé la neige, surtout quand elle recouvre tout : le monde est tellement gris !

— Maître, si un jour on s'engueule, on aura au moins quelque chose à quoi se raccrocher.

— Ou sur quoi glisser…

— En attendant, c'est le maire qui se prend des gamelles.

— Et de maîtresse manière ! Tu as vu la brochette d'adjoints qui viennent de se faire pincer ? Tous des fidèles du maire.

— Je te parle de vraies gamelles : il est au ski dans le Trentin.

— C'est marrant. Je le voyais plus à l'aise aux premières du *Regio* ou dans des instituts de beauté.

Soneri ne répliqua pas. L'ironie d'Angela était le meilleur des solvants pour dissoudre sa mauvaise humeur.

— Décidément, il s'en passe de belles, aujourd'hui, reprit-elle peu après.

— Je me suis dit la même chose que toi, mais comme plus rien ne m'étonne, et que je ne comprends plus le monde…

— Allez ! Tu es encore dans une de tes crises de rejet : attends que ça passe, l'exhorta Angela. Écoute plutôt ce que j'ai à te dire : tu te souviens de ma consœur Adelaide ? Une femme d'un certain âge, une des premières avocates de Parme ?

Le commissaire émit un grognement d'assentiment.

— Elle m'a téléphoné ce matin parce qu'elle entend des musiquettes et des sonneries pendant la nuit.

— Et alors ? Avec tous les gadgets qu'on se trimballe dans les poches, ça n'a rien d'extraordinaire.

— Non. Son appartement est à côté de la digue, dans le quartier Montebello, les musiques viennent de là.

— Les toxicos squattent souvent sur les berges.

— Adelaide n'est pas une abrutie, dit Angela en haussant un petit peu la voix. Si elle m'en a parlé, c'est qu'elle trouve la chose insolite.

— Et elle n'entend rien d'autre ? Elle est allée voir ?

— Mais non ! Elle a peur. Elle vit toute seule dans son appartement. Et son immeuble est à coursives, à ce niveau-là de la digue, tout est à découvert.

— Tout le monde a peur, aujourd'hui, commenta Soneri. Qu'est-ce que tu veux que j'y fasse ?

— Passe au moins la voir. C'est une femme pleine de qualités qui mérite un peu d'attention. Tu sais, elle est de la vieille école… un peu comme toi, termina Angela un brin taquine.

— Tu n'as pas de collègues plus jeunes à consoler ?

— Des tas, mais je doute qu'elles aient envie de t'avoir dans les pattes, persifla-t-elle. Écoute, fais comme tu veux, sinon, j'irai moi-même.

Le trafic automobile s'était calmé à l'heure du déjeuner, et un rayon de soleil éclairait la cité candide. Soneri marcha jusqu'aux quais de la Parma et longea l'avenue parallèle au torrent où le regard embrassait le vaste profil irrégulier de l'autre rive, ce vieux quartier autrefois populaire, avec ses maisons mitoyennes alignées comme des écolières. La grève était recouverte de neige, et l'eau figée ressemblait à une plaque de fonte. Au-delà du parapet s'entrouvrait la minuscule jungle de peupliers et de saules qui accompagnait le courant jusqu'au cœur de la ville, et dont la bulle de chaleur protégeait confortablement une faune sauvage urbanisée. Il rejoignit le ponte Dattaro en face duquel se trouvait le quartier Montebello dominé par l'horrible cube miroitant de La Poste. Alors, presque en remontant le courant vers les bosses des Apennins, il mit seulement quelques minutes à se retrouver face au portail d'Adelaide. Il se souvenait du lieu pour y être déjà venu avec Angela. Le quartier, en revanche, lui rappelait le scandale immobilier des années soixante-dix qui avait impliqué de nombreux fonctionnaires de la ville, toutes tendances confondues. Parme avait alors perdu sa virginité, et ce dévergondage lui avait servi d'alibi pour s'offrir à n'importe qui.

— Comment vas-tu, Adelaide ?

Elle haussa les épaules.

— Comme un jambon qui s'affine.

— Tu seras plus appétissante, sourit Soneri.

Elle le tança du regard :

— Ne te moque pas de moi. Si tu savais comme mon travail me manque ! La retraite fait plus de victimes que les épidémies, n'empêche qu'on l'attend avec impatience.

— Parle-moi de ces musiquettes.

— Tu vas dire que je deviens gâteuse, ou que je lève le coude… Je ne voulais même pas le dire à Angela, mais j'ai fini par me convaincre qu'il valait mieux passer pour une ivrogne en m'inquiétant pour rien que de négliger quelque chose. D'autant qu'à mon âge, je me fiche complètement de ce qu'on pense de moi.

— Tu les entends la nuit ?

— Oui, j'ai l'impression que ça vient de derrière la digue. Parfois des refrains de chansons, parfois de la musique classique. Ou alors de simples sonneries, comme celles de nos vieux téléphones, ou des sonneries électroniques.

— Depuis quand tu les entends ?

— Trois jours. La première fois, je n'y ai pas vraiment pris garde, mais la deuxième, je me suis dit que ce n'était pas quelqu'un dans les buissons. Il ne pouvait pas non plus rester des heures sous la digue, avec ce froid.

— Cette nuit aussi, tu les as entendues ?

— À la même heure. À intervalles réguliers. Et chaque fois, plusieurs heures.

Ils se regardèrent sans mot dire, suspendus à ce petit mystère. Dans le même temps, au-delà de la digue, l'obscurité naissante se frayait un chemin dans le lit du torrent. Soneri se pencha et vit un front de brouillard remonter la Parma en direction des collines. L'eau suspendue avançait à contre-courant de celle qui descendait entre les rives, l'une en quête des monts, et l'autre de la mer. C'était parce qu'il était rebelle aux habitudes qu'il aimait le brouillard.

D'un coup, l'horizon disparut, et le croassement des corneilles qui s'enfuyaient pour s'abriter au milieu des habitations se détacha dans la grisaille.

— Ici, on est vraiment à la frontière entre la ville et la campagne, constata le commissaire. On ne voit pas la limite, mais les espaces sont bien distincts. J'aime bien cette ambiguïté.

— Oui, l'impression de ne pas être en ville alors qu'on est tout près du centre. Le *duomo* et la piazza Garibaldi sont à peine à un kilomètre, indiqua Adelaide.

— D'après toi, elles viennent d'où, ces sonneries ? questionna-t-il.

— D'après moi, d'un portable. Il en existe où tu peux attribuer une sonnerie différente selon la personne qui t'appelle.

— Tu en as identifié combien ?

— Au moins quatre. Peut-être plus. Je me suis surtout demandé : si ce portable sonne dans les buissons, est-ce que le propriétaire est à côté et ne peut plus répondre ?

— Depuis trois jours, on sentirait l'odeur. De toute façon, on ne peut rien faire avant demain, le brouillard a tiré le rideau, acheva-t-il en observant la brume monter vers les collines comme si elle roulait sur la brise.

Il passa en quelques minutes des maisons silencieuses qui surplombaient la digue aux résidences des riches du viale Solferino, puis rejoignit le centre par la barrière Farini. Adelaide avait raison, les distances étaient courtes, et le changement de paysage ressemblait à un saut dans le temps. Il se faufila dans le jardin botanique pour retrouver les sensations qu'il venait de quitter, mais le vacarme du trafic et les cris des enfants qui rentraient de l'école brisèrent l'enchantement de la petite jungle. Tandis que s'envolait l'idée d'une nouvelle évasion, son téléphone sonna.

— *Dottore*, je vous dérange ? attaqua Juvara.

Soneri détestait ces préambules hypocrites, mais coupa court :

— Dis-moi.

— La clinique Villa Clelia a perdu un patient, ils nous ont demandé de l'aide.

— Comment ça, perdu ? Ce n'est pas un bouton !

— Pourtant… ils ne le trouvent pas.

— Tu vois ce que je te disais sur les infos bizarres qui circulent en ce moment ?

— C'est un vieux avec des problèmes de démence : il a dû sortir de sa chambre, et il a disparu, expliqua l'inspecteur.

— On a envoyé des patrouilles ?

— Oui, ils ont regardé dans la cour, dans le parc et dans les parages. Les gardiens de nuit s'y sont mis aussi, mais rien.

— Il a de la famille ? C'est qui, ce vieux ?

— Je vous lis sa fiche ?

— Putain, fais comme tu veux, s'impatienta Soneri. Tu es obligé de lire une fiche pour me dire si un individu est petit ou grand ou gros ou maigre ?

— Alfio Romagnoli, poursuivit Juvara sans se démonter, quatre-vingt-trois ans, taille moyenne, petite corpulence, hospitalisé pour une gastro-entérite et atteint de démence sénile. Pas de famille proche.

— Il a des problèmes pour marcher ? Boiteux ? Arthritique ? Estropié ?

— Ce n'est pas indiqué.

Soneri raccrocha et prit la direction de la clinique en laissant derrière lui le monument du Petitot et le stade

Tardini. L'accès à la maison de santé donnait sur le viale Partigiani d'Italia en direction de San Lazzaro. Il songea qu'une clinique de ce genre, remplie de vieux mourants écartés des structures publiques, convenait bien à ce quartier qui, autrefois, abritait les pestiférés.

Une fois à l'intérieur, il monta l'escalier en rasant les services où survivait dans la pénombre une humanité inconsciente et résignée dans un silence parfois brisé par des cris isolés s'échappant de ses cauchemars.

Le directeur s'appelait Malusardi, un type grand et costaud, très sûr de lui. Soneri le suivit dans son bureau où l'attendaient une doctoresse et un autre médecin, ce dernier responsable du service de gériatrie.

— On ne s'explique pas ce qui s'est passé, ni où il a fini, attaqua le directeur.

— Quand vous êtes-vous aperçus de sa disparition ? questionna le commissaire.

— À 6 heures, quand les infirmières passent pour les soins du matin.

— Combien de personnes sont de garde, la nuit ?

— Deux, plus un médecin, qui doit aussi s'occuper du service de médecine générale, de l'autre côté de l'escalier.

— Les patients qui partagent la chambre du disparu n'ont rien vu ?

Malusardi haussa les épaules.

— Ils dormaient. Cela dit, même s'ils n'avaient pas dormi…

— Vous me faites voir le service ?

Les trois médecins initièrent un mouvement, et la femme, qui n'avait pas ouvert la bouche, les précéda le long du couloir où la chaleur et les relents médicamenteux empêchaient de respirer. Depuis l'obscurité des chambres surgissait une litanie de gémissements, d'imprécations et de soupirs, interrompus de temps à autre par de brefs ronflements d'assoupissements soudains : un chœur qui ressemblait au râle d'un gros animal blessé. Il y avait en tout dix chambres sur un côté du hall, et à chacune de ses extrémités s'ouvraient deux portes. L'une donnait sur les escaliers, l'autre sur l'issue de secours.

— Cette sortie est surveillée ? interrogea le commissaire en l'indiquant du doigt.

— Si quelqu'un l'ouvre, une alarme se déclenche, et des lumières clignotent dans tout le service.

— Il est peut-être parti avec des proches venus lui rendre visite, en déduisit Soneri.

Les trois ne bronchèrent pas, sentant les ennuis approcher.

— Ou quelqu'un l'a emmené en le faisant passer pour un autre… Dans tous les cas, reste maintenant à retrouver le vieux, reprit le commissaire dont la résolution eut l'air de rassurer Malusardi.

Des auxiliaires de vie à moitié somnolentes et mues par la curiosité, ainsi que deux vieilles femmes qui devaient assister des proches, apparurent sur le seuil des chambres.

— Ces femmes restent ici toute la nuit ? interrogea encore le commissaire.

— Pas toutes… répondit le directeur de manière évasive. Et si elles restent, elles ont tendance à s'endormir.

Soneri percevait une certaine réticence.

— Vous étiez là au moment de la disparition ? demanda-t-il cette fois au responsable du service.

Le médecin était sur le point de répondre, mais Malusardi le devança :

— Non, le docteur Camelotta était de repos, c'était le docteur Magni.

— Qu'a-t-il fait quand il s'en est aperçu ?

— Le docteur Magni terminait son service, intervint encore le directeur, mais il a activé les procédures : prévenir le responsable, la direction sanitaire, les forces de l'ordre, le service de sécurité interne et le personnel paramédical.

Le commissaire émit un grognement. Il trouvait paradoxal qu'un vieillard atteint de démence soit parvenu à s'échapper au nez et à la barbe de ces blouses blanches toujours promptes à vanter le professionnalisme de la santé privée.

— S'il n'est pas sous un lit, pas la peine de chercher ici, abrégea Soneri légèrement agacé.

Il regagna le rez-de-chaussée et sortit de la clinique. Le vent était cinglant, et il dut s'arrêter juste à côté du stade afin de téléphoner. Il composa le numéro de Pasquariello, le commandant du 17.

— Tu me racontes quoi sur la disparition du vieux ?

— On l'a cherché dans les parages et on s'est renseigné auprès des commerçants, mais personne ne l'a vu. Je trouve ça vraiment bizarre.

— Vous n'avez pas cherché à l'intérieur de la clinique ?

— Seulement dans le parc, avec les agents de sécurité. La direction nous a retenus dehors : pour elle, il n'était pas à l'intérieur.

— C'est ce qui paraît le plus évident, admit Soneri.

— Pourtant, si c'était le cas, on aurait dû le retrouver, reprit Pasquariello. Un vieux qui perd la boule en pyjama, tu veux qu'il aille où ?

— En pyjama ?

— Les infirmières nous ont assuré que toutes ses fringues étaient dans son armoire, et ses chaussures aussi.

Le commissaire sentait la colère le gagner. L'affaire avait l'air simplissime, et en même temps, inextricable. Il se sentit ridicule.

Le commandant tenta de lui offrir une hypothèse consolatrice :

— Pour moi, s'il reste introuvable, il n'y a qu'une seule explication : on a voulu le faire disparaître, hasarda-t-il.

— Tu penses à un enlèvement ?

— Il en faut peu pour convaincre une personne sénile : tu dis que tu vas le ramener chez lui, tu l'habilles avec un paletot, et tu le fais passer pour un proche. D'après mes gars, la clinique est un vrai moulin. Cela dit, mon hypothèse ne tient pas complètement la route : le vieux n'avait pas de famille, et pas de biens non plus. Pauvre comme Job. Ou alors… ajouta Pasquariello en laissant sa phrase en suspens.

— Ou alors ?

— La solution est sous nos yeux, et personne ne la voit. À force de chercher à comprendre, on néglige les voies les plus simples.

Soneri répondit seulement « Tu as raison » avec une voix de somnambule et raccrocha. Une idée l'avait traversé, tel un pressant besoin. Il retourna à la clinique. À cette heure du dîner, la ville s'était calmée, et la neige durcie par le gel avait amidonné les rues et les trottoirs. La cour de la Villa Clelia, couverte d'un verglas brillant, étincelait sous les lampadaires, aussi lustrée et accueillante que l'entrée d'un chalet. Il monta rapidement les escaliers et fit irruption dans le service de gériatrie.

Deux infirmières avec un chariot de médicaments le dévisagèrent et tentèrent de l'arrêter :

— Hey ! Ce n'est pas l'heure des visites !

Le commissaire ne les écouta pas et continua tout droit en entendant derrière lui les pas pressés de l'une d'entre elles, et sa voix stridente s'écrier : « Où allez-vous ? »

Il arriva devant l'issue de secours cependant que la femme continuait de le héler, baissa la poignée et poussa. Il resta quelques secondes avec la porte entrouverte sur la coursive glacée, puis se tourna vers l'infirmière et lui lança un regard triomphal et accusateur. La femme s'était figée et resta interdite. L'air froid fouetta le visage du commissaire, l'invitant à poursuivre dans la pénombre de l'escalier où les lumières de service paraissaient hors d'usage. Il se sentait comme un limier en train de flairer un faisan. Alors, il détourna son regard de la femme et s'engagea dans l'escalier. Il attendit un peu que ses yeux s'habituent à l'obscurité, puis chercha son portable pour s'éclairer. Il descendit un étage, nota le rai de lumière sous la porte du service du dessous et s'engagea sur une nouvelle volée de marches. L'écran de son portable s'éteignit sans prévenir, et il faillit tomber. Quand il le ralluma, il l'aperçut. Il paraissait tellement bien installé qu'il donnait l'impression de s'être abandonné au froid pour y mourir sans bruit. Assis sur la troisième marche au-dessus du palier, les pieds posés sur ce dernier, il avait le buste étendu sur le reste de la volée, la tête sereinement inclinée comme sur un oreiller. Il n'avait sur lui que son pyjama, de ces modèles une pièce, serré aux poignets et aux chevilles. Soneri eut envie de le toucher, mais il se ravisa, craignant presque de le réveiller. Cette fois, son téléphone lui servit à téléphoner et à tirer le vieux Romagnoli de sa clandestinité involontaire.

— J'ai du boulot pour toi Villa Clelia, annonça le commissaire à Nanetti, le chef de la Scientifique.

L'autre répondit la bouche pleine :

— Tu m'as pris pour un infirmier ?

— Malheureusement pour toi, ton boulot m'autorise à te casser les couilles à n'importe quelle heure.

— Si encore je l'avais choisi ! bougonna Nanetti.

— Allez, avoue que tu adores ça ! L'aura du mec sur les écrans de télé dans sa combinaison d'astronaute...

— Va te faire foutre, commissaire ! Si je me mets en combi, c'est uniquement pour me faire passer pour un médecin et ausculter les jeunes patientes.

— Tu tombes mal : on est au service gériatrie.

— Qu'est-ce qui s'est passé ?

— Un mort dans l'escalier de secours ; ils l'ont oublié au frigo.

— T'as abusé du gutturnio ?

— J'aimerais bien ! Non, le type est resté toute la nuit dans les escaliers de secours, et il est mort de froid. Ou d'autre chose. C'est pour ça que je t'appelle.

— Tu as toujours le chic pour arriver au bon moment : en pleine *pasta e fagioli*[1]...

— Désolé d'interrompre ton heureux tête-à-tête...

Après avoir raccroché, Soneri s'assit sur les marches à côté du vieux et le regarda dormir.

1 Pâtes aux haricots, agrémentées, selon la région, de tomate et de lard, ou de moules. *(Toutes les notes sont de la traductrice.)*

CHAPITRE 2

Nanetti arriva avec deux agents de son équipe et tout son attirail. La clinique était d'un coup sortie de sa torpeur. Avaient accouru Malusardi, les employés de la direction sanitaire et Camelotta, le responsable du service de gériatrie, et tous avaient semé la pagaille en s'agitant le regard inquiet.

— Donne-moi tes impressions, voulut savoir Soneri dès que Nanetti remonta au chaud.

— À première vue, il est mort de froid, sans doute d'un infarctus, répondit le collègue en se mouchant. Pas de traces de sang, le corps a l'air intact, aucun signe de violence… À moins qu'on l'ait empoisonné…

— C'est aussi mon sentiment. Et puis cette histoire prouve qu'il ne faut jamais négliger les pistes les plus simples : ce sont souvent les bonnes.

— À la Scientifique, on ne les néglige pas, précisa Nanetti. Mais pour nous, c'est moins compliqué parce qu'on s'en tient à la physique et la chimie. Ça nous évite les branlettes mentales des intellectuels dans ton genre, ironisa-t-il.

— Tu devrais t'en faire plus souvent, rétorqua le commissaire sans relever la provocation. J'ai pensé à cet escalier grâce à une nouvelle de Poe. Le type cherche une lettre partout sauf à l'endroit le plus évident.

— Excuse-moi, hein ! reprit Nanetti. Mais en même temps, ici, tu n'as que deux sorties possibles : l'issue de secours et l'accès principal. Par où pouvait-il s'échapper ?

— D'accord, n'empêche qu'on a d'abord cherché dehors au lieu de chercher à l'intérieur.

Malusardi s'approcha d'eux.

— Si vous voulez manger, je peux demander aux cuisines de vous préparer quelque chose.

Soneri et Nanetti s'échangèrent un regard entendu et déclinèrent la proposition. Plutôt jeûner que manger à l'hôpital. Entre-temps, le magistrat s'était présenté, et la tension monta d'un cran.

Le directeur se résigna à prendre congé :

— Nous restons à votre disposition.

— Si mon hypothèse se confirme, vous n'aurez plus affaire à moi. Vous verrez ça directement avec le ministère public, répondit le commissaire.

Le directeur encaissa et se fit encore plus sérieux.

— Le premier à avoir été abusé, et à qui tout ça fait du tort, c'est moi, balbutia-t-il.

— J'ai trouvé plusieurs choses en non-conformité, dans votre clinique : l'alarme n'était pas enclenchée, et l'escalier était dans le noir. Estimez-vous heureux que je n'aie inspecté que l'escalier de secours…

L'homme contracta la bouche. Il n'était sans doute pas habitué aux contrôles, ou peut-être savait-il s'en arranger.

— Si vous insinuez que nous sommes mal équipés, je peux vous assurer que nos systèmes de sécurité sont autrement modernes que ceux des hôpitaux publics.

— Justement, l'interrompit le commissaire.

— Que voulez-vous dire ?

— Que désormais, nous confions la sécurité à des machines qui nous déchargent de nos responsabilités.

Plus il y en a, moins on est attentif à la manière dont on se comporte.

Malusardi fit le geste de laisser tomber.

— Si l'alarme de la porte avait sonné, les infirmières se seraient aperçues de sa disparition, et elles l'auraient retrouvé. Le responsable, c'est celui qui l'a débranchée, pas la clinique.

— Certes, au bout du compte, c'est toujours la faute de quelqu'un, mais je trouve un peu facile de vous en débarrasser de cette façon, considéra Soneri.

Le directeur n'eut pas l'air de comprendre, et le commissaire réalisa qu'il était allé au-delà de sa fonction. Il n'en rajouta pas et prit congé.

Plus tard, en sortant de la clinique, Nanetti revint sur le sujet. À cette heure du soir, le brouillard s'était stabilisé.

— Le type est dans la merde, dit le collègue en parlant de Malusardi.

— Il s'en sortira. Son affaire est suffisamment lucrative pour qu'il se paye d'excellents avocats.

— Ça paraît tellement énorme… Un vieux dément t'échappe, non seulement tu ne t'en rends pas compte, mais tu ne penses même pas à regarder dans l'escalier de secours…

— Ils trouveront un responsable, et ils se renverront la balle. Et le plus faible paiera. Justice à deux vitesses, comme d'habitude. Le problème commence quand on dit « je » au lieu de « nous ».

— Tu ne vas pas recommencer avec tes analyses ! le sermonna Nanetti. Je t'ai déjà dit que je n'étais pas un intello.

— Tu ne veux pas savoir ce que j'en pense ?

— D'abord, on mange un morceau chez Alceste. J'ai une ardoise à lui régler.

Le commissaire accepta d'un signe avant de réattaquer.

— Sur la coursive, reprit-il, j'ai trouvé deux mégots. À mon avis, quelqu'un a débranché l'alarme pour se fumer sa clope tranquille et ils ont oublié de la rebrancher. Ou alors, ils la débranchent la nuit. Qui pourrait se barrer ? D'après moi, les infirmières sont au courant, et si elles ferment les yeux, c'est parce qu'elles pensent qu'il n'y a aucun danger. Mais quelquefois, l'événement improbable a lieu.

Le *Milord* était encore ouvert, et les derniers clients finissaient de dîner. Vu l'heure, ils commandèrent un plateau de charcuterie accompagné d'une bouteille de gutturnio.

— Elles manquent d'imagination, les infirmières, observa Soneri. Mais ce n'est pas de leur faute.

— On leur demande de savoir faire des prélèvements et des piqûres, pas de rêvasser.

— On devrait, argua le commissaire. Regarde comme ça nous aide, dans notre métier, d'imaginer d'autres réalités. Et comme ça nous dessert quand on croit tout gagné d'avance.

— Tu te remets à philosopher ?

— Tu crois que c'est inutile ? Nous livrons nos vies aux automatismes. Ça nous évite d'être responsable et d'être attentif à ce qu'on fait. Et la plupart du temps, on s'y soumet en toute confiance, on danse sur le fil sans filet.

— Bien obligés, intervint Nanetti. Regarde ton assiette : qui te dit que ce *culatello* ne contient pas de substances prohibées ? Pourtant, il a l'air authentique et irrésistible. C'était qui, déjà, l'idée claire et distincte ?

— Descartes.

— OK, on peut aussi se faire avoir par des idées claires et distinctes.

— Mais aujourd'hui, c'est l'apparence qui compte. L'innocence et la vérité n'existent plus.

— Tu te fais des illusions, l'innocence et la vérité n'ont jamais existé.

— Les seuls casse-couilles, c'est nous, à force de remuer l'eau trouble.

— De toute façon, les gens refusent d'admettre ce qu'ils ont sous les yeux, dit Nanetti en haussant les épaules. À croire qu'ils aiment se faire berner.

— Ce n'est pas faux, regarde le maire… ricana Soneri. Un personnage de carton : aussi gonflé qu'une *torta fritta* et aussi plat qu'une sole.

— Tu ne peux pas nier que si tu le croises, il fait son petit effet : muscu, UV, brushing… Et tu t'étonnes qu'il aille au ski alors que la moitié de la ville est dans la merde à cause de lui ?

— J'aimerais bien ne pas m'étonner, mais c'est plus fort que moi, regretta le commissaire. Juvara m'a traité de moraliste, remarque, je l'ai pris comme un compliment.

— Vas-y doucement. Quand tu es dans cet état, tu ferais perdre patience à Job.

— Ce qu'il y a de bien, dans ces cas-là, c'est de pouvoir se mettre à l'écart.

— Et de se soigner avec un bon repas.

— Heureusement qu'on a ça…

— Pas d'autres consolations ? ajouta Nanetti avec malice.

Il ne restait plus qu'eux deux dans la salle, et doucement, le gutturnio les enivrait. Par ces soirs de brouillard, rien n'apaisait davantage Soneri que le vin et la nourriture, quand la chaleur d'une trattoria lui rappelait le réconfort du giron maternel. Le calme de la nuit hivernale, cette sensation d'achèvement qu'elle seule peut vous offrir, assoupissait ses inquiétudes et le livrait à des fulgurations. Il éprouva soudain le besoin de sortir, de traverser la ville déserte en évitant la grossièreté des rues de la soif où des hordes de clients fuyaient leur conformisme en consommant assis à des terrasses chauffées. Il parcourut les rues, croisa des silhouettes isolées qui rentraient chez elles en longeant les murs entraînées par leur chien, entre la via Saffi, piazza Duomo, via Mazzini et le ponte di Mezzo, à la frontière d'une ville ayant connu des épisodes terribles et glorieux. Le vent emportait les sifflements des trains en direction du nord, au-delà du parc Ducal et du palazzo della Pilotta, mais Soneri se dirigea au sud, où, dans l'après-midi, il avait entrevu la croupe enneigée des Apennins. Il chemina dans le brouillard jusqu'à ce que son téléphone sonne. Il le porta à son oreille et entendit la voix d'Adelaide.

— Elles ont recommencé.

Lui ne dit rien, mais pressa légèrement le pas. C'est alors qu'il réalisa qu'il avait pris la direction vers laquelle l'attirait ce coup de téléphone. Ainsi, le mystérieux vagabondage de sa promenade nocturne n'était tourné, depuis le début, que vers cet objectif précis.

Il arriva au pied de l'immeuble de La Poste qui ressemblait à un hostile bastion rocheux, le contourna et remonta la digue le long de laquelle courait un sentier piétonnier. La grève noire du torrent semblait cacher le vide d'un précipice tandis que les lumières du quartier de la rive d'en face avaient du mal à fendre le brouillard. Quand il vit l'ultime réverbère, et, juste un peu plus loin, le ruban de la route départementale qui sortait de la ville, il chercha le portail de la maison d'Adelaide. Il attendit devant et resta aux aguets. On distinguait au loin le chuintement des roues sur l'asphalte mouillé. Plus tard, une cloche sonna minuit dans un hameau voisin.

L'humidité et le souffle froid du torrent rendaient le lieu hostile, mais le profond silence et le climat d'attente, comme à la chasse, le retenaient sur la digue. Il patienta sans se soucier du temps, ouvert à toutes les suggestions dont ce décor, entre ville et campagne, était rempli. Enfin, il l'entendit, bien qu'elle semblât lointaine. Une sonnerie vivace, pareille à celle des téléphones de son enfance. Il essaya de repérer d'où elle provenait et courut le long du sentier, puis il la devina tout en bas du talus, juste en dessous de l'endroit où il se trouvait. Il descendit avec prudence, ses pieds s'enfonçaient dans la couche de neige et dans le manteau d'herbe sèche, jusqu'à la boue. Les arbustes le fouettaient s'il les écartait ou qu'il s'y accrochait. Plus il descendait, plus le son augmentait, mais au moment d'atteindre son but, le silence et le noir se refermèrent sur lui. Il avait l'impression d'être dans un ravin, enchevêtré dans les branchages, trempé et pris au piège. Il fallait maintenant qu'il patiente jusqu'à ce que l'appareil sonnant en vain depuis trois jours ne donne à nouveau signe de vie.

La sonnerie arriva quelques minutes plus tard, mais depuis son portable à lui.

— Tu ne viens pas chez moi, ce soir ? attaqua Angela. Dois-je commencer à devenir jalouse ?

— Tu dois, répondit le commissaire. Je suis entouré de charmantes ragondines.

— Je suis obligée de le savoir ?

— Pourquoi pas ? Vous ne jouez pas dans la même catégorie. Tu fais partie des rongeurs ? Après tout, c'est de ta faute : c'est toi qui m'as poussé dans leur tanière.

— Ça ne te réussit pas de biberonner avec ce ripailleur de Nanetti.

— Je suis très sérieux. Je suis en face de chez Adelaide en train de planquer un téléphone, mais je ne suis pas dans une position très pratique.

— Je crois que tu es bourré.

— Tu te trompes. Je suis la métaphore de l'homme moderne : au service des outils qu'il a lui-même créés.

— Si tu n'es pas bourré, tu as de la fièvre, alors ? Y a une mauvaise grippe qui circule…

— Écoute-moi : je suis sur la grève du torrent avec de la neige jusqu'aux chevilles à attendre qu'on veuille bien rappeler un putain de téléphone tombé dans les parages, dans un endroit que même un sanglier trouverait inconfortable.

— Franco, je dois m'inquiéter ou c'est seulement une de tes tirades habituelles ? l'exhorta gravement Angela.

— Mais non, ne t'inquiète pas, répondit calmement Soneri. Je suis un gars de la campagne, ce n'est pas une digue ou la nuit noire qui vont me faire peur.

— Tu veux que j'appelle Adelaide pour lui demander de te préparer quelque chose de chaud ?

— Pas la peine, les ragondines sont adorables…

Angela n'eut pas le temps de répondre, car Soneri entendit une sonnerie et raccrocha. Il descendit un autre tronçon du talus, arriva presque en bas, et l'aperçut. L'écran était dirigé contre le sol, mais diffusait une faible lueur de luciole. Le commissaire ramassa l'appareil et eut à peine le temps de lire *Numéro inconnu*, avant que l'on ne raccroche. Il l'enveloppa dans un mouchoir et le mit dans sa poche. Il réfléchit ensuite à la manière de regagner le haut de la digue, et savoura quelques instants ce noir intense qui avait quelque chose de primitif. C'est alors qu'il perçut un mouvement à une dizaine de mètres derrière lui. Il crut d'abord à l'un des ragondins qu'il venait d'évoquer, mais le bruit devait venir d'un animal plus gros. Il donnait l'impression de se déplacer par à-coups, par de brèves accélérations. Enfin, il se mit à courir, et Soneri crut qu'il lui fonçait dessus. Au lieu de cela, l'animal s'éloignait de cette partie de la ville, et peu après, on ne l'entendit plus, comme s'il courait dans l'espace nu et sableux du bord de l'eau.

Le commissaire remonta en s'agrippant aux branches et rejoignit le sentier, épuisé et trempé. Il entendit qu'on le hélait depuis l'obscurité et il scruta le mur compact de la nuit jusqu'à ce qu'il aperçoive la silhouette d'un homme avec un chien en laisse.

— J'ai entendu une voix plus bas, et mon chien s'est mis à tirer, expliqua l'inconnu qui s'était approché, et qu'à présent le commissaire distinguait mieux.

Il devait avoir dans la soixantaine, avec un physique élancé. Une barbiche poivre et sel surmontée d'une paire de moustaches lui donnait un air fier de commodore.

— J'admets que la situation peut paraître bizarre, répondit Soneri.

— Non, je ne crois pas, opposa l'homme de manière inattendue.

— Je suis commissaire de police, je suis ici pour un contrôle.

— Je vois, dit l'autre distraitement. Moi, je promène mon chien, dit-il en indiquant son animal de compagnie, un limier à l'air tristounet.

La conversation avait un je-ne-sais-quoi de surréaliste à cette heure et à cet endroit, et paraissait contenir plus d'une ambiguïté.

— Je vis la nuit, reprit l'homme. Personne ne la connaît comme moi.

Le commissaire allait pour lui répondre quand le limier émit une espèce de jappement retenu.

— Il ne supporte plus d'aller se promener, décréta l'inconnu. Il est vieux, et le froid le fait souffrir, comme tous les chiens à poil ras. Si vous voulez, je vous offre un thé ?

— Je ne voudrais pas… Il est si tard… s'excusa Soneri, à la fois gêné et curieux.

— Ne vous inquiétez pas, le coupa l'autre. Je vous l'ai dit : je vis la nuit. Je ne supporte pas les aubes. Dès que le jour se lève, je me réfugie dans mon lit.

Le commissaire découvrit qu'il habitait à quelques numéros de chez Adelaide, et lut sur l'interphone : *Tancredi Valmarini*. Dans son appartement prédominaient les couleurs sombres, et de lourdes tentures protégeaient les fenêtres. L'étage supérieur, où ils s'installèrent, était pourvu d'une immense baie vitrée que l'homme dévoila en faisant courir les rideaux à l'aide d'une télécommande.

— Voici la nuit, annonça-t-il. De cette manière, elle m'est plus fraternelle, plus proche.

L'obscurité donnait vraiment cette impression de s'engouffrer à l'intérieur, ainsi que le brouillard épais.

— Je crois comprendre que vous l'aimez aussi, ajouta Valmarini.

— Oui, mais ce soir, je ne m'y promenais pas par plaisir.

— Je m'en suis tout de suite rendu compte, mais ça n'est pas ça, l'important.

— Quoi, alors ? Chacun a ses raisons de l'aimer, les vôtres et les miennes sont sans doute différentes.

— Nous aimons la nuit parce qu'elle nous laisse libres d'imaginer. La nuit, tout est possible.

— Sous le brouillard aussi.

— Vous non plus, vous ne supportez pas le monde qui nous entoure ?

— Je fais tout pour le rendre passable, mais je n'y parviens pas toujours.

L'homme sourit.

— Moi, je n'y suis jamais parvenu, voilà pourquoi je préfère ne pas le voir et me construire le mien.

— Tout le monde n'en est pas capable. Tout dépend du métier que vous faites.

— Ce que nous appelons réalité n'est qu'une vérité provisoire, donc fausse. Votre métier, par exemple, repose sur des conventions transitoires. Tout est provisoire, donc : illusion, idolâtrie.

— L'idolâtrie est à la fois terrible et très utile, vous ne croyez pas ?

Valmarini se fit sérieux.

— Je suis d'accord, et ceux qui le savent ont tendance à en profiter.

— Moi pas, je préfère respecter les règles, répliqua Soneri.

L'homme servit le thé, et le chien s'allongea sur le tapis au pied de la table en se lamentant.

— La faune ne manque pas sur la grève, reprit le commissaire. Il doit flairer des tas d'odeurs, ajouta-t-il en indiquant le chien.

— Oui, malheureusement, il est trop vieux pour les pister. Je pense qu'il fait un peu comme nous : il imagine des proies dans les buissons.

— Vous n'avez pas entendu des sonneries de téléphone portable, ces derniers temps ? questionna Soneri.

— On entend tellement de choses… C'est une autoroute, par ici.

— Vous voulez dire qu'il y a du passage ?

— Pas mal, oui, mais je n'ai jamais croisé personne. J'entends parfois marcher dans les bosquets, je devine parfois une ombre, qui disparaît aussi vite qu'elle est venue. Des gens fuyants et dans l'urgence, sans aucune envie de partager. Une fois, je suis descendu quasiment jusqu'au lit du torrent, il y avait des sentiers partout, comme si chacun avait le sien.

— Vous sortez aussi la journée ?

— Seulement au coucher du soleil, pour assister à son déclin.

La baie vitrée de la pièce faisait angle et ressemblait à la proue d'un navire. Le brouillard la frôlait, donnant l'idée d'une navigation prudente. C'est alors que Soneri nota un chevalet, sur lequel il imagina un timon.

— Vous peignez ?

Valmarini se mit à rire.

— Disons que je fais des reproductions.

Le commissaire but une gorgée de thé en sentant l'ennui le gagner.

— De quoi ?

— Peu importe. Reproduire est l'essence du peintre : paysages, portraits, scènes de vie. Ou ses propres cauchemars, en les matérialisant sur la toile. Moi, je reproduis les reproductions, j'imite les autres.

— Vous peignez des faux ? hasarda timidement Soneri.

— N'ayez pas peur de le dire : je suis un faussaire.

— C'est illégal…

— Nous y revoilà avec les conventions, les lois… Ce n'est pas illégal, si on le dit ! Mes clients le savent et l'acceptent. Ils veulent des œuvres qui ennoblissent leurs salons, par vanité, pour avoir l'air raffiné... Plus qu'un tableau, je vends une histoire. Bien sûr, il y a la peinture, mais aussi l'histoire de celui qui l'a faite, l'original, s'entend, le courant artistique, les circonstances dans lesquelles le chef-d'œuvre a été conçu. Mes clients ne connaissent rien à ce qu'ils ont sur leurs murs, mais ils sont bien contents de pouvoir en faire des tartines. Ils les installent avec autant d'application qu'ils mettent à lire le mode d'emploi de leur écran plasma, ensuite, ils se pavanent en expliquant à leurs invités, aussi ignorants qu'eux, ce qu'ils ont appris : dix minutes d'art pour les nuls. Je n'arnaque personne, je suis clair dès le départ. Ce sont plutôt eux qui arnaquent leurs convives en exhibant leur petite collection en toc.

— À votre place, je ne serais pas à mon aise, murmura le commissaire.

— Parce que vous êtes un homme à l'ancienne, répliqua Valmarini.

— On me l'a déjà dit, s'agaça Soneri.

— Ne vous vexez pas, sourit l'homme. Je le suis aussi, mais j'ai peut-être davantage conscience de ce que nous sommes devenus, alors, je peux m'offrir le luxe de me payer la tête de cette prétendue modernité. Aujourd'hui, les gens veulent paraître ? Je fournis les paillettes. C'est tout.

— Et vos clients s'en contentent ?

— Ils s'enthousiasment ! Vous devriez les voir, ces hommes des bois endimanchés ! Ils brûlent de se donner des airs en exhibant une copie d'un le Guerchin ou d'un Guido Reni, et de monopoliser la parole au milieu des couinements de ces dames. Sinon, ils ne savent pas de quoi parler, à part de leurs magouilles. Finalement, pendant ces dîners déprimants, les choses les moins truquées, ce sont mes tableaux.

— Vous devriez leur être reconnaissant : ils vous permettent de vivre de votre métier !

— Je suis payé pour me foutre de leur gueule, je ne vais pas gâcher mon plaisir ! La plupart de ma clientèle s'est enrichie en arnaquant les autres. Et elle est prête à tout pour s'offrir une patine culturelle, y compris en achetant des faux. Plus que tout, elle veut effacer son passé ; l'idée qu'on la découvre aussi vulgaire que le commun la terrifie. Mes clients ont honte de ce qu'ils ont été, des banlieues ordinaires dont ils sont issus, de leurs vieilles bicyclettes, de leurs vêtements bas de gamme, des ateliers crasseux dans lesquels ils ont démarré. Ils veulent *avoir l'air*, devenir des aristocrates. Ils me payent, et en échange, j'alimente la liturgie ridicule avec laquelle ils célèbrent leur succès.

— Finalement, votre rôle s'apparente à celui des peintres de cour, insinua Soneri.

— Doucement, doucement, ne les méprisez pas trop : beaucoup de ces peintres nous ont laissé des chefs-d'œuvre, riposta Valmarini sans se démonter. Cela dit, vous n'avez pas tout à fait tort. Pour mes clients, les œuvres d'art symbolisent le faste et la puissance. Originales ou pas, ils s'en servent pour faire la roue, exactement comme fait le paon.

— Un peu comme le noir de la nuit, intervint le commissaire, la plupart ne vont pas au-delà.

CHAPITRE 3

L'appareil retrouvé près de la digue était un modèle dernier cri, et Juvara s'attarda à en expliquer les caractéristiques, mais Soneri en eut assez et coupa court. Plutôt que l'objet en lui-même, c'était le contenu qui l'intéressait : appels reçus et envoyés, et numéros mémorisés. L'inspecteur demeurait sceptique.

— Tout ce boulot pour un téléphone ! protesta-t-il.

— Au moins, on pourra contacter le propriétaire.

Juvara le regarda de travers.

— À part ça, reprit Soneri, tu as vérifié les plaintes pour vol ?

— Un type qui vole un objet de ce genre ne le bazarde pas !

— On peut aussi voler des choses pour s'en servir sur le moment. Une voiture ou une carte de crédit, par exemple.

Juvara s'inclina de mauvaise grâce.

— Commissaire, dit-il peu après en changeant de sujet, la nuit dernière, on est intervenus sur une histoire assez bizarre.

— Encore ?

— Une dispute, Villa Clelia. Deux croque-morts se sont empoignés.

— Ils voulaient s'enterrer l'un l'autre ?

— Non, apparemment, ils s'engueulaient à cause d'un mort.

— C'est-à-dire ? Ils se le disputaient ?

— Exact. Les deux prétendaient qu'ils avaient un mandat, et comme aucun ne voulait céder, ils en sont venus aux mains.

— Tu l'as su comment ?

— Quelqu'un a appelé le 17, on a envoyé une patrouille.

— Ils ont porté plainte ?

— Non, ils n'ont pas voulu. Mais comme un des deux types était bien amoché, on a dû déclencher la procédure.

— On sait qui c'est ?

— Le patron d'une entreprise historique de la ville, la Pighetti, et le représentant d'une nouvelle boîte qui officie à Parme depuis seulement trois ans : L'Éternelle. Apparemment, elle règne en maître, elle vient même d'obtenir la gestion du cimetière de Marore.

— Qui est derrière ?

— Je ne sais pas, on n'a encore jamais ouvert d'enquête sur les défunts, répondit Juvara.

— C'est pourtant notre boulot, ironisa le commissaire.

— Je voulais dire sur des défunts décédés de mort naturelle. Ils réclament le corps de ce pauvre vieux que vous avez retrouvé mort de froid, Romagnoli.

Soneri sursauta.

— Vas-y doucement avec tes conclusions. Sa mort n'est pas si naturelle que ça.

Puis il se leva et quitta le bureau. Peu après, l'inspecteur l'aperçut entre les fourgons garés dans la cour de la Questure. Quand il ne comprenait pas tout, que le mystère dansait d'un air goguenard autour de lui, le commissaire devenait intraitable. Pour se calmer, il monta en voiture et sortit de la ville. Il avait dans la poche l'adresse d'une personne qui habitait à San Vitale, la seule avec laquelle Romagnoli paraissait en relation ces dernières années. C'était un endroit qu'il aimait, où Angela et lui allaient toujours avec plaisir en suivant le torrent Baganza, sur une route bordée de charcuteries qui suintaient le saindoux, entre les collines plantées de vignes et les plis effilés des premières pentes ravinées, quand l'Apennin bombe le torse devant la plaine. Les riches y avaient transformé les vieilles maisons des paysans en résidences sophistiquées dans lesquelles le commissaire imaginait les faux tableaux de Valmarini accrochés sur les murs.

L'homme s'appelait Luciano Zunarelli et devait avoir une soixantaine d'années. Il vivait dans un bâtiment construit à l'économie avec, au rez-de-chaussée, son laboratoire de désossage de jambons. Il le trouva le nez sur son travail, chaussé de bottes en caoutchouc et bardé d'un long tablier lui arrivant aux chevilles.

— J'ai pris du retard, je ne peux même pas prendre de pause, s'excusa l'homme.

— J'enquête sur la mort de Romagnoli, je suis de la police, je m'appelle Soneri.

— Vous savez ce qui s'est passé ? Ils auraient pu le sauver s'ils l'avaient trouvé à temps ?

— Peut-être, répondit le commissaire. L'autopsie nous le dira, ajouta-t-il en observant les couteaux éparpillés sur la table, aux côtés de plusieurs jambons qui ressemblaient à des corps sectionnés.

— Il n'avait plus toute sa tête. Ces derniers temps, il ne me reconnaissait plus, continua Zunarelli. Vous connaissez la date de l'enterrement ?

— Il va falloir attendre l'autorisation du magistrat, annonça Soneri.

— On m'a dit que ça prendra une semaine, dit l'autre en baissant la tête.

— Visiblement, quelqu'un a déjà choisi l'entreprise de pompes funèbres. Vous en savez quelque chose ?

— Les services sociaux qui le suivaient m'ont appelé ce matin, admit Zunarelli du bout des lèvres. Mais moi, je n'y suis pour rien, je suis juste un ami. Ils m'ont dit qu'ils savaient, qu'ils voulaient juste mon avis.

— Et vous le leur avez donné ?

L'autre se montra embarrassé et fit tourner ses mains.

— Pour moi, je n'y vois aucun inconvénient, vu que l'entreprise a proposé de l'enterrer quasi gratis. Bien sûr, s'il le faut, je participerai.

— Il y a eu une bagarre, vous êtes au courant ?

— Oui, je suis au courant. Avec cette crise, ils en viennent même à se disputer les morts. D'abord, on le laisse crever de froid, ensuite on se le dispute pour y trouver son compte, s'épancha l'homme.

— Qui a pris la décision ?

— La commune. Alfio n'avait pas de famille. Les assistantes sociales m'ont parlé du magistrat, des délais… Au départ, c'est Pighetti qui devait s'en occuper.

— Et L'Éternelle s'en est mêlée. On vous a dit qu'elle avait fait pression ?

Zunarelli paraissait tendu, en difficulté. Il tournait son regard sur le côté comme le ferait un chat inquiet.

— Ils n'avaient pas besoin, leur offre était bien plus avantageuse que celle de Pighetti, si la mairie avait refusé, elle aurait été dans le pétrin.

— Vous connaissez leur offre ?

— Non, mais de ce qu'ils ont dit, ça ne coûtera quasiment rien.

— Et vous ne trouvez pas ça bizarre ?

— J'ai appris que personne ne vous fait de cadeau, alors, sur le moment, j'ai trouvé ça louche, mais au fond, je pouvais faire quoi ? Ils sont nouveaux, ils veulent se faire de la publicité, ou se gagner les bonnes grâces de l'adjoint.

— Et Pighetti ne l'a pas bien pris… en déduisit le commissaire.

— Logique. C'est une vieille entreprise familiale, elle n'y connaît rien en publicité. Elle a juste pignon sur rue, essaya de justifier l'homme.

— Vous n'en êtes jamais venu aux mains pour obtenir un marché ?

— Sincèrement, non, répondit l'autre en s'étonnant de cette question.

— Maintenant, vous comprenez pourquoi je suis venu vous interroger ?

— Ce Pighetti… murmura Zunarelli. J'ai su qu'il s'était pris des coups.

— Trente jours d'ITT… l'informa Soneri. Pour un peu, c'est lui qu'on enterrait.

L'homme semblait affligé, mais donnait aussi l'impression de ne pas avoir tout dit. Un subtil voile de réticence enveloppait son récit.

— La générosité en affaires ne m'émeut pas non plus, relança le commissaire, elle aurait même plutôt tendance à éveiller mes soupçons.

— Je vous l'ai dit que j'avais trouvé ça louche. Tout le monde est à l'étroit avec cette crise. Dans mon secteur aussi, c'est la même chose. Des nouvelles boîtes surgissent avec des prix cassés, et elles nous mettent sur le carreau.

— L'Éternelle fait sans doute la même chose.

— Sans doute… maugréa l'homme avec fatalisme.

— Vous comprenez sûrement mieux que moi ce qui s'est passé.

— Il n'y a plus de règles, tout est permis : coups bas, mensonges, menaces…

— On appelle ça libre marché, le corrigea le commissaire.

— Pas un jour ne se passe sans qu'on essaye d'avoir ta peau, grinça Zunarelli, il faut bien se défendre comme on peut, et si t'as le couteau sous la gorge, tu sautes sur toutes les occasions.

— La mairie se doit d'être plus prudente.

L'homme acquiesça d'un air confus.

— Certaines choses, c'est seulement ceux qui ont de l'argent qui peuvent se les permettre, reprit-il. D'abord, ils attirent des clients avec des prix cassés, et une fois qu'ils ont dégagé tout le monde, ils rétablissent les prix qui leur conviennent. Il faut du sacré capital pour se permettre le luxe de travailler à perte plusieurs années durant. Pour nous, les petits, ce n'est pas possible.

— Ça aussi, c'est le marché, coupa court Soneri. Les plus forts gagnent.

Soudain, il trouva l'odeur de graisse insupportable, tout comme les chairs exsangues, les lames, les crochets et les os, dans toute leur crudité obscène. Il sortit dans la neige immaculée, dans cette vallée déjà étroite à son passage rapide de la plaine aux collines. Le soleil faisait briller la croûte gelée de reflets aveuglants et le calma un peu. La douce indifférence du paysage où, tel un animal sauvage, la beauté résistait, le réconcilia avec le monde. Il grimpa jusqu'à l'église du vieux bourg et contempla longuement la vallée. L'outrage des hangars le long du torrent n'effaçait pas la magie des sommets, tantôt adoucis par les vignes, tantôt à pic et déloyaux. Il s'engagea le long d'une petite route toujours à l'ombre, où la neige se maintenait. Il se rappelait l'avoir prise avec Angela quelques années plus tôt, lorsqu'ils avaient découvert une auberge où ils avaient mangé des *tortelli* de pommes de terre aux champignons. En repensant à cette journée, l'image récente de son échange avec Zunarelli lui revint à l'esprit. Il se demandait quelle était la motivation de la mise en scène des croque-morts, et ne parvenait pas à trouver de solution. L'opacité alimentait un doute hostile, insurmontable, comme le rideau de fer devant lequel il tomba nez à nez après un petit virage. L'auberge n'avait survécu que dans sa mémoire. Il regarda autour de lui, un peu perdu, jusqu'à ce qu'une femme apparaisse à la fenêtre de l'étage supérieur pour observer le nouvel arrivant.

— C'est fermé, aujourd'hui ? s'enquit le commissaire.

— Ça ne rouvrira plus, répondit-elle.

Soneri fit un geste de la main qui indiquait une situation définitive.

— Depuis deux mois, l'informa-t-elle, les gens ne le savent pas, ils continuent de venir.

Le commissaire faillit lui demander ce qu'il s'était passé, mais il se ravisa. Mieux valait ne pas savoir pourquoi les choses disparaissaient jour après jour avec un léger raclement de rabot et rendaient notre vie aussi informe et vaporeuse qu'un tas de copeaux.

Il retourna d'où il était venu, cette fois pressé de s'échapper.

Il roulait à nouveau sur la départementale lorsque son portable sonna.

— Qu'est-ce qu'il y a, Juvara ? Tu as trouvé des trucs sur le smartphone ?

— Non, *dottore*, je suis sur le point d'envoyer la requête pour les fadettes. Avec un peu de chance, on pourrait avoir l'autorisation dès cet après-midi… Je mets quoi pour la motivation ?

Soneri dut y songer quelques instants et s'aperçut que le mobile du vol ne serait pas suffisant. D'autant plus sans dépôt de plainte.

— Dis qu'on le soupçonne d'appartenir à un clandestin disparu, décida enfin Soneri.

— On verra si ça passe, marmonna l'inspecteur d'un air sceptique. À part ça, j'ai une surprise, poursuivit-il. Une nouvelle agression : cette fois, sur le curé de la paroisse de la Navetta.

— Il n'est pas allé faire du ski avec le maire ?

— S'il y était allé, il n'aurait pas subi de passage à tabac.

Un vent de folie paraissait souffler sur la ville. Le commissaire eut un nouvel accès d'humeur, tel un cheval agacé par les mouches.

— C'est arrivé quand ?

— Ce matin, à l'aube. On l'a transféré aux urgences. Pasquariello en saura plus par la police de l'hôpital.

— On a une idée de l'agresseur ?

— Probablement un marginal venu lui soutirer trois sous. Ou un toxico. En tout cas, un jeune, les collègues le cherchent.

Soneri raccrocha en se demandant quoi faire. Il choisit finalement de filer aux urgences. Toutefois, il arriva trop tard.

— Déjà sorti, l'informa l'agent du poste de police.

— C'est grave ?

— Plaie contuse occipito-frontale gauche avec légère commotion cérébrale, diverses contusions sur le corps, quelques excoriations, récita le policier.

— Pourquoi ils ne l'ont pas gardé ?

— Il a signé une décharge.

— Tu sais où il est ?

— Chez lui, j'imagine.

Il repartit sans dire au revoir et remonta dans sa voiture. Il était si nerveux qu'il aurait voulu le gyrophare et la sirène pour que tout le monde s'écarte. L'église de la Navetta était un étrange édifice en béton : la création d'un architecte qui avait tenté géométriquement de traduire ses cauchemars. La porte du presbytère attenant était barricadée. Soneri y sonna, et peu après, une voix à l'interphone demanda de se présenter. Le commissaire obtempéra et entendit pour toute réponse le déclic de la serrure.

Il fut surpris de se retrouver en face d'un prêtre noir. Celui-ci portait une soutane qui donnait l'impression d'ensevelir son corps que l'on devinait maigre. Son visage était sympathique. Il se présenta à son tour : « Je m'appelle Jules. »

Soneri répéta son nom, puis ajouta : Je suis venu pour l'agression.

Le curé se fit grave et attendit la suite.

— Pourrais-je parler au prêtre ?

— Don Guido n'est pas là. Il a pris quelques jours.

— Où ?

— À la maison de repos San Bernardo, à Porporano. Chez les sœurs.

Soneri hocha la tête.

— Toute la ville le croyait à la montagne en compagnie du maire.

Don Jules sourit.

— À Andalo, oui, confirma-t-il, mais il n'est pas resté. Il a seulement accompagné nos jeunes.

— Je croyais qu'il y resterait toute la semaine.

— Vous ne connaissez pas don Guido, dit le curé dans un sourire. Il est toujours très occupé, il ne laisserait jamais sa paroisse toute une semaine durant.

— Je peux lui parler ? insista le commissaire.

— Non, vous iriez à Porporano pour rien, les sœurs ne laissent entrer personne, l'informa don Jules avec résolution.

Soneri se sentit impuissant. Il ne pouvait pas contraindre le prêtre à le rencontrer.

— Comment ça s'est passé ? L'agression, je veux dire.

— Une chose affreuse ! Affreuse ! dit l'homme en gesticulant et en tendant ses deux paumes en direction du commissaire comme s'il voulait se protéger. Ce matin, à 6 heures, don Guido est descendu à la sacristie pour travailler, et il a ouvert l'église. Un jeune est entré sans rien dire et lui a tapé dessus, sans même lui adresser la parole. Il a flanqué plusieurs tiroirs par terre mais, étrangement, n'a pas tenté de forcer les troncs.

— Don Guido a vu quelque chose ? A-t-il une idée de l'identité de son agresseur ?

— Il l'a déjà expliqué à vos collègues : le jeune avait un casque sur la tête.

— C'est la première agression dont il est victime ?

— Oui, assura don Jules, à part des petits larcins. Vous savez, on a quelques problèmes dans le quartier, mais somme toute, pas grand-chose. Pour moi qui viens du Nigeria, vous vous doutez…

— Combien de jeunes sont partis à Andalo ?

— Une vingtaine, des collégiens dont les familles ont des difficultés économiques. Pour la plupart, c'était la première fois qu'ils partaient à la montagne, aussi parce que beaucoup sont d'origine étrangère. La curie les a pris en charge dans un de ses villages vacances, et la mairie a mis un car à leur disposition.

Le curé avait l'air sincère, et son visage souriant dégageait une telle candeur que Soneri se sentit désarmé. Avant de s'en aller, il entra dans l'église et inspecta les nefs. Les autels étaient plongés dans une pénombre encore plus sombre que de coutume. Deux cierges brûlaient sous une statue de la Madone. Derrière, il découvrit la porte de l'annexe. Il essaya d'entrer, mais elle était fermée à clé. Entre le chambranle de la porte et le battant, il vit que le bois était éraflé, comme si la porte avait été forcée. Il sortit de l'église et appela Pasquariello.

— Tu l'as sous la main, le rapport de l'agression du curé de la Navetta ?

— Don Guido Nassi, confirma le collègue. Tu veux savoir quoi ? Prêtre des banlieues.

— C'est-à-dire ?

— Engagé auprès des migrants. Cible parfaite, comme aux fléchettes, toujours en ligne de mire.

— Il s'est déjà fait agresser ?

— Pas mal de vols, et des menaces. À mon avis, ce n'est pas la première fois, mais il n'a rien voulu nous dire.

— À cause du quartier difficile, ou d'autre chose ?

— C'est un curé qui aide les gens dans le besoin, mais il y a des salauds partout. À une époque, des dealeurs trafiquaient carrément dans l'église. On a fini par découvrir où ils planquaient leurs doses : dans le tronc des offrandes au pied de la Madone.

— Et ça s'est terminé comment ?

— On est intervenus, et ils ont dégagé. Mais c'est comme si tu luttais contre des fourmis, d'autant que la curie n'a pas eu l'air de s'en inquiéter plus que ça. Elle doit considérer que cette paroisse de périphérie est perdue, vu tous les musulmans qui habitent le quartier. On a conseillé au prêtre de n'ouvrir son église qu'aux horaires des offices, mais il n'a rien voulu entendre. Il estime que l'église doit être ouverte à tous, vingt-quatre heures sur vingt-quatre.

— Au moins, c'est un homme cohérent, souligna Soneri.

— La frontière entre la cohérence et la connerie peut être assez subtile.

— J'en suis bien conscient, admit le commissaire qui s'était plus ou moins identifié avant de mettre un terme à la conversation.

Quand il revint à la Questure, Juvara le scruta d'un regard interrogateur.

— Alors ? s'enquit-il avec une expression légèrement ahurie.

— Alors, rien, ragea le commissaire. Ça fait deux jours que je tourne à vide avec toutes ces histoires bizarres : des téléphones qui sonnent, un vieux qui meurt de froid, une bagarre autour d'un cercueil, l'agression d'un curé…

— *Dottore*, on ne peut pas dire qu'on tourne à vide tant qu'on n'a pas tout vérifié.

— Le fait est que j'ai l'impression que certains détails m'échappent.

— Avec votre expérience, j'ai du mal à y croire, tempéra Juvara.

Soneri, que les compliments agaçaient, lui fit signe de laisser tomber.

— Justement. D'après mon expérience, je sens un truc irrésolu. Tous ces faits n'ont aucune logique.

— Parfois, les événements improbables ont lieu, rappela l'inspecteur.

— C'est vrai, mais ils excluent la répétition.

La radio de la salle de commandement balançait des ordres vindicatifs à exécuter de toute urgence. Une foule de contestataires s'était rassemblée sous les arcades de l'hôtel de ville afin de protester contre la corruption qui, quelques jours plus tôt, avait entraîné les arrestations.

— Toujours les mêmes comités, commenta Juvara.

— À leur place, je serais encore plus énervé.

— Ils sont en train de croquer la ville.

— La ville est corrompue parce qu'elle est pleine de vers. Ceux qui la croquent ont obtenu le feu vert des Parmesans qui ont voté pour eux. Et nous, on sert à quoi ? On devrait courir démissionner.

— *Dottore*, on n'y est pour rien. Si on nous laissait faire…

— Juvara, la politique est impliquée jusqu'à la moelle ! Tu parles sérieusement ? Qu'est-ce que tu veux qu'on nous laisse faire ? Nos hiérarchies dépendent des politiques du même parti que ceux qu'on vient de coffrer ! Et pratiquement deux tiers de nos effectifs sont des fascistes prêts à frapper sur tout ce qui bouge pourvu d'être remerciés par ceux qui ont provoqué le désastre.

L'inspecteur garda le silence avant d'en venir au concret :

— Le magistrat veut nous charger de l'affaire. La brigade financière ne suffira pas, il a prévenu Musumeci.

— Et moi, je ne suis pas au courant… Je suis toujours le chef, jusqu'à preuve du contraire, s'irrita encore Soneri.

— Le parquet est en plein marasme, ils ne sont pas assez nombreux, et maintenant que l'enquête sur les adjoints est ouverte, ils ne savent pas par où la prendre.

— Dis à Musumeci de me tenir au jus, au moins, il prendra la température d'une véritable enquête, grommela le commissaire en songeant à Romagnoli et à tout le reste.

— Moi aussi ça m'a étonné qu'on ne vous l'ait pas demandé directement, confessa l'inspecteur.

— Je ne suis pas politiquement correct, et toi non plus, du reste, étant donné notre relation. Musumeci est un mec bien, mais il est plus docile que nous. S'il les emmerde, ils pourront toujours le placardiser au service des passeports. Avec moi, ils seraient plus embarrassés.

— Ce ne serait pas la première fois qu'ils enverraient quelqu'un à Cayenne.

— Tu vois ? Et tu crois qu'ils nous laisseraient faire ?

CHAPITRE 4

L'affaire Romagnoli faisait les gros titres de la presse et des télévisions. L'Éternelle, dont on louait la générosité, retenait une bonne partie de l'attention. Journalistes et commentateurs se perdaient en qualificatifs ; politiciens et administrateurs, hypocritement reconnaissants, la citaient en exemple.

— Mais qui se cache derrière cette boîte ? s'interrogea Angela qui n'en revenait pas.

Le commissaire ne savait que répondre, n'ayant toujours pas décidé quelle piste suivre.

— Je n'ai jamais eu l'esprit aussi confus, bougonna-t-il. Tu vois cette expression, « chasser plusieurs lièvres à la fois » ?

— Très bien ; dans ce cas, ça devient compliqué, en convint Angela. Mais à ta place, je m'ôterais d'un doute. Ces types ont vraiment du talent. Au moins dans leur façon de communiquer. Pas si facile de faire la pub d'une entreprise de pompes funèbres. Quoi dire ? « Faites le bon choix, et reposez en paix » ?

— Pour une fois, ils ne raconteraient pas de bobards, sourit Soneri.

Plus tard, il ordonna à Juvara d'enquêter. Puis il tenta de joindre Musumeci qui ne donnait pas signe de vie depuis deux jours, mais son portable sonnait dans le vide.

C'est alors que celui retrouvé sur la digue lui revint à l'esprit.

— Tu t'es décidé à jeter un œil sur le smartphone ? demanda-t-il à l'inspecteur.

— Oui, je l'ai un peu démonté, mais je n'ai pas trouvé grand-chose.

— La technologie t'a enfin résisté ?

Juvara fit non de la tête.

— Il est vide.

— Vide ? C'est-à-dire ?

— Le répertoire est vide, et la mémoire aussi : aucun message, aucun nom dans le journal d'appels. Je n'ai pas trouvé non plus le numéro de l'appareil. Comme si on l'avait nettoyé.

— Pourtant, il a sonné trois jours d'affilée dans les buissons, fit noter Soneri. Tu penses qu'il a été traficoté avant mon arrivée ?

— Les derniers appels apparaissent, mais ce sont tous des numéros inconnus. Appels masqués, expliqua Juvara.

— Ça te paraît crédible ?

— Non, répondit l'inspecteur.

— Tu en es où pour l'autorisation des fadettes ?

— Le magistrat m'a fait savoir que nos motivations étaient insuffisantes. Son assistant nous avait prévenus, le *dottor* Piccirillo est du genre pointilleux. D'après lui, on ne peut pas demander à une société de téléphonie de violer leur principe de confidentialité pour un objet perdu sans dépôt de plainte.

Le commissaire s'exaspéra et suspecta le substitut de ralentir volontairement ses investigations. Ce fut à ce moment-là que Musumeci donna de ses nouvelles.

— Tu t'es pris des vacances ?

— *Dottore*, je suis dans la merde : je bosse dix-huit heures par jour, je ne vois même plus ma femme.

— Laquelle ? Je te rappelle que je suis ton supérieur et que je dois savoir où tu es ! le tança Soneri.

— Je pensais que le *dottor* Piccirillo vous avait prévenu.

— Non, Piccirillo pense juste à me casser les couilles en jouant le garant des lois. Par contre, avec les politiques, il y va plus doucement.

— L'enquête est délicate. Vous savez bien qu'on est obligés de se prémunir si certaines personnalités sont impliquées.

— Écoute, je comprends que tu veuilles faire carrière, mais tant que je suis ton chef, tu dois venir au rapport. Ce n'est pas la première fois que tu n'en as rien à foutre et que tu cours chez les magistrats comme un retriever.

— C'est un malentendu.

— Et j'exige que tu me tiennes au courant de tes investigations, insista Soneri. On n'en a rien à foutre des recommandations de Piccirillo.

— On va sans doute ferrer du gros poisson, vous savez ? Les fonctionnaires ont commencé à se mettre à table.

— Pots-de-vin ?

— Imaginez un peu ! Comme toujours, c'est l'argent, l'argument principal. Certains adjoints sont sur la corde raide, visiblement, le maire aussi serait mouillé.

— Ils disent quoi ?

— Rien de particulier, des sous-entendus… Mais c'est toujours Corbellini le responsable de la baraque. Je n'ai pas accès à toutes les cartes, en revanche, j'ai cru comprendre que la semaine au ski avec les jeunes…

— Explique-toi, putain ! le coupa Soneri en s'impatientant.

— Je vous jure que je n'en sais pas plus. Ils n'expliquent pas vraiment les choses, disons que c'est de l'ordre de l'ironie, de la boutade, de l'allusion… vous comprenez ? Dans tous les cas, ça sent le roussi. Rien que le fait d'aller à la montagne au moment où l'équipe municipale est sous le coup d'une enquête.

Le commissaire marmonna quelque chose qu'il ne parvint même pas à déchiffrer lui-même. Il raccrocha en tentant de contenir ses pensées qui jaillissaient comme un geyser.

— Juvara, trouve-moi le numéro des carabiniers d'Andalo.

L'inspecteur le regarda d'un air interdit en essayant de deviner ses intentions, mais Soneri s'impatienta en l'incitant d'un geste péremptoire, et il se mit à tapoter sur son clavier.

— Y a tout, sur Internet, affirma-t-il avant de trouver les coordonnées. Vous voulez aussi leur site et leur adresse e-mail ?

Soneri ne l'écouta même pas, s'empara de son téléphone et se fit passer l'adjudant.

Juvara l'entendit se renseigner sur le maire, mais plus le commissaire parlait, plus il s'impatientait. Enfin, Soneri mit un terme à la conversation en raccrochant au nez de son interlocuteur.

— Quel planqué ! s'exclama-t-il. Monsieur marche aux télex ! Et il faudrait que je lui envoie une liasse de documents avec tous les tampons ! C'est toujours bien pratique pour ne rien foutre, les procédures, acheva-t-il dans un mouvement d'humeur.

— Commissaire, vous savez bien qu'avec l'Arma, le règlement… tenta de justifier Juvara en redoutant dans la foulée d'avoir été trop téméraire.

Mais Soneri, étonnamment, se calma.

— Il m'a quand même lâché un truc, grommela-t-il. Le maire loge à l'hôtel *Holiday* : une chambre simple réservée pour la semaine. L'hôtelier a prévenu les carabiniers comme il est tenu de le faire.

— On aurait pu avoir l'info par l'office de tourisme, commenta l'inspecteur.

— Au moins, maintenant, on sait qu'il est là-bas, se limita à constater Soneri.

Il n'alla pas plus loin, car on frappa. Un agent se pencha par l'entrebâillement de la porte et tendit un dossier à Juvara.

— L'autopsie de Romagnoli, annonça ce dernier.

— Qu'est-ce que ça dit ?

L'autre se mit à lire avant de répondre. Puis il posa le dossier sur son bureau avec une expression perplexe.

— Rien de clair, lâcha-t-il.

Le commissaire fit un signe du menton.

— Le vieux a ingéré un anxiolytique, des benzodiazépines, mais il est mort à cause du froid. Concrètement, ses artères se sont resserrées, et le cœur a lâché.

— Tu penses qu'on lui a donné ce truc pour l'abrutir ?

— Qui sait ? C'est sûr que ça en a rajouté… Peut-être qu'il s'agitait et qu'il ne restait pas dans son lit, ce qui explique le sédatif.

— L'examen dit s'il y a surdose ?

— Non.

Soneri appela immédiatement Nanetti.

— Écoute, j'ai besoin de l'avis d'un scientifique : tu as regardé les résultats de l'autopsie ?

— Oh ! Le philosophe s'est résolu à faire preuve d'humilité !

— Parle-moi un peu de ces benzomachins.

— Benzodiazépines : ce n'est pas difficile à retenir ! Qu'est-ce que tu veux savoir ?

— Si le dosage était normal ?

— Bonne question ! Ça dépend.

— Tu vois où ça finit, ta science ? Dès qu'on pose une question précise, elle nous répond vaguement.

— Putain ! On n'est pas dans un quiz ! Les doses dépendent de la personne qui les reçoit : on ne soigne pas de la même manière les vaches et les lapins !

— La quantité trouvée dans le corps de Romagnoli était la bonne pour un vieux de son gabarit, ou c'était surdosé ? insista Soneri avec obstination.

— Faudrait avoir accès au cadre clinique, répondit Nanetti en restant évasif.

— On est bien avancés !

— Si tu veux mon avis, le dosage est un petit peu fort, hasarda tout de même le collègue.

— Tu cesses enfin de t'abriter derrière le doute du scientifique ! Tu m'accompagnes dans le brouillard ! exulta le commissaire. Quand je te dis qu'on a besoin des interprétations ! Et d'après toi, la dose pouvait être létale ?

— Non, assura Nanetti, juste capable de l'abrutir, éventuellement de le faire dormir. Calmer l'agitation.

— Intention malveillante ?

— Je l'exclurais. Je pencherais davantage pour une infirmière exaspérée qui verse deux ou trois gouttes de plus.

On entendit soudain des voix surexcitées provenir de la radio, qui donnaient l'idée d'une dispute. Soneri dut écourter la conversation : quelque chose de grave se passait sans que l'on sache à quel endroit. On devinait que les agents affrontaient une manifestation non autorisée avec désordres, caillassages de banques et vitrines fracassées.

Le questeur réclama la présence de tous pour le maintien de l'ordre public, et Soneri fut contraint d'obéir. Il détestait le rôle de flic de rue au milieu de la cohue. Il détestait tout ce qui n'était pas réfléchi et évitait les affrontements primaires sur le terrain. Par-dessus tout, lui aussi aurait volontiers caillassé quelques banques.

À son corps défendant, il se retrouva au niveau du carrefour de la via Mazzini et de la via Cavestro en présence des jeunes de l'université, et d'autres, équipés pour l'émeute. Il volait de tout sous les arcades, et bon nombre d'individus tentaient de trouver un abri en se glissant sous les rideaux de fer avant qu'ils ne soient totalement baissés. On imaginait aisément les commentaires des commerçants dans leurs boutiques blindées, entourés de vêtements griffés, de montres en or et de porcelaine de Limoges. Un arsenal complet de lieux communs fascistoïdes avec son lot d'invocations à la matraque, à la potence et la prison. Le temps d'un bref affrontement dans les ruelles du quartier universitaire, et bientôt le raffut s'arrêta comme un accès de toux dans les rues brouillardeuses en direction du tribunal et du conservatoire. De ce grondement rageur ne restaient plus que des tessons, quelques slogans fraîchement peints sur les murs et les échos des cris, pareils à des promesses de guerre.

Juvara arriva en sueur, le souffle court et le regard affolé comme s'il avait de la fièvre.

— On s'est fait caillasser, un agent a le crâne ouvert, dit-il en reprenant son souffle.

Le commissaire ne broncha pas et traversa le champ de bataille tandis que sous l'hôtel de ville se déroulait un concert de casseroles accompagné d'insultes et de voix menaçantes. La ville n'était plus qu'une enceinte de haine autour de la mairie.

— Plus rien ne tient ensemble, maugréa Soneri suivi de Juvara trottant à ses côtés, la radio reliée à la salle de commandement.

— Vous les avez vus ? De quoi ils avaient l'air ?

— Au moins, ils expriment des sentiments sincères, commenta le commissaire. Je les préfère aux bien-pensants qui exhibent leur médiocrité en la faisant passer pour de la modération. S'il y a bien une catégorie de merde, c'est celle des modérés. Qui, en réalité, ne le sont pas du tout. N'oublions pas que les choses les pires de ce pays sont advenues grâce à leur consentement.

— Et à celui de l'Église, enchérit Juvara.

— Je vois que tu commences à digérer la politique…

Une voiture banalisée passa devant eux et mit les gaz pour s'élancer à toute allure depuis la piazza Garibaldi.

— Qu'est-ce qui se passe ? s'alarma le commissaire.

— À mon avis, la voiture transportait une grosse proie, suggéra l'inspecteur, mais Soneri parlait déjà avec Musumeci : Quoi ? Montagnani ? Oui, c'est ça, adjoint aux services sociaux. On le voit souvent dans les journaux. Vous avez pris du gros poisson…

— Eh ben, mon vieux ! s'exclama Juvara dès que le commissaire raccrocha. Il ne plaisante pas, Piccirillo !

— Le mandat d'arrêt vient de Bergossi. Piccirillo n'aurait pas eu les couilles.

— Il est accusé de quoi ?

— De gratter sur le budget des fournitures scolaires. Ils profitent même des gosses.

Une rage muette figea le commissaire, et il se tut plusieurs minutes en fixant les arcades sous lesquelles résonnait la contestation. Au même moment, Musumeci, qui voulait se montrer zélé, rappela. Soneri porta le téléphone à son oreille tout en continuant de penser à cette immense humiliation que subissait la ville, à ces enrichis au regard méfiant qui y faisaient des affaires, à cet ancien peuple canaille et tapageur que le fumier bouillonnant de la politique avait désormais pacifié, à l'inertie de ses ronds-de-cuir, à l'esprit étriqué des catholiques parfumés à l'encens, enfin, à ses industriels toujours enclins à la magouille.

— Allô ? *Dottore ?* Allô ? Allô ? répéta l'inspecteur.

Alors Soneri se secoua. Juvara s'était éloigné et l'avait laissé seul piazza Garibaldi tandis que la pendule du palazzo del Governatore sonnait neuf coups.

— Je ne crois pas que Montagnani ait agi tout seul, dit enfin le commissaire en reprenant le fil de la conversation comme si celle-ci ne s'était jamais interrompue.

— C'est aussi l'avis du procureur, tant et si bien que l'enquête se poursuit. Probable qu'il se soit fait liquider par les siens, supposa Musumeci.

— Feu ami ?

— Lutte de pouvoir au sein du parti. Plus simplement : conflit d'affaires.

— Aujourd'hui, parti et affaires, c'est du pareil au même.

— Justement. Bergossi étudie la sarabande d'achats-ventes de terrains de la zone d'activités que gère une société contrôlée par la commune. À première vue, une affaire compliquée dans laquelle ont joué des agences immobilières. Et qui, apparemment, ont fait de bonnes vendanges. Je ne vous apprends rien si je vous dis que les règlements de compte ont lieu quand les clans se partagent le butin.

— Tu penses que Montagnani ne va rien balancer ?

— Espérons qu'il chante aussi bien que le ténor de *Rigoletto*, mais j'en doute. *Dottore*, les truands, c'est toujours pareil : ils ne dénoncent pas leurs rivaux, ils préfèrent se venger entre eux. L'important, c'est que le jeu continue. Si tout va bien, Montagnani va se prendre deux ou trois ans, et grâce à tout un tas de circonstances atténuantes et à son casier vierge, il aura une remise de peine. Il renouera des relations avec les siens et recommencera à brasser. En dehors de la politique, espérons-le. Avec la déculottée qu'il vient de se prendre, je serais curieux de savoir qui en voudra encore.

— Les gens ont la mémoire courte, et dans quelques années, on verra en lui un homme neuf, déplora Soneri. Quoi qu'il en soit, on ne peut pas miser sur l'indignation si on n'a aucun point d'appui. Ni sur le Code pénal : à part les magistrats et nous, qui le respecte ?

— Ne soyez pas trop pessimiste, la roue finira par tourner. Les gens vertueux reviendront au pouvoir, dit l'inspecteur d'une voix conciliante.

— Comment ? Ils n'ont aucun parti. Les escrocs, si, et très organisé.

— Je ne peux pas vous donner tort : cet Ugolini… un homme répugnant.

— Qui est-ce ? Le secrétaire ?

— Non, lui, c'est Bonaldi, son sous-fifre, un intrigant doublé d'une brute qui fait le sale boulot, un vrai sicaire. Ugolini est un industriel, un des plus gros affineurs de jambons de la région.

— Je n'ai pas l'impression qu'il ait de grosses responsabilités dans le parti…

— En effet, il n'en a aucune, il a juste sa carte. Mais quel rapport ?

— Tu as raison, s'agissant d'un comité d'affaires…

— Justement. Ugolini injecte de l'argent et garde le contrôle en plaçant ses hommes aux postes clés. Le reste, discours, programmes, déclarations… conneries ! Eux, ce qu'ils veulent, c'est du fric.

— Parle-moi du maire. Tu as capté d'autres rumeurs ?

— Vite fait, rien de précis. Dans tous les cas, le maire aussi est au service d'Ugolini. Ces dernières années, Corbellini a mis sur pied aux frais de la princesse je ne sais combien de sociétés de service en y plaçant tous ses fidèles : rien de mieux pour gérer la situation et élargir sa clientèle. Commissaire, je suis du Sud, je sais comment ça se passe. Ce sont les mêmes méthodes que celles de la mafia : un *picciotto*[2] par quartier. Tout coïncide.

— Sauf qu'ici, elle se présente comme un parti.

— Quel parti ? Du marketing, rien de plus ! La réalité, c'est celle que je viens de vous décrire.

— Attendons de voir si Bergossi va jusqu'au bout ou s'ils l'arrêtent avant, estima Soneri.

— Bergossi veut sans doute y aller, le problème, c'est qu'il est freiné par certains substituts, et sans eux, ça devient compliqué. Cela dit, même s'ils ont tenté de l'intimider avec leurs deux séances de questions parlementaires, lui s'en fout : dans un an, il part à la retraite. J'espère qu'il aura le temps de faire le ménage, conclut Musumeci.

— Ça sentira juste un peu moins mauvais. On aurait besoin d'autre chose.

— En attendant, un petit coup d'eau de Javel… Montagnani a bien chié dans son froc quand on l'a emmené en prison. J'ai su par des collègues qu'il s'était fait cracher dessus.

2 Grade le plus bas dans la hiérarchie d'une organisation mafieuse.

— Ne te fais pas d'illusions, le prévint Soneri. Ce sont les mêmes qui l'ont élu et qui allaient lui demander des faveurs il y a encore deux jours.

L'inspecteur ne répliqua pas. Lorsque le commissaire commençait ses griefs contre le monde, il ne le suivait pas. Lui, c'était juste un flic, de plus, il ne connaissait pas la ville aussi bien que son chef. Tous deux restèrent le téléphone en main à soupirer sans dire un mot, puis raccrochèrent silencieusement, entre la gêne et le dépit. L'un parce qu'il s'en tenait à son rôle, l'autre parce qu'il savait qu'il l'avait outrepassé. Cela lui arrivait aussi avec Juvara. Plus tard, au *Milord*, chez Alceste, il en avait parlé à Angela : ne devenait-il pas fou à force d'être à contre-courant ? Mais celle-ci l'avait rassuré.

— Ils sont jeunes, avait-elle poursuivi en parlant des deux inspecteurs. À leur âge, on était subversifs ; eux, ils essayent seulement de faire fonctionner un petit peu mieux le monde dont ils ont hérité. Ils se contentent de faire valoir la loi, sans se demander qui la promulgue. Nous, on la remettait en question.

— Le fait est que notre boulot ne sert pas à grand-chose : on soigne la plaie, mais on ne la guérit pas. Mes inspecteurs pensent que c'est une solution, pas moi.

— Les flics n'ont pas vocation à changer le monde.

— Surtout si tu te sens en minorité. On en est arrivés au point où les délinquants sont plus nombreux que les gens honnêtes. Et je m'attends à ce qu'un jour ou l'autre, ce soient eux qui fassent la révolution en nous foutant en taule ou en nous liquidant.

— C'est déjà le cas, l'interrompit Angela. Regarde les mafias. Le Nord leur offre la possibilité d'agir en souterrain et de s'infiltrer partout en gardant une image irréprochable, ce qui est beaucoup plus avantageux, poursuivit-elle. La frontière entre légalité et délinquance est très subtile. C'est une avocate qui te le dit. On peut être délinquant en toute légalité, pour ça, il suffit juste d'interpréter les normes. Regarde les banques.

— Alors, je sers à quoi ? À arrêter Montagnani et d'autres adjoints du maire ? Ce n'est pas lui, le problème, plutôt les gens qui l'ont élu et qui le feront encore.

— N'exagère pas, beaucoup sont de bonne foi.

— J'y crois de moins en moins. Je pense même que tous ceux qui supportent ces personnages s'y reconnaissent, et qu'ils approuvent leurs agissements parce qu'ils ont le même comportement. Y compris délictueux. Et quand on les arrête, on est impopulaires, tu comprends ? Alors toutes ces histoires de société civile… Elle est souvent moins civile que les politiques !

Angela leva les yeux sur Alceste qui s'approchait avec deux assiettes de *tortelli* aux blettes et à la ricotta.

— Heureusement, le remède à la mauvaise humeur arrive.

Soneri la regarda de travers, puis se mit à manger. Le gutturnio aussi contribua à le réconforter.

— Tu penses que notre édile va prendre la tangente maintenant qu'une partie de son équipe s'est fait coffrer ?

— Il l'a déjà fait, il est parti à la montagne.

— Tu sais très bien ce que je veux dire.

— Tu sais ce que je pense ? Que s'il ne revient pas d'ici ce soir ou demain matin, il va falloir aller le chercher.

— Nous ?

Soneri acquiesça.

— J'ai demandé à Juvara de me prévenir s'il revient. D'après le premier adjoint, il sera là demain.

— Tu n'y crois pas ?

— Pas une seconde. Il faut trois heures de bagnole pour revenir d'Andalo, et face à une situation de ce genre…

— Si on va par là, c'était déjà absurde de s'en aller. D'accord, ils n'ont pas mal aux couilles…

— Nous, par contre, rien ne nous en empêche. Aujourd'hui, on est vendredi… Un weekend à la montagne, ça te dit ?

— Qu'est-ce que tu as en tête ? À Parme aussi, on a de la neige…

— Là-bas, il y a la montagne, la Paganella… Je te promets qu'on restera au chaud, juste une petite balade oxygénée sous le soleil, et rien que nous deux, à l'écart de ces saloperies !

— Arrête ton char, commissaire, c'est au maire que tu penses.

— Si on le croise, on ira se présenter.

Angela le fixa en dodelinant de la tête avec ironie.

— Va falloir réserver.

— Je m'en occupe, assura Soneri. Je connais un hôtel confortable à des prix raisonnables.

— Lequel ?

— Le *Holiday*.

CHAPITRE 5

— Dès qu'on prend de l'altitude, tu changes d'humeur, constata Angela tandis que l'auto affrontait les virages qui montaient à la Paganella.

— Parce que je suis loin du bourbier qu'est devenue notre ville.

— On ne l'aime vraiment plus…

— On l'aime trop. Et elle nous trahit tous les jours.

Non loin du centre, sur la route de Pederü, se distinguait le bois verni de l'hôtel *Holiday*. Il y avait quelques voitures sur le parking, et tout autour régnait une atmosphère de basse saison.

— Je sens qu'il n'y aura pas de bal, ce soir. Pas trop déçue ? plaisanta Soneri.

— Pour deux jours, je pense que je vais tenir, renvoya Angela. Avec tout ce cafouillis, tu vas avoir du mal à trouver ton maire.

— J'ai déjà un tuyau, tu verras, mentit-il.

Il était l'heure de déjeuner, et ils descendirent dans la salle. Il n'y avait que deux tables occupées parmi les rangées de nappes aussi symétriques qu'un jardin à la française.

— C'est mort ! s'exclama Angela.

— Ça t'inquiète à ce point de rester deux jours avec moi ?

— Tu vas commencer ton enquête, et moi, je vais me retrouver à discuter avec des chiens de traîneau.

Ils commandèrent des *canederli*[3] au fromage et du chevreuil rôti.

— Le maire déjeune sur les pistes, supposa le commissaire en promenant son regard dans la salle.

— Un véritable athlète. J'ai appris qu'il allait tous les jours en salle de sport.

— Vu les slaloms qui l'attendent à Parme, il va falloir qu'il soit tonique.

Entre-temps, les autres clients avaient quitté la salle, et l'hôtel paraissait avoir plongé dans le silence. Seul le cliquetis de la vaisselle provenant des cuisines indiquait une présence. C'est dans cette ambiance de sanctuaire qu'ils déjeunèrent sans dire un mot.

— On essaye de profiter des derniers rayons du soleil ? proposa Angela à la fin du repas.

Le commissaire la suivit, mais dans le hall rencontra la fille de la réception et s'arrêta.

— À quelle heure rentre le *dottor* Corbellini, en général ?

— Je ne sais pas. Je débauche à 16 heures, je ne vois pas les clients rentrer.

— Il dîne ici, d'habitude ?

— Je ne sais pas.

— Vous pourriez me donner le numéro de sa chambre ?

— Je préfèrerais que ce soit la patronne, répondit la fille avec embarras.

— Appelez-la.

3 (De l'allemand *knödel*, *gnocco*) : gros *gnocco* rond fait de pain et de speck, ou de foie, ou de fromage, et cuit dans du bouillon, spécialité du Trentin et du Haut-Adige.

— Elle doit revenir d'ici ce soir, elle est à Belluno, pour une visite.

Soneri sentit quelqu'un derrière lui, se tourna, et découvrit Angela, qui, ne le voyant pas sortir, était revenue le chercher. Il la fixa le temps de noter son geste qui l'invitait à laisser tomber. Il la rejoignit, l'attrapa par le bras et l'entraîna dehors.

— La fille a joué aux trois petits singes, maugréa-t-il.

— Aux trois petits singes qui se foutent de toi. À mon avis, elle a reçu des consignes.

Le village était quasiment désert en cet après-midi de janvier, seulement traversé par des autocars qui débarquaient des touristes étrangers devant les hôtels, et quelques groupes en transhumance. Sur les pentes de la Paganella, les télécabines glissaient lentement le long des sillons déboisés striant la sapinaie.

— Tu veux qu'on monte ? proposa Angela. On croisera peut-être le maire dans un chalet.

— Je préfère l'attendre dans la vallée en buvant de la grappa.

— Commissaire, pas pendant le service.

— Je ne suis pas en service. Je suis en balade avec toi.

— Tu l'es toujours.

Soneri la prit par la taille en l'attirant à lui, et elle se laissa faire. La lumière avait brusquement baissé au fond de la vallée, et l'ombre des montagnes progressait rapidement sur le granit des toits pentus. Ils revinrent sur leurs pas enlacés l'un à l'autre pendant que les lampadaires s'allumaient et que le souffle des névés gelait les routes. Quand ils entrevirent l'hôtel, il faisait déjà nuit. Angela allongea le pas, et le commissaire y devina cette peur du noir qu'ont les enfants. Cette fragilité soudaine la lui rendit soudain plus proche.

Arrivés à l'hôtel, Soneri retourna à la réception, et cette fois, se retrouva nez à nez avec une femme dans la cinquantaine dont la politesse avait le ton revêche des gens de la montagne.

— Le *dottor* Corbellini est rentré ? demanda-t-il.

La femme le scruta comme pour l'examiner.

— Pas encore. Vous le connaissez ?

Le commissaire acquiesça.

— Alors, si vous avez la patience de l'attendre, il va finir par arriver.

— Il ne mange pas à l'hôtel ?

— Pas toujours.

— Je dois lui remettre un document, mentit-il. Si je ne le vois pas au dîner, je lui apporterai plus tard. Quel est le numéro de sa chambre ?

La femme devint méfiante et ne répondit pas tout de suite. Enfin, elle dit froidement :

— Donnez-le-moi. Je m'en occuperai quand je le verrai.

— J'aimerais mieux le faire moi-même. Vous savez ce que c'est, un maire…

L'autre eut l'air de réfléchir sans trop savoir quoi décider. Elle posa son regard sur Angela, qui, entre-temps, s'était approchée du commissaire en le prenant par le bras, aussi souriante qu'une jeune mariée en voyage de noces, et finit par se résigner :

— Troisième étage, la 312, murmura-t-elle à contrecœur.

— Elle ne te l'aurait jamais dit si je n'avais pas été là, s'enorgueillit Angela. Avec moi, elle a cru qu'on était un couple normal, ou un couple d'amants. J'ai fait valser tous ses soupçons. Et vu le genre de bonne femme, elle a dû me prendre pour une pute qui couche avec des politiques.

— Si elle connaissait mon métier, elle n'y aurait même pas songé : tu soutires combien à un flic ? Au mieux, deux jours à la montagne, ricana-t-il.

— Je ne comprends pas pourquoi tu veux rester incognito. Dis que tu es commissaire, ça arrangerait tout le monde.

— Ils seraient sur le qui-vive. Ils ne doivent se douter de rien, et tout roulera. Ce n'est qu'une question d'heures.

Angela le fixa sans comprendre, mais ne répliqua pas. Autour d'eux, il y avait plus de monde qu'au déjeuner. Deux tablées de skieurs se faisaient remarquer. Dehors, les routes recouvertes de gel reflétaient la lumière des lampadaires, et de rares automobiles passaient dans un nuage de fumée. Une serveuse en costume traditionnel du Trentin leur apporta des *casunziei*[4], et le commissaire commanda un merlot. Le temps passait comme en vacances. Sur le visage des commensaux affleurait la candeur de l'enfance insouciante. Les habitudes provisoirement abandonnées les rendaient à la fois légers et émouvants.

— Pour moi, c'est ça, les vacances, retrouver son enfance, commenta Angela.

Soneri, au contraire, n'arrivait pas à sortir de son rôle. Il observait le joyeux brouhaha et restait attentif à la moindre dissonance, à d'éventuelles anomalies qui lui missent la puce à l'oreille. Le vacarme des voix les unes par-dessus les autres lui rappelait les après-midi dans la cour, les parties de foot et les garages en guise de buts, les mères criant par la fenêtre, et la nuit précoce de l'hiver qui faisait taire tout le monde dans le brouillard épais. C'était

4 Raviolis aux œufs en forme de demi-lune généralement farcis de betterave rouge et de patate bouillie, assaisonnés de beurre fondu, de ricotta fumée et de graines de pavot, spécialité du Haut-Adige et de Vénétie.

une question d'heures, il le sentait. Et cette attente s'était parée du charme mystérieux d'une promesse ou d'une prophétie sur le point de s'accomplir. Et puis le merlot, la compagnie d'Angela, cette atmosphère bruyante vaguement irréelle l'étourdissaient et le plongeaient dans une ivresse féconde. Parfois, il se levait pour aller vérifier l'entrée de l'hôtel et le salon dans la pénombre, où plusieurs petits vieux regardaient la télé. La réception était vide, mais la patronne devait guetter derrière sa porte. Il sortit par deux fois pour tirer sur son *toscano* et s'assurer qu'une nouvelle voiture n'arrivait pas sur le parking. Avec le froid, rien ne bougeait, et l'air ressemblait à du verre. À minuit, l'allégresse retomba d'un cran. Le vin, après l'ivresse, invitait au sommeil. Petit à petit, la brigade monta se coucher, ne laissant derrière elle que les irréductibles se partager la dernière goutte.

Le commissaire prit son portable et appela Juvara, qui avait reçu l'ordre de planquer sous le domicile de Corbellini, à Parme.

— Alors ?

— Rien, *dottore*, ici, je n'ai vu personne.

— Continue d'ouvrir l'œil. Ici aussi, c'est calme plat.

Angela l'interrogea du regard dès qu'il eut raccroché.

— Quel weekend passionnant, railla-t-elle. Tu veux que je sorte faire le planton sur le parking ? Si ça se trouve, beau gosse comme il est, le maire s'est chopé une Allemande en haut des pistes, et ils passent la soirée ensemble. Y en a qui savent en profiter…

Soneri regarda sa compagne de travers.

— Tout va se résoudre cette nuit, riposta-t-il froidement.

— Mais oui, bien sûr, poursuivit-elle, de plus en plus sarcastique. Au pire, dans deux jours, à la fin des vacances.

— Allons nous coucher, décida finalement le commissaire.

— Bonne idée, mais si tu continues de te triturer la cervelle…

Il ne répondit pas. Devant la réception, il étreignit sa compagne en lui barrant le passage. Angela demeura surprise et supporta son effusion quasiment sans bouger. Ce n'est qu'ensuite qu'elle réagit en réprimant un rire. Ils virent alors la porte de la loge s'ouvrir de quelques centimètres et se refermer tout de suite après.

— Espèce de ruffian sans vergogne ! le tança-t-elle. Tu crois que je n'ai pas compris ton petit jeu pour te faire remarquer par l'autre ?

— Parfois, métier et sentiments se superposent, tenta de justifier le commissaire.

— Tu cherches à aggraver ton cas ? rétorqua Angela, cette fois radoucie. J'espère que tout à l'heure, tu lâcheras ton métier pour ne garder que les sentiments. Je n'aime pas les gigolos.

— Un flic peut être pire qu'un gigolo.

Quand ils furent dans la chambre, Soneri attendit dix minutes, le temps qu'Angela se déshabille, puis il sortit.

— Je reviens tout de suite, assura-t-il.

— Tu cherches l'aventure, comme le maire ? lui demanda-t-elle.

Le commissaire dit seulement : « Attends-moi », puis referma délicatement la porte derrière lui. Il monta au troisième étage, évita la cellule automatique qui actionnait la minuterie et se cacha dans un renfoncement du couloir d'où l'on pouvait apercevoir la chambre 312. Par chance, quasiment toute la compagnie de skieurs était déjà couchée. On entendait des chuchotements derrière les portes, et des bruits de chasse d'eau. Il attendit une demi-heure, puis distingua des pas légers monter les escaliers. La lumière se déclencha et lui agressa les yeux : quelqu'un arrivait du couloir, on le devinait au léger frottement sur la moquette en feutre. S'il avait été un invité en retard, il aurait dû justifier de sa présence ici et à cette heure. Il pensa plutôt simuler une cuite en faisant semblant de ne plus trouver sa chambre. Et si c'était le maire qui rentrait se coucher après son aventure galante ?

Tandis qu'il donnait libre cours à son imagination, les pas s'arrêtèrent, et quelqu'un s'affaira autour d'une serrure. Il se pencha légèrement : c'était celle de la 312. Alors, il sortit de sa cachette, cueillant la propriétaire sur le seuil au moment où elle refermait la porte.

— Vous avez l'air soucieux, fit remarquer le commissaire.

La femme parut un instant sur le point de défaillir, mais elle se reprit immédiatement.

— Que faites-vous à cette heure dans le couloir ? persifla-t-elle d'un air inquisiteur. Vous espionnez les gens ?

— Oui, avoua Soneri sans se démonter. Une patronne qui entre dans la chambre d'un client à 1 heure du matin pique ma curiosité.

L'autre sembla réfléchir. Puis, abandonnant son ton menaçant, elle proposa :

— Redescendons, ici, on risque de réveiller tout le monde.

Le commissaire la suivit dans les escaliers, tous deux entrèrent dans le bureau de la réception et se mirent derrière le comptoir, dans la pénombre.

— Je crois que nous nous devons quelques explications, attaqua Soneri à voix basse.

— Je le crois aussi, riposta-t-elle. Je n'aime pas les gens qui épient la nuit dans les couloirs.

— Je le fais parce que c'est mon devoir, et vous outrepassez le vôtre.

La femme le fixa, et dans la semi-obscurité, son regard lança des éclairs. Elle venait de comprendre.

— Vous êtes de la police ?

Le commissaire acquiesça.

Nouveau silence. Soneri se rendait compte qu'il aurait dû la harceler sans lui laisser le temps de réfléchir. Au moins, elle aurait pu se trahir. Mais dans cette atmosphère de confessionnal, les mots ne lui venaient pas. Alors, en un ultime soubresaut, elle échappa au piège.

— C'est vrai, je suis montée pour vérifier si des papiers n'étaient pas restés dans la chambre. J'ai été obligée de le faire, se justifia-t-elle. Le maire a téléphoné en disant qu'il rentrait à Parme pour une urgence, il m'a demandé de monter jeter un œil parce qu'il ne retrouvait plus certaines enveloppes.

— Quand vous a-t-il appelée ?

— Il y a un peu plus d'une heure, il est sûrement en route.

— Il a laissé des bagages, dans sa chambre ?

— Je ne sais pas, je n'ai pas fait attention, j'ai juste vérifié s'il n'y avait rien sur les tables de nuit et dans les tiroirs.

— On va retourner voir ensemble, ordonna Soneri.

— Ce n'est pas légal, ce que vous faites, protesta la femme. Vous ne pouvez pas perquisitionner une chambre si vous n'avez pas de mandat.

— Je crains que vous ne soyez pas non plus dans la légalité, donc…

La femme se leva de mauvaise grâce et prit une nouvelle fois la direction des escaliers. Elle ouvrit la porte de la chambre, entra et se posta sur le seuil comme un planton.

— Allez-y doucement, lui recommanda-t-elle.

Le lit avait été refait, tout était soigneusement rangé. Le commissaire ouvrit l'armoire, les tiroirs, vérifia sous le lit, dans la salle de bains... Malgré la présence d'une chemise sur le dossier d'une chaise, d'une petite valise remplie de sous-vêtements, d'une brosse à dents et d'un tube de dentifrice dans un verre sur le lavabo, la chambre n'avait pas l'air d'avoir été occupée récemment. Le commissaire y décelait un côté fabriqué, comme dans les reconstitutions de scènes de crime opérées par la Scientifique. À cet instant, Valmarini lui traversa l'esprit.

— Vu ? soupira la femme en triomphant.

— Quand il vous a téléphoné, il était sur le départ ?

— J'ai entendu claquer sa portière de voiture.

— On verra plus tard si c'est vrai, conclut Soneri.

— Pourquoi il mentirait ?

— Pas le maire, vous.

La femme sourit nerveusement.

— En quoi ça me concerne ? Bon, écoutez, sortons d'ici avant qu'on fasse de la saleté.

Le commissaire obtempéra, et ils redescendirent. Lui s'arrêta au deuxième étage, et l'autre continua sans se tourner ni le saluer.

Angela dormait déjà. Le commissaire se lova contre elle en cherchant à la prendre dans ses bras, mais elle poussa une sorte de gémissement sans même ouvrir les yeux, et il n'insista pas. Ses soupçons venaient de lui être confirmés, et la profonde satisfaction qu'il en tirait le rendait moins coupable vis-à-vis d'elle. Il régla son portable en mode silencieux et envoya un SMS à Juvara en le priant de l'avertir, quelle que soit l'heure, s'il voyait

Corbellini. Puis il mit son portable sur la table de nuit et essaya de dormir. Mais à peine se laissait-il aller que des pensées le submergeaient. Son cerveau s'échauffait, des hypothèses s'y déposaient comme des flocons de neige, renforçant ses soupçons, ses doutes et ses zones d'ombre. À 2 heures du matin, il envoya un autre texto à Juvara : « Rien ? »

En réponse, le même mot s'afficha sans point d'interrogation.

Une heure après, l'échange se répéta, et à 4 heures, le commissaire tomba de fatigue. « Va te coucher, il ne rentrera plus », ordonna-t-il.

Sur le moment, il ne s'était pas rendu compte du caractère définitif de son message. Mais, en dépit de sa fatigue, un reste de lucidité avait laissé parler son instinct et son intime conviction.

Le lendemain, quand il ouvrit les yeux, il était seul. Il consulta sa montre et s'aperçut qu'il était 10 heures. Il ne savait pas où Angela était passée. Peut-être que, froissée, elle s'en était allée comme avait fait le maire ? Au lieu de cela, il la trouva en bas, tranquillement installée devant un petit-déjeuner.

— C'est rare que je dorme autant. J'étais crevé… s'excusa Soneri.

— Si tu es crevé, ce n'est sûrement pas de ma faute. En attendant, j'ai fait un tour du bled, et le bon air m'a donné faim. Toi, par contre… La montagne ne te fait pas du bien, à en juger à la tête que tu as. La prochaine fois, on ira à la mer.

Angela employait le ton de la plaisanterie, mais Soneri savait que derrière l'ironie, il y avait un fond de rancœur.

— Corbellini a disparu.

En changeant de sujet, le commissaire tentait aussi de noyer la colère naissante de sa compagne dans la gravité du moment.

— Tu es sûr ?

— Il n'est pas ici, et il n'est pas à Parme, alors que tout se précipite à la mairie.

— Il a peut-être réuni un conclave avec les siens pour décider de la manière de s'en sortir ?

— Peut-être. En tout cas, il n'est pas joignable.

— Tu commences à bouillir, constata Angela en le fixant pendant que lui regardait nerveusement autour de lui. Tu veux partir tout de suite ou j'ai le droit de finir mon petit déj' ?

Soneri esquiva la provocation.

— Non, je préfère rester, balbutia-t-il l'air absorbé.

Elle le scruta sans trop y croire et vaguement menaçante.

— Je dois me prendre un moniteur de ski ?

— J'ai envie d'aller voir le centre de vacances où logent les jeunes de la Navetta.

— Je parie que c'est l'endroit le plus moche d'Andalo.

— On n'y restera pas longtemps.

Ils marchèrent le long de la route qui conduisait au fond de la vallée. De sombres rangées de pommiers se détachaient sur la blancheur de la neige comme les lignes d'une page de cahier. Au bout de quelques minutes, ils s'engagèrent sur une voie étroite à l'entrée de laquelle une flèche indiquait : VILLAGE ALPIN JEAN-XXIII. En arrivant, le commissaire demanda après les jeunes de la paroisse de Parme, et une religieuse peu loquace proposa d'aller chercher un des accompagnateurs.

Une jeune fille se présenta avec un badge fixé sur sa veste : elle s'appelait Rosalba Mannino et parlait avec un accent sicilien.

— Nos jeunes sont en train de préparer leur valise, s'excusa-t-elle. Vous êtes des parents ?

À cette question, le commissaire eut l'impression que le passé le frappait par-derrière. Il repensa à sa femme disparue et à son fils mort-né. Sur tout ce qui avait été, il avait appliqué l'onguent du temps, mais il saignait encore, et Rosalba l'observait vaciller, surprise et intriguée.

— Non, nous ne sommes pas des parents, répondit Angela à sa place. Nous voulions rencontrer le maire. On nous a dit qu'il était venu saluer les jeunes.

— Je ne sais pas… On ne m'a rien dit… bredouilla l'autre.

— Il est déjà venu ? questionna Soneri avec une tête de naufragé.

— Euh, oui… Le jour de notre arrivée, répondit Rosalba en rougissant.

— C'est tout ?

— Il est peut-être venu quand je n'étais pas là. On n'est pas toujours ensemble, on se partage les tâches. Deux jeunes sont tombés malades, j'ai dû m'en occuper.

— Quelqu'un de la curie n'est pas venu les chercher ? Don Guido, par exemple ?

La jeune fille haussa les épaules pour signifier qu'elle n'était pas au courant tandis qu'un homme dans la quarantaine qui devait avoir observé la scène depuis la véranda du rez-de-chaussée arrivait derrière elle.

— Vous cherchez quelqu'un ? demanda-t-il, et Rosalba en profita pour s'éclipser.

— Oui, répondit Soneri. Le maire.

— Mais vous, vous êtes qui ? se permit l'homme d'un air méfiant.

— Des amis, intervint Angela dans un sourire charmeur. On croyait qu'il était ici, on voulait juste lui faire coucou.

L'autre sembla se détendre.

— Malheureusement, il ne viendra pas : il a dû retourner de toute urgence à Parme, expliqua-t-il en reculant, comme s'il cherchait à s'esquiver.

Ils le regardèrent rebrousser chemin. Puis le commissaire donna le bras à sa compagne et l'entraîna vers la sortie.

— Ils ne diront rien, siffla-t-il.

— La fille aurait peut-être parlé, mais l'autre est arrivé… regretta Angela.

— Ici, personne ne parle, et quand ils parlent, ils mentent, marmonna le commissaire.

Vers midi, le soleil pointa, et tout se mit à scintiller. Soneri, au lieu de se diriger vers l'hôtel, dévia par une route qui grimpait entre des chalets, inhabités en période de basse saison. Quelques minutes plus tard, ils se retrouvèrent devant la caserne des carabiniers.

— Qu'est-ce que tu fais ? Tu t'adresses à la concurrence ? s'étonna Angela.

— Le questeur dit toujours que les forces de sécurité doivent collaborer.

Ils se présentèrent à l'adjudant Boldrin, le genre de montagnard à la face rubiconde qu'on eût plus volontiers imaginé dans un pantalon de futaine que dans un uniforme.

— Tu te souviens ? On s'est parlé au téléphone, je suis le commissaire Soneri, de la Questure de Parme.

L'autre fut surpris de le voir en compagnie d'une femme.

— On est ici pour le weekend, se justifia Soneri en présentant Angela. On est tombés sur une affaire qui concerne notre ville.

— Tu m'avais demandé des informations sur votre maire, se rappela l'adjudant.

— Voilà, c'est justement pour ça… Je voulais t'avertir qu'on va sûrement te demander d'approfondir.

— Pourquoi ? Qu'est-ce qui s'est passé ? s'alarma Boldrin.

— Il a disparu.

L'adjudant se recula brusquement sur son fauteuil, l'air interdit.

— Ici ?

— C'est le dernier endroit où on l'a vu, comme tu me l'as confirmé par téléphone.

— Je n'ai reçu aucun signalement.

— Pas encore, mais ça ne va pas tarder, parce que c'est moi qui vais le faire.

— Il vaudrait mieux que ce soient des membres de sa famille, ou des gens qui le connaissent.

— Tout le monde, à part peut-être les membres de son parti, le croient ici à faire du ski ; au moins jusqu'à ce soir, ils resteront tranquilles. Ceux qui sont au courant n'ont pas intérêt à ce que la nouvelle se propage.

— Pourquoi ?

— Je n'en ai aucune idée, mais ça me paraît louche.

— Je comprends rien à ce que tu racontes, bougonna l'autre en dialecte. Dis-moi ce que je dois faire.

— Pour l'instant, je veux juste des informations. Toi, ici, tu connais tout le monde, reprit Soneri. Je dirais d'agir officieusement, pour le moment.

— Pourquoi n'inviterions-nous pas l'adjudant à déjeuner ? On serait plus à l'aise pour parler, proposa Angela en regardant Boldrin avec un autre de ses sourires irrésistibles.

L'homme, qui comme beaucoup de montagnards était timide, céda sans opposer de résistance. Surtout, à en juger par sa stature, il devait être un bon mangeur.

Le militaire parcourut plusieurs kilomètres après la sortie du village et s'arrêta devant un petit restaurant plein de têtes d'animaux empaillées sur les murs. Angela observait ces trophées avec dégoût, et Boldrin saluait tout le monde en dialecte en les appelant par leurs prénoms.

— Ici, c'est la vraie cuisine du Trentin, expliqua l'adjudant dont le parler trahissait la difficulté d'ordonner ses pensées en italien.

Soneri apprécia immédiatement, à commencer par les fromages. L'adjudant baissa la voix et fit remarquer que certains d'entre eux n'étaient pas produits dans les normes.

— Qu'est-ce qu'on en a à foutre ? ajouta-t-il. On fait comme ça depuis des siècles, personne n'est jamais mort ! Qui c'est qui connaît les fromages ? Les fermiers ou l'hygiène ?

Le commissaire refusa la charcuterie au grand dam de son collègue : sur ce terrain, Soneri était d'une intransigeance inflexible.

À l'arrivée des *canederli*, ils en revinrent aux faits.

— Alors ? Qu'est-ce tu veux savoir ? réattaqua Boldrin.

— Que tu me parles de la patronne de l'hôtel *Holiday*, et que tu me dises ce que tu sais sur le séjour de notre édile à Andalo.

— La Compagnoni n'est pas née de la dernière pluie, crois-moi ! Et elle choisit bien ses amis.

— C'est-à-dire ?

— Tous politiques. Elle est inscrite au même parti que ton maire, elle s'est même présentée ici aux dernières élections municipales.

— J'ai l'impression qu'elle cache quelque chose.

— On a dû lui dire de jouer le jeu.

— D'accord, mais lequel ?

— Écoute, la première fois que tu m'as appelé, j'ai un peu enquêté. Ici, on comprend assez vite ce qui se passe. Eh ben, ton maire, personne l'a jamais vu.

— Personne ne le connaît, et avec les touristes…

Boldrin secoua la tête d'un air peu convaincu.

— Si tu veux, on peut vérifier, proposa-t-il. Schiavon, le type qui gère les remontées mécaniques, est un copain à moi. Je l'appelle, comme ça, on voit s'il avait un forfait, et combien de fois il est monté.

Le commissaire approuva.

— Vu qu'il est venu pour faire du ski… à moins qu'il ait fait autre chose…

Angela, qui jusque-là n'avait rien dit, intervint :

— C'est ce que je pense depuis le début.

L'adjudant la fixa comme s'il jugeait ce commentaire inopportun, et elle le fusilla du regard. L'autre battit en retraite et se mit à parler en dialecte avec Schiavon. Soneri comprenait des bribes et devinait qu'il s'enquérait d'un éventuel forfait au nom de Corbellini. Quand le militaire raccrocha, celui-ci se montra sceptique.

— Il a pris un passe pour la semaine, mais c'est tout le reste qui est bizarre, expliqua-t-il.

— Bizarre, oui… confirma le commissaire.

— Le premier jour, le lundi, il est allé quatre fois sur les pistes, ce n'est pas énorme, mais il y était. Mardi et mercredi, par contre, il n'a fait qu'un aller et retour.

— On connaît l'heure ?

— Il est monté le matin, et redescendu avec l'avant-dernière course.

— Et les jours suivants ?

— Toute une série d'allers et retours, il a mis le paquet.

— Jusqu'à quand ?

— Hier soir. Juste avant la fermeture.

— Vous avez des caméras au départ du téléphérique ?

— Plus d'une, confirma Boldrin. Tu n'es pas convaincu de la présence du maire sur les pistes ?

Le commissaire secoua la tête.

— Moi non plus, reconnut l'autre. Je te tiens au courant. Je vais le savoir rapidement.

CHAPITRE 6

Le brouillard les enveloppa une nouvelle fois sur l'autoroute de Reggiolo.

— De retour chez nous ! s'exclama Angela.

Bien qu'il ne fût que 17 heures, ils roulaient dans le noir depuis un bon moment. Devant eux, une colonne de voitures bloquées les contraignirent à s'arrêter.

— Ça coince toujours au même endroit, soupira Soneri.

Quelques instants plus tard, son téléphone sonna.

— Commissaire, le procureur veut entendre Corbellini comme témoin au sujet de l'arrestation de Montagnani, l'informa Musumeci d'un ton affable. Il l'a convoqué mardi.

— Ça ne sert à rien de le convoquer, il n'ira pas.

— Pourquoi ?

— Il a disparu.

— Comment ça, disparu ? Il est censé rentrer ce soir pour le conseil municipal de demain.

— On sait qu'il a quitté Andalo hier soir, mais Juvara ne l'a pas vu rentrer chez lui.

— Excusez-moi, *dottore*, mais ça ne veut pas dire qu'il a disparu, objecta l'inspecteur. Il peut être chez des amis, ou chez une femme…

— Fais-moi confiance, il ne donnera pas signe de vie. Il a filé à l'anglaise.

— Filé à l'anglaise ? Vous êtes sûr ?

— Non… mais disparu, oui.

— On fait quoi ?

— C'est à moi que tu le demandes ? On ne m'a pas chargé de l'enquête. Fais comme si j'étais ton indic qui te refile un tuyau.

— J'aviserai le procureur. Il me dira ce que je dois faire. Bergossi décidera de la procédure à suivre.

— Voilà, approuva le commissaire, laisse faire Bergossi. Ça justifiera son salaire trois fois plus élevé que le nôtre.

Les voitures recommencèrent à avancer, et Angela raisonna à voix haute.

— Je me demande où on s'est plantés.

— Je me le demande aussi, et j'en conclus qu'on n'aurait rien pu faire.

— Un maire qui déguerpit alors qu'on arrête ses adjoints… Tu y aurais cru quinze ans plus tôt ?

— Non, confia-t-il. Et je n'aurais jamais cru non plus à la victoire des courtisans, des putes et des laquais. Le monde leur appartient.

— Je me demande où sont passés les nôtres… Corbellini se serait fait virer à coups de pied au cul.

— Ils sont toujours où ils étaient, sauf qu'aujourd'hui, ils ont vieilli, et leur colère s'est transformée en déception. Ils n'ont plus besoin de Dieu, ni d'un parti. Ou s'ils en ont besoin, ils ne savent plus où les trouver.

Angela n'ajouta rien, posa sa tête contre la vitre et accompagna en silence l'allure de la voiture qui avançait au pas, lentement, sous le brouillard.

Soneri la déposa chez elle, perçut un fond de rancœur en l'embrassant, et repartit. Un seul regard avait suffi pour que tous deux comprennent qu'ils ne dormiraient pas ensemble. Le commissaire n'avait, toutefois, pas envie d'aller se coucher. Il gara son Alfa et se mit à flâner dans l'atmosphère languissante d'un dimanche qui touchait désormais à sa fin. Il rejoignit les quais de la Parma après avoir traversé le piazzale Boito, passa les ponts Caprazucca et Italia en allongeant le pas jusqu'à ce qu'il aperçoive le palais des missionnaires xavériens ainsi qu'à l'arrière-plan l'horloge de la banque commerciale pareille à une grosse lune suspendue au-dessus des toits. Il avait besoin de saisir la relation particulière et onirique qu'il entretenait avec la ville, seulement capable de s'accomplir dans ce mystère impénétrable de la nuit, quand Parme était à nu, muette, de nouveau prête à l'accueillir.

Il prit la direction du domicile d'Adelaide dans ce lieu entre l'asphalte, le torrent et la campagne, qu'il trouvait ambigu et mystérieux comme un hermaphrodite. Il chemina, puis aperçut sous le halo d'un réverbère la silhouette aiguë de Valmarini.

— Vous aimez venir ici... constata l'homme.

— On y goûte l'odeur de la terre, de l'eau. Et l'été, le chant des grillons.

— On a besoin de choses simples pour être heureux, et ce sont pourtant elles que l'on oublie, répondit l'homme.

D'un coup, le chien jappa et s'agita en dressant les oreilles.

— Il est toujours fatigué ? demanda le commissaire.

Valmarini parut ne pas l'entendre, comme s'il cherchait à détecter une anomalie. Il ne répondit qu'après quelques instants.

— Il a entendu quelque chose, une bête, sans doute, il voudrait l'attraper.

— Un chien errant...

— Je vous l'ai dit, il y a beaucoup de va-et-vient le long du torrent. Des gens bizarres.

— Du genre ?

— Difficile à dire. Hier soir, ils ont fait du raffut jusqu'à 3 heures du matin. Un type avait perdu son chien : ils étaient quatre, ils l'ont cherché des heures durant.

— Si vous perdiez le vôtre… Comment s'appelle-t-il ?

— Dondolo.

— Si vous le perdiez, vous ne feriez pas la même chose ? Nous tenons davantage à nos bêtes qu'à nos semblables.

— Personne n'a plus confiance en son prochain : les bêtes, elles, elles ne nous trahissent pas.

— Justement. Quand on les perd, on a du mal à se faire une raison.

— Les types d'hier soir ne ressemblaient pas aux habituels promeneurs de chiens. Dans le coin, je les connais tous, et eux, je ne les ai jamais vus. Et ce n'étaient pas des Italiens.

— Peut-être qu'un jeune mâle s'est échappé en flairant une chienne en chaleur : ils font des kilomètres, dans ces cas-là.

Valmarini secoua la tête d'un air perplexe.

— Quatre jeunes plus ou moins du même âge, un peu loqueteux…

— Des punks à chien ?

— Non, pas de ce genre. Et puis leurs chiens ne s'enfuient pas.

— Ils ont fini par le retrouver ?

— Sans doute, oui, vu qu'on n'a plus rien entendu. Ils avaient l'air d'y tenir beaucoup, même si je les ai sentis plus énervés qu'angoissés à l'idée de l'avoir perdu.

L'homme invita le commissaire à monter chez lui. Dans le salon, près de la porte vitrée qui semblait marquer la frontière entre la ville et la nuit, Soneri découvrit une ébauche sur le chevalet, avec, juste à côté, une impression de l'original en haute définition.

— Il s'agit d'un Guido Reni, l'instruisit Valmarini. Grand peintre, un des plus grands de notre seicento.

Le commissaire l'examina attentivement : l'homme travaillait par portion en s'aidant d'une grosse loupe.

— Vous lui rendez mauvais service…

— Détrompez-vous. Personne ne comprend mieux les œuvres d'art que ceux qui les copient. Aujourd'hui, plus personne n'est capable de travailler de ses mains : nous creusons notre propre fosse. Même les artistes n'en sont plus capables. Depuis Duchamp, seule l'idée compte, pas l'objet qu'on a fabriqué. Saviez-vous que certains d'entre eux n'ont jamais touché ce qu'ils exposent ? Ils le font faire aux quelques artisans qui restent.

— Vous avez la main, pas l'idée, souligna Soneri.

— Les peintres qui sont dans les livres ne l'avaient pas toujours. Savez-vous combien de madones Guido Reni a copiées d'après ses maîtres Carracci ? On trouve des milliers de tableaux signés de grands artistes peints par leurs apprentis. Rien de plus aléatoire que l'art.

— Alors, c'est quoi ? Un simple témoignage ?

— Pour qui sait regarder, l'art veut dire beaucoup de choses, mais ces gens-là sont rares. Au XVIIe siècle, on peignait encore des madones, mais aujourd'hui, nous ne sommes plus chrétiens… seul le mystère demeure, sans que nous sachions lui donner forme.

— Comme pour ce va-et-vient nocturne, dit le commissaire pour en revenir à des sujets plus concrets.

— Oui… Avec la neige, vous pourrez constater vous-même les empreintes sur la grève. Un vrai défilé.

— Vous avez des politiciens, parmi vos clients ?

— La plupart sont des vaniteux qui se conduisent comme les parvenus. Le monde qu'ils ont créé glorifie l'ignorance, mais comme ils n'en sont pas très fiers, ils se donnent des airs d'homme d'État en exposant chez eux de faux Pinturicchio. Les Parmesans aiment à paraître, vous devez le savoir…

— Vous avez déjà travaillé pour Corbellini ?

— Non, jamais. Trop jeune, autre génération… Ceux-là ont archivé depuis longtemps les livres et les antiquités… Les profs, les chaires, ça les emmerde… Ils préfèrent piapiater sur leurs gadgets électroniques pour partager ce qu'ils ont bouffé et leur nombre de pets… Pensées profondes de quatre cents signes maximum. Ma clientèle est plus âgée. Elle se traîne encore derrière elle des résidus de XXe siècle et l'obsession de la lignée.

— De droite ou de gauche ?

— De droite. À gauche, ils ne sont pas assez riches. De pauvres petits sans courage qui passent leur temps à se quereller comme dans une copropriété. Ils ne gagneront jamais parce que l'Italie – le monde entier – est de droite. Ainsi que la nature humaine. Qui est altruiste et solidaire par nature ? Je n'en connais pas beaucoup. La plupart des gens ne pensent qu'à eux, et comme dans les troupeaux, suivent toujours le plus fort. Ensuite, il y a les chiens en liberté, comme vous et moi, qui s'accordent le luxe d'observer le spectacle et d'en rire.

— On en revient sans cesse aux chiens, plaisanta le commissaire en regardant Dondolo qui sommeillait sur le tapis. Ugolini, l'industriel qui tire les ficelles de la droite, fait partie de votre clientèle ?

— Je vois que vous avez deviné mon type, confirma Valmarini. Je suis en train de lui installer tout un musée à San Vitale, dans sa villa. Figurez-vous qu'il a même assuré mes œuvres et s'est offert d'authentiques cadres anciens. N'est-ce pas grotesque ? Se soucier de l'authenticité des cadres ! Du faux bien emballé.

— Comme la publicité.

— Le trait de notre époque. La seule chose qui me distingue, c'est le savoir-faire artisanal que mon activité requiert. Il n'y a que ça d'authentique. J'ai ceci de commun avec les chirurgiens : l'esprit ne suffit pas, il faut aussi la main.

Ils burent le thé en silence en contemplant le noir qui, à cette heure, semblait solide derrière la vitre.

— La nuit mourra au commencement du monde, murmura Valmarini. C'est bien cette aporie qui lui confère tout son mystère, et sa valeur, vous ne trouvez pas ?

Soneri acquiesça cependant que Dondolo ruminait péniblement sa respiration. Alors, il repensa au chien perdu dont l'homme avait parlé.

— Selon vous, les types qui cherchaient hier soir n'étaient pas les maîtres ?

— Pour moi, non, répondit l'autre. Ça se voyait à leur façon de faire. Capturer ou chercher, ce n'est pas tout à fait pareil, vous comprenez ? Un maître cherche son chien, ceux d'hier s'y prenaient comme des rabatteurs.

Le commissaire regarda encore Dondolo dont l'expression démentait à elle seule toute intention de fuite. Il salua à mi-voix, puis il sortit et s'éloigna dans la nuit.

Le lendemain matin, il arriva à la Questure un peu plus tard que d'habitude. Juvara était déjà au travail et avait du nouveau.

— J'ai fait les investigations que vous m'aviez demandées, attaqua-t-il. L'Éternelle a pour représentant légal l'avocat Righetti dont le cabinet se trouve via Cavour.

— Il s'est associé avec les pompes funèbres ? s'étonna Soneri un rien sceptique tandis que l'inspecteur s'interrompit en le fixant sans bien comprendre. C'est un avocat réputé.

Juvara se montra sceptique à son tour.

— Que fait-il avec une entreprise qui gravite dans l'orbite de certaines familles de Castellammare ?... Pour le moment, on ne trouve rien. Dans ce sens, vous avez compris ?

— Oui, oui... j'ai compris. La Camorra[5] !

— Par contre, presque tous les employés sont d'ici, ajouta Juvara. Et pour beaucoup, d'anciens de chez Pighetti.

— Et pour le smartphone ? Piccirillo t'a finalement donné son autorisation ?

— Non. Mais je me suis débrouillé, ricana l'inspecteur. J'ai sollicité un copain qui s'y connaît en téléphonie.

Soneri lui fit signe de poursuivre en approuvant implicitement.

— Malheureusement, lui non plus n'a rien obtenu.

— Pourquoi ?

— La carte SIM n'est pas italienne, elle vient d'Ukraine.

Le commissaire frappa son bureau de la paume de la main. C'était toujours quand il pensait être sur le point d'en savoir plus que tout lui échappait en une fraction de seconde.

— *Dottore*, je crois que vous avez raison, y a un truc louche dans cette histoire de téléphone, murmura Juvara.

5 La mafia napolitaine.

— Pas seulement dans celle-là, maugréa le commissaire.

— Je voulais aussi vous prévenir que la rumeur s'est répandue… Je veux dire, pour Corbellini.

Soneri se limita à acquiescer. La ville n'était plus qu'un murmure, et les hypothèses les plus folles volaient de bouche en bouche. Au milieu de la matinée, Angela lui avait téléphoné pour l'informer qu'au tribunal, on ne parlait pas d'autre chose. À force d'être agitées, une flopée de conjectures, confinées jusqu'alors dans les sphères du pouvoir, avaient gonflé comme de l'écume et recouvert la ville entière.

Soneri était le seul à en savoir plus, mais continuait de ne pas bouger. Il ne se fiait d'aucune manière à cette enquête. Si des politiques étaient impliqués, celle-ci se cantonnerait à des arrestations d'éléments secondaires. Il resta donc camouflé dans son bureau, inquiet à chaque sonnerie de téléphone, redoutant un appel de Bergossi, ou pire, de Piccirillo, avec ses précautions exaspérantes. C'est pourquoi il se sentit soulagé en entendant la voix de Boldrin à l'autre bout du fil.

— Ton maire n'est pas parti samedi, il est parti avant, annonça l'adjudant.

— Tu as regardé les vidéos ?

— Et comment ! J'y ai perdu les yeux ! confirma l'autre. Je t'ai dit qu'il est parti avant, mais c'est moi qui suppute. La seule chose dont je sois sûr, c'est qu'il n'a plus pris le téléphérique à partir du milieu de la semaine.

— Il y a d'autres moyens pour aller sur les pistes ?

— Oui, à pied, ricana Boldrin. On a croisé l'heure de passage de ses allers et retours aux départs des remontées avec les images vidéo.

— Et on ne le voit pas ?

— Les premiers jours, si. Après, plus.

— Qui faisait les trajets, alors ?

— Toujours le même type, mais on ne sait pas qui c'est. Corbellini, on l'a reconnu en allant voir sur Internet, mais l'autre…

— Envoie-moi l'image par courriel, qui sait, ça va peut-être nous dire quelque chose.

— Tu l'avais vu tout de suite que c'était louche ! s'exclama Boldrin.

— Disons que c'est une affaire qui sort de l'ordinaire, minimisa un peu gêné le commissaire.

Quelques minutes plus tard, Juvara imprima l'image de celui qui se présentait au départ du téléphérique avec, autour du cou, le forfait de Corbellini.

Dès qu'il l'eut sous les yeux, Soneri jubila.

— Vous le connaissez ? demanda l'inspecteur.

— Oui, répondit-il. Il doit être employé par la mairie, un de ceux qui accompagnaient les jeunes de la Navetta à la montagne. Un sous-fifre de Corbellini.

— Vous connaissez son nom ?

— Non, je l'ai seulement croisé en coup de vent.

— *Dottore*, vous ne pensez pas qu'il faudrait prévenir Bergossi ? Ce serait peut-être le moment qu'il s'occupe directement de cette histoire ?

— C'est hors de question ! refusa le commissaire. Je dirai ce que je sais à Musumeci.

Plus tard, Nanetti donna de ses nouvelles.

— Pendant que monsieur se la coulait douce à la montagne, j'ai terminé les examens de Romagnoli.

— Des surprises ?

— J'ai fait ce que le magistrat m'a demandé : travail de routine.

— Affaire classée.

— Le proc' va sûrement conclure à un accident en pointant les négligences de la clinique. Mais y a quand même un truc qui cloche.

— Ne me dis pas que toi aussi tu vas te mettre à jouer les songe-creux! Un scientifique! se moqua le commissaire.

— Tu ne savais pas que les scientifiques étaient attirés par les anomalies?

— Qui seraient?

— En relevant les empreintes de la poignée qui ouvre l'issue de secours empruntée par Romagnoli, j'en ai trouvé une isolée. Dans la zone où tout le monde appuie, il y en a des dizaines, mais vers les gonds, à l'opposé, une seule. Je l'ai ensuite comparée avec l'empreinte du verre qui était à côté du lit, et elles concordent.

— Tu veux dire qu'une personne qui n'a rien à voir dans l'histoire fait son apparition, ou que ça peut être l'empreinte d'un membre du personnel?

— Là-dessus, impossible de répondre. En général, les infirmiers portent des gants, et le vieux n'avait pas de famille. Surtout, poursuivit Nanetti, c'est l'endroit où j'ai vu l'empreinte qui m'a interrogé. Si tu pousses du mauvais côté, c'est que tu ne connais pas la sortie. C'est ça qui m'a interpelé.

— Il est probable qu'une autre personne se soit trouvée avec Romagnoli, imagina le commissaire.

— Si cette empreinte n'avait été que sur la poignée, ça aurait pu être un hasard. Un visiteur qui s'appuie, ou qui se trompe pour sortir… Mais on retrouve cette trace sur le verre.

— Tu l'as dit au magistrat?

— Évidemment, mais je ne l'ai pas senti très convaincu. Il a juste demandé de nouveaux examens pour établir à quand remontent les empreintes. Il dit que le verre pouvait être là depuis des jours, et la trace de la porte aussi. Et toi, tu en penses quoi ?

— Qu'il nous casse les couilles ! Et que tu fais bien de t'intéresser aux trucs qui clochent.

— D'accord, mais si ensuite, on ne sait pas vers où ça nous mène.

— Chaque chose en son temps. Ce n'est pas ce que vous dites, les scientifiques ? Au moins, on a pu établir que Romagnoli n'était pas seulement celui qu'on croyait.

— Sauf si les empreintes appartiennent à une infirmière ou une femme de ménage, objecta Nanetti.

— Il suffira de les comparer.

— Je ne suis pas sûr que Piccirillo ait envie d'un supplément d'enquête, douta le collègue. Il est pressé de conclure…

— S'il la refuse, j'ai peut-être une idée… enfin, pour le moment, c'est juste une sensation.

— Explique.

— Je préfère dormir dessus. Si ça se trouve, demain, je la trouverai complètement stupide.

CHAPITRE 7

Angela le vit partir avec à la main une paire de bottes en caoutchouc.

— Tu pars à la pêche ?

— Oui, mais sans ligne et sans asticots.

— Encore un portable qui sonne ?

— Il a déjà sonné, et j'ai eu l'impression que c'est à moi qu'on voulait parler.

Elle le fouilla du regard. Elle avait le sentiment que ces derniers jours, leur relation se distendait. Tout avait commencé par ce voyage à Andalo où, soudainement, elle s'était sentie seule. Mais elle savait qu'il en était ainsi chaque fois que le commissaire finissait aspiré par ce qu'il ne comprenait pas.

Soneri monta en voiture après avoir fourré dans la poche de son blouson un cornet de *grana* extra-vieux et deux miches de pain. Il ne fit pas beaucoup de route. Un quart d'heure plus tard, il gara son auto non loin de chez Adelaide, ouvrit le coffre, chaussa ses bottes et se dirigea sur la grève. L'épais brouillard cachait presque la digue et s'étendait en glissant sur la neige au point qu'on n'y voyait plus rien. On sentait le courant tout proche et son murmure parfois inquiet. Quand il s'approcha de la rive, il remarqua les traces de pas. Il y en avait de plusieurs personnes, et toutes suivaient la direction de la ville. Des trajets qui se ressemblaient, mais qui laissaient entendre que les gens ne se connaissaient pas. En revanche, les traces de chiens s'entrecroisaient selon des trajectoires improvisées. La ville invisible, le brouillard et la neige qui atténuaient les bruits donnaient à Soneri le pouvoir de s'imaginer dans une vallée profonde des Apennins ou sous une digue de la *bassa* parmi de jeunes plantations de peupliers. Il suivit les empreintes au milieu du brouillard fumant. Quand il s'approcha de l'eau, il lui sembla que le courant s'évaporait pour offusquer ce coin de monde, cette petite jungle urbaine que les Parmesans observaient un peu méfiants et effrayés du haut des parapets.

Il marcha jusqu'à ce qu'il devine l'ombre noire du ponte Dattaro. Les traces s'interrompirent, et le commissaire comprit que la digue de la rive droite s'étrécissait et qu'il serait contraint de traverser à gué. L'eau ne dépassait pas la hauteur de ses bottes s'il marchait sur les galets, et plus avant, la grève s'aplanissait, et le courant se réduisait à d'innombrables flaques parmi les éboulis. Il retrouva les traces sur la rive gauche, et tout un tas de pistes entremêlées pareilles à une tresse défaite. À présent, la ville grondait au-dessus de sa tête tel un énorme avion. Soudain, il entendit un bruissement d'ailes, et, tout de suite après, le criaillement affolé d'un faisan qui s'envola dans le brouillard en le coupant de front avec ses plumes feu d'artifice.

Il rejoignit le point où les deux torrents s'embrassaient. Les eaux inquiètes de la Baganza se jetaient dans la Parma en face du parc de la via Varese, juste après le ponte Nuovo. Il profita de cet heureux éloignement pour déguster des copeaux de *grana* face aux torrents qui s'unissaient. Puis il reprit sa marche et suivit les empreintes le long de la Baganza tandis qu'au-dessus, le soleil perçait le cocon de brouillard en s'annonçant dans un ciel opalin. Il rejoignit le pont fragile de la Navetta, aperçut la coiffe en ciment de l'église où prêchait don Guido et poursuivit en parallèle de la via Montanara qui l'avait vu enfant. Les eaux de la Baganza étaient plus vives que celles de la Parma, qui déjà dans la plaine s'étaient embourgeoisées, quinze kilomètres avant la ville. Elles descendaient d'une vallée courte et escarpée, causaient parfois des crues aussi dévastatrices qu'une gouttière qui déborde, mais mouraient jeunes sans voir l'été au milieu des galets.

Soneri cheminait dans l'horizon adouci par la neige. À mesure qu'il progressait vers l'amont, il sentait sa curiosité et ses soupçons s'accroître. Il en oubliait ses efforts, espérant une révélation qui se cacherait sous un ciel de plus en plus clair. Il dépassa Antognano, Gaione et San Ruffino, et quand il entrevit un autre pont, flou comme dans une danse de voiles, il s'aperçut qu'il était arrivé à Sala. La vallée l'accueillait entre ses pentes ravinées, pareille à une route bordée de peupliers. Il avança dans une lumière toujours plus vive, le disque du soleil à ce point irradiant qu'il dut détourner le regard. Soudain, en face de lui, l'Apennin brilla d'un éclat uniforme, et sur la droite, apparut San Vitale. Il ne trouvait rien de plus beau, limpide et net que le soleil d'hiver. Il suivit encore un moment les traces d'hommes et de chiens jusqu'à ce qu'il les voie virer vers la berge du chemin qui menait à Marzolara et pénétrer un bosquet d'ormes. Il le traversa, puis aboutit sur une aire de stationnement entre l'asphalte et le torrent. Il explora les alentours, mais ne remarqua pas d'autres signes de passage : le trajet finissait ici, dans un endroit qui ne voulait rien dire et qui n'expliquait rien. Déçu, il s'assit sur un rocher chauffé par le soleil, et il mangea le reste de pain et de *grana*. De temps à autre, une voiture passait en coup de vent avant de replonger dans la moelleuse obscurité du brouillard quelques kilomètres plus loin.

Il réfléchit un petit moment en contemplant la lumière de l'après-midi qui devenait, passé 13 heures, légèrement rouille, et l'ombre des collines s'allonger depuis l'ouest. Alors, il se leva et prit le chemin du village au bord de la départementale. Après quelques minutes, il fut au milieu des maisons. Il entrevit le gros bâtiment d'affinage d'Ugolini, et juste un peu plus loin, le laboratoire de Zunarelli. Quand il s'en approcha, de vagues associations se déclenchèrent dans son esprit, auxquelles, toutefois, il n'attribuait aucune logique. Il se perdit en réflexions qui lui semblaient mal assorties, comme une mauvaise donne au rami. Ainsi, pendant que le soleil plongeait derrière la crête, il appela Juvara.

— Monte en voiture et viens me chercher à San Vitale Baganza, je t'attends au bar, ordonna-t-il.

— Qu'est-ce… tenta de comprendre l'inspecteur, mais Soneri avait raccroché.

Tout à coup, il se sentit à contretemps. Il se doutait qu'il avait perdu sa journée à musarder comme dans l'enfance, quand il faisait l'école buissonnière. Juvara, en le voyant débarquer avec ses bottes de fromager, termina la question qu'il avait voulu lui poser une heure auparavant :

— Qu'est-ce que vous faites ici ?

Soneri ne savait pas quoi dire. Après une courte pause, il répondit évasivement :

— J'ai suivi une piste.

— À pied ?

— Comment tu veux faire autrement pour aller sur la grève ?

L'inspecteur demeura perplexe, mais il n'insista pas. Le brouillard qui les accueillit peu après s'accorda parfaitement à ce mystère irrésolu.

— Du nouveau sur Corbellini ?

— Non, *dottore*, c'est bien ce que vous disiez : disparu. Mais, vous êtes allé… ajouta-t-il dans la foulée en désignant San Vitale derrière eux.

Le commissaire fit non de la tête.

— Ce n'est pas lui que je cherchais, expliqua-t-il. Disons que je me suis passé un caprice.

Juvara conduisait en silence, de plus en plus perplexe.

— Ça ne t'est jamais arrivé de ne pas savoir si ce que tu as devant toi est une énorme connerie ou une sacrée trouvaille ? Ben, il ne peut rien t'arriver de pire. Ou tu fais sensation, ou tu te prends un gros bide. Plus facile un gros bide.

— Une femme a essayé de vous joindre, cet après-midi, l'informa l'inspecteur plus confus que jamais.

— Qui ?

— Une étrangère entre deux âges. Elle m'a laissé son numéro. Je pense qu'elle est roumaine.

— Qu'est-ce qu'elle voulait ?

— Vous parler de Romagnoli. Elle m'a dit qu'elle était à Villa Clelia, mais qu'elle n'a pas pu venir vous voir parce qu'il y avait trop de monde.

— Une auxiliaire de vie ?

— Sans doute.

En ville, il faisait déjà nuit. Juvara déposa le commissaire à sa voiture, et avant de prendre congé, lui tendit une carte de visite sur laquelle on lisait juste un prénom : *Flora*, suivi d'un numéro de téléphone.

— Continue de tenir L'Éternelle à l'œil. Je veux savoir qui sont ses patrons, recommanda Soneri. Et bosse sur le portable, le pria-t-il avant de refermer sa vitre.

Il était épuisé. Angela lui téléphona comme il s'asseyait au volant :

— Alors ? Tu as pris du poisson ?

— Je ne sais même pas lesquels pêcher.

— Ce n'est pas bon signe, commissaire. Tu étais où ?

— À San Vitale. Tu te souviens de cette trattoria…

— Oui, bien sûr. Elle mériterait qu'on y retourne.

— Impossible, elle a fermé.

— Il t'a fallu la journée pour le savoir ?

— Non. Je ne l'ai pas découvert aujourd'hui.

— Et alors ?

— J'ai suivi des traces dans la neige qui partaient de la grève dans la zone de Mariano. Elles m'ont emmené à San Vitale.

— Des gens vont de Parme à San Vitale en marchant sur la grève ?

— Des tas. Ou bien des habitués qui passent toujours au même endroit avec leur chien.

— Je n'ai jamais entendu parler de champignons ou de truffes au bord du torrent. Et la chasse est fermée. Tu penses à quoi ?

— À rien. Je me suis dit la même chose que toi.

— Pourquoi quelqu'un se coltinerait quinze kilomètres sur la grève d'un torrent ? s'interrogea Angela à voix haute.

— Je me suis posé la même question, et je suis incapable d'y répondre.

— Surtout de nos jours, qui serait prêt à le faire ?

— Il faut y être contraint, estima Soneri. Et la contrainte est un des présupposés de la pègre.

— Pour moi, ça ne suffit pas. Il faut aussi être entraîné. Des gens durs à la peine, des gens plus pauvres que nous, raisonna Angela, qui n'aimait pas la marche à pied.

— Moi, je l'ai fait, j'y suis allé, de Mariano à San Vitale, fit remarquer le commissaire.

— Toi, c'est autre chose, coupa court Angela. Tu es un vieux montagnard.

— Montagnard, d'accord, mais vieux... Qui d'autre, d'après toi ?

— D'après moi, les seuls à en être capables, ce sont les étrangers qui font du porte-à-porte. Eux, ils en font, des kilomètres.

Le commissaire repensa à la carte de visite que Juvara lui avait donnée.

— Je te vois, ce soir ? demanda Angela d'une voix qui suggérait davantage qu'une simple invitation.

— Oui, j'ai envie d'un bon dîner.

Elle répondit : « D'accord », quoiqu'un peu déçue.

Dans la foulée, Soneri appela Flora. Une voix hésitante lui répondit tandis qu'on entendait à l'arrière-plan des rires et des gens qui parlaient.

— J'habite avec des collègues, s'excusa la femme qui avait dû s'isoler dans la salle de bains. Vous êtes de la police ?

— Je suis le commissaire Soneri.

— Celui qui est venu à la clinique quand le monsieur est mort ?

— Lui-même.

— Ils n'ont pas tout dit, l'informa Flora.

— C'est-à-dire ?

— Par exemple, que la nuit, la porte n'avait pas son alarme. Les infirmiers n'arrêtaient pas d'aller et venir. Après le dîner, il se passe toujours quelque chose. Ils veulent les auxiliaires de vie parce que comme ça, eux, ils dorment. Et nous, on est obligées de payer pour travailler là-bas. Si tu ne payes pas, ils ne te présentent pas aux familles des malades.

Le commissaire fut un peu dépité à l'écoute de cette litanie de revendications syndicales.

— Romagnoli aussi avait une auxiliaire de vie ?

— Non, lui, il était sage. Il dormait. Il a fait le fou seulement la semaine dernière. Il criait, il sortait de son lit… J'ai entendu les docteurs dire que son cas s'était aggravé. Le vieux criait toujours les mêmes choses, insupportable.

— Quoi ?

— Il parlait de chiens. Il disait qu'il devait aller les libérer. « Pauvres bêtes ! Pauvres bêtes ! »

— C'est tout ?

— Non, des fois, il braillait qu'ils les étripaient : « Ils les étripent ! Ils les étripent ! » Il avait l'air désespéré, comme s'il les voyait devant lui.

— Qu'il voyait qui, devant lui ?

— Je ne sais pas. Les chiens, je pense. Mais qui étripe des chiens ?

— Certaines de vos collègues pourraient m'en dire plus ?

— Je ne crois pas. Elles ont toutes peur de Malusardi, il est un homme terrible. Il m'a jetée dehors seulement parce que j'ai critiqué une infirmière. Il voudrait qu'on se taise et qu'on lui obéisse, mais moi, je parle, comme vous voyez.

Soneri mit un terme à la conversation et médita quelques instants dans la pénombre de l'habitacle. Un peu plus tard, le froid se fit sentir, et comme aucune idée sensée ne sortait de ses réflexions, il mit le contact et redémarra. Toute la Questure était en émoi. La disparition du maire était désormais officielle après que celui-ci avait déserté le conseil municipal et que personne n'avait réussi à le contacter. La ville paraissait suspendue au-dessus du vide de cette absence préoccupante. Sur la place, les équipes de télévision et les journalistes faisaient déjà le pied de grue, interceptant quiconque entrait ou sortait de la mairie. À peine assis à son bureau, le téléphone sonna, et la voix de stentor de Bergossi résonna à son oreille.

— Vous vous doutez de la raison de mon appel, n'est-ce pas ?

— Je me suis fait ma petite idée…

— On ne pouvait pas tomber sur un plus gros emmerdement, je voudrais que vous vous en chargiez.

— La brigade financière s'en occupe, et mes services ont prêté un de mes meilleurs inspecteurs…

— Ça ne suffit pas. Suspendez vos autres enquêtes. Les politiques ont commencé à mettre la pression, et au ministère…

Soneri aurait voulu lui dire qu'il était déjà sur le coup et qu'il avait compris depuis le début que le maire avait disparu, mais il se découvrit une jalousie étrange et préféra se taire. Enfin il accepta, après un long silence.

— J'ai besoin d'une autorisation pour une carte SIM ukrainienne, prévint le commissaire.

— C'est en relation avec la disparition de Corbellini ?

— Peut-être. Pour le moment, je préfère ne rien écarter. Piccirillo nous l'a refusée, mais aujourd'hui, on a beaucoup de pistes à battre, vous ne croyez pas ?

Bergossi grommela quelque chose, sans doute désapprouvait-il son substitut :

— Je vous l'envoie immédiatement.

Soneri, qui voulait sortir, allait prendre congé, mais le magistrat ajouta :

— Je compte sur vous, j'ai besoin de votre expérience.

— Dans ce cas, vous devez me promettre de ne pas nous soumettre aux coups des politiques si nous devenons gênants.

— Pourquoi ? s'étonna le procureur avant d'aussitôt ajouter : Vous pensez que cette affaire regarde la politique ?

— Je ne sais pas, répondit le commissaire. S'agissant du premier élu, on peut le craindre, non ? Vous savez comment ça marche.

Bergossi grommela de nouveau, et Soneri raccrocha.

Immédiatement après, il appela don Jules.

— Le prêtre est revenu ?

— Non, il est toujours villa San Bernardo. Il ne va pas très bien. D'ailleurs, il m'a chargé de vous rapporter qu'il ne dirait rien de plus que ce qu'il a déjà dit.

Le commissaire se crispa et raccrocha. Juvara, qui avait entendu, se permit d'intervenir :

— *Dottore,* au sujet de don Guido, la curie est intervenue. Le vicaire général a demandé à Piccirillo de le laisser tranquille.

— Et voilà ! s'exclama Soneri, cette fois en proie à l'exaspération. Les premiers bâtons dans les roues !

Juvara ne comprit pas et garda le silence avec une expression idiote. Quand il se décida à demander des explications, le commissaire appelait déjà quelqu'un d'autre.

— J'ai réfléchi à tes empreintes, attaqua-t-il. Elles pourraient appartenir à Zunarelli, qu'est-ce que tu en dis ? C'était le seul ami de Romagnoli.

— Bravo, commissaire ! s'exclama Nanetti. Tu crois que personne n'y avait pensé ?

— Tu deviens un vrai limier.

— Voyons ! Tu sais bien que je n'en ai pas l'étoffe ! Je ne suis qu'un simple exécutant.

— Bon, vous les avez comparées, ou pas, ces empreintes ?

— Bien sûr. J'ai envoyé un de mes gars à San Vitale, Piccirillo a eu une illumination.

— Quand ?

— Cet après-midi.

— J'y étais aussi.

— Et dans le brouillard, vous ne vous êtes pas croisés ? Voyez-vous ça ! Des idées en commun avec Piccirillo ! À ta place, je me ferais du souci. Je crois qu'il est de droite.

Soneri éprouva une fois encore la désagréable sensation de tourner à vide.

— Quoi qu'il en soit, dit Nanetti pour le réconforter, les empreintes sont bien celles de Zunarelli.

Il eut la sensation de s'être fait doubler.

CHAPITRE 8

Dans la soirée, la ville parlotait dans les bars, à l'entrée des immeubles et sur les seuils des magasins, ou dans l'ombre d'un porche, jusque derrière les soupiraux qui rasaient les trottoirs, tandis que par les rues, un susurrement choral et unanime servait de contre-chant. Dans les sphères du pouvoir, en revanche, la panique devenait palpable. L'hôtel de ville demeurait muet comme une tombe, et la foule stationnée devant se hasardait en conjectures à l'affût du moindre signal. Des équipes de télévision continuaient d'affluer, et les nouveaux camions de diffusion qui s'installaient piazza Garibaldi la transformèrent en espèce de camping. Soneri ne tenait plus en place et baguenauda quelques instants afin d'observer le spectacle, oubliant Angela qui l'attendait chez elle. Les neuf coups de l'horloge du palazzo del Governatore le lui rappelèrent. Alors, il lui téléphona.

— Ça te dit d'aller dîner dehors ? annonça-t-il.

— Tu as quelque chose à te faire pardonner ?

— On a toujours quelque chose à se faire pardonner, mais cette soirée, il faut la vivre : on dirait que les Parmesans ont mis leurs deux doigts dans la prise.

— D'après le JT, une révolution est en œuvre.

Le commissaire éclata de rire.

— Et on ne s'est rendu compte de rien !

— Écoute, d'une certaine façon, c'est une révolution… Le roi a pris la fuite, non ?

— On peut faire semblant d'y croire. Au moins, l'ambiance y ressemble, et faute de grives…

Un quart d'heure plus tard, Angela le rejoignit au *Milord*. Soneri faisait les cent pas en mastiquant son *toscano*, le visage presque rayonnant.

— Sacré réveil ! commenta-t-elle dès qu'il se furent assis.

— Si seulement on savait ce qu'ils réclament…

— Au début, aucune révolution ne sait où elle veut en venir…

— Mais là, ce n'est pas une révolution, juste un sursaut de scélératesse. Une ville de bigots qui s'irrite en prenant un air indigné quand ses vices sont rendus publics. Pour être un révolutionnaire, il faut se mettre en jeu, pour ça, les Parmesans sont bien trop mous. Éventuellement capables d'organiser l'agitation.

— Allez ! On avait dit qu'on jouait à la révolution !

Il rit : Tu as raison. Mais pour l'imaginer, on a besoin de manger et d'une bouteille de bonarda.

Au *Milord* aussi, les clients parlaient de la disparition du maire, et des bribes de conversation arrivaient à la table du commissaire. Ils avaient commandé des *tortelli* à la courge qu'Angela saupoudra d'une pluie de *grana*.

— Est-ce que le maire est aussi à table, en ce moment ? se demanda-t-elle.

— Privé de sa salle de sport, il s'est peut-être mis au régime.

— À mon avis, il est dans un *resort* en Tunisie, où l'autre avait trouvé refuge…

— Craxi[6] ?

— Oui. Ils vont tous là-bas.

À cet instant, le portable sonna, et le commissaire eut un mouvement de contrariété. Tout de suite après, la voix joviale de Boldrin se fit entendre.

— J'ai une info qui peut t'intéresser, attaqua ce dernier.

— Au point où j'en suis, tout m'intéresse.

— Mes collègues du val Badia pensent avoir reconnu ton maire.

— Quand ?

— La semaine où il a séjourné ici. D'après ce que j'ai compris, le mercredi.

— Il s'est fait contrôler ?

— Oui. Dans une voiture sur la route du fond de la vallée. D'après les papiers, le type qui conduisait fait partie de la droite émilienne, il est conseiller régional. Alcotest négatif. Par contre, les deux passagers avaient l'air complètement bourrés, ou défoncés. Un des deux, surtout, paraissait carrément catatonique ; les collègues l'ont reconnu grâce aux photos des fiches signalétiques des personnes disparues : ton maire.

— Tu as le nom du conducteur ?

— Un certain Bonaldi Piero, répondit Boldrin.

— Tiens ! Un Parmesan ! Le secrétaire régional du parti, dit Soneri en fixant Angela.

— Il y avait aussi Bernetti, tu vois ? Le sous-secrétaire à l'Industrie qui passe tout le temps à la télé ?

— Parmesan, lui aussi !

6 Bettino Craxi, ancien secrétaire général du parti socialiste italien (PSI), poursuivi par la justice et condamné à vingt-sept ans de prison pour affaires de corruption, s'exile en Tunisie en 1994, jusqu'à sa mort, en 2000.

— Visiblement bien éméché. Il s'est mis à parlementer pour que les collègues fassent preuve de complaisance… Il s'est targué de connaître du monde à l'Arma de Rome. Je peux te dire que le commandant était très énervé, du coup, il a ouvert plusieurs enquêtes. Si ça peut t'intéresser, la voiture est sortie à Fornovo sur l'autoroute A15, et ils sont retournés à Parme dans la nuit.

Le commissaire demeura immobile, son téléphone dans une main, et sa fourchette dans l'autre, au point que Boldrin dut répéter deux fois « Allô », croyant que la ligne était coupée.

— Fornovo… répéta Soneri d'une voix de somnambule tandis qu'une multitude de pensées viraient dans son esprit.

— J'espère que je t'ai rendu service, conclut Boldrin, qui ne savait pas comment interpréter l'aphasie du commissaire.

— Fornovo… répéta-t-il encore comme s'il récitait un mantra sans parvenir à y associer quoi que ce soit.

— Il s'est peut-être planqué dans une villa du coin, coupa court Angela. Comment tu fais pour le trouver ? On pourrait facilement y séquestrer quelqu'un.

L'espace d'un instant, Soneri se demanda s'il ne s'agissait pas, effectivement, d'un enlèvement. Le type aperçu par les carabiniers du val Badia pouvait le laisser supposer, et dans ce cas, vu ses compagnons de voyage, le parti serait impliqué.

Angela lui versa à boire.

— Tu réfléchiras mieux avec un verre de bonarda, ricana-t-elle.

Plutôt que réfléchir, le commissaire laissait ses pensées divaguer. Il essayait de comprendre pourquoi la voiture avait quitté l'autoroute au niveau du val di Taro pour ensuite prendre la direction de la montagne et s'évanouir dans le réseau des routes communales.

— Ils ont peut-être emprunté la nationale de la Cisa ? Qu'est-ce qu'on en sait ? Le maire ne va pas à Forte dei Marmi, l'été ? intervint Angela.

— Je jette l'éponge, répliqua Soneri. Tout est possible. Ils l'ont peut-être même lâché avant la sortie de Fornovo.

Pendant ce temps, la ville fermentait comme un corps de noyé, enflée par des rumeurs devenues hors de contrôle. Des gens disaient qu'on avait retrouvé Corbellini mort dans son cabinet, et qu'on ne l'annoncerait qu'après avoir fait disparaître certains détails compromettants. D'autres assuraient qu'il était au contraire en cure de désintoxication dans une clinique privée, ou bien en fuite à l'étranger où l'attendait une mallette pleine de billets. Enfin, d'aucuns l'avaient surpris en compagnie d'une femme, voire d'un homme. Soneri n'en pouvait plus de tous ces susurrements.

— Allez, viens, on va profiter de la révolution, décida Angela. Si ça se trouve, le maire fera comme le pape : se montrer à la fenêtre pour rassurer tout le monde.

— Non, refusa Soneri. Si mes collègues nous voient au milieu des badauds, je vais avoir les oreilles qui sifflent.

— Tu n'es pas en service.

— Un flic est toujours en service.

— Raison de plus. Tu trouveras davantage d'indices piazza Garibaldi que chez les faux-culs de la mairie.

Ils étaient un peu excités. La soirée était froide, et le brouillard tourbillonnait autour des édifices en les escamotant et en les faisant réapparaître comme dans un tour de passe-passe. Tous deux marchaient en se serrant l'un contre l'autre. Ils s'étaient engagés via Cavestro, avaient longé le bâtiment de l'université, le tribunal et la strada al Collegio dei Nobili, traversé la via Farini, puis s'étaient faufilés borgo Riccio jusqu'au piazzale san Lorenzo, avant de poursuivre borgo Giacomo Tommasini et via Repubblica, d'émigrer via Saffi et borgo delle Colonne pour enfin s'arrêter devant l'ancienne prison san Francesco. Une cavalcade dans une Parme plus imaginaire que réelle, au milieu d'une foule aussi excitée qu'eux et d'une rumeur continue de conspiration qui paraissait faite de mots d'ordre. Face à l'ancienne prison, en reprenant leur souffle, ils se découvrirent exaltés. Ils s'embrassèrent, et Soneri se sentit brusquement heureux.

— C'est la révolution ? dit-il en riant et en enlaçant sa compagne.

Elle s'écarta de lui, le fixa dans un sourire triste, sans doute ému, et secoua la tête :

— Malheureusement, seulement un moment d'insouciance : à vingt ans, elle va de soi, à notre âge, il faut aller la chercher.

— Je voudrais conserver ce moment le plus longtemps possible, s'obstina-t-il, sentant déjà ce sentiment de plénitude s'évaporer.

Ils remontèrent jusqu'au milieu du borgo del Parmigianino, tournèrent via Cavour et atterrirent piazza Duomo, entre la cathédrale et le baptistère. Ils s'assirent sur les bancs de marbre qui bordaient le palais épiscopal et se serrèrent l'un contre l'autre comme des adolescents. Ils s'enivrèrent de la magie de ce sublime hybride architectural qui combinait l'ancrage terrien de l'art roman avec le ciel tant désiré des flèches gothiques jusqu'à ce qu'une sonnerie ne les surprenne, tel un réveil qui vous arrache à votre rêve.

— Ils ne l'ont jamais retrouvé, annonça une voix familière qu'il ne parvint pas tout de suite à identifier. (Ainsi, sans préambule, elle semblait reprendre une conversation à peine interrompue.) J'ai oublié de vous le dire, l'autre fois, poursuivit-elle.

Il reconnut alors la voix de Valmarini. D'ailleurs, c'était la nuit, c'est-à-dire, son moment.

— Ils n'ont jamais retrouvé quoi ? demanda le commissaire un peu désorienté.

— Le chien, répondit l'autre, comme si c'était une évidence. Celui qu'ils avaient perdu dans le quartier.

Le commissaire comprit enfin, et la grève et les traces sur les sentiers lui revinrent à l'esprit.

— Ils sont revenus ?

— Oui, plusieurs fois. Avec une femelle en chaleur qui attire tous les mâles de la ville. Dondolo devient fou, il tire sur sa laisse jusqu'à en tomber d'épuisement.

— C'était donc un mâle.

— C'est aussi ce que j'en ai déduit. Ils ne se résignent pas, conclut Valmarini. Passez me voir une de ces nuits : vous me trouverez sur la digue.

Soneri raccrocha. Son euphorie retomba. Il se tut et fixa le *duomo*, et Angela l'imita. Le brouillard effleurait les pierres, et en glissant dessus, donnait l'impression que les murs se déplaçaient dans un nuage. La ville leur échappait et fuyait leur regard, comme si, honteuse, elle se cachait, hantée par de nombreux secrets.

— C'était qui ?

— Un peintre faussaire qui vit juste à côté de chez Adelaide.

— Il voulait quoi ?

— Me parler d'un chien perdu que des types essayent de retrouver.

— Quel rapport avec toi ?

— Je ne sais pas, murmura Soneri d'un air pensif, depuis le début, des chiens reviennent régulièrement.

Ils se levèrent, transis de froid : la chaleur de l'alcool et de la nourriture s'était évaporée. Tout revenait à la normale et à sa pesanteur hostile. Ils retournèrent piazza Garibaldi où ils apprirent que Bonaldi avait pris acte de ce que tout le monde savait : la disparition de Corbellini, dont il était, peut-être, l'un des artisans. À présent, c'était officiel, et toute l'équipe municipale, dont la moitié déjà presque dissoute, était en train de vaciller.

— La ville n'a plus d'administrateur ! s'exclama Soneri.

— Parce qu'elle en avait un ? renvoya Angela avec sarcasme.

Le matin suivant, il se sentit tout de suite d'attaque. Il se rendit à la Questure et, à peine arrivé, contacta un ami bénévole à la fourrière municipale.

— Vous n'auriez pas ramassé des chiens errants, ou signalés disparus, ces derniers temps ? l'interrogea le commissaire.

— On en a tous les jours, répondit l'autre, qui s'appelait Cattani. Souvent très mal en point.

— Dénutris ?

— Même pas. Malades, plutôt.

— Vous en avez ramassé combien, cette semaine ?

— Six, je crois.

— Je peux les voir ?

— Passe quand tu veux.

— Je ferai un saut avant ce soir.

— *Dottore*, vous voulez adopter un chien ? s'immisça Juvara, qui avait saisi quelques bribes.

— Tu m'as pris pour un vieux garçon ? répondit Soneri d'un ton qui effaroucha l'inspecteur. Dis-moi plutôt si tu as du nouveau sur le smartphone. J'ai obtenu l'autorisation de Bergossi.

— Pas grand-chose, s'agita Juvara. La carte SIM provient probablement d'un cyberphone où vont téléphoner les étrangers. Ils louent les cartes aux saisonniers.

— Si c'est ça, on va avoir du mal à retrouver le propriétaire.

— Pas dit, estima l'inspecteur avec un certain optimisme. Sinon, ajouta-t-il, j'ai enquêté sur L'Éternelle, et je commence à y voir plus clair.

— Du genre ?

— On ne s'explique pas d'où vient l'argent qu'elle investit.

— Et comment tu veux qu'elle s'y prenne ! La mafia recycle son argent sale dans des activités légales.

— *Dottore*, vous savez mieux que moi qu'on a besoin de preuves. Et sur son président, un certain Petrillo, on a juste des soupçons, rappela Juvara.

— Tu as raison, en convint Soneri, on ne devrait pas se fier à nos sensations. Nous encore moins que les autres.

— La société est en règle, reprit l'inspecteur, son représentant légal est un homme respectable… Je sais que vous avez raison, malheureusement, on ne peut pas donner la chasse à des fantômes.

— Tout le problème est là : l'ennemi est juste à côté de nous, mais on est impuissant. On est même obligé de sourire s'il se montre généreux, comme dans le cas de l'enterrement de Romagnoli.

— Vous dites vous-même qu'on peut être le pire des délinquants en toute légalité.

— Ils sont nombreux, crois-moi, dut admettre le commissaire. Sinon, les structures de la société, elles disent quoi ?

— Un vrai micmac, annonça Juvara. En ce qui concerne le représentant légal et le président, vous le savez déjà. Derrière, on trouve une SARL qui est contrôlée à son tour par une kyrielle de sociétés aux prénoms de femme, genre : Gioia, Samantha, Deborah, Lory, etc. À la dernière des poupées russes, on arrive au sommet du groupe : la société Posillipo, administrée par un certain Carmelo Lopinto.

— Qui serait ?

— Probablement un prête-nom. Les collègues de Naples m'ont rapporté qu'il a été concierge dans une école élémentaire avant d'être au chômage. Vous voyez ?

Soneri acquiesça : il ne voyait que trop. Il souleva son combiné et composa le numéro de Musumeci en même temps qu'un agent apportait les journaux du matin.

— Fais un saut à la mairie, et renseigne-toi sur le fonctionnaire qui a accompagné les jeunes de la Navetta à Andalo, je crois qu'il s'appelle Giovetti, quelque chose comme ça. À la fin du séjour, c'est lui qui montait sur les pistes en empruntant le forfait du maire. En résumé, cuisine-le un peu…

— C'est-à-dire qu'aujourd'hui, j'avais autre chose à faire… Bergossi…

— Bergossi, l'interrompit le commissaire, vient de m'intégrer à l'enquête, donc, à partir de maintenant, c'est moi qui règle la circulation.

Il n'attendit pas de réponse, raccrocha, puis s'adressa à Juvara :

— Toi, va faire un tour à la Navetta pour entendre les jeunes qui sont partis au ski. Interroge aussi les parents pour essayer de comprendre comment ça s'est organisé.

Il se saisit ensuite du paquet de journaux qui, avant même qu'on ne les ait lus, suintaient déjà l'angoisse. Tous les titres s'ouvraient sur la disparition du maire. Il les feuilleta rapidement jusqu'à ce qu'il remarque la photo d'un chien, et dessous, en caractères gras, la légende : **FORTE RÉCOMPENSE.** Il observa plusieurs secondes la gueule de ce qui ressemblait à un braque et lut la description de l'animal perdu. On parlait en termes généraux du parc de la via Bizzozero, dans le quartier de Valmarini. Il était précisé qu'il s'agissait d'un mâle.

Le commissaire se leva et s'engagea vers la sortie, mais son attention fut distraite par du bruit dans la cour. Il vit un groupe de journalistes s'approcher et s'esquiva par l'accès secondaire du borgo della Posta, puis demanda à une patrouille de le déposer à la fourrière. Cattani l'attendait et paraissait troublé. Il indiqua les nouveaux arrivants au milieu des aboiements assourdissants qui s'élevaient des cages.

— Presque toutes des femelles, l'informa-t-il. Les gens s'en débarrassent quand elles mettent bas, ils ne savent pas quoi faire des chiots.

— Vous n'avez aucun mâle ?

— Si, un. On l'a trouvé hier soir, mais il est dans un sale état, le prévint l'homme en désignant un braque au regard triste recroquevillé au fond d'une cage. C'est une dame qui l'a signalé, il errait près du parc de la Citadelle, les vigiles nous ont aidés à le récupérer. Il ne va pas bien du tout, et il est agressif dès qu'on s'approche de lui.

— Il a quoi, d'après toi ?

— Aucune idée. On ne sait pas d'où il vient, ni s'il a un maître. Pas de collier, ni de tatouage.

— Vous en récupérez beaucoup, des chiens de ce genre ?

— Non, et rarement aussi jeune. Ce n'est pas la seule chose curieuse : tout à l'heure, un type est venu le réclamer, et je l'ai trouvé très insistant. Par chance, on était quatre, il ne pouvait pas tenter grand-chose, mais j'ai eu l'impression qu'il aurait pu nous le prendre de force.

— Il a donné son nom ?

— Non, mais à son accent, je pense qu'il était slave. Il nous disait qu'il le voulait parce qu'il adorait les braques, mais nous, on ne confie pas un chien tant qu'il n'est pas tatoué et vacciné. Je lui ai dit de repasser dans quelques jours pour qu'on puisse faire une adoption avec tous les papiers.

— Il n'a pas bonne mine, constata le commissaire.

— Il n'est pas bien du tout. On a prévu de l'emmener à la clinique de l'École vétérinaire. Il ne mange rien… Tous les autres chiens dévorent leur gamelle, lui, il ne la renifle même pas.

L'animal les observait d'un air méfiant. Il ne devait pas avoir une bonne opinion des humains.

— Pourquoi on n'irait pas maintenant? proposa le commissaire. Comme ça, si l'autre revient, tu lui rendras un chien tout neuf.

— Son attitude était bizarre, souligna Cattani. En général, ils insistent pour nous les laisser, pas pour les reprendre.

Soneri acquiesça en silence. Il se sentait dans le même état que la veille, lorsqu'il avait suivi les empreintes sur la grève : soit tout près d'une grosse découverte, soit d'une connerie monumentale. L'animal n'avait aucune envie de se déplacer et il grognait. Ils durent se servir d'un lasso de capture afin de le maîtriser et de le museler. Une fois ses crocs emprisonnés, le chien se résigna et se laissa porter jusqu'au fourgon. Ils le confièrent aux vétérinaires : ces derniers commenceraient par une radiographie. En attendant, le commissaire et Cattani sortirent pour manger un sandwich juste en face de l'École.

— Pourquoi tu t'intéresses à ce chien ? voulut savoir l'ami.

— Parce qu'il contredit les lois de la logique, expliqua Soneri. Hier soir, j'ai découvert et suivi des empreintes sur la grève de la Parma et de la Baganza, et je me suis demandé qui pouvait faire cette route à pied. Aujourd'hui, tu m'apprends qu'un inconnu insiste pour récupérer un braque non tatoué. Et ce matin, dans le journal, je tombe sur la photo d'un braque perdu…

— Je l'ai vue, mais les braques se ressemblent tous, et la photo était mauvaise. Et puis, on ne voyait que la gueule… Bah, à moi aussi, tout ça paraît bizarre.

— Mais en sortant des logiques habituelles, il est probable qu'une autre logique apparaisse.

— Probable, confirma Cattani.

— Peut-être qu'il nous dira quelque chose, ce chien, plaisanta le commissaire.

— Les bêtes nous disent tout un tas de choses, c'est nous qui ne les comprenons pas, ou qui ne voulons pas les comprendre. On les dit moins intelligentes, mais elles se comportent mieux que nous, répliqua l'autre avec sérieux.

— C'est pour ça que tu es aussi dévoué ?

— Je crois que je n'ai plus tellement confiance en l'humanité… Regarde la politique… Cette ville, le pays entier ne sont plus qu'une gigantesque duperie où tout le monde entube tout le monde. Les bêtes, non. Elles sont ce qu'elles sont. Féroces, peut-être, mais sincères.

— La multiplication des animaux de compagnie va de pair avec la perte de confiance en son prochain, glosa Soneri. On pourrait évaluer le malaise social au nombre d'animaux dans les foyers.

— Vrai, mais adopter un animal, c'est comme pour le mariage : un engagement. Trop de gens les prennent pour des peluches, et dès qu'ils pissent sur le divan, ils n'en veulent plus. Résultat, c'est à nous de nous en occuper.

— Ça arrive aussi dans les couples.

Cattani se troubla tout en opinant du bonnet, et Soneri s'aperçut qu'il avait touché un nerf à vif, car son ami venait à peine de se séparer.

— On va voir comment ça s'est passé ? proposa-t-il alors pour faire diversion.

Ils se mirent en mouvement et retournèrent à la clinique.

— Il souffre d'une très sérieuse occlusion intestinale, il fallait l'opérer d'urgence, les collègues sont déjà au bloc, annonça le vétérinaire.

— À cause de quoi ? questionna Cattani.

— On ne le sait pas précisément, toujours est-il qu'il avait dans les intestins des corps étrangers tellement gros qu'il ne pouvait plus les expulser. Le chien n'en avait plus que pour un jour ou deux, informa l'homme.

— Quel genre de corps étranger ? intervint Soneri.

— Je n'ai pas réussi à comprendre, répondit l'autre. C'est rond, et de toute évidence résistant aux sucs gastriques. Du reste, c'est connu, les braques sont gloutons et peu sélectifs, ils mangent de tout sans se méfier de la personne qui les nourrit. Par-dessus le marché, c'est un chien encore jeune.

— Je peux voir les radios ? insista le commissaire.

Le vétérinaire le fixa avec étonnement, et légèrement piqué.

— Vous y connaissez quelque chose ?

— En radiographie, non, mais en corps étrangers, oui.

L'homme se saisit des clichés, alluma le tableau lumineux et y déposa la première radio. On y voyait le ventre de l'animal, les intestins aussi tordus qu'une route de col alpin, avec à l'intérieur une douzaine d'ovules aussi gros que des balles de ping-pong.

— Peut-être qu'en moindre quantité, il aurait réussi à les expulser, mais là, tout son péristaltisme intestinal est bloqué, expliqua le vétérinaire.

Soneri ne l'écoutait pas et continuait d'examiner la radiographie. Il avait déjà vu ce genre d'image, mais d'habitude, il s'agissait de ventres humains, ceux de passeurs de drogue qui débarquaient dans des aéroports et s'en allaient ensuite chier les ovules à domicile. Passagers sans bagage, avec une fortune dans la panse. Des gens qui ne valaient rien pour qui les enrôlait, de pauvres hères issus des favelas que l'on avait farcis comme des beignets, simples contenants à remplir et vider.

— Ce chien a de la drogue plein le bide, affirma Soneri dans l'esprit duquel s'était soudain formée une piste plausible expliquant les voyages sur la grève, les traces de chiens et l'obstination à retrouver la bête perdue.

Cattani observait le commissaire d'un œil perplexe et interrogateur.

— Tu vois, ajouta ce dernier, il y a presque toujours une logique aux comportements insolites.

CHAPITRE 9

Ils baptisèrent le chien : Full. On ôta de ses intestins quatre cents grammes de cocaïne pure encapsulée dans douze ovules. La bête s'était enfuie en possession de vingt-cinq à trente mille euros : logique qu'on la cherchât. De nouveaux scénarios s'ouvraient, ainsi que des interrogations : d'où et de quelle manière arrivaient ces chiens farcis de drogue ? Qui gérait le trafic ? On comprenait, en revanche, la raison de l'itinéraire le long des grèves : une route déserte, sûre et sans douanes. Mais la raison du point de chute à San Vitale sur l'aire de stationnement jonchée de vieux papiers en face d'un bosquet de chênes restait à éclaircir.

Juvara tira Soneri de ses réflexions en entrant dans le bureau.

— J'ai fait un tour à la Navetta… annonça-t-il.

— Alors ? demanda distraitement le commissaire.

— Si vous voulez, on en parle plus tard…

— Non, non… fit mollement Soneri.

— Opération marketing ! s'exclama l'inspecteur avec un certain mépris. Le maire s'est servi de la paroisse pour marquer l'opinion publique. Charité intéressée !

— Je ne t'ai jamais connu aussi tranchant, il était temps que tu dégaines ta dose d'indignation.

— Beaucoup de ces jeunes n'avaient jamais été à la montagne et ne savaient même pas à quoi ressemblaient des skis. Aujourd'hui, ils pourront témoigner de sa magnanimité. La droite à l'écoute des plus faibles.

— Au moins, il laissera un bon souvenir, lâcha le commissaire.

— Vous croyez que…

— Non, je n'en sais rien. Avec des types comme Corbellini, on peut s'attendre à tout. C'est bien la première fois qu'on voit des maires construire des ponts monumentaux et inutiles uniquement pour laisser leur marque, rappela Soneri qui faisait allusion à plusieurs projets de gloriole dont Parme s'enorgueillissait.

— En tout cas, le prêtre de la Navetta s'en est aussi mêlé : c'est lui qui a sélectionné le groupe qui est parti à Andalo. Et il a même laissé entendre qu'il y aurait d'autres séjours, histoire de ne pas désespérer les familles non sélectionnées.

— Tu t'attendais à quoi de la part d'un curé ? Les jeunes ont appris à skier, au moins ?

— Même pas. Ils ont juste fait des balades en raquettes.

— Et le maire, ils l'ont vu ?

— Le premier jour, mais après, il a disparu. Une plaisanterie organisée à la dernière minute, continua Juvara. Plusieurs parents m'ont dit qu'on leur a proposé le séjour deux jours avant le départ. Ils n'avaient même pas de tenue adéquate.

— Aucune importance ! Ils n'y allaient pas pour des vacances, mais pour servir la soupe.

— La presse et la télé locale sont même venues interviewer les collégiens et leurs mamans.

— Quand je te disais qu'il va laisser un bon souvenir. Les prédateurs de la finance font la même chose : des saloperies en douce, et à la fin de l'année, un beau gala de bienfaisance martelé par tous les médias pour assommer les gens. Nouvelle manière d'asservir le troupeau.

Juvara écoutait le commissaire avec un brin de déférence. Il devait admettre que quelquefois, les déballages du chef étaient instructifs. Surtout, Soneri l'aidait à regarder le monde sous des perspectives différentes. Ils se comprirent d'un signe, puis tous deux attrapèrent leur téléphone.

Le commissaire appela Musumeci.

— Tu as entendu Giovetti ?

— Drôle de personnage…

— Il dit quoi ?

— Pas grand-chose. Et en plus, pas sincère, se plaignit l'inspecteur. Le maire lui aurait refilé son forfait parce qu'il préférait faire des excursions avec un guide.

— Tu penses que c'est possible ? demanda le commissaire tout en interrogeant Juvara du regard.

— Je ne crois pas, le maire donne plutôt l'impression de préférer les activités indoor, ironisa Musumeci. Et puis, en plein hiver… pour en revenir à Giovetti, je l'ai trouvé réticent : il passe du coq à l'âne, répète qu'il ne sait rien, qu'il ne se souvient de rien…

— Tu parles ! s'exclama Soneri. Tu ne lui as pas demandé ce que foutait le maire dans le val Badia avec les huiles de la droite parmesane ?

— Il dit qu'ils sont allés le voir pour discuter du parti, et qu'ensuite, ils sont allés dîner dans un restaurant de Corvara avant de rentrer à Parme.

— Avec le maire ?

— Non. Il a juré l'avoir déposé à l'hôtel avant d'aller dîner.

— Et tu y crois ?

— Non, mais c'est plausible, et je ne peux pas prouver le contraire.

Le commissaire dut admettre qu'il disait vrai. Il raccrocha un peu déçu et se rappela son rendez-vous avec Bergossi. Le tribunal n'était pas loin, il s'y rendit à pied. L'agitation de la veille s'était un peu calmée. Parme s'acclimatait déjà à la tension régnante. C'était une cité versatile, qui cédait facilement aux lumières de la nouveauté, et puis qui oubliait très vite, jusqu'au frisson suivant. Le cours du temps s'égarait dans des épisodes ponctuels, imperméables entre eux, sans passé ni futur. Soneri songea qu'au bout du compte, Parme ressemblait à Romagnoli : elle souffrait de la même démence, confondait les dates d'événements passés, s'en désintéressait ou les évoquait par hasard.

Bergossi appréciait le commissaire, mais il le tenait pour un outil à manier avec précaution. S'il lui confiait une mission, il ne s'épargnait pas en recommandations. Cette fois non plus, Soneri ne contribua pas à dissiper ses inquiétudes.

— Nous allons déranger les politiques… l'avertit ce dernier.

Le magistrat le fixa d'un œil préoccupé.

— Tôt ou tard, nous y aurions été contraints, considérant qu'il s'agit d'un premier élu, mais je préférais attendre un peu pour avoir des pièces à l'appui.

— Corbellini s'est fait intercepter dans une voiture lors d'un contrôle routier dans le val Badia en compagnie du secrétaire régional Bonaldi et du sous-secrétaire à l'Industrie Bernetti. Le maire et Bernetti visiblement fin soûls, ou défoncés. Plus tard, ils sont rentrés à Parme, sans qu'on sache qui était à bord.

Bergossi se gratta la nuque.

— Ça va être compliqué avec des gens comme eux. Problématique.

— Pour l'instant, on peut les laisser tranquilles et continuer de creuser ce qui se passe autour… Je suis actuellement sur un trafic de cocaïne dont les modalités et les moyens de transport sont assez inédits…

— Quel rapport avec Corbellini ?

— Sans doute aucun, même si dans ces milieux, la cocaïne… Par contre, elle a peut-être un rapport avec la mort de Romagnoli.

— Pour l'instant, on n'a rien.

— Quand on fouille, on tombe parfois sur ce qu'on ne trouvait pas la veille.

— Transmettez tout aux Stups, et ne perdez pas de temps. Vous connaissez notre gouvernement, n'est-ce pas ? Notre objectif est de trouver le maire, et je ne vous cache pas que les pressions…

— J'ai l'impression que la droite aurait plus avantage à subir sa disparition qu'à nous solliciter pour qu'on le retrouve.

— Vous croyez ? s'étonna Bergossi en fronçant les sourcils. Je resterais prudent : nous n'avons rien en main.

Soneri dut reconnaître qu'il disait vrai.

— C'est une sensation, c'est tout, marmonna-t-il en minimisant.

— Expliquez-moi. Les sensations ont parfois de l'importance.

— Je trouve l'histoire curieuse depuis le début : d'abord, un séjour en montagne avec les jeunes de la Navetta aux accents de charité intéressée, doublée d'une soudaine passion pour le ski, ensuite un déplacement avec des dirigeants du parti, comme par hasard de passage dans le Trentin, enfin, l'hôtel où il n'a vraisemblablement jamais dormi et son départ précipité qui paraît monté de toutes pièces.

— Je sais, la situation est assez inédite, mais c'est justement parce que nous évoluons dans le milieu de la politique que je vous invite à être prudent. Ce sont des gens qui, s'ils doivent se justifier, peuvent inventer des faits.

Soneri acquiesça.

— Je voudrais continuer d'enquêter sur la mort de Romagnoli.

Bergossi soupira.

— Pourquoi insistez-vous à ce point ? L'enquête sur le maire est plus importante, tout le monde va en parler. En quoi ce vieillard sénile qui s'est laissé mourir de froid vous intéresse ?

— C'est une question de quelques jours…

— Comme vous voulez, céda finalement le procureur. Si vous avez envie de faire des heures supplémentaires…

Comme d'habitude, il n'avait pas tout dit. L'enquête sur la mort de Romagnoli était entre les mains de Piccirillo et semblait sur le point d'être classée. Ce qui foutrait ses plans en l'air. Un fil de connexions aussi fin qu'une toile d'araignée commençait à se dessiner dans l'esprit du commissaire, peut-être finirait-il par former un cadre complet ?

Il quitta le parquet et, en descendant les escaliers, aperçut Angela au fond du hall du tribunal. Elle marchait d'un air décidé, son sac de cuir à l'épaule. Il s'arrêta pour l'observer et se sentit un peu voyeur. C'était curieux de la surprendre de cette manière, absorbée dans un rôle auquel il n'avait pas accès, et chaque fois, c'était comme s'il découvrait une autre personne. Il était excité parce qu'il s'imaginait à la conquête d'une femme nouvelle. Son allure discrètement altière la lui rendait inaccessible et nourrissait son désir de profanation. Soneri avait conscience du côté trouble de la situation, mais il se gardait bien de ne pas approfondir, préférant profiter du magnétisme qu'Angela exerçait sur lui. Approfondir signifierait toucher du doigt l'insaisissable, la vérité qui résistait.

Dans l'histoire de Romagnoli aussi, une masse obscure de motivations résistait, qui ne remonteraient peut-être jamais à la surface. En repensant au vieux, il décida de retourner interroger Zunarelli. Il sauta en voiture et prit la direction de San Vitale. L'après-midi s'assombrissait et les routes commençaient à geler. La nuit tomba durant le trajet. Le village ressemblait à un tunnel phosphorescent dans une grosse pelote de brouillard. Il mit un certain temps à trouver le portail qui s'ouvrait sur la cour de Zunarelli. Il descendit de voiture, puis poussa la porte vitrée du laboratoire où tout se détachait nettement dans une lumière stable et uniforme, presque solide.

Zunarelli le dévisagea quelques secondes et s'agaça, puis détourna le regard avec résignation et le salua la tête baissée. Sur le plan de travail se trouvait l'habituelle série de lames. L'homme posa celle dont il se servait et nettoya ses mains avec son tablier.

— Vous devez avoir des ennuis si vous êtes venu me voir avec cette purée de pois, dit-il. Toujours cette histoire d'enterrement ?

Le commissaire fit non de la tête :

— Ça vous concerne, cette fois.

L'homme se montra surpris et se désigna du doigt :

— Moi ?

Soneri se limita à acquiescer.

— Il faudrait tout me raconter.

— Tout quoi ?

— Votre relation avec Romagnoli. Vous alliez le voir tous les soirs ?

— Non, pourquoi ? Je vous ai déjà dit…

— On a trouvé vos empreintes sur le verre de sa table de nuit. Et sur la barre de la sortie de secours. Vous en tireriez quelle conclusion ?

Zunarelli sembla accuser le coup. Il s'agita et se mit à trembler un peu.

— Je suis allé le voir, je crois vous l'avoir déjà dit… siffla-t-il avec nervosité.

Le commissaire dodelina de la tête peu convaincu. Il s'approcha de l'homme, lui posa une main sur l'épaule et le fixa.

— Racontez-moi, l'exhorta-t-il avec douceur pour tenter de le circonvenir. Ou vous préférez vous expliquer dans le bureau du magistrat ?

Après plusieurs secondes, l'homme finit par céder.

— Oui, je suis allé le voir la veille de sa disparition, murmura-t-il.

— Et vous lui avez administré un calmant ?

— Pas moi, les infirmières, se défendit-il. Et puisque vous voulez le savoir, elles lui en donnaient plus, parce que ces derniers temps, on ne pouvait plus le tenir.

— Alors comment expliquez-vous vos empreintes sur le verre ?

— Je l'ai aidé à boire.

— Et ensuite ? Vous n'êtes pas venu de San Vitale uniquement pour l'aider à boire ? Vous lui avez aussi fait prendre l'air ?

— Oui, on est sortis, reconnut finalement Zunarelli. Passé une certaine heure, l'issue de secours n'a plus d'alarme, et les infirmières étaient bien contentes de ne plus l'avoir dans les pattes. Ensuite, on est revenus à l'intérieur. Le froid le calmait plus que les tranquillisants.

— Vous le faisiez souvent ?

L'autre haussa les épaules.

— Quelquefois, pour lui faire plaisir. Ces derniers temps, il était obsédé par l'idée de rentrer chez lui. Si on ne le sortait pas de temps en temps, il devenait insupportable.

— Il sortait seulement avec vous ?

— Je ne sais pas, il n'avait personne… Et à moi, il faisait confiance. C'était comme avec un enfant : il fallait lui rappeler de mettre son manteau et ses chaussures. Le plus souvent, on s'arrêtait sur le palier, et on regardait les arbres. Il aimait beaucoup les arbres, alors je lui disais les noms des plantes. Une fois, on est descendus dans la cour, mais il a commencé à avoir froid, alors on est remontés. Quand il s'entêtait à vouloir retourner chez lui, je lui rappelais qu'il faisait froid, qu'il fallait attendre le beau temps. Si vous lui parliez calmement, alors il se calmait, et il obéissait.

— Pourquoi vous ne me l'avez pas dit tout de suite ? lui reprocha le commissaire, sur un ton vaguement menaçant.

— C'est des choses importantes ?

— Ce n'est pas à vous de le décider. Vous n'avez jamais eu de chiens ?

— De chiens ? s'étonna Zunarelli.

Il répéta la question plusieurs fois en prenant un air ahuri, et Soneri comprit qu'il essayait de gagner du temps.

— Oui, de chiens. Avec toutes les couennes qui vous passent entre les mains, vous auriez de quoi en nourrir des dizaines.

— Je n'aime pas les chiens. Ils ne sont pas aussi fidèles qu'on le dit, tôt ou tard, ils vous mordent, ou pire.

— Vous n'êtes pas comme Romagnoli, lui…

— Lui, les chiens le rendaient fou, depuis qu'il était jeune… coupa court l'homme soudain nerveux.

— Ce serait quand même bien le diable si vous me cachiez encore quelque chose ? Et pour la deuxième fois, avertit le commissaire.

— Si je n'ai pas tout dit, c'est parce que je n'y ai pas pensé, s'excusa Zunarelli.

Soneri se demanda un bref instant si l'homme était crétin ou fourbe. Enfin, il le salua en s'engageant vers la sortie, davantage convaincu par la seconde hypothèse. Avant de franchir le seuil, il balança :

— Bien évidemment, vous serez appelé à témoigner auprès du magistrat. Vous lui répéterez ce que vous venez de me dire.

L'autre ne broncha pas et paraissait déçu. Soudain, l'attention du commissaire fut attirée par une voiture qui longeait lentement le portail tous phares éteints. Quand celle-ci vit qu'une autre auto se trouvait dans la cour, elle réaccéléra et s'en alla. Le commissaire eut juste le temps de lire la plaque avant que l'autre ne disparaisse. D'expérience, il trouva la voiture suspecte. Il s'empressa de contacter Pasquariello.

— Tu me contrôles cette plaque ? le pria-t-il en lui dictant le numéro d'immatriculation.

Il entendit le collègue taper sur son clavier.

— Elle est au nom de l'entreprise Laudadio Pasquale, aucune démarche administrative en cours.

— Tu me dis où elle est inscrite ?

— À la chambre de commerce de Parme, par contre le titulaire est natif de Castellammare di Stabia.

— Il trafique dans quoi ?

— Qu'est-ce que tu veux que j'en sache ! s'impatienta Pasquariello. C'est pas marqué sur le terminal !

Juvara, qui avait une confiance illimitée dans le Web et disait qu'on y trouvait tout, lui donna la réponse.

— Je l'ai ! triompha-t-il à l'autre bout du fil. Laudadio Pasquale SARL, entreprise de valorisation de biodéchets, autorisation…

Il savait désormais où finissaient les couennes de Zunarelli, et comme « tout est bon dans le cochon » ainsi que le disait un vieux proverbe émilien, on produisait avec les os de l'aliment pour le bétail et des fertilisants. Concrètement, les cochons grossissaient en dévorant leurs congénères. Soneri songea que les humains faisaient à peu près la même chose, bien que de manière plus détournée.

Il reprit son téléphone et contacta, cette fois, Piccirillo.

— *Dottore*, j'ai du nouveau…

Un léger sifflement d'asthmatique se fit entendre à l'autre bout du fil :

— À quel sujet ?

— Romagnoli.

— Encore cette histoire ! bougonna l'autre en s'agaçant.

— Les empreintes de Zunarelli apparaissent sur le verre de Romagnoli ainsi que sur la poignée de l'issue de secours.

— Je sais, confirma Piccirillo. J'ai envoyé la Scientifique faire des relevés.

— Je trouve l'histoire un peu suspecte, l'interrompit Soneri.

— Et, d'après vous, quand les aurait-il laissées, ces empreintes ?

— Il parle de la veille de la mort de Romagnoli, mais qui sait s'il dit la vérité. L'homme me paraît sournois.

— Plus on mélange, plus ça devient trouble… s'agaça de nouveau le magistrat.

— Trouble, oui… et il y a autre chose.

— Quoi encore ? soupira Piccirillo d'un air las, dépassé par tous ces imprévus.

— Des moyens de transport inédits pour un trafic de cocaïne.

— Je vois, des ovules dans les intestins ? hasarda-t-il.

— Oui, mais cette fois, dans des intestins de chiens.

Le commissaire entendit un soupir de stupéfaction et se souvint que Piccirillo possédait un caniche enrubanné comme un œuf de Pâques. Puis, dans un sursaut d'indignation :

— Qu'ont-ils fait à ces pauvres bêtes ?

— Ils ont rempli leur ventre au point de tout boucher. Les bêtes finissaient par avoir une occlusion intestinale.

Autre soupir. À croire que seuls les chiens le tiraient de son apathie.

— Comment l'avez-vous découvert ?

— J'ai suivi des empreintes sur les grèves de la Parma et de la Baganza qui m'ont amené à San Vitale, expliqua sommairement Soneri. Ensuite, j'ai découvert à la fourrière un braque très mal en point, et curieusement, très convoité. Nous l'avons emmené à l'École vétérinaire, et il s'est avéré qu'il fallait l'opérer.

— Le chien est sauvé ?

— Oui, je pense qu'il va s'en sortir, l'opération s'est bien passée.

Piccirillo poussa un grand soupir, cette fois de soulagement.

— Écoutez, si personne n'en veut, je l'adopte.

— Il s'appelle Full.

— Bien trouvé ! Nous devons aller au bout de cette histoire. Je veux tout savoir : d'où viennent les chiens, qui les utilise et comment ils s'y prennent… (Piccirillo s'interrompit, soudain saisi d'un doute.) Vous pensez que si ce chien ne s'était pas retrouvé à la fourrière… je veux dire, si on ne l'avait pas opéré… il aurait terminé… à la poubelle ?

Pas mécontent d'avoir trouvé le biais pour motiver le substitut, Soneri chargea le trait afin de l'émouvoir.

— J'ai bien peur que les bêtes connaissent une fin atroce, confirma-t-il. La vie d'un chien n'a aucune importance pour un trafiquant de drogue.

— À qui le dites-vous !

— Si j'ai votre autorisation, je poursuis les investigations, balança-t-il enfin, déjà certain de la réponse. Au besoin, je vous demanderais des mandats.

— Quand vous voulez, répondit promptement Piccirillo. Tenez-moi au courant, ajouta-t-il avec une certaine fureur.

Après avoir raccroché, Soneri frissonna de froid. Dans le noir de l'habitacle, il avait l'impression de disparaître dans le brouillard. Et dans cette sorte de clandestinité, il vit passer un véhicule qu'il lui sembla reconnaître : la voiture de Zunarelli. Il essaya de la suivre, mais elle tourna soudain sur une route étroite menant sans doute à un hameau, voire à un corps de ferme, alors il renonça pour ne pas éveiller les soupçons. Il enregistra la direction, et se promit de revenir y faire un tour.

Le brouillard avait ce pouvoir de remettre à zéro mémoire et expérience. La route qu'il parcourait, bien que familière, lui donnait l'impression d'une route qu'il ne connaissait pas, comme celle où s'était éclipsé Zunarelli. Aux carrefours, il était pris d'indécision et se fiait à son instinct. Il sentait que la moindre erreur pouvait le faire sortir des rails, l'inconnu le surprendre, ou le mettre en danger. Il salua avec soulagement le halo laiteux de la ville en arrivant via Montanara, à la fin d'un voyage qui lui avait semblé tout à la fois la métaphore et l'incarnation de son enquête.

Plus tard, chez lui, quand Angela voulut savoir comment il se sentait, il ne sut pas quoi lui répondre.

— J'ai compris, abrégea-t-elle. Dans ces cas-là, mieux vaut te laisser tranquillement reposer comme une pâte à pain.

CHAPITRE 10

Soneri avait besoin de réfléchir et décida de sortir. Au dîner, avec Angela, ils avaient parlé des réticences des politiques, souvent plus vives que celles des délinquants.

— Les délinquants défient la loi, les politiques se croient au-dessus, avait-elle résumé.

La nuit mettait en branle l'esprit du commissaire. Chemin faisant, il réfléchit à cette clique obéissante qui gravitait autour du maire et de son parti, parmi laquelle ce Giovetti qui acceptait de servir de paravent en leur offrant un alibi plausible. Toute une ville lui semblait réticente, contenue par des commérages insidieux, prisonnière de ses grommellements, et dans toute sa lâcheté, sourde à l'indignation. Parme avait enterré son passé de révoltes et n'était désormais capable que de rancœurs mesquines. Au tumulte de la rue, elle avait préféré les lettres anonymes et les vaines batailles sur le Net dont Juvara l'informait, où des personnages s'insultaient sous le masque de l'anonymat sans jamais se regarder en face.

Ses réflexions l'avaient encore une fois porté jusqu'au quartier Montebello. La neige gelée donnait à la digue l'aspect d'un gros nougat croquant. Il chercha Valmarini sous le halo des réverbères. Il se promena un peu dans le froid et l'obscurité, avec cette sensation de voyager suspendu dans les airs. Pour finir, il décida de sonner. La porte s'ouvrit quand il était sur le point de repartir.

« Montez », se limita à dire le peintre comme s'il n'attendait que lui.

Tout ceci renforça le parfum de mystère qui le prenait dès qu'il approchait de l'entrée de l'appartement du faussaire où semblait habiter la nuit. La porte avait été laissée entrouverte. Soneri la poussa et entra, accueilli dans un noir presque plus dense que celui de la digue. Il entendit des fragments de conversation et se laissa guider jusqu'au salon vitré où deux lampes diffusaient une lumière ambrée. Assis à l'angle du canapé, il vit un homme qui le fixait, un type plutôt petit, sanguin, sans cou et le ventre gonflé comme une grenouille.

— Soyez le bienvenu ! dit Valmarini. (Puis, s'adressant à l'inconnu :) Je vous présente un autre noctambule.

Sans se lever ni décroiser les jambes, l'homme tendit la main :

— Ugolini. Je fais, moi aussi, partie de cette congrégation de hiboux.

Le commissaire tourna le regard vers le peintre.

— Nous nous sommes donné ce nom en hommage à l'obscurité, expliqua ce dernier en souriant.

Ugolini, en revanche, resta sérieux, et ce n'est qu'à ce moment-là que Soneri réalisa qu'il s'agissait de l'industriel dont dépendait la droite parmesane. Il fut pris d'un certain malaise que le maître de maison remarqua immédiatement.

— Installez-vous, l'invita-t-il alors. Ce que j'aime avec la nuit, c'est l'improvisation : soit vous ne voyez personne, soit des amis débarquent sans prévenir. Ce soir, j'ai eu de la chance.

L'industriel le fixait depuis le canapé, et le commissaire éprouvait un peu d'embarras. Dondolo leva le museau de sous la table, les yeux humides et implorants.

Tout à coup, Ugolini leva son verre et trinqua à la santé de Valmarini :

— À l'artiste !

— Au faussaire, corrigea ce dernier.

— Non, à l'artiste, insista l'autre. Vrai ou faux, ce n'est plus le problème. Ce monde, nous l'avons laissé derrière nous, proclama-t-il avec un geste théâtral.

— Vous essayez de me flatter, ricana Valmarini. Mais je garde les pieds sur terre. Je suis né au siècle dernier, j'ai fréquenté l'Académie, je sais ce qu'est l'art véritable.

— Conneries ! s'exclama Ugolini avec mépris. La réalité, c'est celle qui se crée et qui s'impose en persuadant et dominant les opinions. Tout le reste : blabla. Il suffit d'écouter les gens parler : dans la majorité des cas, leurs opinions sont complètement dénuées de fondement. Ce qui ne les empêche pas d'être convaincus de ce qu'ils affirment. Vos tableaux sont des faux ? Qui l'a décrété ? Ceux qui les regardent croient qu'ils sont vrais, c'est suffisant. Vous ne persuaderez jamais mes invités que je les ai bluffés. La preuve : j'ai été victime de deux cambriolages. Même les voleurs croient que je possède des trésors.

— Vos invités n'ont pas dû fréquenter les musées qui exposent les originaux, argua Soneri.

— Les musées ? Les gens y vont encore ? Musées, théâtres, galeries, bibliothèques... ça tient parce que l'État continue d'y gaspiller son argent, mais la réalité, c'est que plus personne n'y va. Qui sont les gens qui continuent d'y aller ? les vieux ! Dans une vingtaine d'années, tout ce capharnaüm sera balayé ! Tout sera *on line* ! Qu'est-ce que j'en ai à foutre que des critiques ennuyeux comme la pluie m'accusent de posséder des faux ? J'ai derrière moi dix mille personnes qui sont convaincues du contraire ! Ce n'est pas la même chose quand on va au supermarché ?

Chaque fois qu'on achète un produit, on est sûr que c'est ce qu'il y a de mieux. Ce n'est pas vrai, mais l'important, c'est qu'on y croie.

Soneri commençait à bouillir, mais en même temps, la démesure d'Ugolini titillait sa curiosité tant elle allait au-delà de ce qu'il pouvait imaginer. Une démesure aussi neuve et déconcertante qu'une transgression adolescente.

— N'oubliez pas le principe de réalité, l'interrompit Valmarini en riant. Après tout, vous êtes un homme d'affaires.

— Justement, répliqua promptement Ugolini. Les affaires se font en maîtrisant ses émotions. La marchandise est un talisman, la posséder est davantage un désir à assouvir qu'une transaction économique. Les goûts aussi s'imposent. Comme les opinions. C'est un travail long et patient, qui requiert de savoir flatter.

— Flatter ? s'étonna Valmarini.

— Bien sûr, reprit Ugolini. Ne surtout pas parler de sacrifices ! Tout doit sembler facile : satisfaire les plaisirs, la paresse, cette passivité infantile enracinée en chacun de nous. Adam et Ève ont, ou n'ont-ils pas, été chassés du paradis ? Nous avons tous cette maudite envie d'y retourner.

Soneri écoutait en silence en se rappelant les propos de Bergossi sur la capacité des politiques à inventer des faits, et se trouva terriblement naïf.

— Tout ça n'a pas vraiment de rapport avec le vrai et le faux, objecta Valmarini.

— Détrompez-vous, répliqua Ugolini. La vérité, en admettant que ce mot ait encore du sens, exige d'approfondir, de se donner du mal. Moi, je dis : effort inutile, acheva-t-il en fixant le commissaire.

Ce dernier haussa les épaules d'un air sceptique.

— Vos apôtres le disent eux-mêmes : la vérité est inaccessible ! On se demande pourquoi ils continuent de poursuivre des chimères…

— Certaines vérités peuvent être démontrées, intervint Valmarini. Que mes tableaux sont des faux, par exemple.

— C'est vous qui dites ça ? Vous savez parfaitement qu'aujourd'hui, la moitié des critiques confondent une œuvre originale et une copie ! La vérité est provisoire.

— Vous êtes un sophiste, l'accusa le peintre.

— Je suis sans préjugés, donc libre. Je me suis débarrassé de vos entraves. À quoi servent les intellectuels, avec leurs réflexions ? Les processus industriels imposent la quantité comme paramètre dominant. Si j'arrive à convaincre des milliers d'individus, je me fous de savoir si l'opinion que j'impose est fausse. Les prétendus détenteurs de la vérité auront à faire les comptes avec la quantité. La démocratie est donc un grand avantage. Une fois posé que le vrai et le faux existent, le vote pour le vrai compte autant que celui pour le faux.

— Cette vérité ne fait aucun doute, l'élection de Corbellini le prouve, ricana le peintre, qui avait l'air de s'amuser.

— Corbellini est un très bon acteur. Il est beau, jeune, glamour… aujourd'hui, tout passe par l'image.

— Vous savez où il a fini ?

— C'est moi qui devrais vous poser cette question. Je donne ma contribution au parti, je ne surveille pas la vie des gens. Vous avez une idée ?

— Non. Et si j'en avais une, je ne vous la dirais pas.

Cette fois, ce fut Ugolini qui haussa les épaules.

— Dans tous les cas, ce serait seulement votre opinion.

— Mais contrairement à vous, je suis obligé de la démontrer.

— Vous me prenez de haut ? Au bout du compte, votre travail finit dans des débats au tribunal, autant dire une pièce de théâtre dans laquelle on établira qui a le meilleur avocat.

— Vous dites vrai, cette fois encore, admit Valmarini. Les riches et les puissants vont rarement en prison.

— Mais vous m'êtes sympathique, j'aime les types combatifs, sourit Ugolini brusquement débonnaire. Vous auriez du succès en tant que chef d'entreprise.

Le commissaire le regarda de travers. Les paroles conciliantes de l'homme trahissaient la condescendance du type qui se sait intouchable.

— Zunarelli travaille pour vous ? jeta Soneri à brûle-pourpoint.

— Je lui fournis une partie du désossage.

— Il survit grâce à vous ?

— Comme tous les sous-traitants. Mais nous aussi, nous nous battons.

— Entrer en politique vous a sans doute aidé à obtenir des protections, insinua le commissaire.

— Je suis moins hypocrite que ceux qui financent les partis. Autant prendre directement sa carte. Ce n'est pas à ça que ça sert, la politique ? Vous connaissez des idées qui mettent un frein aux intérêts ? Et alors : que triomphe ce splendide marécage marcescent qu'on appelle le marché ! Avec lui, la loi se suspend d'elle-même, et les plus forts, les plus intelligents ou les plus malins s'en sortent.

— Dites plutôt les plus salopards, grinça Soneri.

— Vous jouez les moralistes ? le provoqua Ugolini. Que ça vous plaise ou non, ce sont les valeurs dominantes. L'Occident a cessé de guerroyer, mais n'a pas oublié la cruauté ou le cynisme. Il lui a simplement suffi de les répandre dans les rues et dans les foyers, jusque dans les chambres à coucher. Je trouve insupportables les chichiteux qui font semblant de ne pas s'en apercevoir.

— Certains s'en aperçoivent et s'y opposent, riposta le commissaire.

— Au nom de quoi ? De l'égalité et de la justice ? ironisa Ugolini. Depuis des siècles, ceux qui ont soutenu ces idées ont dû les imposer à la nature humaine et sont devenus des tyrans. Non ! ça ne marche pas ! Les hommes ne pensent qu'à se trucider les uns les autres, et pour défendre l'égalité et la liberté, même les bonnes âmes idéalistes, surtout quand elles sont en minorité, doivent épauler le fusil. Curieux destin, vous ne trouvez pas ? Pour que l'égalité advienne, il faut opprimer son prochain et se transformer en tyran. Dominer l'autre en reniant ses principes. Pourquoi pas le chaos marchand qui donne l'illusion à tout le monde de pouvoir devenir puissant en courant après des chimères ? Ça vous dit quelque chose, le rêve américain ?

— Moi, je rêve d'être un grand peintre, proclama Valmarini dans un éclat de rire en tentant de dédramatiser.

— Eh bien, vous l'êtes ! approuva Ugolini en levant à nouveau son verre d'un geste triomphal.

On voyait qu'il avait trop bu. Son exaltation allait au-delà d'une nature exubérante.

— Ce n'est pas faute d'avoir essayé, ricana encore le faussaire.

— Aucune affirmation n'est vraie ou fausse, la différence est dans la force de persuasion qu'on a pour l'exprimer. Les États-Unis ont déclenché une guerre en racontant au monde entier que l'Irak possédait des armes de destruction massive. Ce n'était pas vrai, quelle importance ? Une majorité de parlementaires a juré contre toute évidence qu'une jeune fille marocaine était la nièce d'un président égyptien[7] ? Et alors ? L'histoire fera machine arrière ? Notre seule certitude, c'est que tous ceux qui ont menti avaient plus de force de persuasion que tous ceux qui se sont levés au nom de la vérité. Et si la vérité est niée, que devient-elle ? Rien !

— Je ferai donc preuve d'une grande force de persuasion quand j'estimerai que les raisons de la vérité devront être argumentées, coupa court Soneri, de plus en plus exaspéré.

— On verra si ça vous suffit, rétorqua Ugolini. Si vous avez envie de vous battre à ce point… eh bien, vous avez tout mon respect.

— Votre parti n'a pas l'air de se donner beaucoup de mal pour retrouver Corbellini.

— Le parti s'occupe du problème politique qui, à présent, se pose, il ne se mêle pas de la vie privée de ses membres.

— Vous pensez qu'il s'agit seulement d'une histoire de vie privée ?

— Et vous, vous pensez que si quelqu'un décide de disparaître, c'est juste une question politique ?

Soneri ne sut que répondre, et Dondolo jappa comme lorsqu'il était fatigué.

— Il est inquiet, il sent ce que nous ne sentons pas, expliqua Valmarini.

Le chien s'était levé et contemplait la nuit derrière la baie vitrée avec des yeux d'aveugle.

7 En 2010, la police milanaise arrête une jeune fille mineure soupçonnée de vol. Silvio Berlusconi, alors au pouvoir, intervient en personne pour la faire libérer en la faisant passer pour la nièce du président égyptien Moubarak. C'est le début du Rubygate qui révélera l'organisation d'orgies au domicile et en présence de Berlusconi, en compagnie de prostituées, parfois mineures.

— Il perçoit des appels, et il aimerait se lancer dans la grande inconnue, enchérit Ugolini en indiquant la nuit au-dehors. Nous faisons la même chose : nous suivons notre instinct, nous y croyons autant qu'en Dieu. Le reste n'a aucune importance.

Puis il avala une gorgée de vin et se servit un autre verre. À présent, il était clair que l'alcool lui faisait tourner la tête.

— Peintre ! hurla-t-il. Je veux un tableau pour le mois prochain. Je me fous de qui tu copieras : mes invités ont besoin d'un nouveau sujet de conversation, ton tableau servira à tenir le crachoir.

Le commissaire se leva.

— Ne partez pas ! implora Valmarini.

— Vous vous ennuyez ? demanda l'industriel sur un ton ambigu. On s'échauffait à peine…

— Je suis un piètre noctambule, je ne vis qu'une partie de la nuit, s'excusa Soneri. L'autre, je vous la laisse.

Valmarini l'accompagna à la porte.

— Il vous dégoûte ? chuchota-t-il.

— Pas vous ?

— Quand il boit, il en fait trop, mais même sobre, son cynisme n'est pas en reste, expliqua-t-il. Que voulez-vous, c'est mon meilleur client, et il me paye très bien.

— S'il vous paye très bien… répéta le commissaire en haussant les épaules.

— Ne soyez pas trop sévère, le pria Valmarini en inclinant la tête. Je pense la même chose que vous, et lui ne me convaincra jamais. S'il admire mon savoir-faire, c'est parce que je lui fournis des objets qui lui permettent de cultiver sa vanité.

— Tant que vous en aurez besoin, conclut Soneri en sortant dans le froid.

Dehors, il poussa un soupir en découvrant les arbres, les immeubles et les rues brusquement rassurants. Il lui semblait qu'il avait aspiré une bouffée d'opium, mais à présent, et même s'il n'avait pas eu assez d'imagination pour le saisir complètement, il cernait un peu mieux l'univers politique dans lequel évoluait Corbellini. Et puis les divagations alcoolisées d'Ugolini lui avaient appris quelque chose : l'industriel faisait travailler Zunarelli, et le commissaire avait cru deviner qu'il n'était pas seulement son fournisseur. Comme s'il tenait le désosseur entre ses mains.

Il revint à pied dans le silence de la nuit. Bizarrement, tous ces discours l'avaient déstabilisé. Il manquait d'assurance comme on cherche son pas sur un trottoir gelé. Quand il arriva chez lui, il se glissa dans son lit et regretta de ne pas être avec Angela. Il l'aurait serrée dans ses bras comme un ivrogne serre dans ses bras une colonne.

Toute la nuit, l'envie de savoir où s'était dirigé Zunarelli le soir où il était passé à côté de lui sans le remarquer le tourmenta. À peine levé, il avala un petit-déjeuner et sauta en voiture. Il laissa son portable éteint pour rester concentré, au risque de faire enrager les magistrats et le questeur. Une dizaine de minutes plus tard, il roulait le long de la digue de la Baganza, au milieu de la campagne recouverte de givre telle une épouse en blanc vêtue d'une robe en dentelle. Il dut dépasser le village pour suivre en sens inverse le trajet de la veille et comprendre où était la route. La lumière transformait le monde, et, de jour comme de nuit, les lieux n'étaient jamais les mêmes.

Quand il la retrouva, il n'eut qu'à parcourir quelques centaines de mètres. Elle conduisait à un groupe de maisons sans nom, avec, au centre, un hangar, devant lequel était garé un camion. Sur la grille de l'entrée, une enseigne indiquait : Laudadio SARL.

Le commissaire avait du mal à s'expliquer pourquoi autant de soupçons assaillaient son esprit. C'était un mouvement incontrôlable, comme le clignement de la paupière. Ou peut-être que ses raisonnements, à force de s'accumuler et de rester inertes, attendaient le catalyseur comme dans une réaction chimique ? Le fait est qu'à présent, tout lui paraissait clair. Il se saisit de son téléphone et composa le numéro de Piccirillo.

— Je crois avoir trouvé où finissaient les chiens, annonça-t-il en cherchant aussitôt à toucher le point faible du magistrat.

— Où ? où ? répéta ce dernier avec angoisse.

— Dans un abattoir, renchérit Soneri.

— Mon Dieu ! Vermine !

— Sur deux jambes, oui, admit-il en entendant Piccirillo sortir de sa réserve. J'aurais besoin de deux autorisations pour des perquisitions.

— Si vous pensez que…

— Si nous ne les arrêtons pas, le massacre continuera, insista le commissaire. Le trafic est énorme, exagéra-t-il.

— D'accord, céda le magistrat. Vous les aurez avant ce soir.

Il retourna à la Questure et dès qu'il fut à son bureau, appela Isernia, le patron de la brigade des stups.

— Tenez-vous prêts pour une visite surprise. Nocturne.

— On fait la fête à qui ?

— Un éventreur de chiens.

— Putain, les miens vont le mettre en pièces, dit-il en faisant allusion à ses bergers allemands.

— Il le mériterait. Je t'aviserai le moment venu.

Nanetti entra à cet instant.

— Je voulais t'apporter les analyses définitives des empreintes, étant donné qu'il est bientôt 13 heures…

— Tu fais bien de me rappeler que j'ai faim, répondit Soneri dans un sourire en se saisissant du dossier. (Puis, s'adressant à Juvara :) Je veux tout savoir sur la SARL Laudadio. Et en particulier : ses déplacements, quel genre de transport elle effectue, où elle décharge ses déchets.

— Je vais trouver ça sur Internet, le rassura l'inspecteur.

Soneri eut un regard méfiant.

— Pas sûr que ce soit exhaustif, mais je m'en contenterai.

Il sortit à la suite du patron de la Scientifique.

— Alors, elles disent quoi, ces empreintes ? le questionna-t-il.

— Rien de plus que l'autre fois, répondit Nanetti. À part qu'elles sont assez récentes.

— C'est-à-dire ? De combien ?

— Une semaine ou dix jours. Maximum.

Soneri se demanda si cette information pouvait modifier les idées qu'il avait en tête, mais il n'en tira rien. Et tandis que ses soupçons continuaient de se porter sur Zunarelli, son collègue proposa de déjeuner au *Milord*.

— J'aimerais mieux chez Bruno, ça ira plus vite, j'ai un tas de trucs à faire, s'excusa le commissaire.

— Je m'attends à des coups de théâtre, ironisa Nanetti. Dois-je contacter les journalistes ?

— Je ne sais pas, répondit Soneri en haussant les épaules. Je ne suis pas complètement convaincu.

— Si tu parles de Zunarelli, c'est parce qu'il est dans le coup d'une manière ou d'une autre. Je me trompe ?

— Non. Et qui ne tente rien n'a rien. J'ai l'impression que cette histoire ne peut avancer qu'en tentant le coup de main.

— Le tout étant de savoir quand, estima Nanetti.

— Zunarelli ment depuis le début, je suis sûr qu'il couvre quelqu'un. Et puis, je le trouve suspect, son rapprochement soudain pour Romagnoli. On pourrait presque croire à de la charité s'il n'était pas mesquin et intéressé.

— Quoi qu'il en soit, Romagnoli est mort de froid, je n'ai aucun doute là-dessus, affirma Nanetti.

Le commissaire acquiesça.

— Reste la question des chiens.

— Des chiens ?

— Des types baladent des chiens sur les grèves de la Parma et de la Baganza, et les empreintes arrivent à San Vitale. Il y a quelques jours, un des clebs s'est perdu dans le quartier Montebello, il s'est retrouvé à la fourrière, et on a découvert qu'il avait le bide rempli de cocaïne.

— Et tu penses que…

— Ingénieux comme moyen de transport, tu ne trouves pas ? Jusque-là, c'étaient de pauvres bougres qui l'avalaient et qui la chiaient dans des bidets, maintenant, ils tentent la même avec des chiens. À mon avis, ils les font venir de l'étranger dans la catégorie chiens de chasse. Ils sont parfaits : si des chiens antidrogue les reniflent, personne ne s'en inquiète puisqu'ils se reniflent quoi qu'il arrive. En plus, je crois qu'ils ne s'en servent qu'une fois.

Sans rien demander, Bruno avait compris quoi préparer : il lui avait suffi d'un geste pour faire surgir un plat de *culatello*, *coppa*, jambon, copeaux de *grana*, le tout accompagné d'un fortana du val di Taro. Ils se mirent à manger. Nanetti accomplissait des gestes liturgiques avec ses tranches de charcuterie, comme s'il remerciait le dieu cochon.

— Donc, c'est à San Vitale que la drogue atterrit ? demanda-t-il ensuite.

— Plutôt là que mes hypothèses commencent, expliqua le commissaire. À mon avis, San Vitale est le terminus, mais ils pourraient aussi charger les chiens et les emmener ailleurs, dans des fermes du coin, par exemple. Et il faut tout un équipement… Je veux dire, pour leur ouvrir le bide.

Nanetti eut une expression de dégoût.

— Tu sais qu'avec tous les charcutiers du coin, ils peuvent faire encore pire…

— Il ne manque plus qu'une pièce à ma collection de soupçons. Si Juvara me confirme…

— Tu veux mettre Zunarelli en échec ? Tu cherches quoi, là-bas ? La coke ? À mon avis, ils la font disparaître vite fait.

— Non, quelques dommages collatéraux, marmonna Soneri l'air évasif.

Nanetti fronça le nez.

— Attends. Tu ferais mieux d'attendre plutôt que faire un faux pas. Tu connais la Questure : déjà qu'ils ont du mal à te supporter, si jamais tu marches dans la merde, tu vas te faire crucifier.

— Hier soir, j'ai rencontré Ugolini. Tu le connais ?

— Qui ne le connaît pas ! Il est entré en politique pour éviter la faillite et redresser son entreprise.

— Pour lui, l'important n'est pas de se soucier du bien-fondé des choses, mais de croire en ce que tu dis et ce que tu fais.

— Vu le milieu où il évolue et les intrications entre affaires et parti, ce n'est pas très étonnant.

— Il dit aussi des vérités, et je vais être obligé de m'y risquer pour débloquer certaines situations.

— Tu vas donc passer à l'action ?

— J'attends juste une confirmation de Juvara.

— Tu as sans doute raison, mais à ta place, je patienterais encore un peu, conseilla Nanetti. Aussi parce que je ne vois pas bien le rapport avec l'affaire Corbellini.

— Moi non plus, reconnut le commissaire. Mais j'ai l'impression d'une affaire de famille. Ugolini à la manœuvre dans le parti, Corbellini qui exécute, Zunarelli sous l'emprise de l'industriel… Affaires et politique, comme d'habitude.

— En pêchant là-dedans, on trouve toujours quelque chose, mais n'oublie pas que la zone est minée.

— C'est justement pour ça qu'on doit éviter l'attaque frontale. Il faut les coincer sur leurs vices, ça tombe bien, ils en ont des tonnes. Et rester à l'écart des saloperies des politiques.

— On va nous désigner comme les ennemis du peuple : les Parmesans ont acclamé ces gens.

— Et nous, on casse les couilles. Je me sens de plus en plus isolé, avec mon Code pénal. Comment tu fais, en tant que flic, pour vivre dans un monde de voleurs et de complices de ces voleurs ? J'ai envie de tout laisser tomber et de surfer, moi aussi, sur la vague.

— Évite, lui intima Nanetti. Tu finirais tout de suite dans la gueule des requins.

Ils se consolèrent avec le *culatello* arrosé de fortana et ne dirent plus un mot jusqu'à ce que le portable de Soneri sonne.

— *Dottore*, j'ai fait les vérifications…

— Dis-moi, alors…

— La Laudadio appartient à un certain Giacalone Carmelo, né à Castellammare di Stabia, et elle s'occupe de collecter des biodéchets.

— On le savait déjà, l'interrompit le commissaire. Quel genre de déchets ?

— Un peu de tout : ça va des cantines aux supermarchés, mais elle travaille surtout avec les charcuteries industrielles de San Vitale, Sala Baganza et Felino.

— C'est-à-dire ?

— Abats, viscères, couennes, graisse, et les os des jambons.

— Et elle les emmène où ?

— Je n'ai pas tout compris, mais le plus gros est déposé chez Carosel, le fabricant d'aliment pour bétail de la via Emilia, juste après San Pancrazio. Le reste n'est pas encore très clair.

Soneri remercia l'inspecteur et composa le numéro d'Isernia :

— Tiens-toi prêt. D'ici ce soir, visite surprise. Peut-être même deux.

— Si tu tiens à venir avec nous, ça doit être un gros truc.

— Je n'en suis vraiment pas sûr. Peut-être.

— Tu es vraiment décidé ? insista Nanetti après que le commissaire eut raccroché.

— Au pire, ce sera un coup pour rien, et de ce que les collègues penseront, je m'en fous.

CHAPITRE 11

Il coupa son moteur sur la place en face de la trattoria *Il Fiore*. Le ciel ressemblait à un plafond de stuc vénitien, et parmi les bois sombres au sommet des collines, des striures d'argile plus claire faisaient penser à un début de calvitie. Soneri baissa la vitre et s'alluma un *toscano*. Le temps de tirer deux bouffées, et l'obscurité recouvrit l'horizon ondulé. Alors le commissaire regarda vers la route qui descendait du val Baganza et s'aperçut que le brouillard l'avait suivi à toute allure comme s'il voulait tout envelopper. Ce fut au travers de la brume qu'il entrevit le fourgon d'Isernia. Le patron de la brigade des stups était accompagné de son assistant, qui s'appelait Pilotti, un type grand et gros toujours imperturbable.

— On fait comment ? questionna le collègue en descendant de la camionnette.

— On passe d'abord chez le désosseur, renseigna Soneri.

Ils redémarrèrent avec précaution. Le commissaire s'engagea sur la route en direction de Parme, puis mit son clignotant pour tourner dans la cour qu'il connaissait déjà. Il s'arrêta et descendit de voiture. Les deux collègues descendirent à leur tour, et avec eux, les chiens. Soneri vit les animaux s'élancer en reniflant dans tous les coins frénétiquement, retenus difficilement par leurs maîtres. Ils pénétrèrent ensuite dans le labo et cueillirent Zunarelli par surprise, qui se tourna d'un coup en laissant tomber son couteau sur son plan de travail.

— Espèce de... bredouilla-t-il.

Le commissaire n'y prêta aucune attention, passa devant lui et conduisit chiens et agents dans l'arrière-fond où se trouvaient d'autres locaux. Les deux bêtes, excitées, zieutaient dans toutes les directions comme si elles étaient dans une volière remplie d'oiseaux. Elles s'arrêtèrent devant une porte fermée à clé, et Zunarelli les rejoignit.

— Qu'est-ce que vous faites ? brailla-t-il dans une sorte de gémissement aigu.

— Ouvrez, l'enjoignit Soneri d'un ton glacial.

L'homme obéit en marmottant qu'ils n'avaient pas le droit, que lui aussi engagerait des démarches.

Mais ce furent Isernia et Pilotti qui tranchèrent le débat en pénétrant dans une espèce d'atelier de découpe comprenant en son centre une grosse table, et tout autour, des rayonnages de magasin à moitié vides comme s'ils étaient en rupture de stock. En réalité, les agents n'étaient pas entrés spontanément. En attendant que Soneri se décide, les chiens les avaient entraînés à l'intérieur en aboyant comme des possédés. Leurs maîtres essayaient de les retenir, mais les chiens montraient les crocs comme s'ils devinaient d'invisibles menaces. Pilotti, avec sa carrure de poids maxi, parvenait à maîtriser son chien, mais Isernia se faisait bousculer, et il avait failli glisser sur le carrelage enduit de graisse.

— Ils sont apeurés, estima Pilotti sans perdre son calme. Quelque chose les épouvante.

Il fallut un petit moment pour les tranquilliser, mais même une fois calmés, leur regard restait aux aguets. Soneri passa les étagères en revue, certaines supportant des jambons à désosser, d'autres, du matériel. Puis il ouvrit une petite armoire et y trouva deux laisses. Sur une autre étagère, il découvrit une muselière et des colliers.

— Je croyais que vous n'aimiez pas les chiens, dit-il en s'adressant à Zunarelli.

— J'ai oublié de vous le dire... j'ai eu un chien il y a quelques années.

— Un chien rusé, alors, comme vous... C'est la troisième fois que vous mentez. Et je vous soupçonne de me cacher le meilleur morceau.

— Je ne cache rien du tout, se défendit l'homme. Tout est là. Vous pouvez vérifier tout ce que vous voulez.

— Pourquoi vous les gardez ici ? insista le commissaire en indiquant les laisses.

— Je vous l'ai dit, c'est de l'histoire ancienne, répondit Zunarelli brusquement plus teigneux.

Pendant ce temps, Isernia passait en revue le laboratoire, entraîné par son chien. Il y avait des zones sur lesquelles les bêtes insistaient en les reniflant avidement. Elles grattèrent même une étagère, mais on n'y trouva rien.

— Regardez, regardez, fanfaronna le désosseur comme s'il cherchait à les défier. Je ne sais pas ce que vous cherchez, mais allez-y ! Et ne vous avisez pas de laisser pisser vos chiens sur mes jambons, les prévint-il d'un ton cassant.

La perquisition dura une demi-heure, et plus le temps passait, plus Zunarelli se rengorgeait.

— Vous voulez aussi venir chez moi ?

À un moment donné, Soneri dut le faire taire tant il devenait exaspérant.

— La ferme, nom de Dieu! lui enjoignit-il en haussant le ton tout en étant conscient que cette perquisition surprise était un coup d'épée dans l'eau.

Il repensa à l'avertissement de Nanetti et à l'odeur nauséabonde qu'il allait traîner derrière lui, cette odeur de défaite qu'il perçut encore davantage lorsque les deux agents se présentèrent à lui, l'air désolé.

Ils sortirent en silence sous le regard narquois du désosseur. Seul Pilotti, qui ne se démontait jamais, le salua, aussi froidement qu'il aurait salué un voisin.

— Ça arrive souvent, expliqua Isernia. Les chiens flairent quelque chose, mais on ne trouve pas la marchandise.

— Tu penses qu'ils ont flairé un truc?

— Bien sûr que oui. Je les connais. Mais je pense qu'il y a autre chose, je les ai sentis épouvantés.

— Tu penses à quoi?

— Pour moi, ils ont senti le sang d'autres chiens.

— Je suis sûr que c'est ici qu'on les a tués, pesta Soneri.

— Il doit sûrement rester des traces, mais on n'a pas eu de chance. Ça m'est déjà arrivé : j'étais sûr d'être au bon endroit, et mes chiens m'en donnaient la confirmation, malheureusement, leur témoignage n'est pas reconnu.

— Le nombre de trucs dont on est sûr sans pouvoir le prouver... murmura le commissaire en s'irritant. Allez, on a encore du boulot, s'empressa-t-il d'ajouter.

Ils s'en allèrent et laissèrent Zunarelli tremblant de peur, quoiqu'un brin triomphateur. Soneri l'aperçut dans le rai de lumière sur le pas de la porte, au moment de quitter la cour où bien des mystères subsistaient.

Il eut du mal à retrouver la route, mais à la fin s'y engagea en avançant entre les ombres parallèles des chaussées défoncées. Un globe lumineux lui signala le portail de la Laudadio. Il hurla dans le bourdonnement de l'interphone : « Police ! Ouvrez ! » Puis il entra, suivi du fourgon des collègues tandis que sur la place, deux petits projecteurs éclairaient le brouillard qui remontait de la vallée. Une femme les observa par la fenêtre du rez-de-chaussée, puis, un type en savates sortit dans la cour et vint à leur rencontre.

Soneri lui montra le mandat.

— Laudadio Pasquale ?

— Lui-même, répondit l'homme, surpris et menaçant.

— Giacalone détient cette entreprise, et vous en êtes le gérant ?

L'autre se mit à rire.

— Giacalone, c'était avant ! C'est moi qui l'ai reprise, mais la chambre de commerce n'a pas encore enregistré le changement de propriétaire : ils sont toujours à la traîne.

— Nous devons procéder à une perquisition, annonça enfin le commissaire en indiquant les collègues et les chiens.

— Eh ! J'avais compris. Allez-y, je vous en prie, répondit Laudadio apparemment accommodant, comme s'il s'y attendait.

Sa femme, en revanche, s'était avancée sur le seuil et les scrutait d'un œil hostile.

Isernia et Pilotti entrèrent dans le dépôt où étaient disposés de gros conteneurs métalliques, chacun renfermant des déchets dont les odeurs se mélangeaient à force de stagner à l'intérieur.

— Vous ne travaillez pas beaucoup, constata le commissaire en remarquant qu'ils étaient tous quasiment vides.

— Ça, c'est de la marchandise qui se décompose, je ne peux pas la garder chez moi. Même en petite quantité, je suis obligé de faire un voyage avec le camion... pleurnicha l'homme qui tentait de s'en sortir en se lamentant.

D'un geste, Soneri l'invita à ne pas s'appesantir tandis que ses collègues disparaissaient entre les rayonnages du dépôt.

— Le camion est chargé ?

Laudadio fit oui de la tête.

— Trente tonnes d'animaux morts à décharger demain matin.

— Nous allons devoir les fouiller, l'avisa Soneri.

— Putain ! c'est qu'il y en a une montagne... vous cherchez quoi ?

— Des cadavres, répondit le commissaire. En général, c'est ce qu'on trouve, dans ce genre de déchets.

L'autre écarta les bras et les laissa retomber contre ses cuisses en donnant des signes de nervosité. Peu après, Isernia et Pilotti ressortirent. Le chef fit non de la tête, les chiens semblaient exceptionnellement calmes.

— Renversez le chargement, ordonna alors Soneri en s'adressant à Laudadio.

— C'est sur des palettes métalliques.

— Videz-les. On va les contrôler.

L'homme monta en cabine chargé de haine, maudissant dans sa barbe le commissaire, la police, et même les chiens. Puis il mit le camion en marche, grimpa sur la benne et manœuvra la petite grue derrière le poste de conduite. À peine la première palette fut-elle renversée que les chiens reniflèrent son contenu en paraissant davantage attirés par les os et les fragments de chair que par d'éventuelles traces de stupéfiants. Ils donnaient plutôt l'impression d'avoir envie de lécher ou de mordre la marchandise que d'obéir à la mission pour laquelle ils étaient dressés. Finalement, après avoir vidé quinze conteneurs, la cour n'était plus qu'une montagne d'os répandant d'insupportables effluves de décomposition. Isernia ordonna de baisser les ridelles et monta. Dans un coin, se trouvait à l'écart un monticule de déchets hétérogènes. Pilotti, avec une pelle, se mit à les fouiller cependant que l'un des chiens y enfouissait la gueule et grattait le sol en se jetant aux pieds de l'agent. Tout à coup, la bête émit une sorte de glapissement et se faufila à l'intérieur du trou béant. Une patte apparut en premier, puis une queue, enfin, un corps entier. Il s'agissait du corps d'un chien de taille moyenne, à première vue un chien de race. Pilotti l'extirpa tout à fait et le montra à Isernia. Le cadavre du chien était déjà complètement raide et desséché.

— Qu'est-ce que je vous disais ? dit Soneri en s'adressant à Laudadio.

— Ça ? sourit l'homme. C'est la mairie qui me l'a refilé. Vous ne saviez pas que les cadavres d'animaux de compagnie relevaient aussi de l'équarrissage ?

— Quel rapport avec la mairie ? s'enquit le commissaire.

— Un habitant a trouvé le corps de ce chien et l'a signalé à la police municipale. Ils me l'ont amené, et ils m'ont donné l'ordre de le déposer dans mes lots pour l'équarrissage. Et ça, c'est quasiment gratis, vu ce qu'ils me payent, ceux-là !

— En attendant, nous, on va l'embarquer, décida Soneri qui voyait la réalité redevenir une apparence, comme trop souvent dans cette enquête.

À chaque fois, les faits s'expliquaient différemment et bousculaient ses conclusions. Il devrait prendre encore de l'âge pour échapper au piège de l'enthousiasme.

Ils chargèrent le cadavre en l'enveloppant dans un gros sac-poubelle, et lorsqu'ils le hissèrent dans le fourgon des Stups, les chiens se mirent à aboyer comme s'ils refusaient d'obéir. Dans le silence de la nuit, leurs plaintes étaient si déchirantes qu'elles en devenaient insupportables.

— Donnez-le-moi, coupa court Soneri.

Puis il ouvrit le coffre de son Alfa Romeo afin d'y déposer le cadavre du chien.

Durant le trajet, il appela Cattani.

— Je vais encore être obligé de déranger tes amis vétérinaires, annonça-t-il.

— Encore un chien farci ?

— Vidé, cette fois, précisa-t-il. Je vais avoir besoin d'une autopsie.

— Tu es arrivé trop tard ?

— Beaucoup trop tard, si mon hypothèse se confirme. Encore que depuis une semaine, mes hypothèses se cassent le nez.

— Amène-le-moi quand tu arrives, demain, je réveillerai mes toubibs. Tu l'as trouvé où ?

— Dans la benne d'un camion collecteur de déchets. Apparemment, la police municipale de Sala Baganza lui a remis le corps du chien après un signalement.

— Vraisemblable ?

— Il avait l'air sincère, mais je dois vérifier.

— Bah ! c'est possible. Les chiens percutés sur les routes ou morts empoisonnés, on en trouve des dizaines.

— La première chose à vérifier, c'est de voir s'il est tatoué et s'il a subi des traumatismes. Tes toubibs sont en mesure de l'évaluer ?

— Évidemment ! Ils connaissent leur métier, qu'est-ce que tu crois ?

— Tant mieux. Excuse-moi, je ne savais pas qu'il existait des médecins légistes pour les chiens…

— Si, si, ça existe… Et ils t'en diront sûrement plus que tes collègues de la Scientifique.

Entre-temps, il avait rejoint la Questure. Il prit congé de Cattani en l'informant de l'arrivée du corps du chien d'ici une demi-heure. Puis il appela une patrouille et livra le sac aux agents, qui se bouchèrent le nez l'air dégoûté.

— Commissaire ! Ça pue la mort !

Au bureau, il joignit Musumeci.

— J'ai un boulot délicat pour toi, l'avisa-t-il.

L'inspecteur marmonna des propos incompréhensibles : il savait que ce genre de préambule annonçait toujours des emmerdes.

— Tu vas devoir me contrôler les déplacements d'un camion, poursuivit-il en lui dictant le numéro d'immatriculation. Modèle Iveco, Turbostar blanc. Laudadio, le nom de la société, écrit sur les portières.

— Dit comme ça, je peux filocher longtemps… répliqua Musumeci en se plaignant implicitement.

— Non, écoute-moi : tu vas faire le tour des équarrisseurs et des fabricants d'aliment pour bétail. Juvara t'envoie la liste dans deux minutes, ajouta le commissaire en lançant un regard d'entente à l'inspecteur qui se trouvait en face de lui. Tu vas t'en sortir assez vite.

Après avoir raccroché, il s'assura qu'on avait bien livré le corps du chien, ordonna à Juvara de trouver les adresses dont Musumeci avait besoin, et se prépara à sortir. Au moment de quitter le bureau, son téléphone sonna.

— Commissaire, où en êtes-vous avec les chiens ? l'interrogea Piccirillo avec appréhension.

— J'en ai trouvé un, mais il était mort.

— Les salopards ! jura le magistrat.

— On ne sait pas encore si c'est ce que nous imaginions, vous et moi. Le chien a été retrouvé en pleine campagne, et signalé à la police municipale. On en saura plus demain. Nous l'avons transféré à l'École vétérinaire.

— D'accord, pleurnicha Piccirillo.

— Je poursuivrais sur cette piste… enchérit Soneri, certain de viser encore une fois au bon endroit.

— Bien sûr, bien sûr… Tenez-moi au courant.

Il finit par sortir en prenant soin d'éviter les collègues dans les couloirs, des espèces de fascistes qui ne parlaient que de femmes et de motos, ou qui traitaient de tiques les étudiants gauchistes, pour peu qu'ils aient les cheveux longs. Dans ces cas-là, il ne tenait pas bien longtemps à la Questure. Surtout, il était attendu chez Angela. Quand ils étaient ensemble, il retrouvait sa vraie nature, sans laquelle il se serait perdu à force d'endosser des rôles qui ne lui ressemblaient pas : tant de costumes pour un même corps. Avec Angela, il pouvait parler le dialecte, comparer leurs expériences de jeunesse, se souvenir de lieux et de circonstances qui les avaient rendus heureux. À une certaine époque, ces choses lui paraissaient acquises, mais au fil du temps, les personnes avec qui les partager s'étaient éparpillées, au point qu'il ne restait plus qu'elle. C'était ce qu'il redoutait le plus de cet entre deux âges : son propre monde qui se raréfie et qui se fane petit à petit, comme une fresque, jour après jour, absorbée par la chaux.

CHAPITRE 12

Après le dîner, sur le canapé, avec en fond sonore le ronronnement d'une émission de télévision inintéressante, Soneri discuta cuisine. Angela ayant tout acheté chez un traiteur, le commissaire avait décrété que les femmes qui préparaient les plats à emporter restaient les seules dépositaires de la tradition.

— Il n'y a qu'elles qui savent encore comment on fait, expliqua-t-il. Quand elles seront mortes, il ne nous restera que la malbouffe américaine.

— Je sais encore faire la cuisine, protesta Angela.

— Tu sais, mais tu n'as pas le temps. À force de toujours être dans l'efficacité, on perd ce qu'on a de plus précieux. On n'est plus réduit qu'à un rôle, on s'appauvrit. Si tu décidais de faire des gnocchis maison, tu les raterais.

— Tu me sous-estimes. Et des gnocchis ratés, ça se mange.

— Je parle aussi pour moi : si je crevais, je serais incapable de changer la roue.

— Rien ne se perd, reprit-elle. On peut aussi tirer profit des nouvelles opportunités : le fait d'avoir permis à certaines femmes de ne plus être derrière les fourneaux a donné l'occasion à d'autres de devenir cuisinières. Regarde les croque-morts : plus personne n'a l'humilité de faire ce métier ? Ceux qui s'y collent gagnent un maximum de pognon.

— Quel rapport avec les croque-morts ? demanda le commissaire. Rien de tel pour couper l'appétit.

— C'est un exemple, répondit Angela. Tu sais que L'Éternelle a remporté le marché pour la gestion d'une quinzaine de cimetières municipaux dans la zone est de la montagne ?

— Non, je ne suis pas au courant.

— Je ne l'étais pas non plus, je l'ai su parce qu'un type est venu me voir pour intenter un procès à l'entreprise. Elle n'aurait pas respecté le contrat en ce qui concerne l'entretien du caveau de famille.

— D'accord, mais quel rapport ?

— Le rapport, c'est que L'Éternelle jouit aujourd'hui d'un monopole, qu'elle n'en a rien à foutre de personne, et qu'elle a fait grimper les prix. Si tu meurs et que tu n'as pas les moyens, il ne te reste que la crémation.

— Bon exemple, mais entre nous, je préfère mettre le prix pour des *tortelli* à la courge que pour un caveau de famille, sourit Soneri.

— Tu te rappelles le conseil que je t'ai donné ? D'avoir ces gens à l'œil ? Je n'aime pas ce Petrillo.

— Je l'ai à l'œil. D'après Juvara, ils sont liés à la Camorra, mais on n'arrive pas à le prouver.

— Parfois, les choses sont tellement évidentes qu'on n'arrive pas à mettre un nom dessus. Il suffirait de se demander comment fait ce Petrillo pour investir autant d'argent : cinq corbillards en un an, plus une armée d'employés qui changent en permanence.

— Pourquoi devrait-il investir dans un secteur de ce genre ?

— Sans doute parce que c'est un secteur qui ne connaît pas la crise. Nos montagnes sont remplies de vieux. Si j'étais une agence de notation, je leur mettrais un triple A.

— D'accord, mais ça reste marginal…

— C'est ça qu'il faut réussir à comprendre : pourquoi ils ont jeté leur dévolu sur les cercueils. Tu dis toujours que les anomalies t'attirent…

— Dans les histoires de fric, les anomalies n'existent pas, ou s'il y en a, c'est pour une bonne raison.

— Preuve qu'il faut essayer de creuser derrière les apparences.

Le commissaire acquiesça d'un air songeur.

— Ton client s'est plaint d'autre chose ? s'enquit-il ensuite.

— Il dit que les employés ne répondent pas au téléphone, qu'ils ne font jamais ce qu'ils promettent, et qu'ils se comportent comme si le cimetière leur appartenait : ils vont, ils viennent, on ne sait pas ce qu'ils fabriquent…

— C'est quel cimetière ?

— Celui de Lagrimone, mais d'après mon client, c'est la même chose ailleurs. Il dit que ça n'arrête pas avec les tombes et les caveaux, qu'ils déplacent les dépouilles… un vrai chantier.

— Les familles doivent donner leur autorisation…

— Oui, bien sûr. Mais il arrive que des tombes soient abandonnées ou que les familles habitent ailleurs et qu'elles s'en foutent.

Soneri bougonna et replongea dans ses pensées jusqu'à ce que la sonnerie de son téléphone l'en distraie. Il reconnut le numéro de Piccirillo et consulta sa montre : minuit moins le quart.

— Écoutez, il est arrivé malheur, annonça le magistrat d'une voix pâteuse. (On avait dû le tirer du lit.) Les carabiniers de Sala Baganza viennent de m'appeler, poursuivit-il, on vient de découvrir le cadavre de ce désosseur… Zunarelli.

— Assassinat ?

— Non, apparemment, il se serait pendu.

— Apparemment ?

— On l'a trouvé pendu à un croc de boucher dans son laboratoire.

Un insidieux sentiment de culpabilité saisit tout à coup Soneri. La perquisition avait dû perturber l'équilibre de l'homme, et s'il s'était montré bravache, c'était probablement pour conjurer la peur. Le commissaire appela Nanetti et s'aperçut, en l'informant de ce qu'il venait de se passer, qu'il s'adressait plus à l'ami qu'au policier, sans doute pour s'alléger d'un poids. Puis il sortit à contrecœur afin d'attendre sur le trottoir l'arrivée du collègue. De nuit, la ville perdait de son charme si on la traversait avec un but précis. L'essence de ces heures calmes était de ne pas en avoir, de saisir le mystère enfoui dans les pierres et les campaniles. À côté de Nanetti qui conduisait à toute allure, agacé par l'urgence de la situation, le commissaire regardait tout avec indifférence, comme si tout tombait sous le sens. C'était dans ce genre de moment qu'il découvrait à quel point le monde extérieur jouait sur son monde intérieur. À quel point il donnait matière à réveiller des choses en lui.

— Je me demande ce qu'il a pensé… marmonna Nanetti en parlant de Zunarelli.

— C'est nous qui le lui avons suggéré, marmonna à son tour le commissaire.

Ils se répondaient sans se regarder, comme s'ils devisaient chacun de leur côté, que leurs pensées intimes s'enchaînaient de manière fortuite.

— Tu t'en veux ?

Le commissaire opina du bonnet dans l'habitacle obscur, et son collègue comprit sans quitter du regard le faisceau lumineux des phares.

— Mais nous, on n'y est pour rien, reprit Nanetti. Chacun construit sa vie à sa manière, y compris sa propre fin.

— Seulement en partie, le démentit le commissaire. Nous sommes tous victimes et bourreaux. Le plus souvent sans le savoir, ce qui ne veut pas dire que c'est moins grave.

Ils se garèrent dans cette cour que Soneri connaissait bien. Piccirillo devait encore arriver, et le cadavre était resté en place. Nanetti entra le premier, suivi du commissaire. L'adjudant, en compagnie d'un gradé, attendait sur le seuil.

— C'est arrivé quand ?

— On ne connaît pas l'heure précise : on a été prévenus à 23 heures, répondit l'adjudant qui s'appelait Pasqualuzzo.

— Comment vous l'avez su ?

— Un appel anonyme : on nous a juste dit qu'il y avait un pendu au labo de désossage à côté de l'usine d'Ugolini. Ensuite, ça a raccroché, expliqua-t-il tandis que le gradé confirmait d'un signe de tête.

— Homme ou femme ?

— Homme.

— Vous avez enregistré l'appel ?

— Bien sûr, mais le numéro n'apparaissait pas. D'après nous, le type a appelé d'une cabine, y en a encore plusieurs dans le coin, dont une dans le bourg.

— J'imagine que vous savez déjà s'il y a une caméra dans les parages ?

— La banque en a une, mais il faudra vérifier si la cabine est dans son champ de vision. En supposant que le type ait appelé de cette cabine.

— Vérifiez-les toutes, décida Soneri en écartant les bras.

Puis il entra dans le laboratoire, cueilli par une peur inconnue. Il essaya de ne pas le montrer en assumant une attitude professionnelle, mais face au corps de Zunarelli, suspendu à un croc comme un jambon en train de s'affiner, il lui sembla que le chemin de certitudes sur lequel il marchait n'était pas loin de s'affaisser. L'homme avait le visage violacé, sa bouche laissait passer un bout de langue, et la corde, plutôt mince, lui était entrée sous la peau et s'était imprégnée de sang. Les bras ballants paraissaient ceux d'un corps dormant, et ses pieds n'avaient pas de chaussures, comme s'il avait voulu quitter ce monde sans faire de bruit. Impassible, Nanetti s'était déjà mis au travail, et Soneri préféra sortir. Il jeta un dernier coup d'œil à ce cadavre exposé de manière obscène et ne put s'empêcher d'imaginer les revers de fortune qui l'avaient étranglé, jour après jour. Il songea que personne n'en était à l'abri, et que peut-être lui aussi avait une corde qui serait prête à l'étrangler.

Il croisa Piccirillo sur le seuil. Ils échangèrent un regard au moment où le magistrat entrait. Soneri fit comprendre d'un signe qu'il l'attendrait dehors. Dans la cour, quelques personnes s'étaient rassemblées, mais elles n'osaient pas s'approcher. Le fourgon de la morgue arriva et attendit la sortie de Piccirillo.

— Je n'ai aucun doute sur le suicide, conclut peu après ce dernier.

— On verra ce que dira la Scientifique, mais je suis d'accord avec vous.

— Vous vous y attendiez ? voulut savoir le magistrat.

Le commissaire fit non de la tête :

— Personne ne l'avait encore accusé.

— Ce sont les risques du métier, se désola Piccirillo. Nous jouons toujours les mêmes notes, mais pour celui qui les entend, elles peuvent être sans importance ou au contraire insupportables.

Soneri continua de remuer la tête :

— Soit il était ultra-sensible, soit il était vraiment mouillé.

— Ou les deux à la fois, hasarda le magistrat. Mais l'abattoir... ajouta-t-il en accompagnant ses propos d'un geste circulaire de la main.

— Pour moi, c'était ici, mais je n'ai pas de preuve. J'espère être plus précis demain matin.

— Quoi qu'il en soit, acheva Piccirillo, j'ai placé domicile et laboratoire sous séquestre. Nous procéderons à une nouvelle perquisition.

Le médecin légiste sortit aussi et estima l'heure de la mort entre 22 h 15 et 22 h 30. Le cou ne s'était pas brisé, l'homme avait succombé par suffocation : la fin la plus terrible. Une demi-heure plus tard, ce fut au tour de Nanetti de sortir du labo, et presque simultanément, les nécrophores portaient Zunarelli à l'intérieur d'une caisse en aluminium.

— Triste fin, marmonna le chef de la Scientifique. J'ai l'impression d'un truc disproportionné...

— Trop...

— En tout cas, le suicide ne fait aucun doute.

— Alors qu'apparemment, ce n'était pas la peine. C'est ça que je ne comprends pas.

— On ne sait pas tout non plus, supposa Nanetti. Si tu n'es pas un délinquant professionnel, tes nerfs peuvent lâcher facilement.

Peut-être. Soneri y pensa longuement dans la voiture bringuebalante qui le ramenait en roulant lentement dans la nuit. Il n'avait pas sommeil, tourmenté qu'il était par une agitation sournoise. Il prévint Angela par texto qu'il préférait rentrer chez lui afin de ne pas la réveiller, puis demanda à son collègue de le déposer viale Rustici, sur les quais de la Parma. Il avait besoin de marcher pour se calmer. Il rejoignit le ponte Dattaro, s'engagea via Montebello et grimpa sur la digue. Il la parcourut, curieux de voir s'il croiserait Valmarini et avança prudemment sur la neige en fendant le brouillard gelé qui lui glissait dessus comme on souffle sur une bouchée chaude. Une fois devant la grille du peintre, il sonna et monta. Dondolo se secoua pour prévenir de son arrivée, mais il n'aboya pas. Valmarini était penché au-dessus d'une toile.

— Vous êtes seul, ce soir ? s'étonna le commissaire.

— Difficile de trouver de vrais noctambules. Vous-même n'en êtes pas un.

— Si je faisais votre métier…

— Je ne pourrais jamais faire le vôtre : se réveiller à l'aube, avec cette lumière obscène sur toute cette bande de marionnettes qui courent et sautent dans tous les sens, pressés de pointer au boulot…

— Vous aussi, vous pointez… riposta Soneri en indiquant la toile.

— Monsieur s'est mis en tête de posséder un Goya ! jeta le peintre en parlant d'Ugolini. Je lui ai dit qu'il était trop connu et qu'on verrait tout de suite que c'est un faux, mais il n'a rien voulu entendre. Il est chaque jour plus arrogant et ambitieux.

— Vous pourriez refuser.

— Je me priverais d'un point de vue privilégié sur le monde, ricana le peintre.

— Celui d'Ugolini ? s'étonna le commissaire en ricanant aussi.

— Ne le sous-estimez pas, tança le peintre. Il est de la race des patrons.

— Il ne manquerait plus que je le sous-estime ! Je le trouve très intéressant, en tant que spécimen humain.

— Les gens avec un minimum de culture auraient tendance à le faire. Sans doute inconsciemment, il n'empêche, c'est un fait. Sauf qu'à force de les snober, on finit par se faire avoir. À cause des types de son espèce, le monde est si vulgaire qu'on en est devenus ridicules.

— Je me sens ridicule de soutenir des lois que plus personne ne respecte, mais je ne capitule pas. Je suis en minorité, mais les minorités peuvent l'emporter. Vous, au contraire, vous vous mettez à leur service.

— Vous me faites encore la morale ? Je suis de votre côté, malheureusement, ce camp nous est hostile et traite avec l'ennemi par manque de courage. Si personne ne rassemble les opposants comme nous, alors chacun essaye de se sauver dans son coin. Personnellement, je cherche à vivre confortablement en toute autonomie dans mon appartement, dans la nuit et dans le silence, en m'isolant du bruit et de la folie du jour. Et si pour ça, je dois satisfaire un rustre qui a besoin d'être entouré de fétiches, eh bien, je m'y résigne.

— En attendant, c'est lui qui vous dicte ses règles… Le bulletin de la victoire lu à la face des vaincus, rétorqua Soneri avec un petit rire amer.

— Encore quelques années, et nous serons tous vaincus… quand on voit ce que le monde est devenu. Et moi, je ne serai plus là, et je serai bien content de ne pas assister au spectacle, renvoya le peintre en quittant sa toile du regard et en fixant le commissaire. Ugolini est l'homme le plus puissant de la ville, tout est entre ses mains : la politique, l'économie.

— La politique n'existe plus. Quant à l'économie, parlons plutôt d'affaires.

— Disons qu'il utilise la politique pour améliorer ses affaires. Et magouiller en toute tranquillité.

— Je sais, la droite aussi est entre ses mains. Puisque dorénavant, c'est la loi du marché, autant que les entrepreneurs soient au gouvernement.

— D'autant plus dans une ville aussi servile et courtisane que Parme... Mais le reste du monde n'est pas si différent...

— J'ai l'impression qu'il sait tout de la disparition de Corbellini.

— Probable, mais il est fourbe, et il ne lâchera rien. Il est tellement habitué à la feinte qu'il peut cacher la vérité même en étant soûl.

Valmarini parlait tout en travaillant à sa toile qu'éclairait une ampoule pareille à un soleil de mai.

— Vous non plus, vous ne me dites pas la vérité, le provoqua le commissaire. Ils ont acheté votre silence.

Le peintre se releva d'un coup et le fixa cette fois avec stupéfaction.

— Mon silence n'est rien d'autre que de la discrétion : j'omets de vous dire certaines choses concernant Ugolini, et vice versa, se défendit-il avec calme et une mine légèrement contrite.

— Je vous comprends parfaitement, se radoucit Soneri. À votre place, face à des gens aussi peu scrupuleux, je ferais sans doute la même chose.

— Je sais ce que vous voulez dire, qu'une grosse partie de la ville ne les respecte que pour en profiter, moi y compris. C'est ce qui leur permet de rester aux commandes, même s'ils sont méprisés.

— Le mépris tient de la sphère privée, mais le pouvoir... les effets ne sont pas les mêmes. Et puis, le mépris est le sentiment le plus répandu, y compris parmi ceux comme Ugolini. Mépriser ses associés est le seul moyen de ne pas les percevoir comme des ennemis. La chaîne de commandement est la seule chose qui compte.

— La chaîne... Ugolini est au sommet, les autres viennent après, ajouta le peintre.

— Vous avez déjà rencontré Corbellini en privé ? voulut savoir Soneri.

— Oui, il est parfois venu chez moi, avec Ugolini.

— Quel genre de type ? Je veux dire, son caractère ?

— Je ne l'ai pas trouvé très sûr de lui. S'il est vrai que la peinture a toujours représenté le portrait d'une époque, Corbellini résume parfaitement la nôtre : pure image. À force de nous vider de l'intérieur, il ne nous reste que la surface, autant que celle-ci soit présentable. Plutôt que la politique, le spectacle de la politique. Plutôt que les politiciens, des acteurs. Ça a commencé avec Reagan, en Amérique, vous vous souvenez ? Un acteur. Il nous faut un acteur qui sache bien jouer son rôle. Et tout devient pur boniment. Maintenant, vous comprenez pourquoi je vis la nuit, loin de la réalité ?

— Et lui, il vous a semblé convaincu par le rôle qu'il avait à jouer ?

— Comment savoir ? Ça avait l'air de lui convenir, c'est tout. Toujours mieux d'être maire que chargé des relations publiques dans des boîtes de nuit.

— Pour être maire, il faut avoir la peau dure...

— C'est sans doute le problème, admit Valmarini. Il faudrait jeter un œil sur le scénario qu'Ugolini lui a écrit. Vous avez vu le genre de personnage ? Impitoyable, vous ne trouvez pas ?

— Répugnant…

— Vous voyez pire : des assassins…

— Il n'y a pas beaucoup de différence.

— Pour moi, si. Je trouve ça plus grave de tuer des gens que de magouiller en politique…

— Détrompez-vous, eux aussi sont des tueurs, de manière plus sournoise, indirecte. Sans que personne ne s'en aperçoive.

— Vous savez quoi ? reprit le peintre en détachant encore une fois les yeux de son travail. Malgré toutes les combines et les saloperies de la mairie, je n'arrive pas à en vouloir à Corbellini.

— Vous pensez que c'est une marionnette ?

— Il est l'enfant de cette époque où tout le monde veut devenir célèbre, mais comme il manque de nerf, il s'en remet à d'autres : des producteurs télé, des politiques, voire des parrains… N'importe quoi pourvu d'être reconnu dans la rue, cité dans les journaux, interviewé… même si vous n'avez rien à dire. Corbellini est de cet acabit : un bel emballage, un masque.

— Dans ce cas, pourquoi disparaître ? S'il se sent chez lui sur scène et sous les projecteurs ?… s'interrogea le commissaire comme s'il se parlait à lui-même.

— Il s'est peut-être rendu compte qu'on l'avait débarqué. Et qu'il ne servait plus à rien ? Ou peut-être qu'il se sentait responsable des dettes accumulées par la commune… Qui sait… Le fait est que dans la politique et les partis actuels, un seul homme se trouve aux commandes, les autres sont des pions. On en revient au modèle féodal, et croyez-moi, entre les lignes, au sale désir de dictature.

— Un désir atavique dans ce pays : le regret d'un père sévère devant lequel s'incliner. Ne devenons surtout pas adultes, maugréa Soneri.

— Et vous ? Où en êtes-vous dans votre enquête ? Vous y comprenez quelque chose ? s'enquit soudain le peintre.

— Non, pas vraiment. Je suis sur plusieurs pistes. J'ai peur de ne pas pouvoir creuser bien loin. Vous savez, quand la politique s'en mêle…

— Il ne peut rien arriver de pire, en convint Valmarini. Ugolini m'a semblé très préoccupé par cette affaire. D'habitude, rien ne l'atteint, mais cette fois…

— À quoi l'avez-vous remarqué ?

— Il revient sans arrêt là-dessus dès qu'il se met à boire.

— Il dit des choses, alors…

— Peu, mais le fait qu'il en parle souvent est significatif. À part les femmes, il n'a pas d'idée fixe.

— Vous pensez que ça lui pose un cas de conscience ?

— Je ne crois pas. Plutôt que cette affaire pourrait lui causer des ennuis. C'est un type constamment concentré sur lui-même. Son ego est tellement énorme qu'il voit l'autre comme une menace, ou quelqu'un qui peut lui servir.

— Corbellini ne lui servant à rien dans le rôle du disparu, j'en déduis qu'il est une menace.

— C'est l'hypothèse la plus probable. Mais attention, cet homme est diabolique, et ça pourrait tout aussi bien être le contraire. Vous savez quoi ? Il s'est mis à vendre mes toiles comme si elles étaient authentiques. Il entube des types aussi ignorants que lui.

— Il ne vous met pas en danger ?

— Non, je me protège. Nous signons un contrat dans lequel il est stipulé que je lui fournis des faux. Et s'il les refourgue à je ne sais qui, il en assume la responsabilité. De toute façon, il s'en fout : il s'estime au-dessus des lois. En attendant, il en profite dans des soirées avec des putes.

— Maintenant, c'est vous, le moraliste, le provoqua Soneri en souriant.

— Je ne suis pas moraliste, ce sont eux qui sont répugnants.

— Mais les trois quarts des Parmesans admirent Ugolini et rêveraient d'être à sa place. Sans parler de Corbellini : ils ont voté pour lui !

— Pas moi, tint à préciser le peintre.

— Et j'en fais quoi, de votre rébellion, si en public, vous les couvrez de paillettes ?

— Je fais mon boulot, commissaire, de la même manière que vous faites le vôtre en servant la soupe à ce genre d'individu, balança Valmarini d'un ton acide. Ne faites-vous pas valoir les lois qu'ils ont écrites pour leur usage exclusif ?

— Peut-être, mais la loi sert aussi à les enrouler dans la corde qu'ils se sont fabriquée. C'est ce qui est arrivé à un adjoint.

— Bouc émissaire, comme d'habitude, minimisa le peintre. Les types du niveau d'Ugolini ne vont pas en prison. Et s'ils tombent en disgrâce, ils se tirent une balle dans la bouche : ils sont faits comme ça.

— Tôt ou tard, eux aussi grattent la terre avec les dents, répliqua Soneri avec fatalisme.

— Ils n'y pensent pas. Eux, ce qu'ils veulent, c'est la victoire à tout prix, et ils en sont tellement certains qu'ils y arrivent presque toujours.

CHAPITRE 13

Soneri se réveilla tard et se rendit directement à la clinique vétérinaire, tellement absorbé par ses réflexions qu'il faillit déraper sur le verglas d'une route à l'ombre. La frayeur le réveilla tout à fait, bien que ce ne fût pas en s'endormant qu'il perdit le contrôle, mais en pensant à la manière dont était mort ce chien. Il en venait à se demander s'il n'avait pas commis une bourde. Si la bête s'était fait tamponner par une voiture, sa gaffe serait tellement énorme que les collègues, toujours partants pour humilier les autres, ne manqueraient pas de la lui jeter à la figure pendant plusieurs années. Même Nanetti, en une seule phrase, l'avait charrié sans le vouloir : « Ton autopsie du chien risque de passer dans les annales », avait-il répété plusieurs fois en riant. Il n'y avait pourtant pas de quoi rire, et Soneri avait demandé à tous d'être discrets. Il savait qu'il pouvait compter sur Cattani, mais sur le personnel de la clinique... Il se les représentait pouffant et ricanant au-dessus du cadavre desséché d'un animal insignifiant.

Le visage grave de son ami qui l'accueillit répondit à ses doutes.

— Une boucherie ! s'exclama-t-il. Un vrai massacre, ajouta-t-il.

Ce qui était horrible pour Cattani était une bonne nouvelle pour Soneri, bien qu'il en eût un peu honte lorsque le chirurgien lui expliqua ce qu'il avait trouvé.

— On a une longue incision longitudinale sur l'abdomen, et de ce que j'ai pu voir, les intestins sont endommagés à plusieurs endroits. Il en manque même une partie. Incision mise à part, on dirait qu'il s'est fait attaquer par un troupeau de hyènes mises en fuite à la moitié du repas.

— J'espère au moins qu'avant... balbutia le commissaire.

— Moi aussi, je l'espère, reprit le chirurgien. Il a le crâne brisé... précisa-t-il, tout en semblant douter de la pitié des assassins.

— Si, au moins, ils l'avaient étourdi... murmura Cattani.

— Le type qui a fait le travail n'a même pas la compétence d'un boucher. L'entaille est rudimentaire, exagérée, comme s'ils avaient ouvert au hasard, et dans la hâte, continua le vétérinaire.

Soneri se leva d'un bond, salua l'homme et sortit, suivi de Cattani.

— Je crois que c'est clair, dit ce dernier. Ils ont utilisé les chiens pour apporter la drogue en ville. Je n'ai jamais vu un truc pareil.

— Ils en inventent tous les jours, admit le commissaire, perdu dans ses pensées.

De retour dans sa voiture, il informa Piccirillo en mastiquant son cigare éteint, et du même coup, en profita pour mettre ses pensées en ordre. Le magistrat écoutait, atterré par le récit sans doute un peu trop coloré de Soneri.

— Je ne sais pas comment ils arrivent en Italie, peut-être simplement par la route, supposa-t-il pour tenter de répondre à la curiosité mêlée de compassion du substitut. Ce qui est sûr, c'est qu'ils farcissent les chiens avant de partir, probablement à l'étranger. L'objectif étant de passer les frontières sans problème. On ne sait pas non plus où les bêtes atterrissent, mais ils exploitent des voies franches comme les grèves des torrents pour traverser les villes. Ensuite, une fois planquée dans un endroit insoupçonnable, la drogue est divisée en mille petits ruisseaux dont les canaux de couverture sont impossibles à découvrir.

— Et vous pensez qu'ils ont installé l'abattoir dans l'usine de désossage ?

— J'en suis quasiment sûr, confirma le commissaire. Qui peut imaginer qu'une usine serve à éventrer des chiens pour récupérer de la cocaïne ?

Piccirillo marmonna des phrases de condamnation : si ça ne tenait qu'à lui, les responsables prendraient perpétuité.

— Il va falloir constituer des éléments de preuve afin de tous les coffrer, affirma-t-il d'un ton vindicatif.

Le commissaire allait prendre congé, mais le substitut lui sauta dessus :

— Vous croyez que Zunarelli s'est suicidé parce qu'il avait compris qu'on était sur le point de tout découvrir ?

— C'est possible, répondit Soneri sans même y avoir réfléchi.

Un peu plus tard, en conduisant, il se rendit compte que c'était proprement Zunarelli la véritable énigme. Et que sa mort embrouillait davantage les choses. Il était au centre de tout : en lien avec la mort de Romagnoli, en lien avec la drogue, mais également en lien avec la politique du fait de sa relation avec Ugolini. Cette politique qui semblait avoir englouti Corbellini. Toutefois, il se perdait en conjectures : elles ne suffiraient pas à convaincre Bergossi.

— Je vous ai déjà dit que le problème, c'était le maire, décréta de manière péremptoire le magistrat au téléphone.

Vous n'imaginez pas les pressions qui m'arrivent du ministère. Capuozzo et le préfet deviennent fous, ils exigent du nouveau, quelque chose qui donne l'impression qu'on est sur la bonne voie, qu'on bosse, nom de Dieu !

— J'imagine, j'imagine… répondit Soneri en soupirant intérieurement.

Il détestait la hiérarchie, cette façon de donner des ordres en étant bien au chaud et en se foutant des gens comme lui qui se coltinaient la complexité du réel. « Qu'ils se bougent un peu leur cul, ces connards ! » grogna-t-il derrière son volant après avoir raccroché.

Bien sûr, certaines de ces vieilles badernes de questure et de préfecture avaient fait leurs preuves, mais aujourd'hui, elles jouissaient de faire courir les autres, bien à l'abri dans leur bureau sous le drapeau, et les diplômes, et le portrait du président de la République. L'éternelle lâcheté et l'indifférence italiotes. « Il suffit d'offrir une casquette, un uniforme ou une palette de signalisation à un Italien pour qu'il se prenne pour un tyran », répétait Angela, contrainte de fréquenter le monde réactionnaire du barreau.

À peine arriva-t-il à San Vitale que son téléphone se remit à sonner.

— *Dottore*, j'ai du nouveau, attaqua Juvara. Le smartphone trouvé sur la digue… vous vous souvenez…

— Évidemment ! le coupa le commissaire.

— Voilà, en fait, balbutia l'inspecteur, je voulais vous dire que j'ai trouvé à qui on l'a volé. D'après le numéro de série…

— C'est qui ? le coupa une fois encore Soneri.

— Il s'appelle… (on entendit un froissement de papiers) Pontiroli. Raffaele Pontiroli.

— Putain ! jura le commissaire. Le président de la coopérative *La Laboriosa*, la plus grande de la confédération des patrons rouges !

— Non, *dottore*, aujourd'hui, elle s'appelle *New Job*. Ils ont changé de nom il y a un an, après avoir fusionné avec la vieille coopérative Birocciai.

— Oh ! La *New Job* ! Quelle mascarade ! ironisa Soneri avec mépris. Et ceux qui font un *job* de merde volent les smartphones des patrons. Pontiroli va bientôt se faire arracher sa Rolex…

— Le fait est qu'il est plein aux as, reprit Juvara. Il roule en Porsche Cayenne, et il est membre du cercle des Chevaliers de Malte. Un des plus sélects de la ville, également fréquenté par Ugolini et Corbellini.

— Ils ont mal tourné, les communistes ! grinça le commissaire. Et toi, comment se fait-il que tu sois aussi bien renseigné sur les affaires de la Parme bon teint ?

— Ce n'est pas bien compliqué, il suffit d'aller sur Twitter. Vous vous souvenez ? on trouve tout, sur le Net ! le titilla l'inspecteur.

Soneri garda le silence : il avait clairement perdu le round. Avant même qu'il n'ait le temps de se reprendre, Juvara continua :

— J'ai pu lire sur pas mal de blogs que toutes les décisions importantes concernant la ville sont prises là-bas.

— Ensuite, on fête les épousailles à la mairie.

— Il y a autre chose…

— Quoi ? Des femmes ?

— Des femmes, c'est normal. Là où il y a du fric…

— C'est pour ça que tu as du mal à en trouver… se vengea le commissaire.

— Eh oui ! On parle de cocaïne.

— Bah, ça aussi, c'est normal. Probablement la même que celle du bide des chiens.

— Vous croyez ?

— Je ne sais pas. Avoue que c'est une drôle de coïncidence. Et dans une ville comme Parme… Parme n'est pas Milan, là-bas, ils ont besoin de gazoducs !

— Parme a aussi de bonnes narines.

— C'est vrai. Aussi puissantes qu'un Rowenta.

Il était arrivé devant la mairie de Sala Baganza dont dépendait la commune de San Vitale. Le commandant de la police municipale avait une bedaine de buveur, et l'air jovial. Il savait tout de l'histoire du chien. Il le précéda dans le château fortifié où se trouvait son bureau et lui tendit le dossier. Il expliqua qu'un habitant avait trouvé le chien dans un fossé d'évacuation juste à côté de chez lui, interpelé par une odeur nauséabonde. Des agents étaient intervenus et avaient confié le cadavre à l'entreprise Laudadio qui collecte les biodéchets. L'épisode avait été répertorié en tant que sinistre avec un tiers non identifié.

En exposant les faits, le commandant avait implicitement fourni un alibi de fer à Laudadio. Cependant, l'autopsie vétérinaire démontrait que la bête n'était pas morte à cause d'un accident de voiture, mais tuée à coups de bâton sur le crâne. Et même si la fracture crânienne avait pu correspondre au choc d'un accident, cela n'expliquait pas l'éventration. Soneri repartit, conscient d'avoir une fois de plus fini dans un cul-de-sac. Duquel le tira Pasqualuzzo une dizaine de minutes plus tard.

— Vous vous souvenez des caméras de surveillance ? brailla-t-il au téléphone.

— Et comment !

— Elles ont filmé un scooter aux alentours de 23 h 45, et à sa trajectoire, on devine qu'elle repart de la cabine. Elle est entrée dans le champ de vision en diagonale, vous voyez ? Si elle avait tout simplement tracé sa route, sa trajectoire aurait été rectiligne.

— Vous êtes sûr ?

— Commissaire, on est carabiniers, on a de la rigueur ! On a fait des tests avec la moto du gradé Vincenzi.

— Mais on voit quelque chose ?

— C'est ça, le hic, dit l'adjudant avec un regret dans la voix. On aperçoit seulement les deux premières lettres de la plaque, et un seul chiffre.

— C'est déjà ça… Cherchez dans les fichiers, maintenant, même les deux-roues y sont enregistrés.

— Je vous dirai ça, conclut Pasqualuzzo.

L'adjudant l'avait sauvé de la noyade. Ce deux-roues pouvait se révéler insignifiant, c'était tout de même un indice. Musumeci en livra un second en appelant peu après.

— On a trouvé des os, annonça-t-il en reprenant son souffle.

— Où ?

— Dans un établissement de Viarolo.

— Tu es sûr ?

— Le véto l'a confirmé : os de chien de taille moyenne.

— C'est Laudadio qui les a déchargés ?

— Oui, confirma l'inspecteur. J'ai reconstitué ses tournées, il va presque toujours aux mêmes endroits. Il y a quelques heures, je l'ai suivi, et il a pris la direction de la *bassa*. À un moment, il s'est arrêté devant le hangar d'une usine en dehors de son trajet habituel : la Régénéraliment. J'ai longé le bâtiment à l'arrière, et j'ai escaladé la grille. Il était super tôt, je me suis dit qu'à part le gardien... Laudadio a déchargé plusieurs conteneurs, et quand il est reparti, je suis allé fouiller. J'ai aussi baladé ma torche dans les conteneurs qui avaient l'air d'être là depuis des jours, et j'ai trouvé des os plus fins. Les os des jambons ont tous la même forme, c'est plus facile pour repérer les autres.

— Il y en avait beaucoup ?

— Comment savoir ? Je n'ai pas non plus fouillé partout !

— Tu es certain qu'il s'agit d'os de chien ?

— Je vous l'ai dit, le véto me l'a confirmé.

— Tu fais des progrès, dit le commissaire. Tu deviens aussi entreprenant dans tes enquêtes qu'avec les femmes.

— Si c'est un spécialiste qui le dit... Je parle des enquêtes, hein ? dit-il dans la foulée afin de ne pas paraître trop irrévérencieux.

— Tu ne te mettrais pas au garde-à-vous, en vieillissant ? Tu en as trouvé une qui te serre la bride ?

— Commissaire, à moi, personne ne met la bride.

— D'accord, allez ! Rassemble-moi tout ça, on l'expliquera au magistrat.

Il retourna en ville, s'arrêta devant le tribunal et appela Angela, mais son portable était éteint. Alors, il descendit de voiture, pénétra dans le hall, et fit semblant de flâner entre les services du parquet et ceux du greffe en évitant les visages familiers. Il reconnut des avocats qui avaient défendu des figures de la pègre, des juges qui l'avaient entendu en qualité de témoin ainsi que plusieurs employés historiques des sommiers. Mais tout ce va-et-vient de gens avec cravate réglementaire, mallette en cuir et dossiers à la main, sans parler de leur allure vieillotte, le repoussait. Il se demandait comment faisait Angela pour supporter cet univers aussi perfide que des ragots.

— Nous, on plonge dans le fumier de la délinquance pour mettre au jour d'atroces lambeaux de vie, et vous, vous foutez tout en l'air avec votre rhétorique, lui reprochait Soneri.

Bien sûr, Angela se fâchait, même si elle admettait que beaucoup de ses confrères observaient le monde de leur fenêtre sans être sur le terrain.

— Mon métier se transmet de père en fils : des rejetons qui n'ont jamais eu besoin de se battre, qui ne savent même pas ce que ça veut dire, pas plus que la misère, ou le besoin.

Quand sa compagne apparut dans la salle des pas perdus, Soneri prit plaisir à l'observer de loin comme il le faisait parfois. Il aimait la façon dont elle discutait avec ses confrères plus âgés en affichant une désinvolture empreinte d'une certaine fierté. Lui, prolétaire, sentait qu'il en était dépourvu. Naître pauvre laisse en vous une précarité qui exclut d'être sûr de soi. S'il était mis sous pression, il devenait brutal, voire péremptoire, conscient qu'il s'agissait pour lui d'un moyen de chasser la peur. Ses aïeux, des générations durant, s'étaient fait piétiner. Lui avait été le premier à relever la tête : c'était sans doute normal de ne pas toujours y croire et d'éprouver quelques vertiges. Si son fils avait survécu, il aurait peut-être affiché cette même désinvolture.

Il se cacha en voyant sa compagne se diriger vers la sortie. Il n'aimait pas qu'on les surprenne ensemble au tribunal. Tout le monde était au courant, mais il préférait éviter d'alimenter le qu'en-dira-t-on. Il la suivit sans se faire voir jusqu'à ce qu'elle se fût suffisamment éloignée, puis lui tendit une embuscade sous les arcades de la via Mazzini.

— Voilà où tu avais disparu ! Dans une bouche d'égout, dit-elle en le fixant avec sévérité.

— Je cherchais Corbellini.

— Il a donné de ses nouvelles.

— Il était temps : ça fait des jours que tout le monde le cherche, ricana le commissaire.

— Je suis sérieuse. Il a écrit une lettre. Les grands sites de la presse viennent de la mettre en ligne. C'est aux médias qu'il l'a transmise.

— Tu te fous de ma gueule ?

Angela sortit une tablette de sa mallette et l'alluma pour lui montrer l'info ainsi que le texte de la missive de quelques lignes : *Chers concitoyens, de graves problèmes de santé m'obligent à me faire hospitaliser à l'étranger. Veuillez excuser mon absence, à peine rétabli, je reprendrai mon poste.* Le journal spécifiait que le message avait été posté sur Twitter, mais que l'adresse de l'expéditeur n'était pas géolocalisable. Le commissaire garda le silence quelques instants, puis haussa les épaules.

— Tu n'es pas convaincu ?

— Pas du tout.

— Peu importe, c'est déjà le bordel, poursuivit Angela en tapotant sur sa tablette qui déroulait des rafales de réactions politiques. Que tu le veuilles ou non, va falloir l'affronter.

— C'est à cause de ces machins-là, c'est de l'hystérie collective, rétorqua-t-il en désignant la tablette. Ça fout le feu à une botte de foin.

Il s'agaçait, car pour la seconde fois, il s'était senti dépassé par cette fastidieuse modernité, et il s'était senti de plus en plus inapte. Il prit Angela par la taille et l'entraîna vers le *Milord*.

— Restons les pieds sur terre, dit-il une fois assis. Ou plutôt, sous la table.

— Alors comme ça, il a donné de ses nouvelles ? voulut savoir Alceste.

C'était comme une épidémie.

— Et toi, tu y crois ?

L'hôte secoua la tête, et le couple de la table voisine gloussa. Personne ne croyait à la lettre, mais tout le monde en parlait. Valmarini avait raison de miser sur le faux : « le trait de notre époque ».

Même Bergossi n'y croyait pas.

— Nous devrons le vérifier, avait-il prévenu un peu plus tard par téléphone.

Autrefois, Soneri aurait examiné le timbre, le papier, les caractères, l'impression… Mais aujourd'hui ?

— Si le message a été posté de l'étranger, on va avoir du mal à le dépister, marmonna le magistrat d'un ton sceptique. Nous devons surtout nous poser la question de la raison d'une missive aussi farfelue.

— Oui, à qui ça profite, approuva Soneri. Peut-être un message personnel ?

— Probable, admit Bergossi, mais ça nous compliquerait encore les choses : le ministère exerce sur moi de plus en plus de pression.

— Vous n'y comprenez rien, c'est ça ? devina Angela après que le commissaire eut raccroché.

— Quelques trucs, mais qui ne renvoient pas à Corbellini. Drogue.

— On trouve pourtant plus facilement de la coke que du talc, dans cette ville.

— La coke arrive de l'étranger dans des ventres de chiens de chasse pour éviter les contrôles. Pour ne pas se faire remarquer, on se balade sur la grève avec des chiens en laisse, on pousse jusqu'à San Vitale, et là, on les éventre pour récupérer la came. Ensuite, le retour en ville n'est plus qu'un jeu d'enfants : les routes des collines sont les moins contrôlées.

Alceste servit les *anolini* fumants et leur versa du gutturnio.

— Tu sais qui est l'adversaire au procès de mon client contre L'Éternelle ? Righetti, l'avocat de l'aristocratie parmesane.

— Tout le monde est mouillé dans cette affaire ! Il n'y a pas que le poisson qui pourrit par la tête !

Ils furent interrompus par la sonnerie du portable de Soneri, et Angela s'impatienta.

— *Dottore*, j'ai repéré l'individu qui a loué la carte SIM.

— Ah, bien ! Dis-moi.

— Il vient d'un cyberphone de la via Bixio, 36. Le titulaire est polonais, il s'appelle Wiesniski.

— J'irai le voir tout à l'heure, abrégea le commissaire pour ne pas qu'Angela s'irrite.

— J'ai oublié de te dire qu'on a trouvé à qui appartenait le téléphone qui sonnait devant chez Adelaide.

— Celui qui a contraint à l'humiliation un fonctionnaire de marque comme toi !

— Il appartient à Pontiroli, le patron rouge.

— Rouge, Pontiroli ? Cul et chemise avec tous les industriels de droite, tu veux dire ! Comment son téléphone s'est retrouvé là-bas... tu as beaucoup d'anomalies à éclaircir...

— Parme est une anomalie à elle toute seule, une ville pourrie qui se prend pour le plus bel endroit du monde quand elle se regarde dans la glace.

— C'est quoi ? Une révolte contre le père ? sourit Angela.

— Ça fait des années qu'on glorifie nos illustres aïeux sans le moindre projet, avec des Parmesans prêts à suivre le premier joueur de flûte venu du moment qu'il promet une nouvelle *grandeur*[8] à « la petite Paris » ! Conneries ! gronda le commissaire. Sous les strass, ça pue le moisi, et l'odeur se répand jusqu'à en recouvrir le *Regio* et la Pilotta. Une engeance d'administrateurs corrompus acclamés par des concitoyens aussi ahuris que des primitifs devant une collection de montres.

— Et la gauche à genoux devant les industriels, pour ne pas dire de connivence, ajouta Angela.

— Parme désire la même chose que les jeunes et jolies provinciales : suivre quiconque lui promet la scène et la gloire.

— Tu es aussi enragé qu'un amant déçu.

— Si encore ils se comportaient en grands délinquants : mais même en étant des escrocs, ils réussissent à être mesquins et provinciaux ! enchérit Soneri qui n'avait pas encore digéré sa colère.

Il se jeta sur ses *anolini*, mais fut une nouvelle fois interrompu par son portable. Juvara n'aurait pu trouver pire moment pour le déranger, entre un accès de colère et une dégustation.

— Quoi ? aboya le commissaire.

— Je serai très bref, annonça l'inspecteur, voyant qu'il tombait mal. Juste pour vous dire que le fils Laudadio a une page Facebook remplie de photos. Je peux peut-être trouver des choses intéressantes...

8 En français dans le texte.

— Putain, Juvara, tu continues de penser que c'est avec ces gadgets qu'on peut faire des enquêtes ? Il me casse les couilles, ton Web ! conclut-il en lui raccrochant au nez.

— Tu te goures, d'après moi, lui reprocha Angela.

— Toi aussi, tu t'y mets ?

— Essaye d'être raisonnable ! se cabra-t-elle. Si tu ne vois pas qu'une grande partie de l'information passe aujourd'hui par ces canaux, c'est que tu es obtus, ou vieux, ou arrogant.

— Et toi, tu penses quoi ? Les trois à la fois ?

— Tu souffres d'arrogance intellectuelle, la maladie des braves. Par contre, si tu t'obstines, tu vas finir par être aussi borné que les vieux.

— Moi, arrogant ? se récria Soneri, piqué au vif.

— Il y en a de plusieurs sortes. Ton arrogance à toi, c'est de te suffire à toi-même, y compris dans tes enquêtes.

— Tu peux quand même avouer que, jusqu'à présent, je n'en ai pas foiré beaucoup…

— Tu vois ? C'est là que tu deviens borné !

— Désolé, c'est de la statistique. Quand la méthode est bonne…

— Jusqu'à maintenant, elle était bonne, mais le monde change à toute vitesse et rien ne dit qu'elle le sera éternellement. Pour l'instant, adaptation et malléabilité sont les deux antidotes pour éviter de se faire traiter de vieux.

— Nous y voilà ! La triade est complète ! Arrogant, borné, et vieux, maintenant !

— Je n'ai pas dit ça. Mais mieux vaut prévenir que guérir. Allez, arrête un peu d'enculer les mouches ! coupa court Angela en employant un ancien dicton parmesan histoire de relâcher la tension.

— Tu sous-entends qu'il faut que je me mette sur Facebook ou Twitter ?

— Pas avec le métier que tu fais. Remarque, tu pourrais te créer un faux profil avec un avatar, comme ça, je pourrais t'écrire librement et, qui sait ? tomber amoureuse de toi virtuellement… dit-elle en clignant de l'œil avec une expression de reproche.

— Tu m'en demandes trop. Moi, je suis de la vieille école, je préfère les contacts directs.

CHAPITRE 14

En début d'après-midi, il décida d'aller voir Wiesniski. Il traversa le ponte di Mezzo, passa sous la statue de bronze du Corridoni qui, arrêté en plein mouvement, paraissait toujours en action, et s'engagea via Bixio. Le magasin du Polonais était une sorte de trouée disposant d'un comptoir, d'une cabine pour téléphoner, ainsi que de trois ordinateurs posés sur un plateau rabattable. Dans la cabine, une Russe parlait dans sa langue aux voyelles traînantes, et devant une vidéo, un homme tapait sur le clavier en donnant l'air de s'ennuyer.

Soneri se présenta et expliqua pourquoi il était là, puis montra les coordonnées de la carte SIM.

Wiesniski vérifia avec une attitude professionnelle, et acquiesça.

— Elle est à moi, confirma-t-il. J'avais fait une croix dessus.

— Vous pouvez me dire à qui vous l'aviez louée la dernière fois ?

L'autre sortit un gros cahier et commença à le feuilleter. Soneri fut rassuré de voir qu'il n'était pas le seul à se servir encore d'un Bic et de feuilles de papier.

— Youri Belanov, ukrainien.

— Il vous a fourni une pièce d'identité ?

— Bien sûr, répondit l'homme en sortant un gros dossier de sous le comptoir. (Il l'ouvrit à la lettre B et indiqua une photocopie.) Il s'agissait de son permis de conduire.

— Quand vous a-t-il loué la carte ?

L'autre compulsa plusieurs pages.

— Le 16 octobre. Pour deux mois, depuis... Je vous ai dit que j'avais fait une croix dessus, parce que j'ai l'habitude. Je demande des arrhes exprès, à cause de ça.

— Vous savez où il est joignable ?

— Aucune idée. Ici, tout le monde est en transit. Je n'ai jamais vu personne venir plus de trois mois d'affilée.

Soneri opina du chef.

— Je pourrais récupérer ma carte ? osa timidement Wiesniski.

— Pour l'instant, ce n'est pas possible, une enquête est ouverte. (Sur le seuil, le commissaire recommanda :) Ne la désactivez pas.

L'autre salua d'un air déçu.

Soneri sortit et s'achemina vers la Questure. En janvier, le soir tombait si vite que l'on pouvait entrer dans un endroit accompagné de la lumière, et dix minutes plus tard, en ressortir avec le noir. Le brouillard s'était épaissi et enveloppait douillettement le centre-ville. Sous les arcades de la mairie, on distinguait une petite foule qui protestait en tapant sur des boîtes de conserve et des casseroles, la bande-son de la honte.

Juvara l'accueillit d'un simple signe de tête, et Soneri comprit que l'inspecteur lui en voulait pour le savon qu'il s'était pris quand il avait téléphoné à l'heure du déjeuner.

— Excuse-moi, cette enquête me rend nerveux, se justifia le commissaire.

L'inspecteur signifia qu'il le pardonnait d'un simple geste de la main.

— Et si on regardait les photos sur le site dont tu m'as parlé… Comment ça s'appelle, déjà ?

— Facebook, répondit Juvara. Si vous voulez… Même les truands se trahissent avec leur manie de se montrer. Des amis ou des membres de la famille finissent toujours par publier des choses intéressantes pour nous.

— Qui n'aurait pas envie de faire partie du spectacle ? admit le commissaire.

Il approcha son siège de celui de Juvara, et tous deux commencèrent à examiner le profil. Laudadio junior avait dix-sept ans et cinq cent vingt photos publiées grâce à son smartphone. Soneri admirait la dextérité avec laquelle l'inspecteur maniait l'ordinateur. Des dizaines d'images représentaient le garçon et ses amis dans des poses soi-disant originales : tirant la langue ou grimaçant joue contre joue, ou bien encore de dos, à plusieurs en train de pisser… Il y avait aussi des photos de ses animaux : le chien, le chat… Et des photos de sa fiancée : tous les deux s'embrassant en fixant l'objectif, l'anniversaire et le gâteau… Uniformisation jusque dans les photos-souvenir. Le commissaire finit par se lasser.

— Tu vois ? Plus les moyens de communication se multiplient, plus le niveau baisse. Tout se termine dans des gesticulations sans contenu.

— Il ne faut jamais négliger l'examen des images, enchérit Juvara. Sans le vouloir, elles racontent beaucoup de choses.

— Peut-être… marmonna le commissaire peu convaincu.

Ils venaient de passer la trois centième photo en risquant le coup de barre. Tout à coup, apparurent les clichés d'une cour que le commissaire connaissait bien. On voyait le camion du père, son fils assis à la place du chauffeur, sur la benne, au volant, et dans des poses diverses et variées. Sur l'une d'entre elles, quelque chose attira l'attention de Soneri. À l'arrière-plan, il crut deviner un deux-roues.

— Tu peux agrandir l'image ? demanda-t-il à Juvara.

L'inspecteur s'exécuta.

— Il suffit de zoomer, répondit-il.

Le commissaire le fixa un peu étonné, puis se concentra sur le détail. Le zoom permettait de lire la plaque d'immatriculation, qu'il nota sur une feuille. Juvara se félicita d'avoir pu démontrer l'utilité des nouvelles technologies.

— On regarde le reste ? s'emballa-t-il.

— Après, oui, si tu veux, répondit Soneri d'un air distrait en décrochant son combiné. Passez-moi l'adjudant Pasqualuzzo, ordonna-t-il.

— Commissaire, qu'est-ce qui vous amène ? répondit le carabinier.

— Écoutez, on ne pourrait pas se tutoyer ? Je n'en peux plus de ce ton de réunion préfectorale, proposa Soneri.

— Très honoré ! accepta l'autre. Tu as du nouveau ?

— Tu te souviens de cette plaque du deux-roues…

— Bien sûr !

— Redis-moi ce que tu as.

— Deux lettres et un chiffre : AX et 5.

— Ça ressemble à un scooter ?

— D'après Vincenzi, mon gradé spécialiste, c'est un Honda SH 50.

— Alors, on a des chances qu'il appartienne au fils Laudadio, en déduisit le commissaire avec satisfaction.

— Tu veux dire que c'est lui…

— Lui, non, je ne crois pas.

À l'autre bout du fil, il entendit l'adjudant s'adresser au gradé : « La voix était jeune, au téléphone ? »

— Non. Vincenzi dit que c'était une voix d'homme.

— Voilà, à mon avis, le père a emprunté le scooter du fils.

— Peut-être, en convint Pasqualuzzo, mais pourquoi Laudadio père serait allé voir Zunarelli ?

— Qui sait… il jouait peut-être le rôle de l'ange annonciateur. Annonciateur de mort. Ou alors, il lui a juste rendu visite, et il est tombé sur son cadavre.

— Quel embrouillamini ! s'exclama l'adjudant.

Soneri prit congé et composa un autre numéro.

— Isernia, écoute-moi, attaqua-t-il sans préambule. Retourne chez Zunarelli et fouille-moi sa baraque. On l'a mise sous séquestre.

— Tu penses qu'on va trouver de la poudre sur l'étagère des détergents ? insinua son collègue.

— Pourquoi pas ? répondit le commissaire, qui en était déjà au coup suivant.

L'urgence qu'il ressentait n'était pas loin de la fureur.

— Juvara, dit-il immédiatement après avoir raccroché, tu m'as convaincu : ce monde technologique est une ressource fantastique. Et si nos traces restent éternellement sur le Web, ça donne en prime l'illusion de l'immortalité.

— En théorie, c'est le cas, confirma l'inspecteur avec un sursaut d'orgueil. Les sites et les profils sur les réseaux restent à vie sur le Web. Sauf si quelqu'un décide de les supprimer.

— Oui, de petits mausolées personnels. Qui racontent beaucoup plus que ce qu'ils voudraient. Comme la plaque du scooter de Laudadio junior.

— Je vous l'ai dit, les photos sont une mine. D'autant plus quand on peut les croiser avec les vidéos d'une banque, poursuivit Juvara. Par contre, c'est à double tranchant : la technologie répond à un maître, et si ce maître est un voyou, elle est à son service.

— Tu viens juste de me convaincre de l'utilité de tes engins, et tu essayes déjà de me faire perdre mes illusions ?

Juvara n'eut pas le temps de le rassurer, parce que le commissaire sortit pour s'engouffrer dans sa voiture. Tout en roulant vers San Vitale, il s'avoua que son besoin d'action n'était rien d'autre qu'un moyen d'échapper à l'angoisse de cette enquête inextricable. L'étincelle qui brillait chaque fois qu'il y avait du nouveau pouvait être trompeuse. Il savait qu'il devrait défier le mimétisme des indices. Il savait qu'ils se cachaient dans le décor, même si, pour le moment, il ne parvenait pas à les repérer.

Une demi-heure plus tard, il sonna chez Laudadio. Sa femme apparut sur le seuil tel un fantôme dans le nuage de vapeur dessiné par la lumière. Elle paraissait épouvantée, et elle se limita à lui indiquer le chemin. Laudadio possédait un petit bureau entièrement vitré dans un coin du hangar. Soneri pénétra dans cette sorte d'écrin.

— Je suis ici pour Zunarelli, l'informa-t-il à brûle-pourpoint.

— Je crois vous avoir déjà expliqué…

— C'est vous qui avez trouvé le cadavre et prévenu les carabiniers, poursuivit-il sans le laisser finir.

L'homme se contracta, ses lèvres tremblèrent imperceptiblement, et le commissaire se dit qu'il était un bien piètre acteur.

— Pourquoi êtes-vous allé chez Zunarelli après dîner ? Vous aviez quelque chose à lui dire ? Vous deviez lui annoncer qu'on allait lui tordre les couilles après la découverte du trafic ?

— Quel trafic ?

— Vous le savez aussi bien que moi, affirma Soneri sans s'en laisser conter. Vous ne pensez quand même pas qu'on a mordu à la mise en scène du chien retrouvé dans le fossé ? Quand vous avez compris qu'on s'était aperçus du petit manège avec les chiens, vous vous êtes inventé un alibi au cas où on tomberait sur une carcasse.

Laudadio secoua la tête, mais garda le silence.

— Alors, vous m'expliquez votre visite nocturne chez le désosseur ?

— On devait se mettre d'accord pour le lendemain matin : je devais charger de la carcasse et du déchet.

— La perquisition qui a suivi la découverte du cadavre ne rapporte aucun chargement. Vous êtes sûr qu'il ne s'agissait pas du dernier volume de cocaïne ? Zunarelli venait de se faire griller, et vous étiez chargé de tout nettoyer. Il a dû croire qu'on l'avait condamné à mort…

— Je me doutais de ce qu'il faisait dans son labo, mais moi, je n'y suis pour rien. Moi, je fais juste mon boulot. Les restes de ces chiens terminaient avec les déchets. Une fois les carcasses décharnées, on les jetait avec celles des porcs, et on mettait la viande avec les rebuts de couennes et de jambons périmés. Zunarelli m'avait demandé de fermer les yeux, moi, je faisais seulement mon boulot : je ne suis pas responsable de ce qu'ils mettent dans les conteneurs.

— Ne jouez pas les naïfs ! gronda le commissaire d'un air menaçant. Vous étiez parfaitement au courant, et si vous êtes allé le voir, c'est pour lui demander de la fermer sur le trafic et d'en prendre l'entière responsabilité. S'il l'ouvrait, Zunarelli n'avait plus que deux solutions : la prison, ou l'exécution. Il n'avait pas le choix, et il a préféré se foutre en l'air plutôt que de se faire liquider.

— N'importe quoi ! s'exclama l'homme, qui devenait arrogant.

— On sait que vous l'avez appelé à 22 h 53. Comme il ne répondait pas, vous avez emprunté le Honda de votre fils pour vous rendre au labo. Casqué et emmitouflé comme vous l'étiez, avec tout ce brouillard, on pouvait facilement vous confondre. Quand vous l'avez trouvé pendu, vous l'avez signalé aux carabiniers en les appelant de la cabine du bourg. Vous vous êtes dit qu'il valait mieux qu'ils y aillent tout de suite, histoire de détourner l'attention du reste de l'enquête.

— Pensez ce que vous voulez. Moi, je l'ai appelé pour qu'on se mette d'accord pour le lendemain matin, mais ça ne répondait pas. Alors, j'y suis allé.

— Et l'appel anonyme ? Pourquoi ne pas avoir appelé les secours ? Vous étiez sûr qu'il était mort ? N'importe qui les aurait appelés.

— Ça aurait servi à quoi ? Il ne bougeait plus, sa tête était violette, la corde lui rentrait dans la peau.

— Vous avez dû pousser un ouf de soulagement…

— Rien ne m'oblige à faire part de mes sentiments à la police, persifla Laudadio d'un air mauvais.

— Oh ! sur ce point, vous avez raison. Surtout parce que ça deviendrait très embarrassant. Pour vous, je veux dire.

L'autre s'efforça de rester impassible, mais ses lèvres se remirent à trembler.

— Le magistrat décidera de votre position, l'avertit Soneri en se levant, mais ne croyez pas que vous allez vous en tirer comme ça, votre manière de renvoyer la balle n'est pas très convaincante.

Peu après, il rejoignit Isernia et Pilotti. Quand il arriva, ils avaient presque fini.

L'appartement de Zunarelli donnait une impression de tristesse et représentait le reflet de sa vie. Tout y était terne et mesquin. L'ameublement semblait choisi en raison d'une médiocre fonctionnalité, un mélange d'objets en série hétéroclites rangés comme dans un entrepôt. Isernia lui montra un répertoire graisseux et un étrange emballage.

— Ce sont les choses les plus intéressantes, dit-il.

Le commissaire feuilleta le répertoire aux feuilles jaunies et légèrement froissées. Puis il examina le reste : deux demi-sphères en caoutchouc entourées d'un ruban pour leur éviter de s'ouvrir dans l'estomac ou dans les intestins des chiens.

— Qu'est-ce que tu en dis ? s'enquit Soneri.

— Probable que Zunarelli se planque un peu de came pour sa consommation personnelle. Ou alors, il se faisait payer en nature, supposa Isernia.

Le commissaire ne répondit pas parce qu'il ne savait pas quoi dire. Plus l'enquête progressait, plus le mystère s'épaississait. Il avait l'impression d'avancer dans un bois de ses Apennins, de ceux que battent truffiers ou bien cueilleurs de champignons, coupés par un dédale inextricable de sentiers. Il prit le répertoire, l'enveloppa dans un sachet sécurisé et le fourra dans sa poche. Il sentait que l'appartement n'aurait plus rien à révéler. Il prit congé, monta dans sa voiture et s'en alla.

Angela l'attendait pour le dîner. Ils avaient envie de passer la soirée ensemble, de ne penser qu'à eux, sans aucun rôle à assumer. Comme des enfants qui jouent.

Ils firent l'amour, mettant ainsi un terme à plusieurs semaines d'abstinence. Puis Angela s'installa sur le lit.

— On fout en l'air ce qu'on a de meilleur à force de ne plus prendre le temps de vivre, susurra-t-elle d'un air rêveur. Moi au tribunal, et toi derrière tous ces vauriens… Quelle folie !

— C'est depuis qu'on nous a chassés du paradis terrestre… plaisanta Soneri pour tenter de la faire rire.

Mais il n'y parvint pas. Elle regardait dans le vide en proie à un regret enfoui.

— Le paradoxe, c'est d'être obligé de vendre son temps, et donc, de renoncer à vivre, ajouta-t-il.

— Le temps est notre bien le plus précieux, et à notre âge, on se rend compte qu'il nous est compté. Et puis, pour une femme… Le temps nous marque davantage.

— Tu es jeune et pleine d'énergie ! Je t'ai observée au tribunal, tu sais ? Tu avais l'air terrible !

Angela ne changea pas d'expression.

— Hier, une de mes meilleures amies m'a confié qu'elle avait senti les premiers signes de la ménopause : elle a mon âge.

— Ce n'est pas une maladie.

— Non, mais ça m'a foutu la trouille, une sensation de vide. J'ai eu l'impression que je m'étais privée de quelque chose de grand.

— De quoi ?

— De n'être pas devenue mère. Je ne saurai pas ce que c'est que d'avoir un gosse. Et ne compte pas sur moi pour compenser avec un animal domestique.

Soneri ne dit rien. Il croisa ses mains derrière la nuque et tenta de chasser la pensée de son fils mort-né. Ce jour-là, c'était comme si on lui avait d'un coup ôté l'amour et la jeunesse.

Angela s'aperçut qu'elle l'avait blessé et l'embrassa affectueusement.

— On est en piteux état, tous les deux. Heureusement qu'on prend soin l'un de l'autre, susurra-t-elle encore.

Le commissaire acquiesça, et ils gardèrent tous deux, un moment, le silence.

Ils se levèrent pour passer à table. Après ce qu'ils venaient de se dire, planait une vague trace de résignation. Il lui fit une caresse, aussi maladroite et sincère qu'une caresse d'enfant.

— Tu es encore triste ? demanda-t-il.

— Je vis des moments de bonheur, répondit-elle, mais le contexte… Voilà, c'est lourd.

— Le contexte… je préfère ne pas y penser.

— C'est impossible, tu le sais bien. Il s'agit d'un ensemble de forces qui te tombent dessus, et tu as l'impression de perdre l'équilibre.

— Et elles peuvent t'écraser comme dans le cas de Romagnoli et Zunarelli.

Angela se fit plus attentive et le pria de s'expliquer. Le commissaire devina qu'il s'agissait pour elle d'un moyen de parler des pressions qu'elle subissait tout en les gardant à distance, sans en être protagoniste.

— Jusqu'à maintenant, je n'ai rencontré que des morts induites : aucune violence directe, excepté le carnage des chiens. C'est pour ça que je dis que le contexte peut tuer. On fait croire à Romagnoli qu'on va le raccompagner chez lui, et lui, parce qu'il est abruti par les calmants, poireaute sur des marches d'escalier et finit par mourir de froid. Pareil pour son bourreau. Zunarelli devient le bouc émissaire, et on menace de le liquider s'il parle du trafic de coke. Quand tu te retrouves dans une ruelle aveugle, tu n'as plus qu'une issue : disparaître.

— En se foutant en l'air, il a sauvé ses bourreaux, objecta Angela.

— Dans ces cas-là, c'est la peur qui décide. C'est quoi le pire ? Te foutre en l'air ou laisser les autres te descendre ?

— Il pouvait décider de se taire et s'accuser lui-même.
— Ça voulait dire la taule, autant dire la fin, à son âge.
— Tu vas avoir du mal à arriver au bout de la chaîne s'il te manque des maillons.
— Parce qu'on a beaucoup avancé ? Pour des petites choses, peut-être. Mais là, on a des politiques dans le coup… J'aurais préféré que quelqu'un appuie sur la gâchette ! Je vais me répéter, mais l'assassin, c'est le contexte. Et le contexte n'a pas qu'une arme, il en a mille. Tu vois l'image du fakir assis sur des pointes ? Qui s'enfonce petit à petit, millimètre par millimètre ?
— Ou l'image du papier tue-mouche, soupira Angela.
— Les politiques ne tolèrent aucune intrusion, et ils agitent le drapeau de l'élection populaire dès qu'ils se sentent incriminés : puisque les gens nous ont élus, prenez-nous comme on est, peu importe si on est des délinquants.
— Tu penses qu'ils sont mouillés comment ?
— Ugolini faisait bouffer Zunarelli en le faisant bosser. N'oublie pas qu'on enquête aussi sur la disparition d'un maire.
— Quel bordel ! s'exclama Angela.
— Tu l'as dit, confirma le commissaire, qui ajouta, après un court silence : Tu savais que Pontiroli avait changé le nom de sa coopérative ? Elle ne s'appelle plus *La Laboriosa*, mais la *New Job*.
— Si ta boîte n'a pas de nom anglais, tu es un pauvre type, railla Angela.
— Et ton image, alors ? Ton *image* !

CHAPITRE 15

À peine eut-il les yeux ouverts que Soneri se demanda par où recommencer. Il rejoignit rapidement la Questure pour éplucher le répertoire de Zunarelli. Sa mort était comme un pont effondré sur le chemin de ses enquêtes, et ce carnet, usé par trop de poches et tripoté par trop de doigts, comme un nouveau départ. La plupart des coordonnées concernaient des fournisseurs, affineurs, artisans ou professionnels en affaires avec le laboratoire. Il y avait aussi le numéro de portable d'Ugolini ainsi que celui du standard de la clinique où Romagnoli avait été hospitalisé. Ce dernier écrit récemment. L'attention du commissaire fut attirée par un numéro qu'il avait déjà remarqué, car il se terminait par 747, comme le Boeing dans lequel il était monté avec Angela le jour où elle l'avait convaincu de l'accompagner au Mexique. Il le compara avec celui de la carte SIM de Wiesniski et vit qu'il s'agissait du même. Zunarelli l'avait noté sans y accoler de nom : candide mesure de précaution. Le désosseur était donc en contact avec Belanov, à moins que la carte ait changé de main.

Il souleva son combiné et appela Pasquariello.

— S'il te plaît, diffuse un avis de recherche à toutes les patrouilles au sujet d'un certain Youri Belanov, ukrainien.

— Tu sais si c'est un clandestin ? Tu as vérifié ?

— Son permis de séjour est toujours en cours de validité, mais je ne sais pas s'il est à Parme. Ni s'il est encore en Italie.

— Ce n'est pas le moment d'élargir la recherche ?

— Déjà fait, surtout, je ne voudrais pas négliger les environs. Tu sais s'il existe une communauté d'Ukrainiens, en ville ?

— Oui, beaucoup se retrouvent dans un bar de la via Venezia, répondit Pasquariello. On l'a perquisitionné, il y a quelques mois, à cause d'une rixe.

— Tentons le coup, on ne sait jamais…

Le commissaire replongea dans ses doutes habituels. Il sautillait sur les cailloux d'une rivière, en équilibre, au risque de finir trempé.

— Zunarelli devait s'y connaître, en nouvelles technologies, dit Soneri en s'adressant à Juvara. Si c'est lui qui a passé les derniers appels sur la digue, ça veut dire qu'il savait comment crypter le numéro.

— Ce n'est pas très difficile, minora l'inspecteur. D'autant plus que la carte n'était habilitée qu'à recevoir des appels.

Le commissaire songea que lui n'en était pas capable, mais s'abstint de le faire remarquer.

— Les mouvements bancaires de Zunarelli sont plus intéressants, annonça Juvara.

— Ah oui ? Dis-moi… L'argent en dit toujours plus que les mots.

— Un beau patrimoine ! Et quelques revenus douteux.

— Un bon artisan, ce n'est pas donné… Il devait se faire payer au noir.

— Peut-être… Mais j'ai trouvé des lots de désossage à des coûts beaucoup plus élevés que les prix du marché.

— Pour le compte d'Ugolini ?

— D'autres sociétés dont on ne sait pas qui est derrière, et qui, selon toute probabilité, mènent à Ugolini, d'après ce que dit notre consultant.

Le commissaire grommela, perdu dans ses pensées.

— Y a beaucoup de choses à éclaircir, confessa Juvara.

Un agent apparut à ce moment-là sur le pas de la porte :

— *Dottore*, une femme veut vous parler.

Soneri se mit mécaniquement debout sans comprendre pourquoi il se levait de cette façon. Sans doute s'étonnait-il que l'on cherche à le voir plutôt que le contraire.

Il la trouva assise dans la salle d'attente, pas vraiment à son aise parmi l'humanité un peu dolente et empotée qui peuple les questures. Elle se présenta : « Aurora Guatelli. »

Soneri l'escorta dans son bureau et la pria de s'asseoir. Elle avait une allure soignée, et une silhouette modelée à coups de régimes et de salles de sport. À en juger à son visage, elle n'avait pas plus de quarante ans. Le commissaire s'installa en face d'elle et l'invita à parler d'un geste de la main.

— Je suis une amie de Giancarlo, le maire, attaqua-t-elle.

Même geste du commissaire.

— Je suis inquiète, balbutia-t-elle en regardant par terre, comme si elle voulait fouiller sous le bureau. Inquiète à cause de son caractère… Giancarlo, lança-t-elle en levant brusquement les yeux, est un garçon peu sûr de lui.

— Vous en parlez comme d'un adolescent, l'interrompit Soneri. Il est le maire d'une ville de deux cent mille habitants !

— Justement, reprit la femme, avec toutes les responsabilités, les problèmes…

— Il avait l'air très euphorique, le jour de son élection, arrogant, même.

— Oui, oui... c'est un défaut qu'ont les timides. Mais après, je crois que ça a été très difficile pour lui.

— Comme pour tous ceux qui exercent ce genre de fonction. Cela dit, je ne vois pas le rapport...

La femme gesticula et fit cliqueter ses bracelets :

— C'est pour vous faire comprendre. Aujourd'hui, la politique est aux mains des requins ! Voilà, Giancarlo n'en fait pas partie, je tenais à ce que vous le sachiez.

Le commissaire garda le silence. Il tentait de saisir ce qu'elle cherchait à lui communiquer. Un subtil fil d'ambiguïté s'entortillait autour de ses propos.

— L'administration municipale est corrompue. Il me paraît difficile qu'il n'en ait pas, au moins, reniflé la mauvaise odeur, dit Soneri.

— Je crois qu'il en a honte, et que c'est peut-être à cause de ça... Croyez-moi, Giancarlo a dû jouer dans un contexte qui l'obligeait à faire des choses qu'il n'aimait pas.

Le mot « contexte » fit sursauter le commissaire. Qu'était-ce sinon une onde, une contamination collective, une inertie d'ensemble ? Il se l'imaginait tel un troupeau qui démarre doucement, puis qui prend son élan et se laisse entraîner sans résistance aucune par la seule force de la masse.

— Le contexte ? se cabra Soneri. Il en a été le symbole. Rappelez-vous son portrait sur les affiches, et le slogan : *Parme, un modèle à vivre.*

— Vous savez parfaitement que les symboles le deviennent malgré eux.

Le commissaire perdait patience, mais il se contrôla. La discussion s'engageait à présent sur des questions qui ne concernaient pas la police, alors, dans un accès d'irritation, il coupa court :

— Avez-vous quelque chose à dire qui me soit utile pour l'enquête ?

— Je croyais qu'en vous faisant comprendre de quelle pâte était fait Giancarlo... La presse a tellement tendance à extrapoler...

— La presse peut se le permettre, pas la police, voilà pourquoi je vous demande si vous avez quelque chose d'utile à me dire. Vous avez une liaison avec le maire ?

La femme le fixa d'un air stupéfait.

— Non. Je vous l'ai dit : je suis une amie, depuis le collège...

— Et ensuite ? Vous avez milité dans le même parti ?

— Non, nous avons fait le même métier plusieurs années : chargés des relations publiques dans le monde de la nuit. Plus jeunes, nous avons fait de l'animation dans des villages vacances, mais Giancarlo n'était pas bon, trop réservé.

— Alors il est entré en politique ? la railla Soneri.

— Il a rencontré des figures de la droite parmesane en fréquentant le *Baretto*, via Farini. Je crois qu'il leur a tapé dans l'œil parce qu'il présentait bien, et puis, il est assez diplomate, et persévérant.

— Vous voulez dire obéissant ?

La femme pencha légèrement la tête sur le côté en simulant un effort.

— Je dirais que s'il s'engage, il tient parole.

— On voit que vous avez travaillé dans les relations publiques, intervint le commissaire d'un ton cassant. Tout ce que vous me dites ne m'est d'aucune utilité.

Elle le regarda d'un air déçu.

— Je croyais...

— Vous croyiez quoi ? Vous êtes ici parce que vous craignez quelque chose, mais vous tournez autour du pot. Ou alors, vous ne voulez rien dire.

— Ma crainte, c'est qu'il soit tombé entre de mauvaises mains, jeta enfin Aurora.

— Si c'est ça, ça ne date pas d'hier, laissa échapper Soneri.

— On pourrait l'obliger à commettre des erreurs, poursuivit la femme, dorénavant plus agitée.

— Nous sommes à sa recherche, l'interrompit le commissaire, de plus en plus exaspéré par ces espèces de doléances, et d'après moi, les erreurs ont déjà eu lieu. C'est le cas, en général, quand la police s'en mêle.

L'autre baissa encore les yeux et garda le silence. Enfin, elle se leva, tendit la main au commissaire et prit congé, puis s'éloigna sur ses talons en laissant flotter derrière elle le sillage de son parfum.

— *Dottore*, intervint Juvara, vous n'y êtes pas allé de main morte.

— J'en ai ras le bol de ces gens bien dans leur époque qui se mettent à pleurnicher dès que ça tourne au vinaigre, gronda Soneri. Il n'y a encore pas si longtemps, ils trinquaient tous ensemble.

— À mon avis, elle va revenir, vous l'avez impressionnée, jeta l'inspecteur de manière inattendue.

— Qu'est-ce que tu racontes ? sourit Soneri.

— Elle est du genre à aimer les hommes un peu brusques. Comme les Parmesans : on doit les caresser dans le sens du poil, mais aussi les fouetter. Il faut savoir jouer de la flûte et battre du tambour.

— Tu deviens philosophe ?

— Non, j'écoute ce que vous dites.

— Les femmes sont beaucoup moins grégaires que les hommes : regarde où s'est glissé Zunarelli.

— Dans un collet.

— Précisément…

— D'après vous, elle voulait vous dire quoi, cette Guatelli ?

— Que le maire aussi s'est fait piéger.

— Vous pensez…

— Non, je ne pense rien. Avec les politiques, il faut s'attendre à tout. Et s'il est encore en vie, Corbellini ne passe pas de bons moments. Il réfléchit sûrement au moyen de s'en sortir.

— De se sortir de quoi ?

— Comment ça, nom de Dieu ? éclata Soneri. Tu ne vois pas qu'on a mis en taule la moitié de ses adjoints ? Tu n'as pas entendu quand cette femme parlait du contexte ? Le voilà, le collet : le contexte !

— En effet, le procureur a l'air de vouloir aller jusqu'au bout… reconnut Juvara.

— Reste à savoir ce qu'on entend par là. Tu crois que les politiques ne sont pas déjà sur le pont pour parer les coups ? Tu n'as pas lu les questions parlementaires de la droite contre Bergossi ? Ils vont sauver ce qui est sauvable, et désigner le fusible. Un Simon de Cyrène qui portera la croix et servira de paratonnerre. Plus ou moins ce qu'ils ont fait en poussant Zunarelli au suicide.

L'inspecteur acquiesça.

— *Dottore*, mais quel rapport entre le trafic de cocaïne et la disparition de Corbellini ? Je n'arrive toujours pas à faire le lien…

— Moi non plus, mais Parme est petite, on finit tous par s'y croiser : pourquoi pas la cocaïne et la politique ?

La sonnerie du téléphone interrompit leur conversation.

— On a retrouvé Belanov, annonça Pasquariello d'une voix satisfaite. C'était plus facile que prévu, il était via Venezia, dans le bar de ses compatriotes.

— Et maintenant ?

— Toujours là-bas, il n'en bouge plus. Il est terrorisé, mais c'est le seul endroit où il se sent en sécurité.

— J'arrive, dit Soneri en raccrochant.

Avant de sortir, il s'adressa à Juvara :

— C'est qui notre consultant financier ?

— Le *dottor* Pacchioni.

— Excellent, approuva le commissaire. Fouille avec lui tous les dossiers sur Laudadio : ses sociétés à lui, et celles de Petrillo. Passez-les toutes aux rayons X.

Il sauta en voiture et se rendit via Venezia. Le bar était situé à la moitié de la rue, dans cette périphérie nord où le brouillard stagnait parmi des restes d'usines abandonnées, ultimes vestiges d'une ville ouvrière aujourd'hui disparue. La serveuse était une jeune fille tape-à-l'œil, parée de tous les accessoires d'usage : hauts talons, minijupe, maquillage et décolleté. Soneri congédia la patrouille qui stationnait en face en attendant son arrivée, puis entra dans le bar. Après l'intrusion d'hommes en uniforme, l'atmosphère était tendue, et les regards de l'assistance, inquiets. Quand le commissaire prononça le nom de Belanov, un bourdonnement de voix s'éleva dans cet idiome mou dont il était désormais coutumier. Puis la serveuse s'avança et lui parla en italien, vaguement effrontée. Elle le précéda dans l'arrière-boutique jusqu'à une porte à laquelle elle frappa. On entendit une voix, la fille ouvrit et l'invita à entrer. Trois visages se levèrent et regardèrent le commissaire, sous un tube à néon qui donnait à leur teint une blancheur de lune.

— Belanov ? supposa Soneri en s'adressant instinctivement à celui qui se trouvait en face de lui.

— *Da*... Oui, répondit l'autre en se corrigeant immédiatement.

Il se leva et tendit la main tandis que les deux autres se levaient à leur tour et quittaient l'arrière-salle.

— Je sais si vous me cherchez, dit l'Ukrainien dans un italien laborieux.

— Vous avez peur ?

L'autre acquiesça :

— Vous, à ma place ?

Le commissaire acquiesça à son tour pour signifier qu'il comprenait.

— Moi partir, reprit l'homme peu après. Partir de l'Italie, rentrer chez moi. Ici, c'est plus de place pour moi.

— Vous vous êtes fourré dans de sales draps...

— Moi chauffeur, seulement conduire.

— Expliquez-moi, le pressa Soneri. Où déchargiez-vous les chiens ?

Belanov secoua énergiquement la tête :

— Si je parle, après... dit-il en se passant le pouce sur la gorge.

— Vous préférez être convoqué à la Questure sous le coup d'une accusation pour trafic de stupéfiants ?

— J'ai dit : conduire, c'est tout, et porter les chiens au torrent.

— Ça ne changera rien, vous serez quand même accusé. Si vous êtes convoqué, vous risquez d'aller en prison, et quelqu'un cherchera peut-être à vous coudre la bouche... Et si le juge vous assigne à résidence, ce sera pire. Je crois qu'ils savent où vous trouver.

— Si je parle pas, eux rien, je pars, et basta.

— Vous n'auriez plus le droit de partir, et vous paieriez votre silence de sept ou huit années de prison. C'est ce que vous voulez ? le provoqua Soneri.

Belanov demeura muet plusieurs secondes : premier signe de capitulation.

— Je vous propose un pacte, dit le commissaire. Vous me dites ce que vous savez, je fais comme si on ne s'était jamais vus, et cette nuit, on vous laisse partir, vous rentrez chez vous en Ukraine. Vous avez tout l'après-midi pour vous organiser. D'après ce que je vois, vous ne manquez pas d'amis.

Une lueur de malice brilla dans le regard de l'Ukrainien.

« Un pacte ? » répéta-t-il comme s'il entendait ce mot pour la première fois. Mais il le prononçait avec un sourire un peu sordide, rappelant au commissaire le caractère illicite de sa proposition. Ils gardèrent le silence quelques instants, et Soneri se dédouana en songeant qu'après tout, l'homme n'était qu'un petit poisson, un simple exécutant dont l'arrestation ne servirait qu'à remplir une cellule de plus. Et les collègues qui se vantaient d'avoir des indics dans la pègre, ne fermaient-ils jamais les yeux ?

Un signe de Belanov lui confirma qu'il était prêt à parler.

— Alors ? Où chargiez-vous les chiens ?

— Roumanie. Là, ils mangent, fit l'homme en clignant de l'œil, laissant entendre qu'on obligeait les chiens à avaler les ovules. Ensuite, on part, vite. Sinon, les chiens, ils meurent après trois jours, quatre jours.

— Pas de contrôle ?

Belanov haussa les épaules.

— Voiture, moi, du bagage, tout régulier. Les chiens, personne regarde, passer et partir.

— Combien de voyages par mois ? Un seul, plusieurs ?

— Dépend combien les ordres. Des fois quatre, cinq, six. Mais pas seulement moi, pas toujours même voiture. Voyage à deux, homme et femme comme famille, avec du bagage de Roumanie et Ukraine pour Italie, et sens contraire. Mais ventre du chien, plus important.

— Vous arriviez directement à Parme ?

— À Mariano, dans la ferme où y a les amis. Après, dans le torrent pour passer la ville. La ville, toujours difficile, trop de la police, trop qui te voit.

— Où finissait la poudre ?

— Je sais pas. Zunarelli tue les chiens, il prend la drogue, et les autres ils viennent, mais je connais pas.

— Pourquoi vous êtes-vous servi d'un smartphone volé ?

L'homme commença à devenir nerveux. Il n'avait sans doute pas imaginé qu'on retrouverait l'appareil.

— Moi pas volé, moi, acheté.

— À qui ?

— Ami tunisien. Peut-être lui volé ?

— Un dealeur ? Une des mules qui transportait la coke ?

Belanov acquiesça.

— Pourquoi vous l'avez jeté sur la digue ? Vous vous êtes rendu compte qu'il vous mettait dans une situation délicate ?

— Je sais que c'est une personne importante, j'ai eu peur.

— Si vous l'aviez emporté en Ukraine, personne ne l'aurait retrouvé…

— Le Tunisien a parlé avec mes chefs, mais moi, je dis non, c'est pas vrai, pas le smartphone.

— Ils y tenaient beaucoup. Le propriétaire était un de leurs clients ?

Nouvel assentiment de l'homme.

— Le Tunisien, il travaille aux Chevaliers de Malte, là-bas, il vend beaucoup de la drogue.

— Qui sont vos chefs ?

— Je connais pas tous.

— Lesquels connaissez-vous ?

— Petrillo, mais lui, c'est petit chef. D'autres, plus haut. Je connais pas. Et d'autres chefs en Roumanie, jamais en Italie.

— Accord d'approvisionnement…

— Oui.

Soneri imaginait un cocon de débauche de plus en plus épais envelopper la ville tandis que dans ses rues, s'éparpillait un peuple gai et indifférent qui se livrait sciemment à ses nouveaux patrons.

— C'est de ces gens dont vous avez peur ? De Petrillo, qui travaille au cimetière ?

— Ils me cherchent, ici seulement, je suis tranquille. Ukrainiens fidèles.

— Ils vous cherchent parce que c'est vous qui avez perdu le chien dans le quartier Montebello, le harcela encore le commissaire. Quand vous avez compris qu'il était définitivement perdu, vous avez jeté le smartphone sur la digue, et vous vous êtes enfui. Vous saviez qu'on ne vous pardonnerait pas d'avoir perdu un demi-kilo de cocaïne. Ou qu'on pouvait vous soupçonner de l'avoir gardée, comme le faisait Zunarelli.

— Ce chien, mauvais chien. Il arrache la laisse, il part loin. Moi je cherche des heures, mais rien. Quoi faire ?

— Sauf que Zunarelli, et pas seulement lui, ne vous voyant pas arriver, a essayé de vous joindre. Et que le smartphone, à force de sonner dans le vide, a alerté quelqu'un…

En même temps qu'il reconstituait les faits, Soneri se rendait compte que tout avait découlé du hasard... ou bien d'un plan préétabli, si on le lisait a posteriori : Adelaide qui le prévient, l'irruption de Valmarini avec sa série de révélations, la découverte des empreintes sur la grève, Zunarelli mêlé à la mort de Romagnoli, cette poudre qui couvre la cité plus copieusement que les chutes de neige, les huiles qui la consomment dans des cercles ultra-sélects, enfin, la pègre qui se remplit les poches en conquérant toujours plus de secteurs entre le *duomo* et la Pilotta.

— Quoi faire ? répéta Belanov.

— Vous le savez, maintenant, rappela le commissaire en lui jetant un regard significatif. Et vous allez le faire ce soir même.

Il le fixa avant de se lever, l'enviant presque de pouvoir échapper au relent de décomposition qui empestait la ville. Belanov avait à peine fait connaissance avec les vers en train de la dévorer.

CHAPITRE 16

Dans l'après-midi, Nanetti lui apporta les résultats de l'expertise toxicologique de Romagnoli. Ceux-ci révélaient une autre surprise : le vieux avait ingéré une dose non négligeable d'anti-inflammatoires avant d'avaler sa benzodiazépine.

— Tu sais ce que les anti-inflammatoires provoquent comme effets secondaires ? demanda Nanetti au commissaire.

— Tu m'as pris pour un pharmacien ?

— La somnolence. Romagnoli devait déjà tomber de sommeil quand il a descendu les escaliers.

— Ces médocs faisaient partie de son traitement ?

— Oui, pour calmer ses douleurs articulaires. Mais les deux combinés…

— Tu veux dire que Zunarelli était au courant ?

— Non, d'après moi, il a juste fait ce qu'on lui a demandé.

— Quelqu'un qui connaissait bien la thérapie du vieux.

— Il suffit de demander à une infirmière.

— Tout est plus clair, malheureusement, on n'est pas plus avancés. Le responsable a été écarté, et ça ne tiendrait pas d'accuser la clinique : le traitement d'anti-inflammatoires et de benzodiazépine était parfaitement légitime pour éviter à Romagnoli des problèmes d'insomnie.

— Tout est en règle : en faisant le sale boulot, Zunarelli se rend coupable. L'hypocrisie est un excellent désinfectant pour la conscience, conclut Nanetti.

— Et nous, qu'est-ce qu'on peut faire, sinon espérer un faux pas ? dit enfin Soneri dans un rictus sardonique.

Dans le PV qu'il adressa à Piccirillo, il expliqua comment la cocaïne atterrissait en ville et s'attarda volontairement sur le massacre des chiens traités comme des contenants jetables, tués à coups de bâton et éventrés agonisants. Il attribua les aveux de Belanov à des « sources confidentielles », et dans sa conclusion, indiqua les pistes à approfondir : l'approvisionnement depuis l'étranger, et le réseau de revente à Parme. Pour ce dernier, il mentionna le nom de Petrillo.

Il termina de le rédiger à l'heure du dîner. Angela était invitée à la soirée d'anniversaire d'une consœur, et le commissaire se retrouva seul. Juvara était parti une demi-heure plus tôt, ne restaient plus à la PJ que deux ou trois agents de l'équipe du soir. Il éteignit la lumière avant de sortir, et dans la semi-obscurité, fut cueilli par un souvenir issu de ses intermittences du cœur. Il se revit soudain jeune étudiant par une de ces sombres matinées d'hiver, quand il laissait sa chambre et courait attraper son train en proie à ce genre d'inquiétude qui vous saisit juste avant de passer un examen. Tout, à cette époque, semblait si décisif et important qu'il en éprouva de la nostalgie, voire de l'angoisse. Cela dura quelques instants, le temps d'arriver via Repubblica et de s'apercevoir que le climat avait changé. L'air n'était plus cinglant, et la neige commençait à fondre ; seul le brouillard semblait inamovible, quoique à présent plus humide, plus lourd.

Sous les arcades de l'hôtel de ville stationnaient de petits groupes de jeunes protestataires habillés avec des vêtements qu'avaient endossés leurs parents en 1977[9] : parka de service, foulard palestinien. Non seulement, l'imagination n'avait pas pris le pouvoir, mais elle paraissait morte, ensevelie sous une sous-culture contestataire récupérée par le système et célébrée dans des chansonnettes d'artistes de seconde zone. Un milieu clos où expérimenter de vaines fureurs, comme les détenus pendant l'heure de promenade.

Il passa chez Alceste pour retrouver quelque chose d'authentique. Il ne s'installa pas dans la salle à manger, mais se cala dans la cuisine où le dialecte et les parfums vous ancraient solidement à une identité qui, une fois dehors, se dissolvait dans un déluge d'argent, de cocaïne et d'alcool. Les *tortelli* aux blettes, qu'il mangea debout en écoutant le patron lui parler entre deux services, l'apaisèrent. Alceste, toujours plein de bon sens, le ramenait aux choses essentielles. Il lui parlait de sa famille, de la santé et des amis d'un ton léger, entrecoupé de saillies qui faisaient paraître le reste complètement dérisoire.

Il s'en alla plus serein. Il marcha une demi-heure dans les rues désertes, puis s'engagea sur les quais de la Parma après avoir traversé le piazzale Boito et remonté la pente

9 Le «Mai rampant» italien qui, depuis dix ans, remettait en cause le capitalisme en dehors des structures institutionnelles, connut un prolongement en 1977 en rassemblant principalement des étudiants, des prolétaires précaires et des chômeurs. Conscient des transformations dans le monde du travail causées par la société post-industrielle, le mouvement («radicalement alternatif […] avec des caractéristiques irréductiblement révolutionnaires», selon d'anciens protagonistes) tentera de nombreuses expériences autonomes, parmi lesquelles de nombreuses expériences féministes radicales.

de la via del Conservatorio. Il poursuivit jusqu'au quartier Montebello, prit la direction de la digue, et fouilla dans l'obscurité à la recherche de Valmarini. Une fois devant le portail, il appuya sur la sonnette de l'interphone, et, comme à l'ordinaire, fut accueilli par le déclic de l'ouverture.

— Vous ouvrez toujours à l'aveugle, dit Soneri en jouant sur les mots.

— À cette heure-là, je sais qui c'est.

Dondolo se leva paresseusement et s'étira en allongeant ses pattes avant, puis ses pattes arrière. On avait l'impression d'un rituel familier, entre gens de confiance. Au centre de la pièce, désormais bien connue, se trouvait un énième tableau en chantier.

— Je vous dérange, peut-être… s'excusa le commissaire.

Valmarini fit un non de la main.

— Du temps, j'en ai autant que je veux. Et puis, faire attendre ses clients donne de l'importance.

— Vous avez beaucoup de travail ?

— Oui, et ça m'ennuie. La seule chose qui me console, c'est l'argent. Si vous saviez mon soulagement de me dire qu'à partir de maintenant, si je voulais, je pourrais m'en sortir sans plus toucher à un pinceau.

— Si je pouvais… murmura Soneri.

— Le fric donne un formidable sentiment de liberté aux rêveurs que nous sommes, les autres en restent prisonniers. Prenez Ugolini…

— Lui est le plus libre de tous, il se sent tout-puissant.

— Détrompez-vous, il est esclave de lui-même. La liberté, pardonnez l'apparente contradiction, c'est d'avoir des limites. Ugolini ne s'en impose aucune, et la satisfaction qu'il en retire ne peut qu'être momentanée. Vous trouverez toujours plus riche et plus puissant que vous, et vous serez toujours frustré. Ugolini, confia le peintre en baissant la voix, est une âme inquiète. Chez moi, il se défoule, il boit jusqu'à l'ivresse pour engourdir ses tourments intérieurs, mais il est loin de les résoudre. Bien qu'il soit l'homme le plus puissant de la ville, il me fait parfois de la peine.

— Il sniffe aussi de la cocaïne, quand il vient chez vous ?

— Je crois, oui, mais en cachette. Il sort parfois de ma salle de bains avec des yeux… Dondolo lui aboie dessus comme s'il lisait sur son visage le démon qui l'habite. Un démon qui le rend complètement insatiable, et qui, à la fois, le dévore. Un démon qu'il est obligé d'alimenter pour ne pas en être victime.

— Vous avez déjà fréquenté le cercle des Chevaliers de Malte ?

Valmarini fit oui de la tête.

— Un centre de pouvoir.

— Oui, bien sûr. Les affaires. Mais c'est l'ambiance qui m'intéresse.

— Vous ne quittez jamais votre habit de commissaire…

— Qui mieux qu'un peintre pourrait me le décrire ?

— Quiconque souhaite comprendre le destin de cette ville doit y aller. Corbellini était un simple exécutant, et la fausse opposition de gauche avait aussi sa place dans les mises en scène des conseils municipaux.

— Oh, la gauche ! balança Soneri. Foudroyée par le marché, convertie au profit, et contre toute attente, agenouillée et dévote sur le velours du confessionnal !

— Enfin un peu de passion ! se réjouit Valmarini. Vous vous êtes décidé à tomber l'uniforme ?

Le commissaire fit le geste de laisser tomber.

— Ici, vous pouvez le faire, insista-t-il. Chez moi, tout le monde se met un peu à nu. La nuit, on souffre moins, c'est un peu comme une trêve, on est plus authentique.

— Authentique ? C'est vous qui me parlez d'authenticité ?

— Moi qui produis des faux, j'affirme être beaucoup plus authentique que d'autres qui jurent de dire la vérité.

Soneri dodelina de la tête en souriant.

— Hier, une de mes toiles a été attribuée à un peintre de l'école siennoise du cinquecento par un critique qui a signé une expertise. Des clients revendent mes œuvres en les faisant passer pour des originales, au point qu'aujourd'hui, on ne sait plus lesquelles distinguer. Si nécessaire, ils corrompent des experts, c'est devenu un marché juteux. Ils m'exploitent en les revendant le double de ce qu'ils m'ont payé. J'en connais même qui reproduisent de fausses expertises de maisons de ventes aux enchères.

— Ils font votre métier…

— De la basse besogne, minimisa Valmarini avec mépris. Du niveau d'un faux-monnayeur. Moi, je suis un copiste ; sinon un artiste, du moins un artisan. Et je fais tout à la lumière du jour.

— Vous ne pouvez pas nier que vous êtes à l'origine du faux.

— Le monde entier repose sur du faux, nous en avons déjà parlé. Le mensonge est le trait de notre époque. On vend de tout, avec de la menterie : des marchandises, de l'information, des projets de vie, ou des perspectives de bonheur… Nous n'avons jamais possédé autant d'outils trompeurs qu'aujourd'hui. Ce sont eux qui incarnent l'escroquerie. La longue-vue de Galilée dit plus vrai qu'un ordinateur.

— Moi aussi, je suis à l'ancienne, j'ai besoin de voir en personne, intervint Soneri. Je finirai par retrouver Corbellini, et vous ne pourrez pas nier qu'il s'agit de la réalité.

— Corbellini a marché des années derrière un masque. Jusqu'à ce que le masque s'envole.

— Ou qu'on lui ait enlevé ?

— C'était dans leur intérêt. Tout pour la façade, n'est-ce pas ? Un maire qui présente bien, beau, body-buildé… Un hors-série super accessoirisé qui se laisse piloter par d'autres.

— À l'image de certaines professionnelles…

— N'exagérez pas ! Plutôt avec les règles de la publicité : les produits ressemblent à ceux qui les lancent. Corbellini vendait aux Parmesans des projets que d'autres pensaient.

— Je trouve l'issue bizarre, elle ne s'accorde pas avec le début de l'histoire, songea le commissaire à voix haute. Si l'on s'en tient à ce que vous dites, le maire n'avait aucune raison de disparaître.

— L'acteur s'est sans doute lassé de son rôle. Les gens qui disparaissent sont plus nombreux qu'on ne croit. Tout le monde a envie de s'affranchir de ses responsabilités. Vous aussi, ne le niez pas. Les gens qui viennent me voir sont très souvent dans ce cas, ça se voit à la manière dont la nuit les fascine. Elle est comme une mère complice qui vous cache dans ses habits noirs pour vous sauver du châtiment.

— Corbellini est un homme ambitieux. Trop pour lâcher l'affaire. Quand on aime s'exhiber avec des femmes voyantes, fricoter avec les puissants, se pavaner aux premières du *Regio*… Quitter tout ça ? ça me paraît improbable. Et pour quoi ? Se retrouver avec une fausse identité dans une prison dorée d'un coin paumé d'Amérique latine ?

— J'ai l'impression que vous ne vous rendez pas compte de l'abîme de cruauté et de cynisme qui anime les puissants de cette ville, l'interrompit Valmarini. Pardonnez-moi si je vous accuse d'être naïf. Je m'aperçois que c'est presque une insulte eu égard à votre fonction, mais croyez-moi, dans tous les cas, votre valeur et votre humanité en sortent grandies.

Le commissaire montra qu'il passait outre. Il n'était pas vexé.

— La naïveté peut être un avantage : elle évite d'être blasé et de ne rien tenir pour acquis.

— Je connais aussi bien qu'un analyste les dérives psychotiques du pouvoir. Ugolini ne possède pas une once d'humanité. Quand il est sous l'effet de la drogue et de l'alcool, c'est comme si vous découvriez combien son âme est pervertie. Rien n'est plus redoutable que d'écouter ses délires, de comprendre avec quel humus il alimente son univers conscient. Pour lui, le monde est un objet. La proie d'un narcissisme obsessionnel qui le rend insatiable. C'est comme une régression infantile, un retour en arrière de plus de deux mille ans : l'empereur en tant qu'incarnation divine, l'unique dépositaire des destinées humaines. Vous voyez le danger ? On s'en rapproche de plus en plus. Le rite démocratique des assemblées représentatives est tellement vidé de sa substance qu'il apparaît comme une conjuration ou une prophétie.

— Ce n'est pas la première fois qu'on veut réduire le Parlement à un bivouac[10]. Mais je ne crois pas que Corbellini se soit éclipsé parce qu'il avait des remords. Je

10 Allusion au « discours du bivouac » prononcé par Mussolini devant la Chambre des députés le 16 novembre 1922 après avoir été nommé à la tête du gouvernement par le roi Victor-Emmanuel III.

ne crois pas qu'il ait les couilles de se révolter, ni l'épaisseur pour être conscient du mal.

— Je suis d'accord avec vous. D'autant qu'il le paierait très cher. Nous parlons de gens sans pitié qui ne supportent aucune contrainte. Le pouvoir politique est confié à des hommes de paille, les lois se font à domicile, et la justice est corrompue. Qui s'élève contre des gens pareils ? L'opposition ? Ici, elle est aux mains de Pontiroli, un président de coopérative qui fait affaire avec des gens comme Ugolini.

— Si tout ça vous pose un problème, aidez-moi.

— Je ne vous aide pas en vous expliquant le contexte ? répliqua Valmarini tandis que le commissaire enregistrait pour la énième fois ce mot qui revenait obsessionnellement dans toutes les conversations. Que comptez-vous faire ? Ne soyez pas imprudent, commissaire. Contentez-vous de remettre les choses en état sans trop approfondir. C'est un conseil un peu lâche, je vous l'accorde, mais vous êtes une personne honnête, et vous le resterez, même sans vous sacrifier. À quoi cela vous servirait-il ? Ça ne changerait rien, à part votre vie, en pire. Et le mot est faible.

— N'exagérez pas, tout au plus, je serais muté au bureau des passeports, ce n'est pas non plus le bagne.

— Vous garderez votre salaire, mais vous serez placardisé, craignit le peintre. Leur monde est tout sauf dialectique, il est binaire, comme les ordinateurs. Blanc ou noir, ami ou ennemi. Dans votre cas : ennemi. Tout est fondé sur l'obéissance et la fidélité, comme dans les entreprises. N'avez-vous pas conscience à ce point du niveau de leur programme de destruction de la démocratie ? Ugolini est un futur élu du peuple affranchi de la loi.

— Cette ville n'a jamais aimé les despotes, fit remarquer Soneri avec scepticisme.

— Oh, elle en a aussi digéré... Les Parmesans s'apprivoisent grâce à la flatterie. Ils ne sont pas les seuls. Nous sommes un peuple infantile de gosses aussi perfides que des vieillards, toutefois suffisamment candides pour croire aux contes de fées. Aujourd'hui, on appelle ça du marketing, se construire une image et tout ce genre de fadaises qui ont l'avantage de faire croire à la majorité mesquine qu'elle participe à la grandeur.

— La grandeur, c'est terminé, coupa court le commissaire. Il n'y a plus grand-chose de présentable.

— Ils ont vendu chèrement leur peau, ils ne lâcheront pas facilement. Le clientélisme fonctionne parce que le destin des entreprises dépend de la mairie. Vous l'avez trouvé comment le message du maire, sur Twitter ?

— Une façon de rester présent et de gagner du temps.

— Vous voyez? abonda Valmarini. Ils essayent de maintenir l'administration en place en attendant qu'il se passe quelque chose, ou qu'ils trouvent une solution. Pendant ce temps-là, si le maire donne signe de vie en déclarant qu'il sera bientôt de retour, ils continuent d'être aux commandes grâce au premier adjoint.

— Je pense qu'ils vont jongler avec les documents et recoller les morceaux pour rendre notre travail plus difficile, reprit Soneri.

— Vous ne trouverez pas grand-chose, dit le peintre en remuant la tête. Ils ne vous laisseront pas creuser.

Le commissaire se tut, c'était aussi ce qu'il craignait.

— Quoi qu'il en soit, dit-il, pour une fois, ce ne sont pas eux qui décideront : ça dépendra aussi de nous.

— Vous voulez délégitimer les élus du peuple ? ricana Valmarini volontairement provocateur.

— Ce ne serait pas dans votre intérêt, tacla brusquement le commissaire.

— Je vous ai déjà dit ce que je pensais d'eux, riposta le peintre en s'agaçant.

Soneri pencha légèrement la tête en acquiesçant.

— L'indignation ne suffit pas… Moi aussi, je dois me mettre en jeu, prendre des risques. Le magistrat, n'en parlons pas. Savez-vous combien de politiques sont contre lui ?

— Je comprends, mais moi, je ne fais pas partie du troupeau. J'habite le monde en solitaire, comme les chats. Et je n'ai pas l'ambition de construire quoi que ce soit, juste avoir un endroit à moi pour vivre tranquille, sans devoir obéir à quiconque. Vous, vous devez obéir.

— Je me demande si vous réalisez à quel point vous avez mis le doigt sur la maladie qui nous afflige.

— La maladie ?

— L'idée de se sauver soi-même, expliqua gravement le commissaire. La rupture de toute relation de confiance, la renonciation à toute sociabilité. Sans relations, personne ne se sauvera, et vous non plus : vous serez emporté par le monde que vous refusez.

— Pas pour le temps qui me reste à vivre, et pour ce qui vient après, je n'en ai pas grand-chose à foutre.

— Un artiste ne devrait pas tenir ce genre de propos. Vous qui êtes tous les jours confronté à la beauté, à la peinture, à l'harmonie des formes…

— Vous avez raison. Je me laisse envahir par des pensées vulgaires, réagit Valmarini. Je m'en excuse, mais j'ai eu trop de déceptions… Il ne me reste que Dondolo, qui sait pour combien de temps encore…

Soneri opina du bonnet et se leva déçu. Puis il se dirigea vers la sortie tandis que le chien le fixait d'un air grave. Le peintre le suivit en restant deux pas derrière lui. Sur le seuil, le commissaire se tourna et vit que l'autre se retenait d'en dire davantage. Ils demeurèrent ainsi un petit moment, puis échangèrent un signe comme s'ils scellaient tacitement un pacte. Le commissaire choisit de ne pas rompre l'équilibre de cette communication parfaite et sortit sans ouvrir la bouche en disparaissant dans la nuit.

CHAPITRE 17

La énième question parlementaire qui avait provoqué une inspection ministérielle avait mis Bergossi dans une humeur de dogue. Capuozzo, en revanche, plaidait la capitulation peu honorable face aux trop nombreux députés qui s'étaient déchaînés contre l'enquête.

— Les rassemblements et les tweets rassurants du maire permettent à nos larrons municipaux de ne pas être dans la ligne de mire, lança le magistrat après que Soneri eut résumé les développements de l'enquête. Nous sommes isolés, vous comprenez ? La gauche bredouille parce qu'elle est complice, et qu'elle a peur que certains des siens soient pris la main dans le sac. Pontiroli, par exemple… Nous sommes une cible facile.

— On ne connaît aucune voix discordante au conseil municipal ? questionna le commissaire.

— Il faudrait vérifier… quelqu'un qui se serait fait exclure du groupe… Si les politiques nous attaquent, le mieux serait de semer la zizanie dans leurs rangs, non ? On est toujours plus respectés quand on est audacieux, conclut le procureur.

— *Dottore*, enfin un magistrat qui a des couilles ! exulta peu après Juvara dans les bureaux de la PJ.

— Il va falloir lui faire honneur, c'est une espèce en voie de disparition.

— Depuis quand vous ne faites pas honneur aux magistrats ?

D'un geste, Soneri l'invita à laisser tomber.

— Tu les connais, les conseillers municipaux ? On n'en trouverait pas un avec la bile suffisamment échauffée pour balancer le pot aux roses ?

— Musumeci devrait en savoir plus, suggéra l'inspecteur. Il a participé à l'arrestation de Montagnani.

— Tu sais s'il a parlé ?

— Il a juste lâché quelques trucs, sous la dictée de son avocat. Il dit qu'il s'est vendu contre un peu de fric et un ordinateur.

— Et tout le monde croit que ça s'arrête là ?

— Non, mais on n'arrive pas à en savoir plus.

Le commissaire attrapa son portable et appela Musumeci.

— Où tu es ? J'ai besoin de te parler entre quatre yeux.

Ils se donnèrent rendez-vous barrière Repubblica. En ce milieu d'après-midi, le brouillard s'était un peu levé, et le regard pouvait courir sur le tronçon de la via Emilia qui coupait le centre en deux comme une pastèque en passant devant l'hôtel de ville et les façades pastel des palais patriciens. Une ville en demi-teinte, à l'image de sa bourgeoisie qui ne s'éloignait jamais de cette médiane sans caractère par lâcheté et commodité.

— Vous êtes retourné cuisiner Montagnani ? voulut savoir Soneri.

— Perte de temps.

— J'imagine qu'il couvre les autres.

— Il sert de fusible.

— Personne n'y croit ! Un crétin de son espèce !

— *Dottore*, personne n'y croit, mais si on veut poursuivre, on a besoin de preuves. Son comportement criminel est plutôt banal. Ce n'est pas la première fois que ça nous arrive !

— Ces types ne sont pas des criminels, ils n'en ont pas les couilles, affirma le commissaire avec mépris. Qui sait ? Il va peut-être changer d'avis après quelques jours en cellule.

— Le proc' l'a assigné à résidence, lui fit savoir Musumeci.

— Il faut les garder sous pression, ils finiront par se mettre à table. On va les laisser maturer, chier dans leur froc.

— D'accord, mais j'aimerais bien savoir…

— Quoi ?

— Qui je dois écouter ? Capuozzo qui nous prend à part pour nous demander de nous magner le cul, ou Bergossi qui est déchaîné comme un diable ?

— C'est moi, ton supérieur, ou pas ? Donc, c'est moi que tu écoutes.

— Mais vous aussi, vous aurez Capuozzo sur le dos, et celui-là, quand il s'entête, il nous fait tous trimer ! lança l'inspecteur en faisant tourner sa main.

— C'est Bergossi qui mène l'enquête, non ? Tu n'auras qu'à rejeter la faute sur moi. Tu diras que tu as obéi aux ordres. Comme les criminels nazis, ricana Soneri.

— Non, je ferai comme Montagnani, riposta Musumeci en souriant. Je me sacrifierai.

Le commissaire fit mine de lui mettre un coup de poing.

— Tu ne connais pas quelqu'un, au conseil municipal, ou ailleurs, qui pourrait nous refiler un tuyau ? demanda-t-il tout de suite après.

— Peut-être Sgarzi, un allumé qui s'attaque depuis des années à ce qu'il appelle « le régime » sans que personne ne le prenne au sérieux. Il fait partie d'un mouvement de protestation qui fait de l'œil à l'opposition... Il harangue les passants, grimpé sur un tabouret, la Digos le connaît.

— Où je peux le trouver ? s'enquit le commissaire qui se souvenait d'un type qui haranguait périodiquement le passant derrière un mégaphone.

Il ne s'était jamais arrêté pour l'écouter, il n'aimait pas les gens qui s'exhibent en public.

— Je crois qu'il a un local vicolo Santa Maria, à côté de l'université et de la bibliothèque municipale.

— Et la Digos ou les magistrats n'ont jamais pris la peine d'examiner ce qu'il dénonce ?

— Je ne crois pas, je ne sais pas pourquoi. J'imagine que ses accusations sont restées sans écho... Le type est assez excentrique, il passe pour un doux dingue. Quand les gens s'arrêtent, ils ont plutôt tendance à se marrer.

— Sous n'importe quel régime, les opposants passent pour des fous, grommela Soneri pour lui-même.

Et tandis qu'il marchait vers le ponte di Mezzo, au-delà duquel on distinguait les tours des Paolotti de la via d'Azeglio, il se sentit inexplicablement en phase avec la solitude du conseiller Sgarzi. Un je-ne-sais-quoi de familier, de presque fraternel.

Le vicolo Santa Maria se situait entre le vieil hôpital de la ville, une bâtisse historique que de méprisants affairistes voulaient transformer en hôtel de luxe, et l'oasis verdoyante du parc Ducal, construit à une époque où régnait encore le culte du beau. Le local de Sgarzi consistait en une pièce encombrée de paperasses dans laquelle on accédait en poussant une porte en bois corrodée par l'humidité qui donnait sur un escalier sombre et étroit. Dès qu'il le vit, le conseiller le dévisagea d'un air suspicieux, pendant que le commissaire observait le mégaphone posé sur une pile de livres en se remémorant d'anciennes manifestations.

Sgarzi lui fit un signe peu amène du menton, sans le saluer.

— Je suis Soneri, police judiciaire.

— J'avais compris, gronda l'autre. Je sais reconnaître les flics.

Sans y être invité, le commissaire prit place sur la seule chaise dépourvue de piles de papiers. Dans le local, un petit radiateur électrique luttait en vain contre le froid, et le conseiller travaillait en gardant sur lui une veste militaire et une paire de mitaines qui laissaient voir le bout de ses doigts.

— En somme, vous voulez quoi ? questionna rudement Sgarzi.

— Je m'intéresse à la politique.

— Vous croyez qu'elle existe encore, la politique ? Elle est morte ! proclama le conseiller en élevant la voix. La mairie n'est plus qu'une centrale d'affaires, souligna-t-il en gesticulant.

— Alors, parlons d'affaires, poursuivit le commissaire sur un ton conciliant.

— J'en parle depuis longtemps, reprit l'homme d'un ton rageur. Si la police s'était occupée de ce que je disais au lieu de me faire taire et de m'embarquer à la Questure… Ici, quand un chien aboie après des voleurs, on lui envoie des coups de bâton parce qu'il vous a réveillé.

— D'accord, aujourd'hui, je suis venu sans bâton et l'aboiement m'a alerté.

— Je dois vous dire quoi ? Regardez, consultez, lisez… l'exhorta Sgarzi en soulevant chemises et dossiers. Je dépose des plaintes depuis des années, et on me traite de fou et de réactionnaire. On est tellement baisés qu'on en a oublié le minimum de décence. N'importe qui d'un peu honnête est montré du doigt. Moins par ceux qui tirent les ficelles que par les préjugés des gens, la « majorité silencieuse ». Le crime est devenu une coutume. Le vol fait partie de notre quotidien, il est dans la norme. Le contexte est pourri.

— Le contexte... répéta Soneri en entendant encore ce mot. De quelle manière Corbellini y est mêlé ?

L'autre haussa les épaules.

— Un homme de paille. Qui servait pour le sale boulot, en particulier pour les zones constructibles.

— La zone d'activités ?

— Ils ont racheté les terrains agricoles quatre-vingts euros du mètre carré alors que le prix du marché était à trente. Une surévaluation qui a permis d'emprunter aux banques sur la base d'une valeur gonflée.

— Les banques ont accepté ?

— Évidemment ! Puisque les intérêts étaient à la charge de la commune. Qui se cache derrière la Raig, une société écran qui acquiert des terrains privés dans la journée pour les revendre à la commune en réalisant une plus-value de cinquante euros le mètre carré ? C'est ça qu'il faut savoir. Quand la mairie n'aura plus un kopeck, la seule banque complaisante de la ville restée sous le contrôle du parti explosera ou sera bradée. Et qui paiera la facture ? Les Parmesans.

Le conseiller avait des éclairs dans les yeux, entre une mèche qui lui retombait sur le front et une barbe qui envahissait ses pommettes. Il poussa vers le commissaire une chemise qu'il venait de prendre sur une pile.

— Tout est là-dedans. Y compris les interpellations que j'ai adressées à l'équipe municipale.

— La gauche ne vous a pas soutenu ? Où sont passés les anciens communistes ?

Sgarzi porta son index sur sa bouche.

— Ils se taisent parce qu'ils bouffent dans le même plat. Les coopératives rouges font des affaires avec les maîtres de la ville. Ils dévorent Parme tous ensemble. Leurs mâchoires sont infatigables. Ils se sont déjà mis d'accord implicitement pour porter la candidature d'Ugolini aux prochaines élections municipales.

— S'ils sont aux affaires, ça me paraît logique, laissa échapper Soneri.

— Vous voyez que vous avez compris ? Parme et le monde entier sont devenus des entreprises vouées au seul profit. Jusqu'ici, les patrons plaçaient des administrateurs, à l'avenir, les patrons nous représenteront directement. Et ce sont eux qui m'accusent de vouloir tout foutre en l'air ! Ils défendent les institutions démocratiques, ces messieurs ! Une mangeoire, une auge où vont bouffer les porcs ! Ils font ce qu'ils veulent ! Et c'est en dépensant l'argent des citoyens qu'ils en obtiennent le consensus ! Pour élargir leurs clientèles à travers divers organismes, agences, commissions…

Sgarzi noyait le commissaire dans un flot de paroles. On comprenait au ton qu'il employait qu'il répétait des discours dispensés en vain à des gens méprisants piazza Garibaldi, et dans sa fougue, un filet de bave blanche écumait autour de ses lèvres, éclaboussant sa barbe noire.

— Et ce serait moi qui foutrais tout en l'air ! Et eux ? Contempteurs de la loi et du droit ! Même le marché, auquel ils croient, ils le dénigrent, s'échauffait Sgarzi en continuant de gesticuler. Pour faire partie de ce monde, ils font des pactes avec le diable.

— Le diable ? Et qui serait le diable ?

— C'est à vous de me le dire ! Vous ne vous rendez pas compte des mutations de la ville ? Les mafias sont en train de se bouffer le *duomo* et la Pilotta en signant des alliances avec les entreprises et les banques, et des crétins de préfets le nient avec la même indignation que les bonnes bourgeoises bien comme il faut qui planquent leur gamin toxico pour sauver la réputation de la famille.

Soneri ne savait que répondre. Lui aussi s'était posé toutes ces questions, il en avait même confié quelques-unes à Juvara dans ses moments d'amertume. Et maintenant que Sgarzi les lui jetait à la figure sans prendre de gants, il en était blessé.

L'autre s'en aperçut.

— Je sais, je sais, reprit-il sur un ton plus conciliant, vous subissez le poids de votre hiérarchie nommée et contrôlée par les élus complices de la mafia. Faveurs contre votes. Malheureusement, les truands se ramassent de beaux paquets de vote, et les mafieux ont leurs entrées au Parlement. Les magistrats qui s'en sont rendu compte ont été réduits au silence dans des attentats à la bombe.

— Je suis au courant pour Petrillo, Laudadio, Lopinto, l'avocat Righetti… intervint Soneri.

— Laudadio est un pauvre type, Lopinto, un sous-fifre, et Petrillo, un homme de confiance. C'est Carmine Santurro qui est aux manettes, un affilié du clan de Castellammare di Stabia. Il contrôle ses établissements grâce à une série de prête-noms, Righetti, par exemple : des discothèques, des bars, des pizzerias, et même des entreprises. Si vous voulez le trouver, allez au *Boing*, une discothèque strada Argini, ou bien vers 1 heure du matin au *Fritto di Paranza* : il y a sa table réservée et une place de parking pour y garer sa Mercedes.

Le commissaire constata qu'il ignorait une grande partie du récit de Sgarzi, et il fut envahi par un sentiment de frustration et d'impuissance. Surtout, il se demanda si lui non plus n'était pas affecté par le même mécanisme de refoulement devant cette réalité honteuse qui contrastait avec le havre de félicité que la ville voulait afficher.

— C'est le Service de lutte antimafia qui s'occupe de ce genre d'affaires, et nous n'en savons pas grand-chose. Les magistrats sont à Bologne, rappela le commissaire. Ils nous ont quelquefois demandé de collaborer, mais ça ne concernait que des individus assignés à résidence.

— Forcément, le coupa Sgarzi. Ici, la Camorra s'est infiltrée sans faire de bruit et sans que personne ne lui oppose de résistance. Il lui a suffi d'exploiter la faiblesse des rejetons des chefs d'entreprise. À la troisième ou quatrième génération, ils ne pensent plus qu'à la belle vie : bagnoles, femmes, soirées, cocaïne, Forte dei Marmi… Ils dilapident tout ce que trois générations ont mis de côté. C'est là que les requins arrivent. En offrant des montagnes de fric pour se récupérer les sociétés. Sinon, ils les étranglent avec l'usure. Ceux qui refusent de céder ont en face d'eux des concurrents impitoyables, ils sont obligés de négocier. Mieux vaut être ami avec ce genre d'individu. Voilà comment les mafieux gagnent leur place à la table du pouvoir. L'argent les met à égalité avec les autres. Et de l'argent, ils en ont plus que n'importe qui. Vous croyez qu'Ugolini n'a jamais négocié avec eux ? Un de ses hommes de confiance est un parent des Santurro, condamné à vingt ans pour homicide.

Soneri soupira en levant les yeux sur les murs, où les photos des barricades antifascistes de 1922 menées par Guido Picelli, et celles du premier maire de l'après-guerre, le commandant partisan Giacomo Ferrari, s'évanouissaient dans un néant couleur sépia.

— D'une certaine manière, reprit Sgarzi, le fait de passer pour un fou me préserve des représailles. Comme personne ne m'écoute, je suis inoffensif. Mais avec les bandits, c'est le code qui est hors la loi. Vous, moi, tous ceux qui sont encore attachés à une éthique, quelle qu'elle soit, nous sommes des hors-la-loi.

— Alors nous ferons la révolution, s'efforça de sourire Soneri.

Pour la première fois, Sgarzi esquissa lui aussi un sourire, bien qu'empli d'amertume.

— Autrefois, le pouvoir te transperçait de sa baïonnette et t'affamait. Aujourd'hui, il t'infantilise, ce qui est encore pire, murmura-t-il les yeux dans le vide.

— L'Éternelle serait une ramification de la société Santurro ? demanda Soneri en revenant à l'enquête.

— Lisez, répondit le conseiller en lui tendant un autre dossier. Exemple parfait d'infiltration, un cas d'école. On relève une entreprise en faillite, on recycle une montagne de fric en investissements, on travaille à bas prix pour anéantir les concurrents, et quand on est suffisamment développés, on fait des opérations marketing en se présentant comme des philanthropes. L'image est le visa ultime pour accéder à la bienfaisance générale. Tout s'achète, avec l'argent. Ils s'étaient même jetés sur le projet d'un grand hospice où concentrer les vieux. Une idée applaudie par cette ville de gandins qui s'affichent en vêtements griffés, bronzés, bodybuildés, à bord de leurs belles cylindrées en compagnie de supernanas. Les vieux font tache, c'est mauvais pour l'image... Corbellini était l'incarnation de ce modèle : beau, bien coiffé. Montagnani passait ses journées dans des salles de sport, il faisait des UV. Les gens l'appelaient « le bel enfant ».

Soneri observa Sgarzi et lut dans sa laideur l'irréparable crise de rejet que la ville avait eue à son encontre. Sa peau acnéique, son aspect négligé, sa silhouette bossue et cette touffe brune qui enveloppait son crâne provoquaient un sentiment de pauvreté et de malaise. Ce fut alors que Soneri vit qu'il avait les yeux humides. Juste l'espace d'un éclair. Le conseiller se déroba en détournant le regard.

— Il m'arrive parfois de penser à Corbellini et de le comprendre, reprit aussitôt l'homme. (Il n'y avait plus de colère dans sa voix, plutôt une inflexion dolente.) Si vous le croisiez dans un bar sans le connaître, vous pouviez même le prendre pour une personne sensible, fragile. Il jouait sans doute un rôle qui n'était pas pour lui…

— Vous voulez dire qu'il n'était pas à la hauteur ?

— Rares sont les gens qui se connaissent eux-mêmes, et l'appât de la célébrité… ça peut être un défi terrible.

— Si on n'est pas assez cynique. Pour ça aussi, il faut du talent.

— Le plus souvent, c'est de l'indifférence, précisa Sgarzi comme s'il se parlait à lui-même. Le cynique raisonne, et entre le bien et le mal, il choisit ce qui est le plus avantageux. L'indifférence, c'est autre chose. Il existe une génération de politiciens aussi imperturbables que des reptiles, sans passion, aussi indifférents aux crachats qu'aux flatteries. Ce sont eux les plus appréciés, on a peut-être cru que Corbellini en faisait partie.

Soneri se leva en silence. Le conseiller le fixa d'un regard intense, on eût dit qu'il le remerciait.

— Prenez, dit-il toujours aussi rudement en lui tendant deux grandes enveloppes. Lisez. Vous n'êtes pas obligé d'y croire. Je n'aurais sans doute jamais la preuve de ce que j'avance, mais je suis persuadé que les choses se sont passées comme ça. Avec les moyens dont dispose l'État, on pourrait le démontrer, mais l'État n'agit pas contre lui-même, il ne chasse pas ses propres connivences, ni ses complicités. C'est ça, le contexte : compliqué, tordu, et compromis, irrémédiablement.

— Mais vous, vous y croyez encore ? voulut savoir le commissaire tout en étant conscient que cette question lui était dictée par une curiosité personnelle.

— À quoi ? À la justice ?

— Non, à la révolution. Pas la révolution socialiste, disons, une révolution plus modeste. Celle de la légalité, par exemple. La légalité est devenue révolutionnaire, vous ne trouvez pas ?

— Bien sûr que j'y crois, puisque je suis fou, répondit Sgarzi le sourire aux lèvres tout en refermant la porte à la figure du commissaire.

CHAPITRE 18

— C'est drôle, à te voir plongé dans la paperasse, tu ressembles à un étudiant empêtré dans ses cours du soir, le railla Angela en le découvrant parmi les dossiers de Sgarzi.

— Je ne suis pas avocat, je n'ai pas l'habitude des dossiers, riposta-t-il en ricanant.

— Je ne suis pas une femme de dossiers, répliqua-t-elle en se faisant menaçante. J'aurais aimé que tu me voies à mon audience, ce matin ! Un connard qui battait sa femme, je me suis déchaînée.

— Je n'ai pas de mal à te croire. Je connais la bête sauvage…

Elle s'approcha de lui et fit mine de sortir ses griffes.

— Tu veux que je te dévore ?

— Je serais complice de mon bourreau.

Angela le mordilla en imitant un rugissement avant de le laisser brusquement en plan.

— Je ne te plais pas ? s'inquiéta-t-il.

— Ça m'a donné faim.

— Justement…

— Après. D'abord, le palais. J'ai acheté des *tortelli* à la courge, et des tripes.

— Les sens dans tous leurs états, se réjouit le commissaire.

— La vie doit être savourée, décréta-t-elle. Tu ne m'as pas répondu, ajouta-t-elle.

— Sur quoi ? Sur le fait que je lise des dossiers ? C'est une enquête un peu spéciale.

— À quel niveau ?

— Il n'y a pas que des délinquants ordinaires parmi les protagonistes, mais des personnages respectés par la population. Des malfaiteurs respectables.

— Tu veux parler des politiques ?

— Pas seulement : industriels, avocats, comptables... La société civile ! chantonna-t-il avec sarcasme.

— Difficile pour ces gens-là de ne pas en faire partie. C'est quoi ? Une enquête sociologique ?

— Non, une enquête sur le pouvoir à Parme, qui reflète, en plus petit, le pouvoir en général. C'est de ça dont ils parlent, les dossiers de Sgarzi...

— Le fou ?

— Toi aussi, tu l'appelles comme ça ? Ce qu'il dit est tellement vraisemblable que personne ne le croit.

— Je me suis déjà arrêtée pour l'écouter : il a le courage de balancer ce que personne ne veut voir.

— N'empêche que tu l'as traité de fou. Pourquoi les gens qui ont le courage de dénoncer publiquement le pouvoir passent pour des détraqués ?

— Parce que le pouvoir traite tous ses opposants comme ça.

— Grâce à notre conformisme, notre lâcheté, à la paresse intellectuelle.

— Il ne suffit pas de parler juste, commenta Angela. Tout le monde parle, trop, partout. Pour qu'on t'écoute, il faut aussi du crédit.

— Qui en a ?

— Ceux qui ont une popularité médiatique et qui ont du succès sur les réseaux sociaux : c'est l'écran qui choisit. La parole réfléchie d'un génie inconnu a moins de valeur que les propos futiles d'un crétin populaire. Sgarzi ressemble à un bouffon, avec son mégaphone.

— Oui, je sais, du vieux matériel dépassé…

— Tu ne te souviens pas de ce qu'on a appris à la fac ? *Le médium est le message*. Alors ton gars Sgarzi, debout sur son tabouret… Face à une ville obsédée par la mode du moment, avec sa mentalité provinciale où rien ne doit dépasser… Pour eux, Sgarzi est le prototype du loser. Mal fagoté, avec son mégaphone préhistorique, debout sur son espèce de tabouret… rien à voir avec l'aura des célébrités… un pauvre hère…

— Et comme tous les prophètes, qui se fait caillasser…

— C'est toujours a posteriori qu'on s'aperçoit de qui avait raison. Les preuves, ça vient toujours en différé. Comme le bonheur. Sur le moment, on ne s'en rend pas compte.

— Sauf pour les *tortelli*, dédramatisa Soneri en attaquant l'assiette que sa compagne venait de poser sur la table. Eux, ils te rendent heureux tout de suite. Si les héroïnomanes en mangeaient plus souvent, ils deviendraient accros. Au lieu de les envoyer en cure, on devrait les inviter dans des bons restaurants.

— Comme nos hommes politiques : la moitié de nos impôts subventionnent leurs frais de bouche.

— Tu as déjà lu les dossiers de Sgarzi ?

— Pas besoin, j'imagine, dit Angela. Ces types sont particulièrement doués pour les plaisirs de la vie.

— Si ce qu'il écrit est vrai, la ville est corrompue jusqu'à la moelle, expliqua Soneri. Depuis le début de l'enquête, il y a ce mot qui revient en permanence : le contexte. Pas de coupable particulier, plutôt une synergie d'interactions. Je ne suis pas très à l'aise avec tout ça. Les filatures, les interventions, les planques, les collections d'empreintes, ça ne sert pas à grand-chose... l'enquête m'oblige à compulser des tas de dossiers, des bilans, des opérations financières... Mais moi, je suis juste un petit flic de province habitué à trotter dans le brouillard, pas un expert-comptable !

— Arrête un peu de te plaindre, c'est insupportable ! le rabroua Angela. À la Questure, vous avez la fine fleur des consultants ! Pacchioni est ultra-compétent, et toi, tu connais parfaitement la ville.

— Faux. Je découvre une ville que je ne connaissais pas. Ou que je ne voulais pas connaître. Moi aussi, j'ai pratiqué le refoulement qui a permis aux Parmesans de croire qu'ils étaient différents. Et pour moi, c'est plus grave.

— Je sais, une maladie qui ne fait pas de bruit, mais on peut sans doute la soigner.

— Sgarzi écrit qu'un quart de notre économie est sous le contrôle de la pègre, et qu'une bonne tranche en est contaminée parce qu'elle traite avec eux. Des coopératives permettent à la mafia de participer aux marchés publics des régions du Nord en échange d'affaires dans le Sud, et le privé accepte des capitaux de provenance douteuse en s'associant avec des boss. Et comme on fait de meilleures affaires quand on est au gouvernement, les patrons font des arrangements avec l'administration.

— Tu parles d'Ugolini ?

— Lui, et d'autres, à des échelons plus bas.

— Difficile de se dire qu'on est à l'abri...

— La majorité des Parmesans le croient. C'est ça, le hic.

— Il a écrit quoi d'autre, Sgarzi ?

— Si tu savais... Il s'est surtout concentré sur deux questions : les zones d'activités et les agences qui ont proliféré sous le mandat de Corbellini, ç'en est presque comique, agence pour la mobilité, le mobilier urbain, le tourisme... il en a même inventé une pour la qualité de vie ! D'après les documents, tous ces organismes publics ont permis à la ville de gonfler les factures et de pomper du fric pour financer les campagnes électorales des satrapes. Et ils ont fait encore plus fort avec le trafic des zones d'activités qui passaient par l'intermédiaire de la société Raig, elle-même ayant son siège chez un expert-comptable lié au parti d'Ugolini et de Corbellini. En l'espace de quelques heures, le privé a acquis les terrains pour une bouchée de pain et les a revendus plus du double à la commune, avec la complicité de la seule banque restée en lice, à l'enseigne exclusivement parmesane, qui a accordé des prêts à hauteur de la surévaluation. Pratique : la droite y avait placé un des siens.

— Et tout ça est fondé, d'après toi ?

— Peut-être pas tout, mais une bonne partie. Juvara m'a confirmé les achats-ventes éclair à prix gonflés. Pacchioni cherche maintenant à comprendre qui se cache derrière la Raig.

Angela remua la tête en riant nerveusement.

— Qu'un administrateur puisse faire ce genre de choses avec l'aval d'une banque sans que personne ne réagisse est proprement hallucinant, s'échauffa le commissaire. Cette passivité collective est terrifiante.

— Nous non plus, on n'a rien dit, intervint sa compagne. Si on avait écouté Sgarzi et les autres contestataires du conseil municipal...

Soneri repoussa son assiette et laissa la moitié de ses tripes.

— Allez, on ne va pas se gâcher la vie, proclama Angela, ce qui est fait est fait, l'important, c'est qu'on réagisse.

— Ceux qui savaient se sont sûrement dit la même chose : laisser courir pour ne pas se pourrir la vie. On s'est laissé distraire, on a refusé de voir l'évidence. Une cité moribonde qui ne veut même pas s'entendre dire qu'elle est malade.

À présent, le commissaire était d'une humeur massacrante. Angela débarrassa son assiette et la mit au réfrigérateur. Puis elle s'assit à côté de lui et lui entoura les épaules.

— Tu l'aurais imaginé, qu'on finirait comme ça? demanda Soneri tout en réalisant qu'il lui avait déjà posé cette même question quelques jours avant.

— Personne n'aurait pu l'imaginer, répondit-elle. Les digues ne cèdent jamais d'un coup. Quand on en voit un petit morceau s'écrouler, on a tendance à se dire que ce n'est pas grave, que ça reste solide, increvable, et que le rempart tiendra. On ne voit pas le travail sournois, patient et silencieux de l'eau qui le ronge.

— On a cru que nos conquêtes étaient définitives, affirma Soneri. C'est en ça que notre génération est coupable. On a cru nos acquis éternels, alors qu'il ne faut jamais arrêter de les consolider et de les défendre. Nous n'avons pas entretenu nos idées. On les a toutes laissées rouiller.

— D'accord, coupa court Angela. Mais maintenant, tu vas te mettre au boulot pour les restaurer.

— Ce qu'il en reste… ajouta le commissaire en riant avec amertume.

— Raison de plus pour le protéger, riposta sérieusement sa compagne. Figure-toi qu'il y a quelques jours, j'ai dû faire une requête d'exhumation d'un type mort depuis trente ans à cause d'une querelle d'héritage.

— Tu bosses beaucoup avec des morts et des cimetières, en ce moment, fit remarquer Soneri.

— Et je ne suis même pas policière... En réalité, une banale histoire d'argent. Une fille a rendu publique la tromperie de sa mère décédée pour se récupérer un gros paquet de pognon.

— Histoire emblématique. C'est qui ?

— Famille Montanari, celle de la fonderie d'art. Mario, le titulaire, est mort sans héritiers en léguant tout à la curie, mais une cousine accuse le père dudit Mario d'avoir couché avec sa mère, et qu'elle en est le fruit. Cette nièce-cousine serait alors la demi-sœur de ce fils sans enfant, raison pour laquelle elle revendique sa part dans l'entreprise. On doit donc exhumer le cadavre du géniteur pour vérifier son ADN.

— D'où l'expression « vendre sa mère »...

— Ne la juge pas trop vite : même un ermite pourrait changer d'avis devant deux cents millions d'euros, affirma Angela. C'est sans doute le montant de l'héritage qui a poussé le juge à accepter l'exhumation.

— Et où le spectacle aura lieu ?

— À Lagrimone, dans la commune de Tizzano. Un autre cimetière géré par L'Éternelle. Ça te dit quelque chose ?

— Ils ont le monopole, on dirait.

— Exact. Je me suis renseignée : ils ont obtenu la gestion de tous les cimetières de montagne. Leurs conditions, pour les communes, sont très avantageuses, et en ce moment...

— Tu connais la date de l'exhumation ?

— On devrait le savoir ces jours-ci, la décision est imminente. Pourquoi ? ça t'intéresse ? s'étonna Angela.

— C'est toi qui m'as conseillé de tenir L'Éternelle à l'œil.

— Tu sais très bien pourquoi… Quoi qu'il en soit, ça va se faire dans les huit jours.

— Ce n'est pas seulement pour ça, reprit le commissaire.

— Pourquoi, alors ? Dis-le-moi : je pourrais peut-être m'en servir pour ma défense.

— Romagnoli est enterré là-bas.

Angela s'apprêtait à répondre lorsque le téléphone de Soneri sonna.

— Excusez-moi d'appeler à cette heure, amorça Musumeci. Mais il y a un drôle de manège, à la mairie.

— Du genre ?

— Des gens qui transportent des sacs-poubelle.

— Tu sais ce qu'il y a dedans ?

— Ils ont l'air assez lourds. Peut-être de la paperasse…

— Et ils les emmènent où ?

— Je n'en ai aucune idée. Ils foutent ça dans les coffres, après, ils se barrent.

— Suis-les. Essaye de savoir où ils vont, pendant ce temps-là, je prends le relais devant la mairie.

Une fois sorti, il découvrit qu'il s'était mis à pleuvoir. De fines gouttelettes s'accrochaient comme du givre à son manteau. Il traversa le centre et rejoignit la piazza Garibaldi. Il nota que certains bureaux de la mairie étaient encore éclairés, en revanche, sous les arcades, il ne vit personne. Il parcourut alors un bout de la via Repubblica en passant devant les statues d'Hercule et d'Antée que les Parmesans appelaient en dialecte *I du brassé* – « les deux enlacés ». Il se posta de façon à pouvoir apercevoir le cloître de l'hôtel de ville, ainsi que le flanc qui se trouvait à l'ombre. Dans le noir, on entendait clapoter la fontaine au pied du monument. Il attendit une dizaine de minutes durant lesquelles il essaya de contacter Musumeci, puis vit surgir un homme qui avait du mal à marcher sous le poids d'un gros sac. Il attendit qu'il soit plus proche pour voir s'il le reconnaissait : il s'agissait du type qui était monté sur les pistes avec au cou le forfait de Corbellini.

— Difficile de trouver quelqu'un d'aussi disponible que vous, le surprit le commissaire en lui barrant la route. C'était sûrement plus agréable d'aller et venir sur le téléphérique de la Paganella, ajouta-t-il en faisant allusion au sac.

— La compagnie était meilleure, répondit l'autre de manière allusive.

Soneri n'y prêta aucune attention et rétorqua sur le même ton :

— Vous faites le ménage ?

— De temps en temps, faut bien, répondit l'homme en le laissant en plan comme on le fait avec un mendiant.

Le commissaire obéit à une impulsion qui l'étonna lui-même. D'un mouvement brusque, il arracha le sac des mains de l'homme. L'autre s'apprêta à réagir, mais Soneri le repoussa de la main gauche.

— Qu'est-ce que vous faites ? gronda l'employé sous le coup de la surprise.

— J'ai toujours adoré fouiller dans les poubelles, expliqua-t-il en le fixant d'un air goguenard.

Il avait arraché le fil, mais en ouvrant le sac, fut mortifié de n'y découvrir que des lanières de papier plus fines que des étoiles filantes tel un grouillement de vers desséchés et inertes. Il plongea à pleines mains à l'intérieur de cette espèce de chevelure, la remua et referma le tout, déçu.

— C'est bon ? dit l'homme d'un air triomphateur. Vous imaginiez quoi ?

— C'est le dernier ? ironisa Soneri afin de masquer son impuissance.

— Pour ce soir, oui, répondit l'autre en affichant un calme exaspérant.

— Alors laissez-moi vous aider, poursuivit le commissaire en serrant les dents et en reprenant le sac. Je vais m'en occuper.

— Comme vous voulez, abdiqua l'homme, cette fois assailli par un doute et légèrement inquiet.

Puis il s'en retourna à la mairie en passant sous les arcades sombres.

Musumeci rappela peu de temps après.

— Passe me prendre à la mairie, j'ai saisi du matos.

L'inspecteur arriva un quart d'heure plus tard.

— J'ai suivi une bagnole avec deux sacs dans le coffre. Le type a jeté le premier dans une poubelle de la piazza Lubiana, l'autre via Savani.

— Tu as regardé dedans ?

— Oui, mais ils ne contenaient que du papier déchiqueté.

— Comme dans celui-là, constata le commissaire en indiquant le sac à ses pieds.

— Ça paraît clair, dit Musumeci. Je comprends pourquoi ils essayent de gagner du temps avec leurs messages sur Twitter.

— On a fait une erreur, avoua Soneri en baissant la voix. J'aurais dû ordonner tout de suite une perquisition dans le bureau du maire, et une mise sous séquestre…

— Si le magistrat ne donne pas son feu vert… rappela l'inspecteur en haussant les épaules.

— Bergossi a la majorité parlementaire sur le dos, il n'a pas vocation au martyre. Cela dit, pas sûr qu'en ayant rapidement le mandat, ça aurait changé quelque chose. Ils ont eu une semaine pour tout faire disparaître. Officiellement, Corbellini était en vacances, mais eux savaient probablement que ce n'était pas le cas.

— Et voilà le résultat, se lamenta Musumeci.

CHAPITRE 19

Don Jules téléphona comme Soneri rejoignait son bureau.

— Don Guido est rentré et voudrait vous parler, annonça-t-il.

— Vous inversez les rôles ? grinça le commissaire qui avait oublié le prêtre.

— Don Guido a des choses importantes à vous dire au sujet de Corbellini.

— Pourquoi voulais-je le voir ces derniers jours, à votre avis ?

— Son agression l'avait beaucoup secoué, aujourd'hui, il va mieux.

La moutarde monta au nez de Soneri : la mauvaise foi le hérissait.

— Vous feriez mieux de ne pas vous foutre de ma gueule, dit-il en haussant le ton. Dites-lui que je passerais le voir quand j'aurais le temps, conclut-il avant de raccrocher.

Juvara entra à ce moment-là.

— Tu étais où ? s'enquit le commissaire.

— Avec le *dottor* Pacchioni. On examine le réseau de sociétés et d'affaires entre Laudadio, Petrillo et la SARL Posillipo de Lopinto : une toile beaucoup plus vaste que ce qu'on imaginait, et dans tous les domaines : pizzerias, bars, boîtes de nuit, primeurs gérés par les Pakis, vente en gros, transport routier, hôtels, et même des pharmacies.

— Les métastases se sont multipliées, souligna le commissaire. Et Santurro, qu'est-ce que ça dit ?

— Eh, *dottore*, pour l'instant, rien du tout.

— Comment ça ?

— Il est à un autre niveau, on peut seulement se contenter d'approximations... Lopinto, on doit pouvoir y arriver, mais Santurro, il joue dans une autre catégorie : inscrit à l'Union locale de l'industrie, ami de nombreux banquiers, membre du conseil de la chambre de commerce. En un mot : blanchi, et, au moins dans les formes, devenu inattaquable. *Dottore*, ces types envoient leurs gosses à la Bocconi[11] et dans les universités américaines. Les fils maîtrisent l'anglais comme leurs pères le dialecte. Ils obtiennent en dix ans ce que les autres ont conquis en deux générations.

— L'argent... Ils en ont plus que n'importe qui, constata le commissaire.

— Au point d'acheter des entreprises qui ont pignon sur rue comme l'a fait Santurro, enchérit Juvara. Ils ont déjà le pouvoir sur les réseaux politiques, et de là, sur ceux qui gouvernent.

— Ils mettent la main sur les lois, poursuivit Soneri. Ils se construisent des murs d'enceinte.

— Nous, on est là pour l'empêcher, répliqua Juvara.

— Si ça ne tenait qu'à nous, grinça le commissaire. Tu ne t'es jamais demandé pourquoi les mafias existent depuis si longtemps ? ajouta-t-il sans laisser l'inspecteur répondre. Parce qu'elles sont l'expression de ce que nous

11 Université privée de Milan parmi les plus réputées d'où sortent bon nombre de grands dirigeants d'entreprise italiens.

sommes. Il est honnête, Corbellini, quand il s'invente des agences inutiles pour se créer un clan, des clientèles et un cercle de fidèles ? Et Montagnani, en acceptant des dessous de table ? Et les alliances entre les banques et les politiciens pour racheter des terrains agricoles surévalués et échapper au fisc ?

Soneri s'était enflammé, comme cela arrivait de plus en plus souvent. Mais en voyant l'air stupéfait de Juvara, il préféra s'en tenir là.

— D'accord, reprit-il en tentant de se calmer, pour l'instant, on ne peut pas atteindre Santurro. Et les autres ?

— Laudadio est sous le coup d'une mise en examen, et Petrillo est sur écoute pour qu'on essaye de comprendre ses liens avec les échelons supérieurs, je veux parler de la SARL Posillipo.

— Et Lopinto, il est passé où ?

— Il est retourné en Campanie dès qu'il a vu que ça tournait mal. Les cols blancs ne veulent pas d'emmerdes. Dès qu'ils sentent le roussi, on n'a plus que les subalternes à se mettre sous la dent.

— Je sais, je sais… marmonna Soneri. Mais nous, on en fait quoi, d'un type comme Petrillo ?

— Il ne parlera pas, si c'est ce que vous voulez dire. Mais on sait qu'il est le gérant occulte du trafic dans le ventre des chiens grâce aux échanges interceptés avec ses mules. Les Stups attendent le bon moment. Je ne vais pas vous apprendre comment ils serrent les dents quand on leur coupe une source de profit.

Le commissaire paraissait rassuré. De temps à autre, il se sentait en devoir de sauver le monde et finissait découragé devant l'immensité de la tâche. Toutefois, il suffisait d'une petite brèche, comme celle que Juvara venait d'ouvrir, pour que l'espoir renaisse.

Le téléphone sonna, et l'inspecteur décrocha.

— *Dottore*, c'est pour vous : Aurora Guatelli.

— On peut se voir ? demanda-t-elle.

— Vous avez du nouveau ?

— Pas vraiment, mais les soupçons que j'avais se sont accentués.

— Si c'est ça, vous pouvez m'en parler maintenant.

— Non, par téléphone, ce n'est pas possible. Je ne suis pas la seule à craindre…

— Qui d'autre ?

— Don Guido. Lui aussi redoute…

— Retrouvons-nous chez lui, alors. J'avais l'intention d'aller le voir.

Il monta en voiture et fila droit vers la Navetta. Parme lui semblait plus sombre, comme dessinée au crayon, et l'air qui stagnait entre les façades ressemblait à un souffle lourd échappé du pavé. Le vent humide faisait lentement fondre la neige, et tout le long des rues, une bouillasse noirâtre donnait l'idée d'une décomposition prête à ronger les murs et ensevelir les campaniles et les palais dans les ventres desquels la ville ruminait ses jours.

À la périphérie, ce sentiment oppressant de délabrement s'accentuait parmi les bâtiments des logements populaires vieillis prématurément. Et puis l'église : un bloc de béton jeté là sans élan, dont le côté énigmatique accentuait la tristesse. Don Guido avait un sparadrap en plein milieu du front et un air de convalescent. Don Jules l'entourait de manières prévenantes, et Aurora, sans doute arrivée en avance, fumait une cigarette dans l'embrasure d'une fenêtre qu'elle avait pris soin d'entrouvrir.

Le curé invita Soneri d'un geste à prendre place en face de lui, puis échangea un regard avec la femme. Ce fut elle qui parla.

— Au point où nous en sommes, nous sommes très inquiets au sujet de Giancarlo, attaqua-t-elle.

— Qu'y a-t-il de nouveau depuis la dernière fois ?

— Quelques jours de plus, ce qui n'est pas rien.

— Il m'avait semblé comprendre que vous ne croyiez pas à une fugue. Et si ce n'en est pas une, que voulez-vous que ce soit ?

— Le commissaire a raison, intervint don Guido. On a tout de suite compris ce que cachait cette disparition. Au départ, nous l'avons redouté, aujourd'hui, nous en sommes certains. J'en ai été le premier à m'en alerter.

— Pourquoi l'avoir gardé pour vous ? insinua Soneri.

— J'ai été menacé.

— Par qui ?

— Commissaire, le pouvoir a plusieurs visages. Ce n'est pas mon agresseur qui veut que je me taise.

— Mais c'est lui qui vous l'a demandé.

— Simple détail. J'ai eu affaire à un manœuvre.

— Les manœuvres ont des patrons.

— Bien sûr, il n'est pas venu de son propre chef.

— Mais il a suffi à vous convaincre.

— Non. Ce n'est pas à cause des menaces que je n'ai rien dit, c'est à cause d'un manque de soutien. Vous trouverez cela peut-être curieux, mais nous aussi, les prêtres, nous sentons isolés. Figurez-vous un prêtre de périphérie, comme moi. Vous avez vu le quartier, j'imagine ?

Soneri acquiesça.

— Vous voulez dire que la curie n'a pas été à vos côtés ?

Don Guido garda le silence.

— Non seulement, elle ne l'a pas été, intervint Aurora, mais elle l'a obligé à s'enfermer dans cette espèce d'hospice des Incurables, à Porporano, une prison, pour ainsi dire.

— Je n'avais aucun doute sur le camp que soutient la curie, persifla le commissaire.

— Pas toute, protesta don Guido. Je ne suis pas le seul à dénoncer depuis longtemps la corruption et l'immoralité, mais que peut faire une personne isolée ? Vous avez vu ce que la ville est devenue ? Vous pouvez bien vous indigner, pas faire la guerre tout seul. Alors, on se met en rogne, et on en veut à son prochain, qui lui aussi s'est mis en rogne, probablement pour les mêmes raisons, et peu à peu, le monde se peuple de solitaires en rogne qui se font la guerre au lieu de s'en prendre à la cause. Le fait est que toute cette colère ne trouve personne qui l'organise et la représente. Nous manquons de partis, d'un horizon commun : la politique !

— Vous n'êtes pas là non plus, le coupa Soneri. L'Église, aujourd'hui, aurait un boulevard devant elle…

— C'est vrai, je dois bien le reconnaître. Mais nous, prêtres de rue, personne ne nous écoute. Voyez vous-même comme on me traite. Le Christ n'est pas à la mode, le Christ est un dangereux révolutionnaire qui se fait crucifier tous les jours.

— Pourtant, vous avez conclu un pacte avec l'antéchrist : vous avez laissé faire Corbellini, et couvert sa disparition.

— Quel antéchrist ! Il n'était pas un mauvais homme ! le défendit le prêtre. Il suivait les règles du jeu, c'est tout.

— Les tueurs ne sont pas moins coupables que les donneurs d'ordres, s'obstina Soneri.

— Oui, oui, je sais… en convint don Guido. Giancarlo était une personne faible, il a cédé à l'ambition. Il a cru sincèrement qu'il pourrait faire changer la politique, l'interpréter à sa façon. Il s'est fait des illusions.

— Vous avez vraiment cru qu'un chargé de relations publiques pouvait changer la donne ?

— Que ne ferait-on par ambition ? insista le prêtre. Je vous le répète, Giancarlo était une personne foncièrement bonne.

— Était ? Vous êtes sûr de sa mort ?

— Non, nous n'en avons pas la certitude. Mais comment pensez-vous qu'il ait fini, alors ? intervint à nouveau Aurora. S'il n'est pas mort, il est certain qu'il ne reviendra pas. Où qu'il soit, je n'espère qu'une chose, c'est qu'il aille bien.

— Il est sûrement quelque part, et je crains qu'il n'aille pas très bien, murmura gravement don Guido.

Le commissaire eut un geste d'agacement.

— Vous cherchez à me dire quoi, exactement ? gronda-t-il. Moi aussi, j'ai toujours pensé qu'il était mort, mais je n'arrive pas à voir au-delà des rideaux de fumée des politiques, des magistrats intimidés et du silence de ceux qui ne veulent pas se mettre à dos les pouvoirs de la ville. S'il s'est fait assassiner, et que vous en savez quelque chose, parlez, sinon, nous perdons notre temps.

L'emportement du commissaire mit tout le monde dans l'embarras jusqu'à ce que le prêtre ne reprenne calmement la parole :

— Nous pouvons juste vous dire que nous sentons qu'il lui est arrivé malheur. Parce que nous le connaissons. Nous vous avons rappelé parce que les représentants de son parti veulent nous faire croire qu'il est vivant. Peu leur importe qu'il soit mort. Lui ou un autre, ça ne fait aucune différence. La seule chose qui les intéresse, c'est que leurs malversations ne soient pas mises au jour. Et qu'ils aient le temps de réfléchir à la manière de sortir de ce guêpier.

— Cette ville est un théâtre, abonda Soneri plus calmement, et sous les feux de la rampe, les illusionnistes transforment la réalité comme l'exige le pouvoir. Nouvelle façon d'être cynique.

— Le pire est que beaucoup y croient, admit le curé.

Le commissaire se leva. Aurora l'accompagna en arrêtant don Jules d'un geste, qui avait voulu s'approcher. Quand ils furent devant la porte, elle l'ouvrit, et, s'écartant pour le laisser passer, lui posa une main sur le bras.

— Don Guido est sincère quand il dit que Giancarlo est une bonne personne, affirma-t-elle à voix basse.

— Je n'en doute pas, mais en acceptant de servir de pion dans un contexte pareil, il a choisi le camp des corrompus, répondit Soneri.

Une fois dans la rue, il s'aperçut qu'il ne cessait de répéter ce mot, qui devenait une obsession.

Il s'engouffra dans sa voiture et mit le contact, encore troublé par la conversation. C'était cette fois la silhouette floue de Corbellini qui fluctuait dans son esprit, tel un tableau dont les couleurs auraient passé. Il y pensa tout le temps du trajet. La scène décrite par l'adjudant Boldrin quand les carabiniers avaient contrôlé la voiture, avec à bord le secrétaire régional Bonaldi, le sous-secrétaire Bernetti et le maire, lui revenait sans cesse en mémoire. Qui sait ? Tout avait peut-être eu lieu cette nuit-là, à la sortie du péage de Fornovo ? En arrivant à son bureau, tandis qu'il se disait qu'il aurait dû envoyer quelqu'un pour interroger Bonaldi, il vit Juvara se lever dans un certain état d'agitation.

— Ils ont posté un nouveau tweet, annonça ce dernier.

— Sur le compte du maire ? Ça dit quoi ?

— Il informe les citadins qu'il sera de retour dans un mois. Sans préciser la date.

— C'est une blague ! s'exclama Soneri.

— Ce n'est pas tout, *dottore*. La droite a mobilisé ses troupes pour qu'elles soutiennent l'équipe municipale en jouant sur les sentiments. En gros, tous ceux qui demandent la démission du maire manquent de respect à une personne malade. Et tous ceux qui l'attaquent sont des chacals.

— Mais oui ! Et Montagnani ?

— Pomme pourrie, fredonna l'inspecteur sur le ton de l'humour.

Le commissaire se mit à la fenêtre et regarda longuement dehors : l'obscurité qui s'abattait sur Parme semblait plus métaphorique que réelle.

— On ne sait toujours pas d'où viennent ces messages ? Ils doivent quand même bien laisser des traces !

— On a creusé, mais on est en face d'un expert qui a soigneusement masqué sa géolocalisation. Le Web, c'est aussi ça : balancer des pavés sans montrer qui on est.

— Tout est faux ! Ton Web est complètement factice, l'image parfaite de notre époque, la légitimation technologique d'un monde où vérité et mensonge se valent, coupa court le commissaire avec un rictus de mépris. Et je ne fais pas seulement allusion aux messages du maire.

— Je vous ai toujours mis en garde sur le côté virtuel du Web, se défendit Juvara.

— Toi ? s'exclama Soneri l'air ébahi. Tu en es le premier apôtre !

— Justement, j'en connais les défauts.

Ils furent interrompus par les voix excitées de la radio reliée aux patrouilles. La ville semblait une nouvelle fois bouillonner de colère. On signalait des affrontements via

Farini et dans le quartier universitaire ainsi que sur le viale Mariotti. Soneri attrapa son manteau et sortit.

On distinguait déjà le brouhaha de la protestation et le va-et-vient frénétique via Repubblica, mais quand le commissaire arriva piazza Garibaldi, il fut surpris de la trouver à moitié vide. Le vacarme se concentrait sous les arcades de l'hôtel de ville, comme si quelqu'un chantait à gorge déployée par une fenêtre ouverte.

Les seuls à avoir échappé à la torpeur de la gauche, songea-t-il au moment où s'approchait un collègue de la Digos qui avait l'air de s'ennuyer.

— Toujours les mêmes losers... commença ce dernier, mais il se tut en voyant le commissaire qui s'éloignait d'un air exaspéré.

Une rafale de vent inonda la place d'une odeur âcre de brasier chimique, comme un souffle de raffinerie. Soneri suivit le nuage qui provenait de la via Mazzini. La fumée noire se confondait avec la nuit, et l'air dense et pesant vous entrait dans la gorge. Viale Mariotti, une demi-douzaine de poubelles brûlaient tels des bûchers de carnaval, colorant les façades de l'Oltretorrente dont les murs paraissaient saigner. D'autres poubelles avaient été jetées depuis l'esplanade, là où jadis se tenait le marché populaire de la Ghiaia, avant que l'on ne métamorphose ce symbole citadin en défilé insignifiant de *boutiques*[12] inutiles.

Toujours les mêmes et vaines expressions du malaise, songea le commissaire en observant les flammes s'élever avec rage. Les passants, effrayés et surpris, préféraient continuer leur route, à part un groupe d'anciens qui s'arrêtaient pour observer. Quelques minutes plus tard, arrivèrent les

12 En français dans le texte.

pompiers, dorénavant rompus aux incendies qui démarraient à l'improviste. Il se rappela soudain les mots de don Guido : un monde peuplé de solitaires qui se méfient de leur prochain, société du chacun pour soi où même la colère s'exprimait individuellement.

— Le premier qui saura interpréter cette rage obtiendra le consensus, dit Angela quand ils se furent assis à table. À condition d'être suffisamment connu et de tenir la rampe. Une personnalité de la télé, par exemple. Qui rende les raisonnements les plus basiques dignes d'être programmés. Du genre, droite et gauche, c'est pareil, les politiques, tous des pourris, etc.

— Ce qui n'est pas tout à fait faux… se permit le commissaire.

— Ce qui compte, c'est que l'ennemi soit clairement identifié : en gros, les politiques. Et diviser clairement la société en deux : d'un côté les corrompus, de l'autre, les braves gens. Sauf que ce n'est pas comme ça que ça se passe. Les braves gens peuvent se laisser corrompre, les gentils devenir méchants, les altruistes, égoïstes. La cohérence n'étouffe pas beaucoup de monde. Regarde l'affaire sur laquelle je bosse…

— De l'héritage ?

— La cupidité a atteint des sommets. C'est dans ce genre d'épreuve qu'on voit ce que tu as dans le ventre. Ta conduite est passée aux rayons X : adieu les comportements de façade. Pour arracher trois sous, des testaments ont fleuri dans tous les tiroirs : des femmes ont juré avoir entretenu une liaison avec le mort, des cousins ont fait leur apparition, flairant la bonne affaire, des soi-disant amis, et même le médecin du défunt. Tous sur le dos du curateur avec leur bout de papier notarié, de vrais chacals.

— Et l'exhumation ? Tu connais la date ?

— Ces jours-ci, mais le magistrat refuse de la préciser parce que la presse s'est emparée de l'affaire. Et la curie veut éviter que ça fasse trop de bruit. Les histoires de cul…

— Le tribunal croit à l'histoire du cocufiage ? Ça pue le coup monté.

— On est obligé de vérifier pour le savoir, affirma Angela. Et si c'était un coup monté, ce serait pire : cette nièce aurait discrédité sa mère pour rien.

— Tout est bon pour trouver un accord. Si elle se sent trop menacée, la curie est capable de proposer une partie de l'héritage. Surtout si cette nièce est vraiment le fruit d'un adultère : ils auraient trop à perdre. Les curés savent compter, enchérit Soneri.

— Je ne pourrai pas échapper à l'exhumation, je te tiendrai au courant.

— Tu dois, recommanda le commissaire. N'oublie pas que Romagnoli est enterré là-bas.

— Romagnoli ? Quel est le rapport ?

— Je n'en sais rien. Mais L'Éternelle gère ce cimetière, et Petrillo va se faire coffrer. Je me méfie de ces croque-morts.

Angela opina sans grande conviction. Elle ne parvenait pas à lier les deux affaires. Le commissaire non plus. Il s'en aperçut après le dîner et ne savait même plus ce qui avait nourri ses soupçons.

Bergossi donna signe de vie et modifia les plans du commissaire.

— Nous avons des preuves suffisantes pour faire accuser Petrillo de trafic de produits stupéfiants, annonça-t-il au téléphone sans préambule, signe qu'il était de mauvaise humeur. (Soneri se rappela que l'inspection ministérielle devait avoir lieu le lendemain.) Si vous n'y voyez pas d'inconvénient, poursuivit le magistrat, je vais transférer l'affaire à la brigade des stupéfiants.

— C'est tout ?

— Pour l'instant, oui. Ensuite, on verra. On sait ce qu'il y a derrière, ça finira par remonter. Nous ne sommes pas dans le cas d'un trafiquant qui vend de la drogue pour sa consommation personnelle.

— Et Lopinto ?

— Introuvable. Je présume qu'il est déjà en cavale.

— En cavale ? On a un mandat d'arrêt contre lui ?

— Pas encore, et j'en suis désolé. Je vous fais seulement part de mes désirs. Je suis convaincu que Lopinto est l'administrateur délégué de l'entreprise criminelle. Je ne serais pas non plus surpris que ce soit lui qui ait ordonné un tir de barrage en imposant des questions parlementaires.

— Lopinto n'a pas seulement la main sur des affaires, il l'a aussi sur un beau paquet de votes. En Campanie, à Rome, à Parme. Il peut facilement faire pression sur les députés qui sont à sa botte.

— Commissaire, nous sommes seuls, déplora le magistrat en élevant légèrement la voix avec une ombre de résignation. La gauche rassemble à peine un millier de personnes pour protester contre une administration corrompue.

— Ils passent leur temps à se poignarder, répliqua le commissaire. Depuis que la gauche est divisée, le pouvoir les rend frénétiques et il se foutent la raclée. Au lieu de cogner la droite, ils préfèrent se faire des croche-pattes. Atteints de césarisme, mais avec l'épaisseur d'un poil de chat. Les coopératives rivalisent avec le privé : c'est à celle qui sera la plus efficace, plus productive et plus compétitive, sur le dos des travailleurs.

— Je vous sens plus amer que moi, soupira Bergossi. Dire que demain, après trente ans de service, l'homme de loi qui vous parle sera jugé par une inspection ministérielle. Nous sommes, vous et moi, à la place des accusés…

— Il ne faut pas s'attendre à autre chose dans un pays de hors-la-loi, acheva Soneri.

À l'autre bout du fil, il n'entendit que le déclic du téléphone.

CHAPITRE 20

Il était vraiment seul. Étranger à cette ville qui brûlait par à-coups et ne tenait plus que sur des mensonges servis par trop de courtisans. Il était tard pour passer chez Alceste et s'immerger dans son dialecte dépuratif, la langue d'une autre ville possible. Il fonça et déambula dans les ruelles désertes où le froid et la peur de l'émeute incitaient à rester chez soi. Comme souvent, c'était dans ces moments de silence et d'immobilité, devant l'aimable toile de fond formée par les façades, qu'il renouait avec la grâce et la pâleur de Parme, avec ses ombres, mystérieuses et pudiques. Il longea près d'une demi-heure des rues aux noms de résistants et se ressaisissait dès qu'il pensait à leur destin de tortures et d'exécutions. Au pire, lui aurait droit à l'exil confortable du bureau des passeports.

Il déboucha, un peu rêveur, sous la lumière muscat de la via Melloni, traversa la grande pelouse du piazzale della Pace, et fut accueilli par les voûtes du palazzo della Pilotta. On ne voyait pas âme qui vive, pas même sur le grand escalier de la bibliothèque Palatina, d'ordinaire peuplé de clochards. Accompagné du doux ronflement des réverbères près du parc Ducal, son portable se mit à sonner. L'acoustique sous les voûtes rendait le son étrange et mystérieux, comme une voix hors champ.

— Vous ne passez pas, cette nuit ? demanda Valmarini.

— Je ne savais pas que j'étais attendu.

— Je n'ai rien programmé, je me laisse guider par mes envies et par les occasions.

— Jusqu'à présent, c'est le hasard qui nous a fait nous rencontrer.

— Quelquefois, les rencontres ont besoin d'un accoucheur.

— Vous jouez les mystérieux ?

— Mais le mystère vous plaît, c'est votre métier de le dévoiler… conclut le peintre en raccrochant.

Le commissaire, préoccupé, s'irrita légèrement et s'achemina sur les quais de la Parma en direction du quartier Montebello. Il s'aperçut alors que sa contrariété venait de cette manière qu'avait Valmarini de le séduire en s'expliquant à demi-mots. Il refusait d'admettre que le faussaire l'avait ferré. Il avança dans le brouillard qui s'élevait depuis le torrent, et s'y perdit, ombre parmi les ombres. Puis il sonna à l'interphone et patienta jusqu'au déclic de la serrure automatique.

Il faillit trébucher sur Dondolo, étendu paresseusement en travers du couloir à moitié dans le noir. Le chien émit un petit jappement, que Soneri interpréta comme un avertissement. Valmarini, près de son chevalet, ne se tourna que lorsqu'il entendit ses pas.

— Soyez le bienvenu ! dit-il en l'invitant d'un geste à s'installer.

Le commissaire tourna le regard vers le petit salon et aperçut Ugolini recroquevillé dans un fauteuil, comme s'il s'y dissimulait.

— Enfin, vous voilà ! s'exclama ce dernier avec le ton de celui qui accueille un invité en retard.

Il dardait sur lui un regard perçant et remuait nerveusement la tête comme une perruche aux aguets. Il n'avait pas dû y aller de main morte avec la cocaïne, sans compter la bouteille de grappa posée à côté de lui.

— Ce serait plutôt à moi de vous le dire…

— Les gens qui se ressemblent se cherchent et finissent par se rencontrer.

— Qui se ressemblent ? s'étonna Soneri en restant sur ses gardes.

Ugolini eut un petit rire aigu.

— Je sais ce que vous pensez, mais que ça vous plaise ou non, nous avons des choses en commun. Nous sommes faits de la même pâte.

— Je ne crois pas. Même en me forçant… renvoya le commissaire.

— Mais si, au contraire, insista l'autre en s'excitant davantage. Nous sommes deux combattants.

— Pour des causes différentes.

— Quelle importance ? Ce qui nous distingue, c'est que nous avons la foi. Quelque chose brûle en nous.

— Je ne marche pas au même carburant.

— Ce n'est pas le carburant qui compte, ce qui compte, c'est la flamme. La plupart de nos congénères en sont complètement dépourvus. Nous sommes des locomotives, les autres, des wagons.

— Nos directions sont opposées.

— Nous finirons par nous rencontrer. Les locomotives représentent le mouvement et l'action, tandis que les wagons sont accrochés à la même chaîne en attendant passivement qu'on veuille bien les tirer.

Soneri commençait à s'agacer de ces comparaisons. Ugolini semblait bouillir sous l'effet de la cocaïne. Et quand il attrapa son verre, sa main trembla.

— Plutôt que nous rencontrer, nous allons nous entrechoquer : nous sommes sur le même rail, avertit le commissaire.

— Tout dépendra de vous, répliqua Ugolini. À nous deux, nous serions une force inépuisable, l'un contre l'autre, nous gâcherions notre énergie et il n'y aurait qu'un seul vainqueur.

— Vous et moi ne pouvons pas nous entendre, déclara Soneri.

— Dommage, fit l'autre en haussant les épaules d'un air déçu. J'admire pourtant votre courage.

— Au regard des personnes avec qui vous faites des affaires…

— Et avec qui je fais des affaires ? Vous ne trouverez rien sur moi, mon entreprise est saine et respecte la loi.

— Si l'image vous suffit…

— Pourquoi ? À part l'image, il y a autre chose ? L'apparence est un rempart infranchissable, une ligne de frontière à défendre : chacun de nous est tel qu'il se montre. Le reste n'a aucune importance.

— Nous ne sommes pas dans une salle d'audience, je ne suis pas obligé d'exhiber des preuves, riposta Soneri. Ce que je sais de vous me suffit. Ensuite, il y a l'enquête…

— Vous ne trouverez rien contre moi. Et pour être franc, je me contrefous de ce que vous pensez. Vous me croyez vraiment différent de ces chefs d'entreprise que votre conformisme juge respectables ? siffla Ugolini avec dédain. Allez fouiller l'histoire des dynasties, et vous verrez d'où vient leur respectabilité, de quelles ignobles saloperies : arnaques, malversations, bassesses, entrées en politique, mariages d'intérêt, exploitation, homicides, ouvriers morts de maladies professionnelles ou bien écrasés par des presses. De la merde, rien d'autre que de la merde ! s'écria-t-il enfin. Les ancêtres des familles blasonnées étaient des assassins, des putassiers et de féroces coupeurs de têtes. Et les saints ! Au temps des croisades, cent maures vous suffisaient pour entrer dans les grâces de Dieu. Et pour mériter l'auréole, fallait rapporter des cadavres : sanguinolents, égorgés, éventrés, décapités, écorchés ! Je n'ai jamais commis ce genre d'atrocités. Mes ouvriers sont bien traités, je continue de donner du travail, je n'ai jamais licencié personne. Dites-le à tous ces communistes syndicalistes de merde !

Dondolo s'était installé sur le tapis et observait Ugolini avec une défiance instinctive.

— Qu'est-ce qui se passe ? Vous souffrez à ce point de ne pas avoir de blason ? On ne vous accepte pas dans les salons de l'aristocratie entrepreneuriale ? railla le commissaire.

— Je n'attendrai pas deux ou trois générations dans l'antichambre, soyez-en sûr. J'y rentrerai en force, dans leurs salons, avec mon fric et mon pouvoir, en caguant sur leurs titres.

— Vous ne pouvez pourtant pas tout vous offrir. Vous n'avez même pas les moyens de vous payer des œuvres d'art originales. Il faut du temps, pour la culture, le piqua Soneri.

— Je m'en contrefous de la culture ! s'écria de nouveau Ugolini. Un vieux concept qui sera bientôt rendu caduc. Aujourd'hui, la culture, c'est l'entreprise, l'informatique. Et personne ne pourra plus me traiter d'ignorant ! balança-t-il dans un accès de joie hystérique avant de s'adresser à Valmarini les yeux emplis de haine : Je foutrai tes tableaux au feu ! le menaça-t-il d'une voix stridente. Le jour où ils ne serviront plus !

— Tu n'as qu'à les brûler tout de suite, défia le peintre, vexé.

— Ne t'inquiète pas, répondit l'autre en retrouvant subitement son calme. Pour le moment, ils servent encore à entuber tout un tas de gens.

— Les boss comptables de la Camorra ? insinua Soneri avec causticité.

Ugolini ne se démonta pas, il devait avoir la peau dure, ou bien était-ce la coke qui lui donnait cette aisance et cette arrogance ? Un sourire méprisant se dessina sur son visage.

— Je vous croyais plus sagace, en fait, vous n'avez pas compris grand-chose, dit-il.

— Si vous saviez tout ce que je ne comprends pas.

— Plus que de ne pas comprendre, vous êtes vieux, poursuivit-il en se touchant le front. Le temps n'est plus à l'interprétation idéologique ou culturelle des événements. Aujourd'hui, la réalité se montre dans sa beauté et sa brutalité. Religions, monarchies, philosophies, crainte du divin… liquidées ! Ne restent que les individus comme vous et moi qui ont une soif de vivre et de s'affirmer par n'importe quel moyen. Et aujourd'hui, le moyen, c'est l'argent. Nous vivons à l'époque de l'individualisme tout-puissant : un seul homme aux manettes. Je sais, je sais ce que vous allez me dire, continua Ugolini en prévenant l'objection qui pointait sur les lèvres du commissaire. Que nous sommes en démocratie. Mais ça, ça fait partie de l'image, de l'illusion qui sert à remplir les esprits de l'opinion publique. Rappelez-vous les wagons accrochés bien sagement qui n'attendent que de se faire tirer.

Soneri se tourna vers Valmarini qui écoutait silencieusement en travaillant à la reproduction d'une œuvre mineure du Tintoret.

— C'est vous le vrai prophète, affirma-t-il. L'homme qui rend le faux authentique, la source d'une vérité nouvelle. Comme les tweets de Corbellini.

— Vous êtes d'un ennui ! lança Ugolini en balayant le sujet du maire. Les boss dont vous m'accusez d'être l'associé, ce sont eux les nouvelles recrues de l'entreprenariat qui fait pression pour s'affirmer. Nous en sommes à la phase initiale dont je vous parlais, l'exact moment où la pitié n'existe pas, où tout le monde se salit les mains, tue, escroque. Le moment où on risque sa peau, où la férocité est le seul moyen de se frayer un chemin. Puis arrive celui de commander à d'autres de tuer et d'embobiner. C'est là que la véritable carrière commence, avec la même férocité. En vous offrant quelques activités de recyclage, en étranglant avec l'usure, en nouant des alliances. Le tout, dans le Nord, parce que c'est plus facile d'atteindre ses objectifs. Ensuite, si tout va bien, on passe à la troisième étape : envoyer ses enfants dans les meilleures écoles, créer une dynastie, se montrer dans les magazines, et peu à peu, entrer en politique en faisant main basse sur les lois. À ce moment-là, vous pouvez être un délinquant en toute légalité, au même titre que les banques et la finance qui étranglent la terre entière en respectant la loi, bien à l'abri derrière le rideau de fumée d'une image impeccable rythmée ici et là par des galas de bienfaisance.

In petto, Soneri dut reconnaître qu'Ugolini avait raison sur les banques et sur la finance.

— Vos associés de Castellammare n'ont pas encore été légalisés, objecta-t-il tout de suite après.

— Ce ne sont pas mes associés, vous ne pouvez pas dire ça.

— Bien sûr qu'ils le sont.

— Je pourrais vous intenter un procès si vous l'affirmiez publiquement. Et Parme vous cracherait au visage. Je suis un chef d'entreprise connu et respecté : quand je suis dans la rue, les gens m'arrêtent et me saluent, les yeux remplis de reconnaissance. Tout juste si je ne suis pas un saint.

— Peut-être, mais vous savez que j'ai raison.

— Et après ? Qu'est-ce que j'en ai à foutre ! Tout ce qui est officieux, qui reste à la limite de l'image collective, n'a aucune importance ! Et ce que vous pensez, c'est pareil.

— Les masques pourraient tomber. Par exemple celui du maire soi-disant hospitalisé pour problèmes de santé, glissa le commissaire.

— D'après vous, un maire est là pour quoi ? S'il disparaît dans la nature, on en trouvera un autre. Les gens ne passent pas leur journée à penser à Corbellini.

— Il a fini comment ? demanda Soneri à brûle-pourpoint.

— Qu'est-ce que j'en sais ? s'agaça Ugolini en se versant de la grappa. Plus vous jouez dans la cour des grands et plus la tension monte. Les rôles donnent la mesure de ce que vous valez, ils vous jaugent. Et si vous n'avez pas les qualités requises…

— C'est pourtant vous qui l'avez mis en place. Montagnani aussi.

— Montagnani… Il s'est vendu pour un joujou…

— Manque d'envergure.

— Tout le monde peut se tromper. On a privilégié la fidélité, mais c'est souvent une qualité de crétin.

Ils entendirent Valmarini poser ses pinceaux. Le peintre leur avait tourné le dos et regardait au-delà de la baie vitrée où la nuit ressemblait à un mur d'obsidienne.

Sur la toile, les premières couleurs commençaient à apparaître, semblables à celles du Tintoret.

— Il est prêt, mon nouveau joyau ? s'enquit Ugolini de façon grossière.

L'autre esquiva et remua lentement la tête sans se tourner.

— Il devait être prêt d'ici deux semaines, insista l'entrepreneur avec morgue. Je le veux pour l'anniversaire des trente ans de mon entreprise.

Le peintre ne se démonta pas et garda le silence. Dondolo changea de position et se lova aux pieds de son maître.

— Tu y seras aussi, artiste, reprit Ugolini en prononçant ce dernier mot avec une voix de fausset et un ricanement sardonique. Tu présenteras ma collection. Moi, j'en serais incapable, je ne veux pas perdre de temps à m'apprendre un laïus. J'ai déjà bien assez de mal avec un seul tableau.

— Non, dit Valmarini, toujours de dos.

— Tu viendras présenter tes œuvres, répéta le chef d'entreprise de ce même ton impératif.

— Ce ne sont pas mes œuvres. Juste des copies.

— Ce sont les tiennes, c'est toi qui les as peintes !

— Rien n'est de moi.

— Dis-moi ce qui n'est pas de toi, sur cette toile ? provoqua-t-il en montrant le faux Tintoret.

— L'idée ! proclama le peintre en élevant la voix. Si tu n'as pas l'idée, tu n'es pas un artiste. Tu n'es rien : un appareil photo, un miroir, du papier carbone… poursuivit-il en s'adressant à la nuit d'une voix angoissée, en quête d'une inspiration qui n'était jamais arrivée.

— Arrête tes conneries ! Qu'est-ce qu'on en a à foutre ? Tu as gagné du fric, avec tous ces tableaux, ça ne te suffit pas ?

Valmarini ne répondit pas, pétrifié dans sa position devant l'obscurité muette.

— Et vous, dans votre parti, des idées, vous en avez ? intervint le commissaire.

L'autre éclata de rire.

— Évidemment ! Croire en soi et en son chiffre d'affaires : les deux se renforcent mutuellement.

Soudain, il régna dans la pièce un silence chargé d'embarras. Ugolini paraissait une nouvelle fois victime de l'une de ses sautes d'humeur et s'était assoupi en s'abandonnant à son fauteuil. Valmarini bougea sans faire de bruit, suivi de Dondolo. Il retourna la toile contre le mur et s'approcha de Soneri. Sans mot dire, ni le moindre signe, le commissaire se leva pour se préparer à sortir. Dans le couloir obscur, le peintre s'arrêta.

— Ce soir, vous avez assisté à un exemple de ses accès de délire, expliqua-t-il.

— Vous voulez dire qu'il perd l'esprit ?

— Malheureusement, non. Il est même trop sincère, dans ces moments-là. Il fait peur, vous ne trouvez pas ?

— C'est un homme capable de tout, victime de ses complexes. Mais il a raison sur un point : vous et moi sommes trop vieux, et lui est un homme de son temps.

— J'espère bientôt m'en libérer pour me concentrer sur mon art.

— Cette liberté vous coûtera cher.

— Ugolini dirait que pour ce bien précieux, il y a peu d'offres et beaucoup de demandes, ce qui permet d'augmenter la cote.

Le commissaire remua la tête.

— Je ne suis pas sûr qu'elle soit autant demandée que ça, malheureusement, conclut-il en sortant.

Il repensa à Valmarini le matin suivant lorsque Bergossi l'informa de l'arrestation de Petrillo dont les premiers JT avaient fait les choux gras. Le fait que le gérant d'une entreprise de pompes funèbres soit au centre d'un vaste trafic de drogue donnait presque envie de sourire.

— Une filière rentable, avait grincé le procureur avec sarcasme. D'abord on les tue, ensuite on les enterre.

— Nous savons qu'il y a autre chose, marmonna le commissaire.

Le magistrat acquiesça gravement.

— Il suffit d'observer comment s'imbriquent les investissements : on trouve de tout, immobilier, activités commerciales, financières, achat d'or… Au stade où nous en sommes, l'enquête se ramifie. La SARL Posillipo étant au centre du trafic, j'en ai transféré une partie à Castellammare.

Soneri hocha la tête avec scepticisme.

— Eh oui, je sais, en convint Bergossi, mais comment faire autrement ? Nos forces sont limitées. Avec seulement trois substituts dont un qui…

Il ne termina pas sa phrase et fit comprendre d'un œil complice qu'il parlait de Piccirillo.

— Et la Direction antimafia ?

— Elle est prévenue, mais vous savez dans quel état elle est ? En Émilie aussi, trois pelés et un tondu pour lutter contre une pègre de plus en plus envahissante.

— Pistolets contre canons.

Le procureur écarta les bras.

— Vous ne vous êtes jamais demandé pourquoi ?

— Si je me le demandais, nous serions les premiers à démissionner.

— Les mafias sont utiles, c'est tout. Elles apportent du consensus et font la fortune de dizaines d'hommes politiques. Quant à leur présence au gouvernement, elle n'est pas d'aujourd'hui. Pensez-vous que tous ces butors puissent tenir l'État en échec s'ils n'en faisaient pas partie ? Désormais, l'infection s'étend, elle s'installe dans des entreprises que le confort a ramollies en nourrissant les ambitions de personnages sans scrupules comme Ugolini.

— Ugolini est le plus dangereux, en convint Soneri. Il contrôle la droite, tient la mairie en main, a d'importants soutiens en ville, et il fait des affaires avec la Camorra par le biais de Petrillo.

— Si seulement nous pouvions le dire, soupira Bergossi. J'aimerais qu'un jour, ce soit possible.

— Il suffit d'observer les personnages dont il s'entoure…

— Le cynisme est une des caractéristiques de ces nouveaux entrepreneurs. Avec pour conséquence un renversement de la réalité. Mais notre ennemi n'est pas Ugolini : lui n'est que le symptôme de la maladie.

Soneri conserva le silence un petit moment.

— Je crains que nous ne puissions assigner notre ennemi en justice…

Le magistrat plissa les yeux tout en opinant du bonnet.

— Je vois que vous avez compris.

— Ouvrir une enquête sur un type qui fait consensus… avec le clan qui le défend… La loi a toujours perdu contre les puissants. Et nous sommes du côté de la loi, glosa le commissaire.

— Elle a perdu quand elle n'avait personne pour la soutenir, ou deux ou trois pusillanimes à moitié complices.

— Comme en ce moment ?

— Nous verrons, dit Bergossi qui essayait de se donner du courage. Au niveau local, c'est le pouvoir politique, le maillon faible : c'est là que nous devons attaquer.

— Le pouvoir politique a désormais intégré l'omerta du pouvoir criminel, objecta Soneri. Montagnani le prouve en couvrant ses complices.

— *Divide et impera*, résuma le procureur. Nous les jetterons les uns contre les autres. Les politiques ne risquent pas leur vie s'ils parlent, et ils sont plus lâches que les mafieux.

— Il faut les mettre sous pression, approuva le commissaire.

— Pour l'instant, ce sont eux qui mettent le parquet sous pression. Il faudrait un premier élan, faire croire qu'ils sont tous menacés par une condamnation… Qu'aucun des membres de la majorité n'est à l'abri de notre enquête… En résumé, un danger collectif, et en tant que tel plus insidieux parce que personne ne peut prévoir sur qui ça va tomber, comme la foudre pendant l'orage. Voilà, ils doivent se sentir menacés par de gros nuages noirs, et avoir peur des coups de tonnerre…

— J'ai peut-être une idée… murmura Soneri l'esprit perdu dans ses pensées.

— Dites-moi.

— Vous connaissez le conseiller Sgarzi ?

— Celui qui harangue les passants ? Je ne l'ai jamais écouté. La Digos dit qu'il est un peu timbré.

— Vous aussi, vous y avez cru…

— Pourquoi ? Ce n'est pas le cas ?

— Peut-être qu'il est un peu timbré, reprit le commissaire, mais d'une certaine façon, il nous met face à la déformation généralisée dont nous sommes tous victimes, vous et moi compris.

Bergossi remua la tête.

— Que voulez-vous dire ?

— La droite a usé de son influence dans les médias pour rendre la vérité invraisemblable au commun des mortels. Comme si une forte lumière nous avait aveuglés et que nous n'étions plus capables de voir d'autres couleurs. Sgarzi dénonçait les malversations du haut d'un tabouret, mais personne n'y croyait. Tout le monde disait qu'il était fou. Ses discours étaient trop éloignés de ce qu'on nous imposait comme étant la réalité.

Bergossi détourna le regard et parut méditer.

— Donc, que proposez-vous ? Prendre pour argent comptant les histoires de Sgarzi ? Comment faites-vous pour savoir s'il dit la vérité ?

— Le problème n'est pas là, balaya Soneri. Il faut utiliser les mêmes moyens de communication que nos ennemis. Faire croire à la presse que nous prenons en considération les dénonciations de Sgarzi. Après tout, lui aussi fait partie du conseil municipal.

— Vous avez raison, c'est aussi un élu, admit le procureur.

— Il suffirait de laisser filtrer que nous sommes en train d'étudier ses dossiers, et que nous n'excluons pas qu'ils servent notre enquête, vous voyez ?

— Vous voulez une guerre psychologique.

— Nous devons mettre toute la classe politique sous pression, y compris la gauche, argumenta le commissaire. Ils doivent douter, ne pas savoir comment agir, et à force de paniquer, ils finiront par se trahir. Après *divide et impera* : *mors tua vita mea*, acheva Soneri.

— De quelle manière avez-vous l'intention de procéder ? voulut savoir le magistrat.

— En faisant filtrer des infos confidentielles à quelques journalistes. Trois ou quatre, pas plus. J'ai un inspecteur très habile pour ce genre de manœuvre, assura le commissaire en pensant à Musumeci. Sans compter que les fuites qui viennent d'un enquêteur comptent double. L'officieux bien confectionné a beaucoup plus de poids qu'un communiqué de presse.

— Je ne vous connaissais pas stratège, s'étonna le magistrat. Je dois admettre que dans les conditions où nous sommes, cette tactique peut nous être utile. Surtout si vous considérez que les voies traditionnelles de l'enquête sont bouchées, et que nous sommes dans un bourbier.

— Si ce n'était qu'un bourbier ! s'exclama le commissaire. Mais l'odeur est infecte !

CHAPITRE 21

Musumeci avait si bien suivi les instructions du commissaire que les esprits se mirent immédiatement à bouillonner. Les chaînes locales, à la remorque de la presse, semblaient avoir découvert un filon inépuisable de coups de théâtre, conjectures, hypothèses et reconstitutions, et les partis étaient tous en effervescence. Certains n'avaient pu s'empêcher de profiter de la situation pour attaquer leurs adversaires, et depuis lors, les réactions fusaient. Sgarzi continuait de tenir ses invectives piazza Garibaldi devant une foule de plus en plus nombreuse qu'il ne manquait pas, à peine descendu de son tabouret, de taxer d'hypocrite en prenant une mine dégoûtée : « La semaine dernière, tout le monde me méprisait, aujourd'hui, tout le monde m'applaudit. »

Soneri attendait tel un chasseur à la passée que le climat de guérilla verbale infuse. Les dernières réticences de certaines personnalités, anxieuses de se mettre à l'abri de cette pluie d'accusations, sautèrent. Curieusement, ce fut Petrillo qui s'exprima le premier, et cette anomalie rendit le commissaire prudent. Il se méfiait de ce qu'un mafieux avait à dire sur les marchés publics, la corruption ou les pots-de-vin. Du reste, sa précision était suspecte. À l'en croire, Pontiroli, le patron rouge, servait de pont entre les deux camps politiques et n'était pas le dernier à graisser la patte des fonctionnaires qui délivraient les permis de construire.

— Votre stratégie a payé, commenta Bergossi avec satisfaction. Mais je vous vois peu convaincu, vous regrettez déjà le plus beau ?

— Je n'arrive pas à comprendre pourquoi ce boss de bas étage se met à tout déblatérer comme une commère sur son palier.

— Quelle importance ? L'essentiel est qu'il nous aide, tempéra le procureur. Quant aux raisons qui l'y ont poussé, j'ai ma petite idée…

— Il a forcément une raison, ce n'est pas une faveur qu'il nous fait. Ce n'est pas dit non plus qu'il nous aide.

— Il envoie un message aux politiques : je n'accuse personne, mais prenez garde. Il ne dit pas tout, il protège ses intérêts.

— Oui, ça me paraît évident…

— Il les menace : si vous me compromettez, je vous compromets aussi… Et il tente de contenir l'enquête sur le menu fretin : Montagnani, par exemple. Il leur lance un avertissement : à Parme, avalez votre langue, à Rome, parlez à qui de droit pour empêcher le coup de poignard.

Le commissaire réfléchit un petit moment, puis observa :

— Nous allons devoir déchiffrer le moindre de ses mots.

— Nous vérifierons tout, opina le magistrat. Jusque-là, il paraît digne de foi. En particulier sur Pontiroli.

— Je voudrais qu'il parle du maire.

— Vivons au jour le jour, un pas à la fois.

— Au stade où nous en sommes, c'est Petrillo qui dirige l'enquête, considéra Soneri avec ironie. Un metteur en scène impeccable.

— Mais les mises en scène impeccables ne sont pas à l'abri des événements fortuits. Vous verrez que cette fois aussi, l'acteur protagoniste se prendra les pieds dans le tapis. J'ai une confiance quasi illimitée dans le hasard. Il nous tire souvent d'embarras, et je me suis toujours demandé s'il arrivait par accident ou si c'était nous qui allions le chercher.

— Comme la cueillette aux champignons : un petit peu de chance, un petit peu de nez, résuma Soneri.

Le hasard et les champignons continuèrent d'absorber l'esprit du commissaire comme il sortait du tribunal et s'engageait dans la venelle san Tiburzio où le soleil n'entrait jamais : pour un peu, il en aurait poussé entre les murs. Sonder les bois dans un brouillard aussi épais que celui qui pesait sur Parme était au fond un exercice qui ressemblait à son métier. Une métaphore parfaite de la vie, si tant est qu'on la considère comme une recherche permanente. À quoi servait de faire des plans puisque le résultat ne correspondait jamais à ce que l'on attendait ? La vie contredisait sans cesse tous nos présupposés, nous surprenait, nous déroutait. Une comédie dont la trame se moquait des personnages, bernés, déçus comme le pauvre Rigoletto.

Au déjeuner, avec Nanetti, qui allait souvent au *Regio*, ils avaient parlé de cet opéra de Verdi. Puis, pour ne pas quitter le thème de ses pensées, le commissaire avait choisi des tagliatelles aux cèpes. Ce n'était pas une spécialité d'Alceste, mais avec cet hiver qui oscillait entre la neige et le brouillard, l'hôte avait ajouté une variante à son menu. Soudain, la saveur forestière ramena Soneri à des odeurs de claies de saule, de poussière et de moisissure flottant dans les fenils, de saucissons pendus et de raisin qui sèche, de vaisseliers remplis de rappels à l'enfance.

— Oyez, commissaire ! le héla Nanetti en remarquant son regard vide. C'est quoi ces yeux de merlan frit ? C'est l'assistante de Bergossi ?

L'éclair d'un instant, le commissaire se souvint de la femme qui animait l'imaginaire érotique de la Questure.

— Mais non, je pensais à la cueillette aux champignons.

— S'il n'y a plus que la bouffe qui t'excite, c'est mauvais signe, commenta le collègue.

— Je la trouve riche en enseignements, argua le commissaire. Si tu y réfléchis : elle prouve qu'il faut s'abandonner à son instinct et ne rien planifier, puisque de toute façon, tes plans seront bouleversés.

— Tu veux reprendre la vieille polémique entre savants et humanistes ? Moi qui suis obligé d'apporter des preuves scientifiques, et toi qui échafaudes des hypothèses et des théories sur le côté insondable de l'existence ? le rembarra Nanetti. Cela dit, tu as raison sur un point : faire des plans ne sert pas à grand-chose. Prends Lo Giudice, tu vois, l'agent qui bosse en salle de commandement ? Il avait tout organisé à l'approche de sa retraite : le retour dans les Pouilles, ses enfants lancés dans la vie, sa femme qui demanderait sa mutation… et paf! cette nuit, emporté par un infarctus.

— Tu vois ? On se fait des illusions, et puis…

— Putain, Soneri, je ne savais pas que tu croyais au destin ! Et après, tu me la joues comment ? Croyant et bondieusard ?

— Dans le cas que tu viens de citer…

— On trouve toujours une explication, si on prend la peine de chercher, mais on préfère s'en remettre au destin parce que c'est plus facile : absolution assurée. En l'espèce, Lo Giudice s'en mettait plein le cornet, fumait comme un sapeur et prenait sa bagnole même pour aller aux chiottes.

— Mais on n'est pas toujours autorisés à chercher où on veut, insista Soneri. Donc, comme le dit Bergossi, dans une affaire où nos mains sont liées, on va devoir faire confiance à l'impondérable. Tu sais, la foudre qui met en fuite un ennemi supérieur...

Nanetti s'amusa à mimer l'effroi en grimaçant devant le ton farceur et grandiloquent du commissaire.

— De belles emmerdes, dans tous les cas, reconnut-il en revenant à la réalité. Terrain miné, avec un parquet sous contrôle.

— Et Petrillo qui tente d'orienter les enquêtes avec des aveux à retardement, ajouta Soneri.

— Tu sais quoi ? l'interrompit Nanetti. Je n'arrive pas à recouper toutes les affaires qui nous sont tombées dessus : la mort de Romagnoli, la drogue dans le bide des chiens, la disparition de Corbellini, les infiltrations mafieuses, les pots-de-vin aux adjoints... Tu me diras qu'elles n'ont peut-être aucun rapport. Juste les fruits d'une ville pourrie indépendants les uns des autres.

Le commissaire repensa au fameux contexte. Une ritournelle, désormais.

— J'ai l'impression qu'elles sont liées par la Camorra qui tente d'étouffer Parme en la serrant dans un étau.

— Je ne suis pas sûr que les Parmesans aient beaucoup résisté, redouta Nanetti.

— Pas tous, malheureusement. Parme est comme une jolie femme qui se laisserait tenter par de grosses sommes d'argent : difficile de ne pas succomber.

— À mon avis, elle finira par succomber. En attendant, les enchères montent.

— Le risque, quand tu perds ton identité, c'est de se livrer au plus offrant. La bande d'Ugolini a mis la ville sur le trottoir avec le consentement de la majorité. Je ne sais pas s'il existe une minorité capable de renverser tout ça.

— Mouais... bougonna l'inspecteur sans grande conviction. Les révolutions présupposent des affrontements massifs, avec des affamés guidés par un cercle d'intellectuels. Ici, on ne voit ni l'un, ni l'autre.

— Les affamés, d'accord... Mais les intellectuels... Il est vrai que plus personne ne les écoute. En l'espace d'une journée, tu vends plus de smartphones que de bouquins de philo sur une période de vingt ans, déplora le commissaire en haussant les épaules.

Nanetti garda le silence et sa fourchette en l'air tout en réfléchissant.

— Pour en revenir aux enquêtes, le cas de Romagnoli me semble un peu à part : je n'arrive pas à comprendre ce qui pourrait le relier au reste, exposa-t-il. Les autres, on peut les recouper : Belanov et le smartphone qui confirme le trafic de drogue ; la découverte des chiens qui pousse Zunarelli au suicide en mettant Laudadio dans la merde, avec, en prime, un scénario mafieux. Et puis le réseau d'intérêts de la Camorra : le contrôle des cimetières, les activités financières, sans compter la gestion et la prise de participation dans les entreprises qui permettent leur acquisition. Des torrents d'argent sale qui investissent la ville et font tirer la langue à tout un tas d'individus, les prochains à se noyer dans la crise. Mais Romagnoli ? Quel lien avec tout ça ?

— Tu oublies la disparition du maire, ça non plus, je n'arrive pas à la relier au reste.

— J'ai quand même l'impression que le contexte que je viens d'évoquer pourrait l'expliquer.

— Le contexte, en effet, enchérit Soneri. Tout s'explique, avec lui. N'oublions pas les soupçons qui pèsent sur Zunarelli dans la mort de Romagnoli.

— D'accord, mais on ne connaît pas le mobile.

— Non, on ne connaît pas le mobile, répéta le commissaire en dodelinant de la tête. Il a peut-être découvert qu'on sacrifiait des chiens, et la démence aidant, dénoncé sans le vouloir ce qui se passait à San Vitale...

— Tu prendrais les cris d'un dément pour argent comptant ? s'étonna Nanetti.

Tous deux conservèrent le silence face à toutes ces énigmes. À force de s'enchaîner, les événements avaient empêché Soneri de réfléchir à la mort de Romagnoli. Toutefois, s'il repensait à la manière dont L'Éternelle de Petrillo s'était emparée du cadavre et à l'exploitation publicitaire qu'elle en avait tirée, des soupçons le reprenaient. Il sentait, sans pouvoir le prouver, qu'il y avait un lien.

En savourant ses derniers cèpes, il se souvint de ses promenades à travers bois : une errance solitaire semée d'apparitions inattendues, cadeau de choix pour qui a la patience et l'humilité d'attendre. Mais le temps ne jouait pas en faveur des enquêtes. À présent, les réactions politiques initiées par les indiscrétions des journaux se concentraient sur les révélations de Petrillo. La droite sous accusation reprochait au parquet d'avoir violé le secret d'instruction et donné du crédit aux discours d'un truand. La gauche, coincée, comme toujours, se lamentait et, dans le même temps, assurait sa confiance à la magistrature en invoquant la suspension de jugement avant de se murer dans le silence, y compris face au déferlement de ses adversaires qui la soupçonnaient d'avoir projeté une agression judiciaire à leur encontre. *La ville victime d'une avalanche d'accusations*, titraient les journaux, et Soneri souriait en songeant au brouillard qui empêcherait bientôt de voir avec clarté. Du reste, cela faisait un bon moment qu'il stagnait sur la ville et que l'on ne voyait plus à vingt mètres. Il retourna à la Questure, en berçant sur sa langue les saveurs de son plat. En cet après-midi tranquille, Parme lui sembla inquiète, comme s'il en percevait les frissons sous la peau. Il gagna la PJ, s'assit à son bureau, puis fixa Juvara, qui, à son tour, le regardait sans mot dire.

— Qu'est-ce qu'il y a ? dit-il machinalement.

— Bergossi est dans la merde, répondit l'inspecteur.

— Il s'est encore fait torpiller ? s'enquit le commissaire. Qu'est-ce qu'on lui reproche, un truc sérieux ?

— Non, des histoires de formalités, je n'ai pas bien compris. Tampons, visas, temps de dépôt... Des trucs qui ne sont pas de son ressort. Des conneries, ce n'est pas très important. Les télés ont déjà frappé dans les bulletins de l'après-midi, alors, évidemment, la droite a réagi comme un seul homme : partialité de la magistrature, toges rouges... Le bordel !

— Je te l'avais dit : la politique finit toujours par venir au secours des délinquants, maugréa Soneri.

— Il n'y a plus de différence : la brigade financière vient d'arrêter deux autres adjoints et trois agents municipaux, et il paraît que le maire va être rattrapé par un mandat d'arrestation. C'est peut-être pour ça qu'il ne se montre pas ?

Le commissaire secoua la tête.

— Maintenant, il peut se passer n'importe quoi.

Puis il saisit son combiné et composa le numéro de Bergossi. La voix sensuelle de l'assistante lui répondit :

— Je suis navrée, le *dottor* Bergossi est absent, et il ne m'a pas dit quand il sera de retour.

Soneri s'en trouva déçu et raccrocha en se demandant où pouvait être le procureur. Puis son portable sonna, et le numéro d'Angela s'afficha sur l'écran.

— Ici, c'est le bordel, attaqua-t-elle. (On entendait à l'arrière-plan un boucan de tous les diables.) La droite a organisé un rassemblement sur la place du tribunal. Tout est bloqué.

— Ils attendent quoi pour les dégager ? s'énerva Soneri.

— C'est à vous de le faire ! Le questeur a été prévenu, il y a déjà deux de vos patrouilles, plus des carabiniers, mais ils regardent sans intervenir.

— Capuozzo est un incapable ! laissa échapper le commissaire qui avait oublié que le bureau de son supérieur se trouvait deux étages plus haut.

— Non, de droite, lui aussi, renvoya Angela.

— Ils sont combien ?

— À peine une centaine. Pour moitié conseillers, secrétaires et agents, tous membres du parti, de bons petits soldats.

— La tribu qui défend son terrain de chasse.

— Tu veux dire son terrain de pillage, le corrigea Angela. En tout cas, tes collègues font comme si de rien n'était. Si c'étaient des étudiants, ils les auraient déjà chargés et dispersés depuis longtemps.

— On a toujours de grands égards pour les patrons, commenta Soneri avec amertume. Tu sais ce qu'ils reprochent à Bergossi ?

— Rien de substantiel, des vices de forme. Comme chacun sait, la justice italienne est plus attachée à des coups de tampon qu'à une faute grave… On a déjà libéré des assassins à cause d'un gribouillage manquant.

— D'après toi, il va se passer quoi ?

— Ils pourront annuler des actes pour que l'enquête prenne du retard. Mais les dégâts les plus considérables, ce sont les manœuvres d'intimidation envers Bergossi, parce que le parquet sera tenté de minimiser pour éviter d'autres coups de bâton.

Les JT du 20 heures consacrèrent une bonne partie de leurs reportages aux irrégularités du parquet ainsi qu'à la protestation. Les dessous de la corruption et des malversations disparurent des titres d'ouverture. Le centre droit avait réussi à détourner l'attention.

— Les juges se font juger par les voleurs, lança le commissaire en flanquant un des dossiers sur son bureau.

Puis il se leva, mais une fois debout, ne sut que faire. Il avait envie de rejoindre Angela et de laisser son travail en plan. L'espace d'un instant, l'idée de capituler et de quitter la tranchée en agitant un drapeau blanc lui passa par la tête comme un acte libérateur. Son manteau déjà enfilé et sur le point de sortir, il se cogna à Juvara qui entrait à ce moment-là.

— C'est pour vous, dit-il en lui tendant une lettre.

Elle venait du parquet, une de ces enveloppes gris souris que Bergossi utilisait pour les communications. Elle lui était directement adressée et contenait un mandat de perquisition du domicile et du cabinet d'expert-comptable du maire.

— Le procureur ne lâche rien, glosa l'inspecteur en lorgnant le document qu'il avait reconnu.

— Lui, il a des couilles ! s'exclama Soneri en se sentant soudain de nouveau prêt pour la bataille.

Quelques minutes plus tôt, il s'était habillé sans savoir où aller, mais à présent, tout était clair dans son esprit.

Il contacta Musumeci et Nanetti. Au premier, il ordonna de dénicher les clés de l'appartement, ou d'appeler un serrurier. Au second, de se tenir prêt pour les relevés. Lui s'y rendit à pied : la première étape serait le domicile de Corbellini, borgo del Parmigianino. L'inspecteur était déjà là, en compagnie d'une vieille femme à l'air inquiet et affligé qui se présenta comme la tante du maire. Elle ouvrit la porte en silence, avec des manières de bonne du curé. L'appartement était en ordre, et celui-ci laissait entendre que le logement était inhabité. Le métal prévalait et donnait à l'ensemble un aspect vaguement clinique. Il y avait deux énormes canapés dans le salon, une télé grand format avec écran plasma, une chaîne stéréo reliée à un home cinéma, une modeste bibliothèque remplie presque exclusivement de catalogues d'expositions et de livres de photographies – sans doute reçus à titre d'hommage – ainsi qu'une table ronde à double pied conique. Une pièce faisait office de salle de sport tandis que le bureau était occupé par un secrétaire et un gros ordinateur. La chambre était composée d'un lit rond et d'une série de miroirs, y compris au plafond. L'armoire contenait une ribambelle de vestes, la commode débordait de chemises, de cravates, de tee-shirts et autres boxers. La salle de bains possédait une baignoire hydromassage ainsi qu'un meuble à trois niveaux rempli de cosmétiques : des crèmes pour le visage, après-rasages, anticellulite, mais aussi des shampooings, parfums, après-shampooings. Dans un compartiment du bas, Soneri découvrit des dizaines de tubes et de petits flacons. Il en sortit quelques-uns afin de les examiner à la lumière et constata qu'il s'agissait pour la plupart de psychotropes, somnifères, anxiolytiques, traitements thymorégulateurs, antidépresseurs. Une étagère entière dédiée à des traitements pour le cerveau.

— Il n'allait pas très bien, commenta Nanetti en examinant l'échantillonnage.

— À en juger par les équipements sportifs, on pourrait penser le contraire.

— Les personnalités fragiles compensent souvent en faisant de la musculation, poursuivit le collègue qui n'avait jamais fait mystère de sa détestation du sport. Certains boivent ou s'en mettent plein le nez pour se sentir plus sûrs d'eux-mêmes, d'autres font de la gonflette, mais le problème est le même.

Soneri garda le silence et regarda autour de lui. Cet appartement cherchait à lui dire quelque chose qu'il ne parvenait pas à décoder. Il retourna dans le salon où la vieille tante du maire s'était résignée à s'asseoir. Puis il jeta un œil à la petite cuisine. Il ouvrit le frigo, et n'y trouva qu'une bouteille d'eau. Les armoires ne contenaient que deux paquets de biscottes, une pile d'assiettes, quelques couverts et une passoire. Tout était aussi propre et ordonné qu'une cuisine d'exposition.

— C'est vous qui vous occupez du rangement ? demanda le commissaire à la vieille dame.

— Non, une femme de ménage, répondit-elle en secouant la tête. Deux fois par semaine.

— Vous passez souvent, ici ?

— De temps en temps. J'habite juste à côté, Giancarlo me priait de jeter un œil quand il n'était pas là.

— Votre neveu avait des liaisons ? Une petite amie ? Vous ne l'avez jamais vu en compagnie d'une femme ?

— Je sais qu'il ne manquait pas de prétendantes, se déroba la femme avec un petit rire, mais moi, ses affaires…

Ici, je n'ai jamais vu personne, du reste, je ne viens jamais le soir.

Nanetti lui fit signe depuis le seuil de la salle de bains.

— Tu as trouvé quelque chose ? voulut savoir le commissaire.

— Rien d'intéressant, à première vue.

— Tu n'as pas vu de valise ?

— Tu penses à quoi ? Je ne comprends pas.

— Corbellini est parti, non ? C'est la seule chose dont on soit sûrs.

— Pas de valise.

— Encore un truc qui manque, murmura le commissaire.

— Il manque sûrement d'autres choses, malheureusement, personne n'a dressé d'inventaire, répliqua Nanetti.

Lorsque le commissaire sortit, la lumière de l'après-midi avait déjà baissé. Il se remémora l'appartement et tenta de mettre des mots sur ce qu'il avait ressenti, en commençant par faire la liste de tout ce qu'il pensait y trouver : un lit défait, des assiettes à laver, un miroir ébréché, du linge étendu dans la salle de bains, une paire de savates sous un radiateur…

— On aurait dit un bloc opératoire, commenta Nanetti quand ils entrèrent dans le cabinet de Corbellini situé à quelques pas de son domicile, borgo Montassù.

Ici aussi, tout était impeccable, comme si l'on venait juste de ranger et de faire les poussières.

— Bon, coupa court le commissaire, tu peux commencer ta perquise. On verra bien s'il a laissé quelque chose…

Le collègue le rejoignit après avoir donné des ordres à ses agents.

— Tu t'attendais à davantage, c'est ça ?

— Pas vraiment, répondit Soneri. À mon avis, d'autres nous ont précédés sans avoir de mandat. Ces visites m'ont tout de même servi.

— Mes gars vont peut-être trouver des trucs.

— Bah, marmonna Soneri sans trop y croire. En attendant, on a vu qu'il était maniaque. Souvent, cette obsession de l'ordre cache un grand chaos intérieur.

— Une autre de tes déductions instinctives ? le tacla Nanetti.

— Tu n'as pas vu sa salle de bains ? Tout parfaitement rangé, des dizaines de soins pour le corps, sans parler du côté clinique de la décoration... Et puis, toutes ces boîtes de médicaments pour le cerveau. Tu l'as dit toi-même : la musculation qui compense une fragilité psychologique.

— C'est vrai, mais ce sont juste des généralités, des résultats statistiques...

— Dans tous les cas, ça résume bien son univers, conclut le commissaire en reprenant la direction de la Questure.

Via Cavour, son portable se mit à sonner. À peine décrocha-t-il qu'il reconnut la voix de Boldrin.

— Comment ça va, dans la *bassa* ? attaqua-t-il d'une voix criarde qui laissait deviner une légère excitation.

— Brouillardeux, comme toujours, répondit le commissaire.

— Je t'appelle parce qu'on vient de m'apporter les registres de présence des hôtels d'Andalo de ces dernières semaines. Et tu sais ce que j'y ai trouvé ?

— Des noms de Parmesans passionnés de montagne ?

— Que tu connais déjà : Bonaldi et Bernetti ont séjourné ici du lundi au mercredi, le jour du contrôle routier de la voiture où se trouvait ton maire.

— À l'hôtel *Holiday* ?

— Non, dans un quatre étoiles. Avec un Parmesan supplémentaire, la nuit du mardi au mercredi.

— Qui ?

— Ugolini Pietro, âge, cinquante-huit…

Boldrin se mit à lire la fiche de l'hôtel, mais Soneri l'interrompit.

— Je ne sais pas comment te remercier !

— Et de quoi ? On n'a pas grand-chose à faire, par chez nous : à part les ivrognes et les embardées dans le fossé…

Ces nouveaux éléments avaient presque un air de conjuration. Fomentée par Ugolini, qui s'était adjoint des sicaires. Il laissa ses pensées fermenter comme il revenait à la PJ, passa par l'entrée secondaire et manqua de se cogner contre Musumeci qui sortait au pas de course. La cour de la Questure était un vrai guêpier.

— Qu'est-ce qui se passe ?

— La brigade financière vient d'arrêter Pontiroli, Capuozzo doit faire un point-presse.

— Il fallait s'en douter ! L'arrestation d'un type de gauche, ça se fête !

— *Dottore*, la gauche, chez Pontiroli, c'est juste la place de son rétroviseur !

— Capuozzo croit encore que les communistes sont partout.

— D'après moi, ils ne vont pas le coffrer, s'avança l'inspecteur. Il chante déjà comme un ténor.

— Qui a signé le mandat d'arrêt ?

— Bergossi, il y a quelques heures.

Le commissaire entra dans son bureau. Il sentait tout à coup que les choses se déliaient. Il médita en observant s'affairer des patrouilles sous les deux gros sapins de la cour jusqu'à ce que Juvara allume la télévision pour écouter le JT. L'ordre des informations avait encore changé. L'arrestation du chef des coopératives avait galvanisé la droite. Et même si Pontiroli l'avait accusée de complicité, elle avait réussi à jeter l'anathème sur le camp adverse, et sur les militants qui se sentaient trahis et paraissaient anéantis. Soneri, happé par cette accélération soudaine, ne vit pas arriver Nanetti.

— Bergossi est un génie ! s'exclama ce dernier en désignant la télé. Grâce à lui, personne ne pourra dire que les enquêtes sont à sens unique.

— Il les a cueillis à froid, murmura le commissaire d'un air pensif.

— Il va pouvoir obtenir leur feu vert, et qu'ils retirent leurs troupes, poursuivit le collègue tandis que Soneri prenait progressivement conscience de la manœuvre.

— Qu'ils en profitent, ils crieront bientôt au supplice.

— N'exagère pas, le tança son collègue. Ces types ne meurent jamais.

— Tu as raison, ils sont dans la merde jusqu'au cou, mais ils arrivent à nous faire croire que d'autres y sont à leur place.

— Regarde, je t'ai ramené ça, dit Nanetti en lui tendant une photo du maire avec un vieux à ses côtés que, sur l'instant, Soneri ne reconnut pas. Puis il observa mieux et fixa son collègue, stupéfait.

— Romagnoli.

— Cette photo est encore plus inattendue que l'arrestation de Pontiroli.

— Où tu l'as trouvée ?

— Dans son bureau, coincée au fond d'un tiroir. C'est pour ça qu'elle est un peu abîmée.

— Ils ne l'auraient jamais laissée où elle était s'ils l'avaient trouvée. Ça répond au moins à ta question : la mort du vieux n'est pas si détachée du reste.

— Il faut encore comprendre la relation qu'il entretenait avec le maire. Vu la manière dont ils sourient et dont ils posent, ça ne ressemble pas à la photo-souvenir d'un admirateur, affirma le chef de la Scientifique.

Le commissaire se saisit de son téléphone.

— Musumeci, retourne chez la tante de Corbellini et demande-lui si elle connaît Alfio Romagnoli.

Ils gardèrent le silence un petit moment en regardant l'écran sur lequel défilaient des images d'interviews. Tout à coup, ils virent apparaître Bernetti, affichant cette allure élégamment hautaine qu'ont les hommes de pouvoir. Celui-ci s'en prenait à la gauche procédurière que l'on venait de surprendre la main dans le sac et concluait en louant l'opération de la magistrature.

— Bernetti parle au nom d'Ugolini, ce qui veut dire : laissez-passer pour Bergossi, résuma le commissaire.

— Tu crois vraiment qu'il a fait ça pour se débarrasser de la droite et de l'inspection ministérielle ?

— Je ne sais pas, répondit le commissaire. Le procureur est un homme habile, mais je préfère me dire qu'il a suivi le rythme naturel de l'enquête. Et comme dans ce bourbier, la boue éclabousse à peu près tout le monde…

Musumeci rappela enfin.

— Alors ? Elle dit quoi, la vieille ?

— Rien, répondit l'inspecteur. Elle n'arrête pas de pleurer.

CHAPITRE 22

Soneri s'étonna de la manière dont il parvint à calmer la femme, simplement en lui tenant la main. Les anciens, avec leur sentiment d'insécurité, redevenaient des enfants.

— Parlez-moi d'Alfio, l'exhorta-t-il de la voix la plus douce dont il était capable.

— On avait à peu près le même âge, lui était un peu plus âgé… commença-t-elle avant de s'interrompre, le regard dans le vide.

Musumeci en profita pour tendre un bout de papier au commissaire où il était écrit : *Delfina Corbellini veuve Torreggiani, âge : soixante-dix-huit.*

— Vous avez grandi ensemble ?

— Mon frère, le père de Giancarlo, était comptable, il travaillait pour plusieurs entreprises. À l'époque, on ne disait pas encore expert-comptable. Alfio était orphelin de père, mon frère l'avait embauché comme coursier. Il déposait les documents, les paquets, il retirait le courrier et il faisait les commissions.

— Combien de temps est-il resté au service de votre frère ?

— Jusqu'à la fin. On l'avait adopté, pour ainsi dire. Giancarlo a hérité d'un cabinet en plein essor, mais ce n'était pas un métier pour lui. Il a toujours été de nature inquiète.

— Alfio est resté avec lui ?

— Oui, même après sa retraite. Mon neveu l'aimait beaucoup, il était pour lui comme un grand frère, beaucoup plus qu'un employé, ils étaient très complices. Et les voilà maintenant tous les deux disparus… termina Delfina en se remettant à pleurer.

— Dernièrement, de quoi s'occupait Romagnoli ?

— D'à peu près tout ce dont Giancarlo avait besoin, on pourrait dire : homme de confiance. Mais il restait dans l'ombre et ne s'occupait pas des affaires de la mairie, seulement de choses privées.

— Il avait des problèmes de santé ? Mentalement, j'entends.

— Oui, ces derniers mois, mais ce n'était pas très grave. Il divaguait un peu, et quelquefois, il perdait la mémoire. Les médecins avaient dit que le traitement retarderait la maladie. Mais la vraie maladie dont il souffrait, c'était la solitude, comme tous les vieux.

— Vous connaissiez Zunarelli ? Il affirmait qu'il était le seul ami de Romagnoli.

La vieille fouilla dans sa mémoire.

— Ce charcutier, de San Vitale ?

— Oui, un désosseur.

— Oh, le seul ami… minimisa-t-elle. Alfio était passionné de chiens et de chasse, tout était né de là, je crois.

— C'est-à-dire ?

— Ce Zunarelli élevait des chiens de race, et Alfio l'aidait à soigner ses animaux.

— Rien d'autre ?

— Comment voulez-vous que je le sache ? Je ne sors presque jamais de chez moi.

— Vous savez que Romagnoli est mort seul ?

La vieille porta ses mains à son visage en se penchant légèrement en avant.

— Quand j'ai su qu'il était à l'hôpital, j'y suis allée. Giancarlo était déjà à la montagne, et j'ai pris un taxi. Le chauffeur m'a déposée à l'hôpital, ensuite j'ai demandé mon chemin, mais j'ai tourné en rond et je me suis perdue. C'est ensuite qu'on m'a dit qu'il était dans une clinique privée…

— Alfio et vous… sous-entendit le commissaire en joignant ses deux index l'un contre l'autre.

— Mais non ! Qu'allez-vous imaginer ? se cabra presque la vieille dame. Je l'aimais beaucoup, c'est tout, aussi parce que la vie ne l'a pas beaucoup gâté. Mon frère et moi avons toujours cherché à le protéger.

— Ces derniers temps, vous avez une idée des choses dont il était chargé ?

— Je ne sais pas. Il se déplaçait dans Parme à bicyclette. Une fois, il a sonné chez moi pour déposer des plis, il avait toujours cette sacoche sur lui. Et puis, un jour, il s'est perdu à San Lazzaro, et ils ont appelé la police pour aller à sa recherche. C'est ce jour-là qu'ils l'ont hospitalisé.

— La police l'a cherché ?

— Vous devriez le savoir. Vous n'êtes pas policier ?

— Nous sommes nombreux… se justifia Soneri.

Mais une pensée lui occupait déjà l'esprit et l'entraînait ailleurs. Malgré tout, il demanda :

— C'était quand ?

— Il y a trois ou quatre mois, répondit Delfina. Son état a décliné d'un coup, sans qu'on ne puisse le prévoir. Il s'est repris, mais ensuite, il a fait une rechute. Quand c'est la tête qui ne marche plus…

Le commissaire sortit, parcourut une portion de la via Cavour et prit la direction de la piazza Duomo. Le brouillard était éclairé par une lumière sabayon, on eût dit un immense parement tendu entre l'évêché et le baptistère. En quittant borgo XX Marzo, il déboucha via Repubblica, et arriva à la Questure. Enfin, il atterrit dans le bureau de Pasquariello.

— C'est quoi cette irruption ? rit ce dernier en le voyant entrer comme un voleur.

— J'ai besoin de savoir si vous êtes intervenus il y a trois ou quatre mois dans le quartier San Lazzaro.

— C'est un peu vague, répondit le chef de patrouille en remuant la tête.

— Non, attends. Il s'agit de l'affaire Romagnoli : il s'est perdu, et vous êtes partis à sa recherche.

Pasquariello fit une moue dubitative.

— Je ne me souviens pas d'une intervention de ce genre. Cela dit, il y a quatre mois, je me suis pris deux semaines de congé.

Il souleva son combiné et pria Giarruso, l'un de ses agents, de venir les rejoindre.

— Qu'est-ce qu'il a fait ce pauvre Romagnoli pour qu'on ne le laisse même pas tranquille après sa mort ? s'étonna le collègue.

— Factotum de Corbellini, jeta Soneri. Mais en coulisses, pour ça qu'on ne l'a pas su tout de suite.

— Et tu penses que sa mort…

— Qui sait ? J'ai de gros soupçons, mais aucune preuve. On est dans une affaire chorale, sans acteur principal. Les choses ont lieu, mais personne en particulier n'en porte la responsabilité, développa le commissaire.

Giarruso arriva sur ces entrefaites, habillé en civil.

— Ça te dit quelque chose, Alfio Romagnoli, un amnésique qui s'est paumé du côté de San Lazzaro, il y a trois ou quatre mois ? l'interrogea Pasquariello.

— Oui, on l'a retrouvé sous l'arc de la via Emilia.

— Route Haute, précisa Soneri en qualifiant l'endroit comme le faisaient les Parmesans.

— Vous avez appelé les secours ? continua Pasquariello.

— Non, parce qu'on a cru, à un moment donné, qu'il avait retrouvé la mémoire, alors on a voulu le ramener chez lui, mais pendant le trajet, il n'a pas su nous indiquer la route, du coup, on l'a transporté aux urgences.

— Il avait des affaires avec lui ? Des plis, des documents ? questionna Soneri.

— Oui, je crois : il avait une petite sacoche. Du reste, un type s'est pointé un peu plus tard pour la récupérer.

— C'était qui ?

— Un parent. Enfin, c'est ce qu'il a dit. Il s'est assis à côté du vieux, et il s'est mis à lui parler.

— Vous avez fait un rapport et identifié ce parent ? insista le commissaire.

Pasquariello fixa Giarruso en l'interrogeant du regard.

— Sincèrement, on n'a pas rédigé de rapport, parce qu'on a reçu un coup de fil qui nous a demandé de surseoir.

— Qui a téléphoné ? s'alarma le commandant de Police secours.

— *Dottore*, une personne importante…

— Qui ? l'exhorta Soneri.

— Bernetti, le sous-secrétaire, avoua enfin l'agent comme s'il se rendait coupable de délation.

Le commissaire commençait à y voir un peu plus clair.

— Ça a foutu le bordel, reconnut encore Giarruso. En fait, on ne peut pas dire qu'on a exécuté les procédures dans les règles.

— Le questeur a été mis au courant de ce coup de téléphone ?

— Je pense que oui, puisqu'il nous a autorisés à faire une entorse au règlement.

— Quel merdier ! laissa échapper Soneri. Et Romagnoli, il est resté aux urgences ?

— Pas que je sache, répondit Giarruso. Un véhicule officiel est venu le chercher pour le transférer dans une clinique privée.

— Villa Clelia ?

— Oui, je crois, si je me rappelle bien.

Le commissaire et Pasquariello échangèrent un regard entendu.

— Quoi faire, si nous aussi, on doit leur obéir ? murmura Soneri.

Le collègue écarta les bras.

— Tu penses qu'il avait quoi dans sa sacoche ? C'est ça, qui les intéressait, non ?

— Je ne sais pas. Je viens de découvrir que Romagnoli s'occupait des affaires privées de Corbellini. Mais d'après moi, elles n'étaient pas seulement privées.

— Bah, ils ont dû le transférer là-bas pour mieux l'avoir à l'œil. Malusardi, le directeur de la clinique, est membre du même parti que le maire. Si le type perdait la boule…

— Il avait des moments de lucidité, mais ils craignaient sûrement ses moments de folie, supposa Soneri. Du reste, dans cette ville, ce sont les fous qui ont raison. Prends Sgarzi…

— Toujours est-il qu'on a livré sans vérifier une personne délirante à un type soi-disant de sa famille, souligna Pasquariello. On a son nom, au moins ?

— Giovetti, répondit l'adjoint.

— Un agent municipal à la botte du maire, indiqua le commissaire.

— Le questeur a donné son accord, précisa Giarruso devant l'air sévère et perplexe de Pasquariello.

— Et ce n'était même pas un parent ! Et l'appel de Bernetti, vous l'avez enregistré, au moins ?

— Bien sûr, sourit l'autre dans une œillade.

Peu après, comme le commissaire rentrait chez lui, Bergossi téléphona.

— Survécu ? s'enquit le commissaire.

— Sales moments, mais j'ai la peau dure, répliqua le procureur. Bien entendu, vos amis de gauche ne se sont pas foulés pour me défendre, hein ?

— Ils ont deviné que ce serait bientôt leur tour : voyez Pontiroli. De toute façon, je n'ai pas d'amis, et pas de parti non plus.

— Ne finassez pas avec moi.

— Mes idées ne rentrent pas dans ce genre de politique. Plutôt, si j'en crois la rumeur, c'est vous qui finassez : vous arrêtez un patron de gauche juste après que la droite vous envoie des inspecteurs.

— Conneries ! balaya Bergossi. Notez que j'aurais presque préféré. Malheureusement, force est de constater que ça pue à peu près partout, et qu'à droite comme à gauche, il faut se boucher le nez.

— Pontiroli a décidé de se mettre à table ?

Le procureur émit un grognement de défiance.

— Il va faire comme tout le monde : dire ce qui l'arrange en essayant de prouver qu'il a été victime d'extorsion. Nous verrons ça demain. J'aimerais que vous soyez présent.

— Vous pensez qu'il a reçu des menaces ?

— La menace la plus importante, c'est que la Camorra ferme la porte à ses coopératives dans le Sud. Pontiroli n'est qu'un pion, des types comme lui, ils en brassent par centaines.

— Je serai là demain, promit Soneri.

— Faites confiance à la chance, ajouta l'autre avant de raccrocher.

Un peu plus tard, le commissaire dut bien avouer que l'une des choses qu'il aimait le plus, quand il rentrait chez lui, était de se mettre à table.

— On trouve tout ce qui nous rassure sur une table dressée, dit-il en enlaçant Angela, à l'origine de cette surprise. La nourriture, le plaisir d'être réunis, la sécurité d'une famille.

— Comme les loups, plaisanta-t-elle. (Et peu après, quand elle le vit revenir de la salle de bains, le teint marqué par sa journée de travail, elle proposa :) Quand tu auras résolu cette affaire, on se prendra quelques jours de vacances, comme ça, on se fera servir midi et soir.

— En plein hiver ? Tu voudrais aller où ?

— On pourrait retourner à Andalo, glissa-t-elle en clignant de l'œil. J'ai été frustrée, la dernière fois.

— Menteuse ! De toute façon, le temps de débrouiller tout ça, le printemps sera déjà là. J'ai d'ailleurs du nouveau au sujet de Romagnoli : je viens d'apprendre qu'on le chargeait des affaires privées du maire. On ne sait pas lesquelles, mais ce n'est pas difficile à imaginer.

— Le vieux serait aussi de la partie ?

— Je crois même que c'est ce qui l'a tué.

— Et pour l'enquête où vous avez les mains liées…

— Impuissants. Affairistes et politiciens font tout pour nous rendre impuissants. Comme ils ne peuvent pas nous liquider, ils nous empêchent d'agir en nous plongeant dans un magma de lois, de sphères maçonniques et de pègre. La politique elle-même soutient la pègre.

— N'exagère pas, intervint Angela. Les politiques ne sont pas tous des truands, les lois servent aussi à garantir les droits des citoyens.

— Tu vois ? Toi aussi, tu deviens indulgente. C'est comme si tu trouvais normal que certains d'entre eux se comportent comme des truands. Il n'y a encore pas si longtemps, on ne l'aurait jamais admis. C'est là qu'on a cédé. D'autant plus qu'en ce moment, la loi ne garantit rien aux honnêtes gens, au contraire, elle rend les escrocs légitimes.

— Allez ! s'exclama Angela. Tu ne vas quand même pas soutenir qu'avant, aucun homme politique n'était corrompu ou coupable de collusion ?

— Non, évidemment, mais aujourd'hui, ils s'en vantent. Et puis, il y a trente ans, la question morale se posait.

Le commissaire s'était échauffé et devenait acrimonieux.

Angela s'approcha et lui entoura les épaules.

— Je parlais sérieusement pour Andalo, lui susurra-t-elle à l'oreille. J'ai envie qu'on fasse une coupure, et la montagne est idéale.

Le minestrone servi bouillant acheva de le rasséréner.

— Une tendre caresse intérieure, soupira-t-il en le savourant à grosses lampées.

— Ce qu'il y a de bien, quand on se connaît, c'est qu'on sait comment rendre l'autre heureux, dit Angela.

— Comme quand tu grattes le dos d'un chat : tu ne rates jamais ta cible, confirma Soneri en riant.

— Comme quand je provoque ton palais.

— J'ai d'autres sens à provoquer…

Elle le fixa avec des yeux de malicieux reproche.

— D'après moi, tu seras dix fois plus excité quand tu sauras ce que j'ai à te dire…

— Si c'est un commentaire un peu salace, ne te fais aucun scrupule, je les adore.

Angela ricana de façon débonnaire.

— J'ai toujours su que tu n'étais pas très raffiné, renvoya-t-elle. Malheureusement, ce que j'ai à t'annoncer ne relève pas des plaisirs de la chair, ça aurait même tendance à la refroidir.

— Moi qui rêvais déjà d'instants bouillantissimes.

Elle le dévisagea en le toisant ironiquement.

— L'exhumation à Lagrimone a lieu demain après-midi.

— À quelle heure ? voulut savoir le commissaire redevenant soudain sérieux.

— 14 heures, le jour tombe vite en cette saison.

— J'y serai.

— Tu cherches quoi dans ce petit tas d'os ?

— Je ne le sais pas moi-même. Disons que je me laisse porter par ma curiosité tenace. Sans doute envie de voir à quel endroit Romagnoli est enterré. Son sort me fait un peu pitié.

— Dis la vérité : c'est le monde des morts qui t'attire. Et comme, pour toi, Corbellini est mort, inconsciemment, tu vas le chercher là où son homme de confiance est enterré.

— Va savoir. Je n'arrive même pas à déchiffrer les idées qui me traversent, je sais juste d'expérience que je ne dois pas les refouler. Et puis, on va pouvoir passer l'après-midi ensemble.

— Dans un cimetière ! protesta Angela. Si tu viens pour qu'on se voie, ça devient de la perversion.

— La perversion est la maladie mentale des flics et des magistrats qui fourrent leur nez dans les affaires des politiques, professa Soneri.

— Tu es un peu fou, toi aussi, susurra Angela en approchant ses lèvres de l'oreille du commissaire.

Il se tourna pour l'embrasser, puis ils finirent sur le canapé. Dans des moments comme ceux-là, Soneri se disait que leurs étreintes singeaient l'acte sauvage de se dévorer l'un l'autre. L'excitation initiale était la même, mais l'objectif n'était pas de se faire mal ou de se lacérer, seulement le plaisir du contact. Toutefois, leurs gémissements gardaient ce quelque chose de la lamentation, du cri d'angoisse.

— Tu y crois, toi, au hasard ? questionna-t-il après qu'ils se furent rhabillés.

— Non, répondit-elle. Il sert à expliquer ce qu'on ne comprend pas.

— Bergossi en est un ardent défenseur, il l'invoque comme un saint.

— Ça ne me dit rien de bon sur ses capacités d'investigation, mais ce n'est peut-être qu'une coquetterie, comme de garder une amulette dans la poche. Et toi, tu y crois ?

— Bah ! Le genre de sujet où le pour et le contre se valent. Pour le dire autrement, si tu dis que tu y crois, tu prends toujours un risque, et si tu dis que tu n'y crois pas, tu fais preuve d'arrogance.

— Comme avec Dieu, dit Angela.

— Plus ou moins. Un acte de foi.

— En revanche, demain, acte formel parmi les plus désagréables.

— Demain matin, je dois assister à une première exhumation. Bien plus pénible encore.

— Tu parles de quoi ?

— De l'interrogatoire de Pontiroli : on va avoir du mal à empêcher les anciens dirigeants de coopératives de se retourner dans leurs tombes.

— Heureusement qu'ils sont morts, considéra Angela. Au moins, ils auront évité le désastre.

— J'aurais préféré que Bergossi s'en charge sans moi, mais il veut que j'assiste au spectacle. J'espère que ce faux patron choisira le droit au silence.

— Tout dépend s'il est prêt à faire quelques années de taule en courbant l'échine. Ou de combien il risque s'il se met à table. Tu sais, avec cette compagnie…

— Il fera comme Petrillo. Les deux ont parfaitement compris qu'ils n'étaient pas face à de simples politiciens, plutôt face à des pairs qui utilisent les mêmes méthodes, raisonna Soneri.

— Tu vas donc devoir affronter deux exhumations : une qui regarde le corps d'un homme, l'autre, l'âme d'un mouvement, conclut Angela.

CHAPITRE 23

Pontiroli était plutôt menu, et ses lunettes rectangulaires et métalliques lui donnaient une allure modeste d'aumônier. Froissé par sa nuit sans sommeil en geôle, arraché brutalement à son univers, il regardait autour de lui par intermittence, inquiet du moindre geste. Il était assisté de l'avocat Trombini, l'un des meilleurs que la gauche eût formés.

Bien que son caractère ne l'y aide pas, Bergossi s'efforça de mettre l'inculpé à l'aise en se montrant cordial. Le magistrat lut le chef d'accusation et résuma les termes de l'enquête, puis demanda si le mis en cause entendait répondre aux questions. À ce moment-là, l'avocat intervint et énonça une série interminable d'exceptions avant de s'engager dans une polémique juridique qui ennuya terriblement Soneri. *In fine*, Pontiroli décida de répondre.

— On était obligés de payer, reconnut-il. Pas le choix. Le système est comme ça.

— Les fonctionnaires et les adjoints interrogés disent qu'il n'y avait aucune obligation, et que vous le premier leur avez proposé de l'argent pour obtenir les marchés, objecta Bergossi.

L'autre ricana d'un air indigné.

— Vous auriez fait quoi, à ma place ? C'étaient les conditions. Ma coopérative regroupe trois mille personnes, parmi lesquelles cinq cents salariés-associés, je devais les renvoyer chez eux ?

— Si l'on s'en tient à ce que l'on a découvert, poursuivit le magistrat sans faire cas de ce que l'autre venait de dire, la Camorra a implanté une commission régionale qui se prenait la plupart des marchés en garantissant un flux d'argent au système politique. Vous n'avez peut-être pas licencié vos salariés-associés, mais les salariés des entreprises qui se sont fait évincer, si.

— Vous croyez que les autres n'essayaient pas ? Vous croyez qu'elles ne payaient pas ? Même les artisans payent les syndics pour obtenir des petits chantiers. Grands ou petits, c'est comme ça que ça marche, affirma Pontiroli, de temps à autre interrompu par son avocat qui reformulait ses réponses dans un jargon quasiment incompréhensible.

Soudain, un mot fit sursauter le commissaire : le *contexte* exigeait ces paiements, et Trombini le prononçait comme si les questions du magistrat, qui révélaient ce scénario, étaient le fruit d'une incroyable naïveté. Et lorsque Bergossi se mit à contester un certain nombre de faits, confirmés par les aveux d'élus et de fonctionnaires municipaux, Pontiroli conserva la même attitude : l'argent était la condition pour travailler. Lui les appelait des financements en soutien de l'activité politique, et Trombini rappelait que ce n'était plus un délit, mais une simple infraction passible d'une amende.

— Nous la paierons s'il le faut, conclut l'avocat comme s'il donnait l'absolution. Vous comprenez à quel point il est difficile d'entreprendre dans ce pays ?

— *Dottore*, plaida Pontiroli, la troisième voie n'existe pas : ou vous vous adaptez, ou vous mourez. Un homme avec mes responsabilités a le dos au mur.

— Vous pouviez porter plainte, nous sommes ici pour ça, riposta Bergossi.

— Avec quelles preuves ? Vous-même n'en avez pas, et cette enquête, avec tout le respect que je vous dois, finira dans le néant.

L'avocat voulut intervenir pour calmer son client qui, peu à peu, retrouvait l'arrogance des gens habitués au pouvoir, mais le magistrat le devança.

— Les preuves sortiront en temps utile, menaça-t-il.

— Excusez-moi, insista l'autre en baissant cette fois-ci d'un ton, mais si on porte plainte, on ne travaille plus, c'est même pire que de ne pas payer. Pas seulement dans cette ville, partout. Avec ce système, personne ne peut échapper au chantage.

— Voilà comment les crapules font carrière, laissa échapper le procureur.

— Si on refuse de jouer le jeu, on est considérés comme une anomalie, intervint à nouveau le patron de la coopérative. J'y ai déjà pensé, poursuivit-il d'un ton mielleux, mais j'ai eu peur des conséquences. Pas pour moi, pour l'entreprise. Et puis, les magistrats…

Il n'alla pas plus loin, foudroyé du regard par son avocat, puis tenta de se rattraper en détournant ses propos de leur véritable intention :

— Je voulais dire qu'à votre place, face à des plaintes de ce genre, vous seriez sans doute obligés de classer.

Bergossi le défia du regard en montrant qu'il avait compris. Trombini voulut venir au secours de son client, mais le procureur coupa court :

— Si vous sous-entendez que nous sommes politisés, je vous détrompe tout de suite. Parlez-moi plutôt des relations que vous entretenez avec certaines sociétés infiltrées par la Camorra.

— Je ne suis pas au courant d'entreprises infiltrées par la Camorra.

Le magistrat en cita trois avec lesquelles la *New Job* s'était temporairement associée dans le but d'obtenir des marchés.

— Elles sont toutes en règle, assura Pontiroli.

— Certains des membres de leurs conseils d'administration ont été mis en examen, et la Direction antimafia les range parmi les sociétés coupables de collusion.

— Qu'ils le démontrent, et je mettrai un terme à nos relations. Pour l'instant, jusqu'à preuve du contraire…

— Les certifications sont conformes, intervint Trombini. Une entreprise se base sur de la documentation, vous ne pouvez pas vous fier à une opinion.

— Non, bien sûr, acquiesça le procureur, mais les entreprises avec lesquelles vous avez travaillé il y a encore un an ont été suspendues pour délit de collusion. Sans compter qu'en faisant appel à de la sous-traitance, il est beaucoup plus facile d'échapper aux contrôles anticorruption.

— *Dottore*, je suis chef d'entreprise, se défendit Pontiroli d'une voix plaintive. Je ne suis pas quelqu'un de corrompu, juste une personne qui tente de travailler dans le contexte que nous venons de décrire, avec pour mission de donner du travail et d'investir. Mes associés exigent que la coopérative ait des *follow-up* positifs sur tout le territoire, qu'elle développe du business, poursuivit-il, fier d'employer des termes anglais dans un mauvais accent. C'est comme si j'avais derrière moi des milliers de baïonnettes : je suis obligé d'avancer en cueillant toutes les occasions qui se présentent, et si je ne le fais pas, les autres prennent l'avantage. Je suis comme un soldat, je suis obligé de m'adapter.

— Y compris en faisant des affaires avec des individus coupables de collusion…

— Je me permets de vous corriger, intervint Trombini. Mon client n'a jamais signé d'accords avec des membres de la Camorra. Nous évaluons toujours les gens que nous avons en face de nous, et je peux vous assurer qu'aucun des signataires de nos contrats n'encourt de condamnation.

— Arrêtez de vous foutre de ma gueule ! éclata Bergossi en élevant la voix. Nous savons tous que les représentants de ces entreprises sont irréprochables. Ils sont là pour ça. Et vous savez aussi que dans au moins trois cas, votre client a travaillé en Campanie sur des chantiers mis sous séquestre lors d'une opération antimafia. Et que ces entreprises, chef de file dans le Sud, sous-traitaient avec votre client dans le Nord.

— Dès que nous avons su qu'elles faisaient l'objet d'une enquête, nous avons mis un terme à nos relations, rétorqua l'avocat.

— J'y ai laissé des plumes, vous pouvez me croire, enchérit Pontiroli. Nous n'avons pas été payés à cause de ces chantiers bloqués.

— Vous, en revanche, avez payé rubis sur l'ongle les élus parmesans… reprit le magistrat en réordonnant ses papiers pour préparer sa série d'objections.

Et la liste était longue.

— Je vous le répète, le coupa Trombini, il s'agissait de financements courants. J'admets qu'ils n'aient pas tous été déclarés, c'est pourquoi nous nous acquitterons de nos amendes.

— Vous faites pourtant partie du mouvement coopératif, insista Bergossi. En somme, vous n'êtes pas une entreprise privée… Votre histoire…

Pontiroli et son avocat se regardèrent avec étonnement, cueillis à froid.

— Je ne comprends pas… murmura enfin Trombini, comme un enfant intimidé.

Soneri se leva d'un bond et quitta précipitamment la salle.

D'un coup, l'enquête ne l'intéressait plus. Ou l'intéressait trop. Il se sentait inutile, déraciné, privé de rôle. Tandis qu'il traversait la salle des pas perdus, une main le saisit par le bras. Il fit une brusque volte-face et se retrouva nez à nez avec Angela.

— Tu as une tête de condamné, et vu le lieu… dit-elle.

Le commissaire fit un geste de la main en l'invitant à laisser tomber.

— Je te rappelle notre rendez-vous au cimetière, ajouta-t-elle. Au moins, ton humeur sera raccord. Tu verras, c'est un endroit très romantique, dit-elle encore en essayant de le faire sourire.

— J'y serai. D'abord, je mange un morceau. Tu m'accompagnes ?

— Non, je n'ai pas le temps. J'ai encore du boulot, déclina Angela. Mais on y va ensemble ?

— Je ne préfère pas. On y sera à titre professionnel, et nos rôles ne sont pas toujours compatibles.

— Pas très souvent, en effet… lui reprocha-t-elle gentiment. Je trouve ça complètement hypocrite, mais tu as raison, respectons la forme.

— Il n'y a que ça qui compte, même si personne n'y croit, grommela Soneri.

— Mais qu'est-ce que tu as ? C'est quoi cette humeur de chien ? demanda-t-elle.

— Je sors de l'interrogatoire de Pontiroli.

— Ah ! Voilà !

— Je me suis rarement senti aussi ridiculisé.

— Le monde économique est une fiction, tu devrais le savoir. *L'économie est la continuation de la guerre avec d'autres moyens*, tu connais, non ? L'intention de détruire l'autre à tout prix n'a pas changé.

— D'accord, mais les coopératives… Même Bergossi l'a fait remarquer alors que c'est un libéral.

— Ils se sont résignés aux règles de leurs adversaires. Le marché n'admet aucune différence : ni de droite, ni de gauche. Aucun idéal ne doit l'entraver, de la même façon qu'en temps de guerre, le code d'honneur n'existe pas.

Soneri pensa à Valmarini. Lui ne faisait pas semblant, lui épousait la fiction. Il la brandissait même comme un credo, et il était sincère, à sa façon. Un faussaire sincère : un paradoxe, une cabriole de la logique, une aporie. En comparaison, Pontiroli n'était qu'un vulgaire intrigant, si peu conscient de lui-même qu'il ignorait l'histoire dont son entreprise était issue. Le trait de notre époque : l'amnésie collective, le présent à tout prix, sans passé ni projet d'avenir. La démence sénile d'une civilisation.

— On se retrouve là-bas.

Ils prirent rapidement congé avec un signe de connivence.

Puis Soneri s'achemina vers le bar à vin de Bruno. Il aspira soudain à sa discrétion, à sa façon de saisir immédiatement que les mots seraient pénibles et superflus. Dans un coin, en silence, il avala sa charcuterie tout en craignant de se faire alpaguer par une connaissance tant il avait l'esprit vidé. Il était seulement pressé de conclure, et en même temps, déprimé de savoir qu'il vivait la fin de la partie.

Il gagna la Questure et prit le volant de son Alfa. En parcourant le val Parma, il se dit qu'un cimetière était le lieu parfait pour contenir ses états d'âme, toutefois, les collines qui se profilaient de plus en plus nettement passé le hameau de Pilastro, ainsi que la lumière toujours plus éclatante à mesure qu'il grimpait le déridèrent un peu. Il arriva quand le soleil brillait et réchauffait l'après-midi. Ces journées-là, le temps était plus chaud en haut des monts que dans la plaine où le brouillard stagnait. Dans le cimetière, le silence était interrompu par le chant aigu des rouges-gorges, oiseaux du froid.

Il sentit qu'il n'était pas le bienvenu. Angela lui fit signe de loin et resta à sa place. Les avocats de la plaignante le dévisagèrent avec méfiance tandis que les ouvriers de la mairie supportaient ce surcroît de travail avec indifférence. Un représentant de L'Éternelle était également présent, reconnaissable à son costume noir, et Soneri songea que les croque-morts, tout comme les policiers, se distinguaient immédiatement. Le juge civil s'appelait Coscelli, un homme corpulent aux gestes solennels. Le cadavre à exhumer s'appelait Costante Montanari, que sa nièce accusait d'être son géniteur. Et bien que la plaque de marbre affichât en italique : *Chevalier de l'ordre du Mérite, mari exemplaire et père aimant*, tous étaient là pour vérifier si l'adultère avait eu lieu.

Il n'y avait pas de temps à perdre : l'après-midi fanait et les ombres s'allongeaient entre les tombes. Le maçon commença par déplacer le marbre, puis il ouvrit le loculus. Tout se passa en un éclair, et la caisse, une fois extraite, fut déposée sur une brouette et chargée dans le fourgon de la police funéraire.

— Spectacle terminé, et temps perdu, probablement, murmura Soneri en se rapprochant d'Angela.

Il revint sur ses pas et profita du départ de la petite foule pour sillonner le cimetière à la recherche de la tombe de

Romagnoli. Il la trouva sans plaque, Dieu seul savait si un jour il en aurait une. La niche était fraîchement enduite de crépi, et un simple carton cloué indiquait son nom ainsi que ses dates de naissance et de décès. Il se promena quelques minutes le long des quelques arcades du cimetière jusqu'à ce que la lumière baissât. Puis il retourna au centre du village, dans l'air encore tiède de soleil.

Il contempla le mont Fuso immaculé, et eut un irréfrénable désir de s'accorder une pause méridienne. Il entra dans une auberge près de la strada Massese, commanda un demi-litre de malvasia et observa la vie de ce noyau d'habitations poussées au bord de la nationale : les élèves de retour de l'école qui descendaient du car, le va-et-vient des tracteurs, les anciens en train de bavarder, les femmes qui sortaient fermer leurs volets, les artisans en bleu de travail, les ouvriers des charcuteries environnantes pressés de rentrer chez eux… Il trouvait tout insupportablement léger, insignifiant. Pourtant, il savait que la vie ne tenait qu'à un fil, qu'il suffisait d'un imprévu pour que le train-train quotidien en soit tout bouleversé. La sonnerie de son portable le détourna de ses méditations.

Angela avait la voix excitée.

— Où tu es ? demanda-t-elle à brûle-pourpoint.

— Là où tu m'as amené.

— Reviens à Parme, il se passe un truc énorme.

— Quoi ? s'alarma le commissaire.

— Ils ont découvert un cadavre dans le cercueil de Montanari.

— Un cadavre ?

— Oui, et le juge dit qu'il est frais.

Soneri était déjà debout.

— J'arrive. Le temps de prévenir Musumeci pour qu'il déboule.

— Ce n'est pas beau à voir, avertit Angela.

— Préviens-moi s'ils l'identifient. Le parquet a envoyé quelqu'un ?

— Pas encore, je ne sais pas qui est de garde.

— Tant mieux, dit Soneri avant de raccrocher tout en se dépêchant de rejoindre sa voiture.

Voilà, sa tête était encore une fois envahie de pensées. Il s'imaginait repartir pour un nouveau tour de manège, et ça n'était peut-être qu'un nouveau départ. Un cadavre au mauvais endroit, et il fallait d'un coup replacer toutes les pièces sur l'échiquier de son imagination. À toute allure, il fendit le brouillard comme un défi à l'inconnu. Il arriva à l'Institut médico-légal au moment où Nanetti en sortait, emmitouflé dans sa combinaison blanche. Après avoir ôté son masque, ce dernier balança :

— Grands dieux, quelle puanteur !

— Ils ont ordonné l'autopsie ? s'enquit le commissaire.

— Pas besoin, déjà faite, l'informa son collègue. C'est une vieille connaissance, tu ne vas pas y croire. Comme si tu retrouvais un ami que tu croyais perdu, conclut-il avec son habituel humour macabre.

— Putain ! Accouche !

— Romagnoli, annonça Nanetti. Autant dire un sacré bordel.

Soneri garda le silence et tenta de remettre ses idées en place.

Mais le collègue poursuivait :

— Ils ont ouvert la tombe, dévissé le cercueil, coupé la protection en zinc, et balancé le pauvre Romagnoli sur la dépouille du cavalier Montanari. Un homme à femmes sous le corps d'un mâle.

— On sait à peu près quand on l'a foutu là-dedans ?

— Sans doute le jour de l'enterrement. Les bords du zinc ne sont pas encore oxydés.

— Ça voudrait dire qu'il n'y a personne dans la tombe de Romagnoli ? s'interrogea le commissaire à voix haute.

— Ils ont peut-être mis quelqu'un d'autre, en déduisit Nanetti.

Soneri attrapa son portable et composa le numéro de Musumeci, mais quelques secondes plus tard, l'inspecteur apparut à ses côtés en agitant son téléphone.

— *Dottore*, je suis là depuis une heure, vous ne m'avez pas vu ?

Il ne répondit pas.

— Écoute, prends une bagnole, et file à Lagrimone planquer devant le cimetière : je veux être sûr que personne ne s'approche de la tombe de Romagnoli.

— Pour planquer un mort ?

— Emmène deux agents avec toi, pendant ce temps-là, je demande à Bergossi de nous autoriser à mettre provisoirement le cimetière sous séquestre.

— On ne risque pas le délit de fuite… marmonna Musumeci moyennement ravi à l'idée de passer la nuit dans un cimetière.

— Je n'en serais pas si sûr, le contredit Soneri.

— *Dottore*, il n'y a pas âme qui vive dans les cimetières, vous ne saviez pas ? plaisanta cette fois l'inspecteur. À part les satanistes ou les voleurs de fleurs. À mon avis, à Lagrimone… Rien que le nom du village, ça donne envie de chialer.

En composant le numéro de Bergossi, le commissaire se rendit compte de la fragilité de son hypothèse. Il se souvint des confidences qu'il avait faites à Juvara sur certaines de ses intuitions : soit une sacrée trouvaille, soit une énorme connerie. Cette enquête atypique le mettait constamment en demeure de choisir : les honneurs ou la honte.

Le magistrat était perplexe, lui aussi.

— Oui, je comprends, vous vous demandez si on ne l'a pas remplacé par un autre cadavre, mais où voulez-vous que ça nous mène ?

— Dans tous les cas, nous devons nous en assurer, vous ne croyez pas ?

Au silence qui suivit, Soneri comprit que l'autre réfléchissait.

— Bien sûr, un délit a été commis, et je pourrais… en forçant un peu… D'accord, se résolut-il enfin, mettez le cimetière sous séquestre. Et remerciez Pontiroli, grâce à lui, la droite a levé le pied… Au moins, nous pouvons nous permettre d'être plus téméraires.

— Ça s'est terminé comment ?

— Il s'entête à tout faire passer pour de la concussion ou du financement illicite.

— Des infractions mineures…

— Ça ne passera pas. Le système est consociatif : l'Emilie étant gérée par la gauche, le privé a besoin de la *New Job*, par contre, dans les régions gérées par la droite, c'est le privé qui prendra la main. Unis dans les affaires, vous comprenez ? Le tout sans contrôle de la Legacoop : ses coopératives sont devenues tellement énormes qu'elles se foutent complètement des règles et font exactement ce qu'elles veulent, résuma Bergossi.

Angela téléphona tout de suite après.

— Rejoins-moi au bar de la morgue, celui qui fait l'angle, à droite de l'Institut.

Il faisait nuit alors qu'il n'était que 17 heures, et le brouillard soufflait en surgissant sur les boulevards. Soneri calcula combien de temps Musumeci mettrait pour arriver à Lagrimone. Tout allait se jouer au timing.

Angela le rejoignit avant que l'inspecteur ne soit arrivé sur les monts.

— Tu sais quand L'Éternelle a été prévenue de l'exhumation ? la questionna le commissaire.

— Coscelli n'a pas fléchi : rien ne l'obligeait à les avertir, il les a donc prévenus ce matin. Tout comme les ouvriers municipaux chargés de l'exhumation…

— Je sens que tu t'en es mêlée…

Elle lui envoya un clin d'œil.

— On a pensé à la même chose, et on avait les mêmes soupçons. On en avait parlé, tu t'en souviens ?

Soneri opina du chef.

— J'ai envoyé Musumeci et deux agents sur place, et j'ai convaincu Bergossi de mettre le cimetière sous séquestre. Je ne voudrais pas qu'on touche à la tombe. Espérons qu'il arrive à temps.

— Tu crois qu'ils vont déjà tenter de rattraper le coup ?

— Ils n'ont que ça à faire, maintenant qu'on sait que le cercueil de Romagnoli est vide…

— Commissaire, si je comprends bien : échec et mat. Qu'ils agissent ou qu'ils restent tranquilles, le résultat est le même.

— Tu es sûre que les infos n'ont pas fuité ? On aurait l'air con si on donnait un coup d'épée dans l'eau.

— Je ne crois pas. Cela dit, ces types sont diaboliques. On peut seulement attendre.

— Je ne vais jamais tenir, je crois que je vais retourner là-haut.

Peu après, Musumeci donna de ses nouvelles.

— Je suis dans le noir complet, et je vais me répéter : il n'y a pas âme qui vive, ricana-t-il.

— Tu es tout seul ?

— Non, avec deux collègues, malheureusement, on ne peut pas faire une brisque à trois.

— Je ne vais pas tarder, commence à distribuer les cartes. On verra si on a du jeu.

— Allez, vas-y, lui dit Angela en le regardant comme un médecin scrute un patient. Tu ne tiens plus en place.

Il bouillonnait intérieurement, et le seul moyen de se calmer était de passer à l'action. Un quart d'heure plus tard, il traversait en sens inverse la nuit et le brouillard épais dans la vallée qu'il venait de quitter une heure auparavant. S'il avait écouté ses sensations, il aurait attendu là-haut dans la quiétude de ce village des Apennins. Il quitta le brouillard sur le faux plat de Pastorello, et la nuit s'ouvrit au-dessus de lui, aussi limpide qu'un ciel de crèche. Il songea que c'était de bon augure, le présage d'une solution possible. Au bout de cinq minutes, son portable sonna et la voix préoccupée de Musumeci résonna à son oreille.

— *Dottore*, un véhicule vient de se poster devant l'entrée du cimetière. Trois hommes en sont sortis, ils discutent devant la rubalise.

— Ils vous ont vus ? s'inquiéta le commissaire.

— Non, on s'est garés derrière des arbres, on est dans le noir, ils ne voient rien.

— D'après moi, ce sont les gérants. Pour l'instant, surveille-les, et dis-moi s'ils entrent malgré l'interdiction.

— J'en vois un qui téléphone, les deux autres sont remontés dans la camionnette. Ici, il fait un froid de canard.

— J'arrive, s'ils repartent, préviens-moi.

— Et nous ? S'ils bougent, on fait quoi ?

— Rien : ils vont nous rendre service et nous éviter de la fatigue.

À en juger à son silence, Soneri s'aperçut que l'inspecteur n'avait pas capté. Lui, en revanche, avait vu juste, et l'apparition dans la nuit de ce fourgon devant le cimetière en était la confirmation.

Il accéléra en cahotant sur les ornières d'une route que l'on avait construite sur l'argile de ces monts bossus dont les versants avaient été dissous par la pluie de l'automne, lorsque Musumeci rappela.

— Ils sont entrés, annonça-t-il. Ils ont dû recevoir des ordres.

— Laisse-les faire, recommanda Soneri. Tu as bien deux gars avec toi ?

— Oui, je suis avec eux.

— Ils ont l'œil ouvert ?

— Comment ça ?

— Réveille-toi, Musumeci ! le tança le commissaire qui s'irritait à l'idée de ce qu'il allait se passer. Je ne te demande pas s'ils dorment, je te demande s'ils sont au taquet !

— Ah ! fit l'inspecteur. Oui, oui, *dottore*, on peut leur faire confiance.

Soneri gara l'Alfa sur le parking et poursuivit à pied. Lagrimone dormait, y compris le bar au bord de la route dont les lumières étaient éteintes. Seules des fenêtres, ici ou là, laissaient filtrer la lueur d'un poste de télévision. Quand il fut à proximité du cimetière, il envoya un texto à Musumeci en l'avisant de se tenir prêt, puis scruta le fourgon afin de s'assurer que plus personne n'était à bord. Il s'approcha discrètement du portail entrouvert et vit trois ombres s'affairer sous les arcades devant la tombe de Romagnoli. Tout concordait. On entendait une meuleuse d'angle travailler avec précaution contre la paroi de la niche. Il supposa qu'ils déplaçaient des briques pour extraire le cercueil. Il attendit dans le gel de la nuit. Le silence était absolu, interrompu seulement par le hululement strident des chouettes, sans doute gênées par l'éclairage public de la nationale située un peu plus bas et par le frottement du disque abrasif. Soudain, le bruit cessa, et les trois s'activèrent en ahanant. Le commissaire entendit le son âpre de quelque chose qu'on traîne, et peu après, distingua la forme du cercueil. Puis, les trois se penchèrent de nouveau, et le soulevèrent. Ce fut à ce moment-là que Soneri ouvrit tout grand le portail en leur intimant l'ordre de ne plus bouger. D'un bond, Musumeci et les deux autres accoururent derrière lui en empoignant leur pistolet. Les trois croque-morts lâchèrent le cercueil d'un coup, qui tomba au sol avec un bruit sec, et prirent la fuite à travers le cimetière dans des directions différentes. L'inspecteur et les agents coururent à leurs trousses tandis que Soneri observait sans bouger cette poursuite ridicule entre lumignons et âmes mortes. Les trois fonçaient, malgré le vent qui faisait voler leurs manteaux.

Le commissaire en vit un grimper sur une pierre tombale, se lancer sur le bord d'un mur et disparaître de l'autre côté de l'enceinte. En revanche, il perdit de vue les deux autres. Au bruit de leurs pas, il en déduisit qu'ils se dirigeaient vers l'arrière du cimetière. Quelques minutes après, on entendit le battement d'une grille de fer ainsi que des jurons résonnant sous les voûtes.

— On s'est fait avoir, pesta Musumeci, essoufflé par la course. Ils avaient laissé la grille ouverte, et ils l'ont refermée derrière eux. À une seconde près…

— Les femmes t'ont épuisé, tu ne démarres plus aussi vite qu'avant, le chambra le commissaire.

— Mais... ils nous ont échappé... s'en voulut l'inspecteur en s'étonnant de la bonne humeur du commissaire.

— Peu importe, le rassura ce dernier. Les trois n'étaient que des exécutants. L'important, c'est qu'il nous reste leur fourgon, et le cercueil. Je te l'avais dit, qu'ils nous rendraient service : on n'a plus qu'à le transporter.

Musumeci acquiesça, cependant on devinait qu'il n'avait toujours pas capté.

CHAPITRE 24

Les carabiniers du poste de Langhirano se chargèrent de transporter le cercueil avec leur tout-terrain, puis on emmena le fourgon à la caserne après l'avoir mis sous séquestre. On apprit à ce moment-là que l'un des trois croque-morts avait été capturé dans des circonstances assez comiques. Dans sa fuite, il avait glissé sur la neige et terminé dans un fossé marécageux, les pieds s'enfonçant dans la glaise sans qu'il pût s'en tirer. On l'avait retrouvé aux premières lueurs de l'aube, enlisé jusqu'au nombril tel un petit poteau.

Soneri, pour sa part, s'était enfoncé dans des conjectures, énervé par l'attente. Il était finalement rentré à 4 heures du matin, incapable de fermer l'œil, et maintenant, c'était l'adrénaline qui le faisait tenir. En franchissant le porche de la morgue, une demi-heure avant que ne débute l'examen du cercueil, il s'était retrouvé avec un regard d'amphétaminomane. L'huissier l'avait dévisagé, à la fois surpris et inquiet, et salué avec défiance. Nanetti arriva quelques instants plus tard.

— À part toi, personne ne glane autant de morts, grommela-t-il.

Soneri écarta les bras.

— Pur hasard, commenta-t-il avec candeur. Qui aurait pu penser qu'une autre affaire d'exhumation…

— Qu'il aille se faire foutre, le hasard… Et toi? qu'est-ce que tu fabriquais là-bas ? Tu l'attendais ?

— L'affaire de l'héritage Montanari est suivie par le cabinet Cornelio. Par Angela, si tu préfères, avoua le commissaire un peu gêné.

— Tu suis toutes les affaires de ta compagne ?

— Non, mais comme Romagnoli est enterré à Lagrimone, je me suis dit que je pouvais en profiter…

Nanetti éclata de rire.

— Qu'est-ce que c'est que ces bobards ! Tu veux me faire croire à ces conneries ? Tu penses que je ne vais pas tenir ma langue ?

— Je te jure que je suis allé à Lagrimone pour ces deux raisons-là. Le reste, c'étaient juste des pressentiments, une sorte de sixième sens. Peut-être en plus un vague espoir. Les enquêtes sont aussi faites de ça, non ?

Nanetti haussa les épaules.

— Personnellement, je m'en tiens à ce que je vois et à ce que je constate. Qu'est-ce qui t'a titillé ?

— Le fait qu'on se dispute un mort uniquement par avidité. Surtout, ce que Bergossi pense des enquêtes, et plus généralement, de notre manière d'agir…

— L'argent fera toujours marcher le monde, intervint le collègue d'un ton tranchant en en soulignant l'évidence. Parle-moi plutôt des réflexions de Bergossi, ça m'intéresse.

— Il pense que rien n'est jamais totalement prévisible, et considère que tôt ou tard, le hasard entre en scène. Pour lui, c'est une loi quasiment démontrable.

— Clairement, même l'assassin le plus raffiné ne peut pas tout anticiper.

— Non, ce serait encore trop simple. Bergossi en fait une loi existentielle. Une théorie selon laquelle on ne peut jamais tout contrôler. Un projet criminel ne dépend pas seulement de son instigateur, mais d'autres événements qui peuvent interférer. Regarde l'histoire de Lagrimone : qui aurait pu penser qu'une affaire au civil mette au jour la fausse tombe de Romagnoli ? D'après notre procureur, les imprévus finissent toujours par faire échouer les plans les plus élaborés. Et s'ils nous échappent, c'est parce qu'on les néglige. Nous sommes coupables de ne pas assez les tenir à l'œil.

Nanetti le fixa d'un air songeur sans se départir de son scepticisme.

— Ils ont de drôles d'idées dans la tête, les magistrats. Je n'aurais jamais cru ça de Bergossi, commenta-t-il. (Puis, voyant que la porte de la salle d'autopsie s'entrouvrait, il ajouta :) Bon, allons voir ce que le hasard nous a réservé.

Ils entrèrent. Le cercueil était sur une table, déjà ouvert, mais il fallait attendre l'arrivée de Bergossi pour découper la protection métallique.

Quand celui-ci entra solennellement quelques minutes plus tard, Nanetti donna un coup de coude à Soneri.

— Intervention de l'imprévu, chuchota-t-il.

— Fais gaffe, riposta le commissaire, il n'est pas forcément bénin.

Pour toute réponse, son collègue lui tendit un masque.

— Mets ça, au moins, tu la fermeras un peu.

Les ouvriers découpèrent la tôle de zinc. Les bords du cercueil devinrent incandescents à mesure que la disqueuse avançait en répandant dans l'atmosphère une odeur de fonderie. Une fois la caisse ouverte, une puanteur bien plus désagréable empoisonna la salle. Un employé mit en marche l'aération, et malgré le relent, tous s'approchèrent pour regarder. Ce que l'on entrevit n'avait plus rien d'humain. Le corps avait perdu ses formes, et sous les traits dissous, glissant le long des os, affleurait le profil anguleux et sinistre du squelette. À la manière dont il était vêtu, c'était celui d'un homme, mais personne ne fut en mesure de le reconnaître. Tout du moins, pas avant que le médecin légiste ne se mette à inspecter sommairement le corps et ne découvre, en soulevant la veste sur le ventre gonflé, une chemise blanche, tachée ici et là de fluides organiques déjà secs, avec des initiales. Soneri lut clairement : *G.C.* et n'eut plus aucun doute. Bergossi et les autres s'échangèrent, eux aussi, de petits signes de connivence derrière leur masque.

Un quart d'heure plus tard, le procureur s'approcha du commissaire.

— Ça me paraît clair. Au moins, on l'a trouvé, dit-il.

— C'est déjà ça… opina Soneri. Le plus intéressant vient maintenant. En attendant, il va falloir comprendre quand et comment il est mort, ajouta-t-il en s'adressant à Nanetti.

— Je vais déjà fixer l'autopsie, au maximum, d'ici demain, annonça Bergossi. J'ai hâte de conclure.

— Vous pensez qu'on peut conclure une affaire de ce genre ?

— Au moins pour ce qui relève de notre compétence. Le reste ne nous regarde pas.

— Vous allez l'annoncer publiquement ?

— Je veux d'abord en être certain. Depuis le temps qu'on attend, on n'est pas à un jour près, décréta le magistrat en s'en allant.

— Tu parles qu'on va pouvoir garder le secret jusqu'à demain, commenta Nanetti peu après son départ. Dehors, c'est bourré de journalistes, ils ont vu que ça sentait mauvais.

— Si Capuozzo l'apprend, il va tout de suite le balancer. Dès qu'il voit une caméra, il est en érection.

— De toute façon, maintenant, ça paraît clair, non ? dit Nanetti en haussant les épaules.

— Mais pour un scientifique comme toi, il faut une preuve.

— Ça va venir. Il suffira de quelque chose qu'il a sur lui.

Une heure après, Delfina Torreggiani fit son apparition, soutenue par Musumeci. On lui montra des objets personnels parmi lesquels une alliance, une chaînette et un bracelet en argent. La vieille les souleva un par un et les regarda en chaussant ses lunettes. Elle les toucha avec toute la délicatesse dont ses doigts secs et légèrement tremblants étaient capables. Puis elle les reposa en les alignant aussi soigneusement qu'elle l'aurait fait sur une commode et les effleura de la main. Elle demeura encore quelques instants à les fixer, leva les yeux sur Soneri, et ce dernier vit des larmes, agrandies par les verres, déborder en silence et couler sur ses joues en inondant ses rides jusqu'à ce qu'elles forment une résille transparente, brillante comme de la glace. Ensuite, arrivèrent les sanglots, et le commissaire décida qu'il était inutile de poursuivre les vérifications.

La ville se douta de la mort de Corbellini bien avant d'en être informée et cessa toute activité afin de s'interroger sur ce qu'il venait de lui arriver, incrédule et perdue comme une jeune orpheline. *Le cadavre du maire retrouvé au cimetière de Lagrimone dans le cercueil du mort de froid à la clinique Villa Clelia*, avaient titré les JT du soir, et cette annonce invraisemblable rappela à Soneri le début de l'affaire quand il avait lu les journaux et découvert l'annonce tout aussi invraisemblable des sports d'hiver à Andalo.

— *Dottore*, commenta Juvara, on est encore devant un non-sens. Mettez-vous à la place des gens, ils n'y comprennent que dalle : pourquoi leur maire s'est retrouvé dans la tombe de son homme de confiance ?

— Nous non plus, on n'y comprend rien, c'est ça, le problème, confessa Soneri. Ou bien c'est justement la réalité tout entière qui n'a aucun sens.

— Et nous qui y cherchons un fil logique, dit l'inspecteur en hochant la tête.

— C'est pour ça qu'on se plante, confirma le commissaire. Les enquêtes doivent davantage au flair qu'à la raison.

— Vous croyez que pour les gens, c'est pareil ?

— J'en suis certain. Et ceux qui fouillent dans la vie des autres devraient le savoir.

Juvara se retrancha dans un mutisme introspectif : il paraissait troublé. Soneri s'étonnait toujours de l'ingénuité de son jeune inspecteur, probablement la conséquence de sa confrontation tardive avec le monde. Le commissaire s'accommoda toutefois de ce silence tandis que l'après-midi mourait dans la grisaille toujours plus sombre entre les sapins de la Questure. Et à mesure que le soir tombait, il sentait son corps se relâcher. Les premiers résultats de l'autopsie n'arriveraient pas avant demain : il devrait patienter avant de reprendre l'enquête. S'ouvrait donc une pause, et sa fatigue s'y engouffra cependant que les rues s'excitaient et vociféraient.

Il s'éveilla avec cette affreuse sensation de s'être évanoui. Le bureau était noir et désert. Juvara avait disparu. Seuls les phares de quelques patrouilles balayaient par moments les vitres. Il alluma la lumière et se découvrit en colère. Sur son bureau, l'inspecteur avait déposé un petit mot aux manières prévenantes : *Je vous ai laissé dormir parce que vous aviez besoin de vous reposer. À demain. Juvara. P-S : Aurora Guatelli est passée vous voir.* Il déchira le mot et jeta les morceaux à la corbeille. Puis il soulagea ses membres engourdis, regarda la pendule et vit qu'il était 23 heures. Son portable était éteint depuis l'après-midi, quand il avait quitté l'Institut médico-légal, et au moment où il le ralluma, il fut assailli par une rafale de messages. Il entendit ensuite une sonnerie plus douce et grésillante. Il mit plusieurs secondes à comprendre que c'était son téléphone fixe. Juvara avait dû mettre le volume de la sonnerie au minimum afin de ne pas le déranger.

— Où tu as fini ? J'étais inquiète ! dit la voix d'Angela, furieuse et alarmée.

— J'étais en train de me dire que personne ne m'aimait, répondit-il.

— Ton portable est éteint, et tu ne réponds pas à ton bureau.

— Les durs aussi ont leurs moments de faiblesse, ricana Soneri. Le coup de barre ne prévient jamais, c'est marqué sur les autoroutes.

— Tu t'es endormi ?

— D'un coup, comme un nourrisson après sa tétée.

— D'accord ! Maintenant, tu ferais mieux de rentrer chez toi et de te mettre au lit, lui enjoignit Angela, que l'ironie du commissaire avait un peu vexée.

Au lieu de cela, il se leva, et après s'être étiré dans la pénombre du bureau, se sentit prêt à repartir. Il sortit sans se faire voir et se mit en chemin aux marges d'une ville en émoi. Il se dirigea vers les quais et trouva au bord de la grève le silence qu'il cherchait. Il savait qu'il avait besoin de la profondeur de la nuit pour comprendre ce qu'il venait de se passer. Et maintenant, il retournait là où tout avait commencé, dans ce monde double et tortueux entre ville et campagne. Il parcourut le sentier sur la digue, désormais débarrassé de la neige, sonna chez Valmarini, et le portail s'ouvrit, comme à l'accoutumée.

Il entra dans l'appartement plein de drapés et de tentures, qui, à chaque fois, donnaient cette sensation d'être plongé dans de sombres vagues de pétrole. Dondolo le salua en levant le museau et en dilatant ses narines, et le peintre vint à sa rencontre.

— Il est là, prévint-il en comptant sur l'instinct du commissaire. Il paraît ébranlé, et sa lucidité n'en est que plus cynique.

— Vous croyez qu'il ne savait pas ?

— Peut-être que si, mais d'après moi, il espérait un autre épilogue, confia Valmarini en lui ouvrant la route.

Ugolini avait un verre à la main et ne s'aperçut pas tout de suite de l'arrivée du commissaire. Quand il le vit, il le fixa intensément.

— Félicitations, dit-il d'une voix blanche. Je n'aurais jamais imaginé qu'il était là où vous l'avez trouvé.

— Moi non plus.

— Ce n'est pas pour rien qu'il a fini là-bas : on est tous un peu coresponsables de ce qui nous arrive.

— Je ne vois pas en quoi Corbellini est coresponsable…

Ugolini le fixa de nouveau, et n'avait pas un beau regard.

— Il manquait de couilles, reprit-il avec une moue de dédain.

— Et si vous en manquez, vous terminez assassiné dans le cercueil d'un autre ?

— Je ne sais pas ce qui s'est passé, juste que le monde est divisé entre ceux qui décident et ceux qui laissent les autres décider à leur place. Dans ce cas, vous finissez là où les autres vous mettent.

— Corbellini a pris la place qu'on lui a offerte : en l'occurrence, se faire élire parce qu'il présentait bien.

— C'est lui qui a voulu y aller, corrigea Ugolini. Tout le monde n'est pas à la hauteur de ses ambitions. Certains arbres s'effondrent sous le poids de leurs propres fruits.

— Ce n'est pas vous qui l'avez choisi ?

— Personne ne peut deviner comment sera la chair d'un melon. Ce n'est pas faute de l'avoir prévenu : certains rôles sont casse-gueule, dit-il dans un soupir. Il faut avoir la peau dure…

— Qui l'a tué ? questionna Soneri qui commençait à s'agacer.

— Aucune idée. Vous pensez que je serais au courant d'une chose pareille ?

— Votre parti savait qu'il était mort, et sans doute où était son corps. Vous avez traîné en longueur pour arranger les choses à la mairie, dissimuler les preuves et réfléchir à une solution politique. Si on ne l'avait pas trouvé, vous auriez pu tenir jusqu'à la fin de son mandat qui était bientôt terminé.

— Belle hypothèse d'investigation, répliqua calmement Ugolini. Je ne vais pas réfuter, un démenti ne vous ferait pas changer d'avis. Je n'en ai rien à foutre, de Corbellini, il n'a pas réussi à tenir son rôle, et d'une certaine manière, il valait mieux qu'il disparaisse. Tant pis pour lui s'il n'a pas compris que la politique et les affaires servaient à exalter la bête sauvage qui sommeille en chacun de nous.

— Ce n'est pourtant pas l'image qu'il donne, votre monde entièrement griffé, insinua le commissaire. J'en avais une idée presque suave.

— Les tigres aussi présentent bien : beaux, élégants, sensuels... mais solitaires et impitoyables. Nous ne sommes pas différents, sinon dans les désirs que nous avons, tellement démesurés qu'ils nous rendent encore plus féroces. Rien d'autre que des individus en lutte, dit Ugolini en élevant la voix. Et moi, je n'aime pas perdre.

— Tôt ou tard, vous perdrez. La défaite est une des rares choses qui rende les gens égaux, dit Soneri en haussant les épaules.

— On ne trouve pas refuge dans un monde dont on ne sait rien. Et moi, je raisonne sur ce que je vois : c'est le combat qui sélectionne les gens capables. Une fois débarrassés des polémiques culturelles, c'est la seule chose qui compte : parvenir par tous les moyens. Y compris en se déclarant libéral et en se pavanant avec des croûtes aux murs dont on se fout éperdument. C'est comme ça que je l'ai rendu riche, ce monsieur, ajouta Ugolini en indiquant le peintre.

— Et en nouant des liens avec la pègre... grinça le commissaire.

— Je vous ai déjà expliqué que la pègre faisait ses classes dans l'entreprenariat. Je comprends que de votre point de vue, vous estimiez que le monde économique soit rempli de truands puisqu'il cherche à se libérer des règles qui vont contre sa liberté. Je vous répète que j'admire votre obstination de perdant. Toutefois, je vous reproche une certaine naïveté dans le fait de ne pas vous rendre compte que depuis que nous occupons l'espace politique, nous abattons les unes après les autres les contraintes qui nous entravent. Maintenant, c'est nous qui décidons des règles du jeu. Y compris des vôtres. Alors évidemment, avec Corbellini, nous avons fait le mauvais choix, mais un Corbellini, finalement, qu'est-ce que c'est ? Un acteur d'opérette : on en trouvera un autre. Une femme, par exemple, elles ont plus de succès. Bien roulée, évidemment, pour qu'elle excite l'imagination dès qu'elle ouvre la bouche. Ce n'est pas comme ça qu'on fait bander le monde ? ricana-t-il enfin en se versant de la grappa.

Le commissaire se tourna vers Valmarini, qui baissa légèrement la tête.

— C'est lors de votre expédition à Andalo en compagnie de Bernetti et Bonaldi que vous avez décidé de la stratégie pour éviter le scandale ? questionna encore Soneri.

— Un adjoint venait de se faire arrêter, le reste de l'équipe était en crise. Le parti devait s'en occuper, répondit Ugolini.

— Et Corbellini ? Il en pensait quoi ?

— Ah ! Celui-là... marmotta l'entrepreneur avec un geste méprisant de la main. Il nous a demandé de l'aide et des conseils. Mais comment voulez-vous aider quelqu'un qui s'est mis dans la merde et qui, par-dessus tout, n'a pas les couilles de liquider la moitié de ses adjoints pour organiser un remaniement ? On peut seulement lui dire de se boucher le nez. Si vous êtes maire, vous devez savoir comment éviter de vous faire mordre par les chiens de garde de votre espèce.

— C'est vous qui l'avez ramené chez lui ? Les carabiniers qui vous ont contrôlés dans le val Badia ont déclaré qu'il avait l'air défoncé aux médicaments...

— Je n'en sais foutre rien, de ce qu'il prenait ! Des tranquillisants, probablement.

— Benzodiazépine ? La même substance administrée à son homme de confiance, Romagnoli ?

— Évitez de m'accuser implicitement, gronda Ugolini en détachant un doigt menaçant du verre qu'il serrait dans sa main. Vous ne trouverez pas le moindre indice contre moi. Les personnes qui composent mon parti ont été élues par le peuple, elles dépendent donc de l'État, comme vous et le procureur, vous ne pourrez jamais subvertir la volonté des électeurs.

Soneri resta impassible et le fixa en le défiant. L'autre le fixa aussi, et son visage, rageur, lançait des regards sardoniques.

— Résignez-vous, reprit l'entrepreneur plus calmement. Je vous ai offert la possibilité d'accepter un armistice honorable, visiblement, vous n'en tenez pas compte. Vous passerez ainsi définitivement du côté de mes ennemis.

— Ça ne me pose aucun problème, répliqua Soneri d'un ton glacial.

— Souvenez-vous des rôles à responsabilité : il faut avoir des couilles pour tenir certains engagements.

— Non, je ne crois pas. Il suffit juste d'être habile, malhonnête, et dépourvu de scrupules.

— Vous croyez que vous me faites de l'effet en me parlant comme ça ? Je me suis depuis longtemps affranchi de ma conscience. Ce n'est rien, la conscience, juste un moyen d'imposer à la masse l'autocastration pour s'y soustraire et la dominer. Les vainqueurs n'ont aucune conscience, et tout peut s'effacer. Un grand criminel entrera dans l'histoire, vous, non. Hitler, Staline, Mussolini, les empereurs romains les plus sanguinaires sont dans les livres, immortalisés par leurs entreprises ; les victimes, non. Elles n'y sont mentionnées que pour rendre leurs bourreaux célèbres, et ne sont jamais dédommagées.

Ugolini exposait au commissaire un monde extrême, cru, cynique au point d'en devenir admirable de lucidité. On devinait que ses propos étaient issus d'une analyse en profondeur, probablement informulée. Qu'il avait regardé en lui et découvert des lames suffisamment tranchantes pour désosser la réalité et en faire un carnage.

Soneri préféra ne pas rebondir, inclina légèrement la tête et demanda :

— Qu'avez-vous suggéré à Corbellini ? Si vous êtes allé le voir, c'est bien pour lui donner des instructions, non ?

— Vous savez ce que disent les papes ? « On ne descend pas de la croix », répondit l'autre. Nous le lui avons rappelé à plusieurs reprises. Nous lui avons aussi suggéré des pistes de sortie, qu'il avait l'air d'avoir comprises. Au lieu de ça… (Il sembla sur le point de se taire, mais reprit son discours en tressaillant comme s'il avait le hoquet.) S'il avait balancé ses adjoints corrompus en leur retirant leur mandat, et fait le ménage dans ses rangs, nous aurions encore une équipe municipale, la dizaine de marioles aurait été livrée, et Parme l'aurait remercié de l'avoir désinfectée.

Cette fois, ce fut Soneri qui sourit.

— Alors qu'en sortant de scène après la découverte du scandale, il vous oblige à de nouvelles élections, avec le risque d'une défaite et d'une enquête dans les affaires de la mairie. Corbellini a manqué de courage. Peut-être que certains de ses adjoints étaient devenus des amis. Ou qu'il ne croyait pas beaucoup à leur fidélité. Peut-être qu'ils auraient parlé…

— Si vous êtes un sentimental, il ne faut pas devenir maire. Les États-Unis sont un grand pays parce que là-bas, dès qu'on manipule du dollar, même les enfants n'ont plus de parents. Il devait aller jusqu'au bout, acheva-t-il en avalant une gorgée de grappa comme s'il buvait du prosecco.

— Il n'a pas été suffisamment fils de pute…

— Les gens qui ne le sont pas me déconcertent, ricana Ugolini. Je ne les comprends pas, je les trouve imprévisibles, dangereux.

— Dangereux ?

— Oui. Tout doit marcher selon une logique intuitive, si quelqu'un l'interrompt, le système est bloqué. Si quelque chose n'est plus reconnu ou identifié, c'est tout l'ensemble qui s'affole. Corbellini nous a jetés dans la panique. Et ne croyez pas qu'il ait été victime d'un sursaut de moralité, tança l'homme. Au contraire. Il aurait adoré être un gros fils de pute, seulement pour ça, il faut avoir de l'estomac.

— J'avoue que votre cynisme a un certain charme, mais le monde que vous avez en tête ne peut pas fonctionner, la dépense d'énergie pour se maintenir à la surface dépasse de loin l'utilité qu'on pourrait en tirer : compte en pure perte, estima le commissaire.

— Celui que vous imaginez ne fonctionne pas non plus.

— Oh ! Je ne crois pas à un monde idéal. Les fils de pute existeront toujours. L'idée, c'est que leur pourcentage reste le plus bas possible.

— Commissaire, poursuivit Ugolini sur un ton brusquement confidentiel, ne pensez pas que je sois né comme ça. Je le suis devenu en regardant la réalité en face, dans toute sa crudité obscène. J'ai même été plus moraliste que vous ! Mais quand, petit à petit, vous comprenez de quelle trempe les humains sont faits, finies les illusions ! Pourquoi ne pas accepter l'égoïsme féroce des hommes puisque c'est leur tendance naturelle ? Deux mille ans de catholicisme n'ont pas réussi à les faire évoluer. Du reste, l'Église aussi a fini par se mettre à genoux. Et vous, petit commissaire de province, vous voudriez y parvenir ? Ne gâchez pas votre vie à vous faire de la bile. Accueillez le monde tel qu'il est, et laissez-vous aller. Utilisons au mieux le temps qui nous est imparti.

Soneri garda un moment le silence dans la pénombre du salon. Dondolo s'était levé en étirant ses pattes, puis était venu s'asseoir entre lui et Ugolini, la tête tournée vers ce dernier. Il s'était remis à le fixer avec une défiance instinctive.

— Je vous invite aux trente ans de mon entreprise, proposa l'homme en changeant soudain de sujet. Toute la ville y sera.

— À part ceux qui sont en prison, railla Soneri.

— Les gens qui comptent vraiment n'y sont jamais allés, riposta l'autre sur le même ton.

L'on devinait qu'il parlait surtout de lui-même.

— Vous le premier savez que tout est faux, dit le commissaire en lançant un coup d'œil à Valmarini. Ça ne vous suffit pas de vous foutre de la gueule de vos pairs ?

— Vous ne pouvez pas savoir à quel point ça m'amuse ! Votre questeur n'y manque jamais. Il glapit devant mes chefs-d'œuvre ! Il ne comprend rien, mais il a tout compris. Il renifle le pouvoir, il le révère.

Le malaise de Soneri se transforma en rage. Sur ce sujet, Ugolini disait aussi la vérité : Capuozzo et une grande partie de la nomenclature préfectorale révéraient les pouvoirs de la ville dont ils étaient une ramification. L'industriel plaçait Soneri devant ses limites.

Il se sentit brusquement désarmé. Alors il se leva d'un bond, surprenant aussi Dondolo qui se retourna d'un mouvement brusque.

— Qu'est-ce qui vous prend? demanda calmement Ugolini, de façon presque amicale.

Le commissaire ne répondit pas, trop de pensées équivalaient à une tête vide, et marmonna juste un « bonsoir ». Valmarini l'accompagna silencieusement à la sortie, et tous les deux entendirent l'autre s'écrier :

— Je préfère un ennemi intelligent à un allié stupide!

À sa façon, il lui faisait part de son estime.

— Vous avez vu comment Dondolo le regardait? chuchota Valmarini dans la cour sombre de l'immeuble. Les chiens perçoivent la peur, et Ugolini pue la peur.

Le commissaire fit signe d'avoir compris et s'éloigna sans dire un mot.

CHAPITRE 25

L'autopsie était à 8 heures, mais Soneri arriva au bureau avec une heure d'avance. Il avait dépêché Nanetti à l'Institut en lui faisant promettre de le prévenir dès qu'il aurait des résultats. De fait, le collègue donna des nouvelles, mais anormalement tôt.

— Si tu m'appelles aussi vite, c'est bon signe, se réjouit Soneri.

— Ne te fais pas d'illusions : on n'a pas encore commencé.

— Vous attendez quelqu'un ?

— Au contraire, y a trop de monde.

— Comment ça ?

— Les journalistes ! s'écria Nanetti. Je n'en ai jamais vu autant ! L'entrée était bloquée, les collègues sont intervenus pour les dégager. Maintenant, ils sont entassés dans la cour et ils arrêtent tous ceux qui passent.

— Et vous allez commencer quand ? s'impatienta le commissaire.

— Bientôt. C'est le bordel pour rouler : rassemblements, manifs... Personne ne passe, même le légiste est arrivé en retard.

— OK, appelle-moi quand tu as du nouveau, se résigna-t-il.

— Écoute, s'empressa de dire Nanetti avant que Soneri ne raccroche. J'ai jeté un coup d'œil au cadavre, à première vue, ça me paraît compliqué.

— Compliqué comment ?

— Je serai plus précis tout à l'heure, je me trompe peut-être, mais d'expérience…

— Alors ! Explique-toi !

— A priori, le cadavre ne présente aucun signe de blessures. Je l'ai examiné une fois extrait de la caisse et dénudé.

— Tu veux dire : pas d'indice évident sur les causes de sa mort comme on s'y attendait ?

— Absolument. Il a l'air intact. Selon toute vraisemblance.

Soneri garda le silence, et Nanetti reprit après une courte pause :

— Tu sais comme moi que dans ces cas-là, ça devient plus compliqué… surtout avec un corps à moitié décomposé.

— Je ne sais pas si on va s'en sortir, marmonna Soneri avant de raccrocher.

Dans le même temps, tandis qu'il étudiait le moyen d'éviter les journalistes qui allaient et venaient dans la cour, Juvara entra dans le bureau.

— *Dottore*, Aurora Guatelli demande à vous voir.

Il se souvint qu'il devait la rappeler.

— Va la chercher.

Quelques instants plus tard, la femme entra d'un pas léger et hésitant, et murmura : « Bonjour ».

Le commissaire lui fit signe de s'asseoir, et cette dernière s'exécuta. Elle paraissait embarrassée, ne sachant par où commencer.

— Je viens aussi au nom de don Guido, commença-t-elle avec une attitude contrite, qui, curieusement, la rendait séduisante. Au point où nous en sommes, nous avons décidé de tout dire. Nous vous prions de nous excuser si nous avons été… il s'agit pratiquement d'une confession, vous comprenez ? Le sacerdoce de don Guido, sa fonction, dans un certain sens, sont un peu les mêmes que les vôtres. À vous aussi, on avoue ses péchés, non ?

— Poursuivez, éluda le commissaire avec un mouvement d'impatience.

— Cette nuit-là, Giancarlo a téléphoné à don Guido.

— Cette nuit-là ?

— Je crois que vous savez qu'il est reparti d'Andalo le mercredi en compagnie de Bernetti et de Bonaldi, après une réunion à laquelle Ugolini était présent. À leur retour, après avoir déposé le sous-secrétaire à Fornovo, ils sont allés à Calestano, où Giancarlo possède une maison à la sortie du village. C'est de Calestano que Giancarlo a téléphoné à don Guido, vers 4 heures du matin.

— Son dernier coup de téléphone, intervint Soneri.

— C'est ce que je pense aussi. Et pas n'importe lequel, une confession à distance.

— C'est ainsi que l'a perçu don Guido ?

— Il a senti qu'il serait capable d'un geste irréparable et a tout fait pour essayer de l'en dissuader. Après l'avoir quitté, il pensait l'avoir rassuré.

— Il était dans quel état ?

— Il avait la voix pâteuse, sans doute à cause des tranquillisants, et parfois, il criait. Mais il était lucide, conscient de sa situation.

— Il avait reçu des menaces ?

— Il disait qu'il était dans un cul-de-sac, qu'il n'avait plus d'issue. Il disait que le parti lui répétait sans cesse qu'il ne valait rien, qu'il devait obéir sans discuter, que ses adjoints le menaçaient si lui les trahissait, car lui-même était compromis. Tous avaient les mains sales, on pouvait tous les faire chanter, vous comprenez ? Il n'y avait que deux solutions : ou tout le monde se taisait, ou bien c'était la guerre. Le contexte ne permettait pas d'autre possibilité.

Encore ce mot qui revenait pour la énième fois : le contexte. Une entité, tout le monde et personne à la fois, uniquement définissable de manière négative. Sans visage et insaisissable, et en même temps, qui vous étouffe et vous écrase.

— Il était seul, à Calestano ?

— C'est l'impression qu'il a donnée, mais à un certain moment, Giancarlo a confié à don Guido que Bonaldi, sur ordre du parti, était sur ses talons pour le convaincre de continuer. Qu'il ne devait surtout pas lâcher pendant que les parlementaires faisaient pression sur la magistrature. Ils étaient convaincus de limiter les dégâts. Ils se fichaient que des enquêtes soient ouvertes sur cinq ou six adjoints, l'important, c'était que le parti reste en place.

— Il a exprimé son intention d'en finir ? voulut savoir Soneri. Ou bien il avait d'autres idées en tête ?

— Giancarlo a toujours vécu pour l'image, ce n'est pas pour rien que la ville s'est reconnue en lui. Mais quand son image d'homme et son image d'élu ont volé en éclats, il ne se sentait plus en droit de lui appartenir. Il savait à quel point les gens sont volubiles. Pour être un symbole, il faut être parfait à tous les niveaux.

— Et donc ?

— Une fois mis à nu, privé de son rôle, Giancarlo a découvert sa vraie nature. Et il s'est rendu compte qu'il l'avait toujours trahie. Il a fini par perdre la tête, tout lui devenait intolérable.

— J'ai besoin de savoir quelles étaient ses intentions, s'il avait des pistes pour se tirer de cette situation, insista Soneri qui, cette fois, commençait à perdre patience.

— Quand don Guido a réussi à le calmer, Giancarlo a avoué qu'il avait l'intention de s'enfuir. Il voulait d'abord réfléchir, mais d'après moi, il voulait quitter l'Italie. Finalement, partir à la montagne était aussi une manière de s'éloigner en attendant que le scandale se tasse. Et Andalo n'est pas si loin de la frontière.

— À votre avis, pourquoi n'a-t-il pas mis ce projet à exécution ?

— Je crois qu'ils l'en ont empêché. Quand vous êtes membre du parti, vous êtes affilié à un groupe, personne n'échappe à son pouvoir, vous ne pouvez pas le quitter. Je ne vais pas vous apprendre ce qu'est le pouvoir, aujourd'hui : couvrir politiquement les intérêts d'une organisation clanique. À ce niveau-là, le libre arbitre n'existe plus. Si vous êtes membre du parti, vous ne vous appartenez plus, seulement au groupe qui vous a mis dans la lumière pour que vous accomplissiez un travail utile pour le clan.

— Ils l'en ont empêché, ou bien Corbellini n'y a pas suffisamment cru ?

— Ça, je ne peux pas le savoir, s'irrita légèrement la femme en haussant les épaules. Comment voulez-vous que je le sache ? Don Guido ne m'a pas tout dévoilé. Il m'a seulement communiqué ce qu'il juge utile à la recherche de la vérité, en prenant le risque d'outrepasser le secret de la confession.

Le commissaire souleva son combiné en détachant son regard d'Aurora. Il composa le numéro de Musumeci, mais se trompa deux fois en tapant sur les touches et s'énerva. Quand il atteignit finalement son but, il entendit son inspecteur répondre nonchalamment.

— Tu fais quoi ? Tu roupilles ?

— Après trois nuits blanches, j'ai tendance à piquer du nez.

— Contacte Bonaldi, le secrétaire régional, ordonna-t-il sans se préoccuper de savoir si l'autre était en mesure de percuter. Dès que Bergossi sera disponible, je lui demanderai d'ouvrir une enquête.

— *Dottore*, faut vraiment qu'on taquine la politique ?

— Oui, quand la politique devient le problème des flics.

— Vous pensez que Bonaldi a empêché Giancarlo de décider librement ? s'enquit Aurora après que le commissaire eut raccroché.

— Il est le dernier à l'avoir vu… Je crois aussi me souvenir que Bonaldi est un ancien lutteur. Les prises sont sûrement son point fort.

— Si c'était le cas, ça expliquerait pas mal de choses, reconnut la femme en baissant la tête.

— Il fallait qu'il reste à son poste, s'enfuir comportait trop de risques. Dans tous les cas, de grosses complications, abrégea Soneri.

Aurora se leva.

— Si vous avez autre chose à me demander, vous savez où me trouver, dit-elle avant de sortir.

Le commissaire tenta d'imaginer ce qu'il s'était passé cette nuit-là, mais la sonnerie de son téléphone l'en détourna.

— Vous avez des nouvelles de l'autopsie ? se renseigna Bergossi. Tous les portables sont éteints.

— Non, je suis encore à la PJ. J'ai peur que ce soit compliqué.

— Qu'y a-t-il de simple ?

— Nous devons entendre Bonaldi, il est le dernier à avoir vu le maire vivant. Il était avec lui, à Calestano.

— Vous en êtes sûr ?

— Aurora Guatelli est venue à mon bureau pour me parler d'un appel nocturne de Corbellini à don Guido Nassi.

— On va encore se mettre le centre droit à dos…

— Et pourtant, on est obligés de l'entendre. Même comme simple témoin…

— Ça ne fait pas beaucoup de différence. Quelqu'un s'occupe d'aller le chercher ?

— Oui, Musumeci est déjà à la chasse.

— Tenez-moi au courant pour l'autopsie, acheva le procureur, contrarié par la perspective de nouveaux embêtements.

Le commissaire observa Juvara s'affairer avec de la paperasse pendant quelques minutes, puis décida de sortir. Il emprunta le borgo della Posta, traversa la via XXII Luglio et remonta la via Repubblica en passant par la piazza del Carbone, juste derrière l'hôtel de ville. Mais il ne put aller plus loin à cause de la cohue. La foule occupait tout l'espace depuis l'église san Pietro jusqu'au palazzo del Governatore. Il entendit alors une voix au mégaphone et reconnut Sgarzi qui haranguait la foule en lançant des insultes. Il comprit à ce moment-là que Parme était une fois encore prête à s'amouracher comme une adolescente devant un histrion qui saurait la cueillir.

Il prit la fuite en longeant la via Cavour et reprit sa respiration sur la grande pelouse du piazzale della Pace.

À peine le temps de s'asseoir sur le muret en face du monument à Verdi que son portable le ramena à l'enquête.

— Terminé, annonça Nanetti. J'avais vu juste.

— On n'a rien compris ? redouta le commissaire presque déçu.

— Aucune blessure qui justifie une mort violente. On n'a plus que les pistes chimiques.

— C'est-à-dire ?

— Allez ! Soneri ! Soit on l'a empoisonné, soit il s'est empoisonné. Pour être fixés, on a besoin d'examens supplémentaires sur les tissus. Le légiste s'est pris un peu de temps.

— Avec la pharmacie qu'il avait chez lui, il n'avait que l'embarras du choix pour s'empoisonner le sang.

— Patience. Ça ne devrait pas trop tarder.

— Ça te dirait de faire un saut à Calestano ? C'est là-bas que Corbellini a disparu des radars.

— Seulement si tu m'invites à déjeuner à l'auberge de Fragno. Moi et les truffes, tu me connais…

— J'en suis. Je passe te prendre.

— Donne-moi juste le temps de me débarrasser de cette odeur de cadavre, le pria son collègue.

La claire matinée hivernale et la réverbération de la neige les mirent de bonne humeur. Après avoir parlé de morts, tous deux avaient besoin de reprendre contact avec la vie, avec la lumière belle et cruelle du soleil rasant, d'autant plus précieuse qu'en janvier, elle ne durait jamais longtemps.

Ils montèrent à Fragno, face à l'énorme bosse du monte Sporno. Tout en mangeant leur risotto aux truffes, ils demandèrent où se trouvait la maison de Corbellini. Mariella, la patronne, expliqua comment la rejoindre. Elle n'était pas dans le village, mais un peu en retrait, au lieu-dit Chiosetto. Ils se laissèrent ensuite tenter par un ragoût de sanglier qu'ils dégustèrent face à la neige dont la croûte glacée lançait sur la vitrine de fines lames de lumière incandescentes. Ils sortirent et profitèrent un peu du spectacle de la nature jusqu'à ce que le soleil effleure la crête et que le mont projette son ombre froide sur le fond de la vallée.

— Maintenant, on peut commencer à bosser, décréta Nanetti tandis que le commissaire s'étonnait qu'ils n'aient pratiquement pas parlé tout au long du repas, ravis par ce qu'ils avaient dans leur assiette, et par les éclats du soleil, telle une flambée de ramilles.

Ils descendirent vers Chiosetto et repérèrent la maison du maire, un peu à l'écart des cinq ou six résidences secondaires inhabitées durant l'hiver. Soneri serrait la clé qu'Aurora lui avait fait parvenir par le biais de Musumeci. À l'intérieur, tout était en désordre. La cuisine ressemblait à un ring. Deux chaises étaient renversées, la nappe touchait terre d'un côté en laissant un bout de table à découvert, un battant du buffet était ouvert, la fenêtre avait une vitre cassée dont les fragments étincelaient sur le canapé.

Nanetti commença ses relevés, et le commissaire monta inspecter l'étage supérieur où se trouvaient deux chambres et une salle de bains. Il remarqua que les lits n'étaient pas défaits, signe que personne n'y avait dormi. Le tiroir d'une commode était resté ouvert, avec dedans, la pharmacopée habituelle. Tout laissait à penser que les visiteurs avaient agi en hâte. Certains médicaments étaient sortis de leur boîte, un flacon, renversé. Le commissaire fouilla dans les papiers et trouva des photos. L'une d'elles montrait Corbellini et Aurora à peine sortis de l'adolescence, enlacés devant un décor qui ressemblait à une station balnéaire. Il y avait également plusieurs clichés où il posait en exhibant ses muscles, apparemment dans un gymnase. Enfin, une photo intrigua Soneri : le maire en compagnie de Romagnoli, chacun tenant des chiens de chasse en laisse. Sans qu'il ne puisse se l'expliquer, il recomposait malgré lui les fils de son enquête : les chiens, la drogue, les affaires, la Camorra, la politique… Tout se tenait. L'enquête avait justement commencé en suivant des empreintes de chien le long de la grève de la Parma.

— Donne un coup d'œil au rayon pharmacie, suggéra Soneri en retournant au rez-de-chaussée où Nanetti continuait de s'affairer avec son matériel.

— Ici, je n'ai pas grand-chose, répondit le collègue. À part que ça a dû se friter. J'ai des traces de semelles sur le bois des chaises et les pieds de la table. Je suis quasiment certain qu'ils viennent de coups.

Le commissaire ne fit aucun commentaire.

— Je vais jeter un œil là-haut, annonça alors Nanetti.

Soneri s'assit sur le canapé et observa la pièce en essayant d'imaginer ce qui avait pu se passer. Il demeura dans la même position jusqu'à ce que son collègue ne revienne.

— J'ai trouvé des cheveux sur un coussin, et diverses empreintes sur des flacons de médicaments, dit-il. Je les emmène au labo pour les examiner, ajouta-t-il en soulevant un sachet.

— On pourra peut-être comprendre qui sont les derniers à avoir mis les pieds ici, approuva le commissaire en se relevant pour s'en aller.

Dehors, le soir était tombé, et l'enchantement du matin avait complètement disparu. Ils grimpèrent en voiture en silence et partirent. Ce n'est qu'en rencontrant le brouillard au fond du val Baganza que Nanetti ouvrit la bouche :

— Et maintenant, tu y vois plus clair ?

Le commissaire sourit et acquiesça en fixant le mur noir qu'il avait devant lui.

Peu après, Musumeci l'informa qu'il avait réussi à joindre Bonaldi.

— Où je le trouve ? s'empressa-t-il de demander.

— Aux Chevaliers de Malte.

— Quel endroit de merde !

— Ils traînent tous là-bas, justifia l'inspecteur.

Il gara son Alfa à la Questure et salua Nanetti.

— Je te tiens au jus, dit ce dernier en agitant son sachet rempli de médicaments.

Soneri lui répondit d'un signe et se mit en chemin. Il parcourut borgo Riccio, traversa la via Farini et déboucha borgo Torrigiani où se trouvait l'église désaffectée de Sant'Andrea, à côté de laquelle on accédait au cercle. L'intérieur était assez sombre. Des lumières tamisées garantissaient une intimité suffisante à ce lieu où se décidait le destin de Parme. Il se sentit aussitôt mal à l'aise. La majorité de l'assistance était composée d'hommes dont l'élégance ostentatoire trahissait la profonde vulgarité. On entendait une fille, quelque part, rire sans discontinuer, probablement à moitié ivre. Le barman, pourvu d'un gilet doré, adressa un sourire mielleux au commissaire.

— Je cherche Bonaldi, dit ce dernier sans préambule.

L'autre, toujours souriant, lui indiqua une direction abstraite :

— Vous le trouverez assis à côté du billard.

En s'y rendant, Soneri attira l'attention de plusieurs personnages assis sur de petits canapés, dont les visages, dans le jeu d'ombre et de lumière créé par l'éclairage au sol, affichaient des rictus de spectre.

Bonaldi leva les yeux au moment où le commissaire s'approcha, mais son regard était celui que l'on adresse à un serveur. Il replia le journal qu'il était en train de lire, retira ses lunettes de presbyte et l'invita à s'asseoir.

— Vous prenez quelque chose? proposa-t-il d'un air las.

Le commissaire déclina d'un geste, et l'autre fit signe au barman qui devait connaître ses goûts.

— Alors comme ça, vous voulez me parler de Corbellini… dit l'homme en brisant la glace.

— Vous êtes le dernier à l'avoir vu.

— Je n'en serais pas si sûr.

— Je ne peux pas l'affirmer, mais c'est le plus probable.

— Si vous avez des soupçons à mon endroit, sachez que j'ai seulement voulu l'aider. De toute façon, vu son état, il n'avait besoin de personne pour finir comme il a fini.

— Reste à comprendre pourquoi on l'a caché dans la tombe d'un autre, tacla Soneri.

— Ça, c'est votre domaine, répliqua Bonaldi avec une certaine arrogance.

Le commissaire l'observa : il était gros et large, les traits marqués. Sa veste se tendait entre ses omoplates quand il se penchait pour poser son verre.

— Donc, vous avez raccompagné le maire chez lui le mercredi suivant son arrivée à Andalo. Pourquoi ce retour prématuré?

— Il allait mal. Cela dit, nous avions surtout besoin qu'il revienne, étant donné les événements. C'était de sa responsabilité.

— Vous aviez peur qu'il prenne la fuite?

Bonaldi garda le silence quelques instants avant de répondre.

— Il y avait aussi cette possibilité.

— Alors, vous l'avez embarqué, et vous lui avez fait avaler des tranquillisants ?

— Forcément !

— Que voulez-vous dire ? Il résistait ? Il ne voulait plus vous voir, il se rebellait ?

— Commissaire, mais vous le savez ou pas, que Corbellini s'en mettait plein le nez ? Sinon, il ne pouvait pas tenir. Il y en a qui boivent, il y en a qui sniffent. Au fond, ce ne sont que des péchés véniels : qui ne le fait pas, au moins de temps en temps ? Du Viagra pour baiser, de la cocaïne pour les affaires.

— Ce sont ceux qui l'ont enterré qui la lui fournissaient ? Les hommes de Petrillo ?

— Ça aussi, ce sont vos affaires, répliqua l'homme. Moi, je n'en sais rien. Je peux juste vous dire que c'était ce vieux retrouvé mort de froid qui la lui fournissait, mais d'où la drogue venait, je n'en sais rien. Un type insoupçonnable, qui ne se faisait jamais remarquer. Toute marchandise requiert une organisation, et plus son commerce est risqué, plus elle doit être solide. Ces choses-là, peu de gens savent les faire.

— Je crois que ces milieux ne vous sont pas inconnus. Corbellini n'était pas le seul…

— Je les connais comme tout homme qui fait de la politique et s'intéresse au monde. Que puis-je y faire ? Tout s'achète, tout se vend. Tant qu'il y a de la demande, l'offre n'a pas de limites. Et pour ce qui est de la Camorra, nous sommes obligés de vivre avec.

— Vous êtes resté chez le maire, ce soir-là ? Vous l'avez tenu à l'œil pour ne pas qu'il fasse de bêtises ?

— Je voulais le mettre au lit et le faire dormir, mais à peine arrivé chez lui, il s'est jeté sur le canapé en refusant d'en bouger.

— Et vous, qu'est-ce que vous avez fait ?

— J'ai attendu qu'il s'endorme. Ensuite, je suis parti.

— C'est tout ?

— Qu'est-ce que vous insinuez ? s'impatienta Bonaldi. Vous croyez que je l'ai tué ? Au contraire. Si j'étais resté, il serait sans doute encore en vie.

— Il est peut-être mort parce qu'on l'a empêché de choisir.

L'homme haussa les épaules.

— Quand on est maire d'une ville, on ne décide pas tout seul. Le parti qui l'a placé en est le garant.

— Vous pensez que d'autres personnes sont venues le voir ?

— Je ne sais pas, c'est possible.

— Que pensiez-vous faire ? Le lendemain, vous n'êtes pas retourné le chercher ?

— Il nous avait suppliés de le laisser tranquille jusqu'au dimanche, vu que tout le monde le pensait parti. À Chiosetto, personne ne l'aurait remarqué, l'hiver, c'est un endroit désert.

— Mais vous, vous y êtes retourné parce que vous n'aviez pas confiance.

— Oui, j'y suis retourné, balança l'homme en s'agaçant. Mais je ne l'ai pas trouvé, alors, j'ai averti le parti. On a cru qu'il s'était barré parce qu'il avait la trouille de subir le même sort que ses adjoints.

— Ça aurait pu… estima Soneri.

— Bien sûr, ça aurait pu, mais si vous faites des dégâts, vous ne pouvez pas prendre la fuite et laisser les autres les payer ! Le parti lui imposait de rester, de tenir le coup et de trouver des solutions.

— En résumé : couvrir tout le monde, étouffer le scandale…

— Nous étions en droit d'exiger qu'il ne laisse personne dans la merde. C'était lui, l'administrateur. Quand vous êtes à cette place, vous devez faire en sorte que tout file.

À ce moment-là, le portable du commissaire vibra. Il jeta un œil à l'écran et lut le nom de Bergossi.

D'un signe, il s'excusa auprès de Bonaldi et s'éloigna.

— J'ai interrogé Petrillo en cellule, annonça le magistrat. Il a dû recevoir l'ordre de compromettre certaines personnes en guise d'avertissement parce qu'il nous fait savoir que ce sont eux qui ont caché le corps de Corbellini.

— Ils géraient le cimetière… fit remarquer Soneri.

— Ça n'allait pas de soi. Dans tous les cas, ils nous épargnent d'avoir à le prouver. Mais il y a autre chose. Petrillo dit que c'est Bonaldi qui l'a prévenu par téléphone au sujet du cadavre.

— Je l'ai sous la main, chuchota Soneri avec un certain embarras en lançant un coup d'œil vers l'homme qui avait repris sa lecture.

— Petrillo dit que le parti a paniqué, et qu'ils ne savaient pas quoi faire. La solution la plus simple était de cacher le corps. Voilà pourquoi ils ont pensé l'emmener à Lagrimone, puisque, a priori, personne ne cherche les morts là où ils sont déjà.

— Ils avaient besoin de gagner du temps pour faire tenir l'équipe municipale, analysa le commissaire. Ils ont pu maquiller les preuves et laisser toutes les hypothèses ouvertes, y compris celle d'une fuite. Ce qui nous aurait sacrément compliqué les choses.

Bergossi émit une sorte de gémissement.

— Quoi qu'il en soit, Petrillo accuse Bonaldi de complicité. Pour l'instant, il distille pour tenir les autres sur les braises, mais selon moi, la balle est dans son camp.

— Ce sont des messages, abonda Soneri. Les boss vont tout faire pour arranger les choses à Rome. En exigeant de certains membres influents du parti qu'ils interviennent afin de bloquer ou d'endiguer l'enquête. Comme vous le savez, mafia et politique…

— Je sais, je sais… maugréa le procureur piqué au vif. Espérons que le jeu leur échappe. Comme certaines réactions chimiques.

— Espérons-le, mais ça va être dur. Nous avons affaire à plus puissant que nous, conclut Soneri.

— Sur ce point, il n'y a aucun doute, acheva Bergossi.

Pour la seconde fois, sa voix exprima une note de résignation.

Le commissaire revint s'asseoir en face de Bonaldi qui continuait de lire sans se soucier de sa présence.

— Posez votre journal, s'il vous plaît, lui enjoignit Soneri, soudain autoritaire.

L'homme leva les yeux et retira ses lunettes de presbyte, l'air ébahi, puis menaçant.

— Je vais vous parler sans détour, attaqua le commissaire. Il sera de votre intérêt d'en faire autant.

Bonaldi regarda fixement devant lui et, l'espace d'un éclair, parut avoir une défaillance.

— Que voulez-vous savoir encore ?

— Vos relations avec les sbires de Petrillo, à qui vous avez demandé de faire disparaître le cadavre.

L'autre eut une nouvelle fois un signe de défaillance, preuve que le commissaire avait joué la bonne carte. Les mains de l'homme tremblèrent légèrement, et sa poitrine se gonfla sous la poussée d'une insupportable pression. Il s'efforçait sans doute de se remettre les idées en place après avoir pris acte de la trahison.

— Ce sont eux qui ont réduit Corbellini à l'état de serpillière, jeta enfin Bonaldi.

— Ils n'auraient rien conclu s'il n'avait pas été d'accord.

— Ils l'ont gavé de cocaïne, ils ont couvert Parme de poudre.

— Nous sommes au courant.

— Ils sont riches à millions, ils peuvent tout acheter.

— Aussi parce qu'une flopée d'entrepreneurs de Parme préfèrent vivre de rentes. Ils font également des affaires avec votre parti.

— Pas avec le parti, avec certains de ses membres.

— Le maire ?

— Vous vous moquez de moi ? Vous savez parfaitement que les drogués mangent dans la main de leur dealeur. Ils n'ont sans doute même pas eu besoin de le payer, seulement de le faire chanter.

— Pourtant, Corbellini obéissait au parti. Vous l'avez dit vous-même. Vous tous facilitiez leurs affaires.

— Ce n'est quand même pas nous qui avons fait venir la Camorra ! Et nous n'y sommes pour rien si elle fait aujourd'hui partie du monde de l'entreprise, protesta Bonaldi. Leurs sociétés sont protégées par des prête-noms, et leurs activités sont régulières. À Parme, les choses adviennent sans coups de théâtre, tout se fait légalement. Il suffit d'ouvrir la voie aux affaires pour que le reste fonctionne. Sans délits, juste en forçant un peu : une variante dans un PLU, un changement de destination d'usage, la restructuration d'une zone industrielle avec un beau jardin pour obtenir les grâces de l'opinion publique, un lotissement… De quoi êtes-vous en train de parler ? Je vous le répète, vous ne trouverez rien d'irrégulier.

— À part quelques pots-de-vin… glissa Soneri.

— Si certains en ont accepté, ils devront en répondre, mais le parti n'a rien touché. Pour nous financer, nous avons les chefs d'entreprise.

— Ugolini, par exemple… Il vous dirige et vous finance, et si vous n'obéissez pas, vous êtes tous licenciés.

Bonaldi haussa les épaules avec un léger agacement.

— Vous feriez mieux de me dire la vérité, reprit Soneri d'une voix coupante. C'est comme vous préférez, je peux aussi interroger directement Petrillo.

L'autre le regarda plein de rancune, mais il avait capitulé.

— Je l'ai trouvé au petit matin. Je n'ai jamais quitté son domicile, avoua-t-il enfin. Corbellini s'est réveillé, il n'était toujours pas calmé. Il essayait de sortir, il voulait s'en aller.

— Vous l'en avez empêché ?

— Oui. Il n'était pas en condition, et puis, des voisins auraient pu le voir.

— C'est tout ?

— Il était paniqué. Il disait qu'il raconterait tout, que le parti l'avait lâché, que les adjoints le foutraient dans la merde. Il pétait complètement les plombs.

— Vous avez utilisé la force pour l'obliger à rester à Chiosetto ?

— Que vouliez-vous que je fasse ? Il était sous ma responsabilité !

— Vous lui avez flanqué des coups ?

— Mais non… j'ai un passé de lutteur… Je suis robuste, je sais comment m'y prendre.

— Et ensuite ?

— Corbellini s'est mis à m'insulter, il a hurlé, et il est monté à l'étage. J'avais peur qu'il cache une arme quelque part, alors, je l'ai suivi, mais une fois dans sa chambre, il s'est jeté sur son lit comme une masse, et il n'a plus rien dit. J'ai pensé qu'il voulait dormir…

— Poursuivez, ordonna Soneri.

— Je suis allé m'allonger dans la chambre d'à côté, mais j'ai entendu qu'il se levait. Je me suis relevé, je l'ai vu fouiller dans sa valise : il en a sorti une petite boîte, une sorte de pilulier. Je lui ai demandé ce que c'était, il m'a dit que c'était un antibiotique. Il m'a raconté qu'il s'était chopé une infection urinaire, il a voulu me rassurer. Je ne pouvais pas prévoir…

— Pas prévoir quoi ? Que ce n'était pas un antibiotique ?

L'homme acquiesça.

— Un petit peu plus tard, je l'ai entendu se cogner, j'ai entendu comme un bruit sourd. Je me suis précipité, et je l'ai trouvé par terre en train d'agoniser. Je l'ai empoigné sous les aisselles pour l'allonger, mais le temps d'arriver jusqu'au lit, son corps s'avachissait de plus en plus, et j'ai vu qu'il ne respirait plus : il est mort dans mes bras.

Le silence se fit. Soneri tentait de recouper tous les détails du récit afin de comprendre si celui-ci était crédible.

Bonaldi paraissait attendre la réaction de Soneri.

— Vous ne savez pas ce qu'il y avait dans cette boîte ? insista le commissaire.

— Je n'en ai aucune idée. De la drogue ? J'ai trouvé un billet de cinquante euros sur la tablette de la salle de bains, un billet roulé, comme on fait pour sniffer. Ça faisait des années qu'il en prenait, il ne s'est jamais rien passé.

— Nous vérifierons… grommela Soneri, volontairement ambigu. Vous n'avez pas pensé à un arrêt momentané du cœur ? Vous n'avez pas essayé de le ranimer ? D'appeler les secours ?

Bonaldi le fixa avec une expression indifférente et étonnée, puis murmura d'une voix atone :

— Il était mort, ça n'aurait servi à rien.

— Au point où en étaient les choses, ça a même dû vous soulager : mieux valait qu'il soit mort plutôt qu'il témoigne contre vous, piqua Soneri.

L'autre haussa les épaules et lança un regard hostile.

— Sans compter que s'il s'agissait d'une substance mortelle, on pourrait aussi bien vous accuser de la lui avoir administrée, poursuivit le commissaire.

— Je ne lui ai rien administré du tout, et je n'ai jamais trafiqué ce genre de came, se défendit l'homme. Contrairement à beaucoup d'entre nous, tint-il à ajouter.

— Qu'avez-vous fait quand vous avez constaté qu'il était mort ?

— Je l'ai allongé sur son lit et j'ai prévenu les autres, le secrétaire départemental et le chef de groupe.

— Pas Ugolini ?

Bonaldi releva brusquement son visage.

— Non, lui ne savait rien, précisa-t-il avec trop de sollicitude.

— Ensuite ? On vous a suggéré quoi faire, ou vous avez décidé seul ?

— Nous étions tous d'accord pour sauver l'administration.

— En couvrant les malversations et en faisant disparaître les preuves.

— Nous avions seulement l'intention de couvrir les agissements de Corbellini. Le plus important, c'était qu'on le croie encore vivant, bientôt de retour pour un remaniement.

— Mais les adjoints qu'on venait d'arrêter auraient parlé...

— Sans preuves ? On les aurait convaincus de se taire. Ceux-là, on sait comment les prendre... Ils montrent les dents pour qu'on les sauve. Non, le problème, c'était Corbellini.

— Vous n'auriez jamais pensé qu'il pouvait s'effondrer, c'est ça ? crut comprendre le commissaire en pensant aux propos de Bergossi sur les impondérables.

— Qui aurait pu penser qu'il était aussi lâche ! s'écria Bonaldi, la voix remplie de colère. N'importe qui aurait défendu sa peau jusqu'au bout, défendu son pouvoir ! En niant, en contrattaquant.

— Être un fils de pute n'est pas donné à tout le monde, balança Soneri avec un sourire sardonique.

Bonaldi le regarda avec froideur et indifférence. L'offense lui avait glissé dessus tant ce comportement lui était naturel.

— Corbellini n'était qu'une merde, un homme sans couilles, persifla le secrétaire qui commençait à perdre le contrôle.

Il devait se sentir perdu, fini, dans le rôle du bouc émissaire.

— Si vous en aviez le courage, vous diriez tout, mais vous aussi, vous avez peur et vous êtes lâche. La réalité se retourne selon les points de vue.

Cette fois, les yeux de Bonaldi vibrèrent de haine.

— Vous n'arriverez à rien, et moi, j'en sortirai blanchi, acheva-t-il avec mépris.

CHAPITRE 26

La veille, au dîner, Soneri s'était adressé à Angela et lui avait dit qu'au fond c'était grâce à elle s'il avait découvert le corps de Corbellini. «Je pense à la chance et je vois ton visage», lui avait-il confié. Elle l'avait regardé d'un œil sévère et lui avait demandé s'il la prenait pour une possibilité. Il s'était empressé de dire non, surpris qu'elle ait interprété ses propos de cette manière, mais il avait compris que sa compagne avait revendiqué un rôle que l'enquête lui avait soustrait. Et quand ils s'étaient embrassés en s'abandonnant sur le canapé, elle l'avait averti qu'elle n'accepterait plus ce genre de comparaison, même si, à première vue, elle paraissait flatteuse.

Le lendemain matin, c'était de nouveau Nanetti qui l'avait réveillé. Pour la deuxième fois consécutive, il n'avait pas entendu son réveil à cause de la fatigue accumulée.

— Quel verdict donne la science ? marmonna Soneri.

— Celui que j'avais imaginé et que j'avais gardé pour moi.

— C'est-à-dire ?

— Overdose : séché en quelques minutes.

— Comment c'est possible ? Bonaldi dit qu'il se droguait depuis des années, ce n'était pas un novice. Tu sais qui lui servait de mule ? Romagnoli. C'est peut-être à cause de ça qu'ils l'ont laissé moisir.

— S'il avait sniffé ce qu'il croyait…

— Cocaïne, non ?

— C'est ce qu'il a cru… mais il s'est pris de l'héroïne blanche.

— C'est quoi ?

— Une drogue introduite depuis peu qui ressemble à la cocaïne, mais dont le principe actif est beaucoup plus puissant. Tu ne vois pas la différence, et si tu la sniffes, tu y restes, expliqua Nanetti. Maintenant, le problème se complique…

— Il se complique, oui… murmura Soneri, s'interrogeant déjà sur le sens de cette découverte.

Mais son collègue le précéda.

— La question est de savoir s'il l'a prise volontairement ou si quelqu'un lui a vendue en jouant sur l'équivoque. Et si la première hypothèse est la bonne, est-ce que c'était pour s'éclater d'une autre manière ou bien parce qu'il savait que la dose était létale ?

De nouvelles pistes s'ouvraient devant le commissaire. L'enquête continuait de s'éparpiller et mettait en échec toute tentative de conclusion catégorique.

— Toi, tu en penses quoi ? demanda-t-il à Nanetti.

— Qu'est-ce que je pourrais te dire ? Dans ces cas-là, tout est possible. Après, s'il voulait se foutre en l'air, il pouvait avaler des somnifères. Il en avait des boîtes entières, et il serait mort sans souffrance.

— Tu penses donc qu'on l'a liquidé ?

— Je ne peux pas non plus l'affirmer. En un mois, l'héroïne blanche a déjà fait deux morts. Est-ce qu'on peut dire que ces deux victimes voulaient se foutre en l'air ? Même si, à la longue, à force de consommer… Le produit est nouveau, les toxicos ne le maîtrisent pas encore, voilà pourquoi il est dangereux.

— Il se confond à ce point avec la cocaïne ?

— La nuance est vraiment subtile : même couleur, même aspect, mais cinq fois plus puissant.

— Je vais voir avec les Stups d'où vient cette came, promit le commissaire.

— Ce n'est pas difficile à comprendre, dit Nanetti.

— Je voudrais quand même m'en assurer.

— Tu ne sais pas qui détient le marché de la drogue, en ville ?

— Si, bien sûr, mais qui que ce soit, on va devoir commencer par le petit personnel.

— Dans le cas du maire, on pourrait remonter jusqu'à l'importateur par le biais de Zunarelli et Romagnoli, hasarda le collègue.

Soneri raccrocha et sortit de son lit, un peu abasourdi, probablement à cause des doutes que Nanetti venait de faire entrer dans sa tête. Il courut au bureau et, en proie à l'angoisse, appela Bergossi.

— Nous devons absolument nous procurer les fadettes de Bonaldi, l'avisa-t-il avec une certaine urgence.

— La requête est déjà partie, répondit le magistrat. J'ai dû ouvrir une enquête, soupira-t-il enfin.

— Vous êtes au courant pour l'autopsie ?

— On m'a informé, marmonna distraitement le procureur. Nous sommes de nouveau en haute mer, précisa-t-il avec résignation.

— Si tout avait été plus simple... Un coup de pistolet, ou de couteau, ou des coups de poing... mais là... bredouilla Soneri.

— Mais là, tout est possible, compléta Bergossi. Exactement comme au début.

Le commissaire raccrocha, déjà crevé de bon matin. Il feuilleta son agenda à la recherche du numéro d'Isernia.

— Tu me dis quoi de l'héroïne blanche ? questionna-t-il sans préambule.

— Qu'elle est en train d'envahir le marché.

— Elle coûte moins cher ?

— Aux producteurs et aux grossistes, pas sûr, mais s'ils ont décidé d'envahir le marché, c'est qu'ils y ont intérêt. Les toxicos se shootent moins, ils préfèrent sniffer. C'est plus facile, expliqua le collègue, lequel, après une petite pause, ajouta : Il y en avait aussi dans le ventre de ce clebs… Tu sais, celui que le *dottor* Piccirillo a adopté ?

— Et tu me le dis seulement maintenant ?

— Tu ne me l'as pas demandé, se défendit Isernia. Le proc' m'a dit qu'il t'avait déchargé de l'enquête… et puis, on ne l'a pas découvert tout de suite, quasiment par hasard : l'analyse de plusieurs échantillons a révélé que le dernier ovule contenait une substance légèrement différente. En l'examinant de plus près, on a vu qu'elle était un rien plus sombre, et moins brillante, avec des nuances tirant sur l'ivoire. Les résultats du labo nous l'ont ensuite confirmé.

— Oui, je suis au courant, coupa court Soneri.

— Tu vois ? tu ne m'écoutes pas ! Et après, tu te plains, protesta son collègue tandis que Soneri raccrochait pour s'adresser cette fois directement à Juvara : dès que tu reçois les fadettes de Bonaldi, tu m'appelles, lui recommanda-t-il.

Puis il sortit pour essayer de se débarrasser de son abrutissement en marchant à l'air libre. Mais la fébrilité et la frénésie de la ville le rebutèrent. Tout lui semblait exagéré, hurlé, contrastant avec sa torpeur. Il dériva vers les rues calmes le long des murs moisis réduits à des pissoirs jusqu'à ce que la sonnerie de son portable ne le tire de cette retraite.

— J'ai les fadettes, annonça Juvara.

— Elles disent quoi ?

— Que Bonaldi, la fameuse nuit du mercredi, a passé quatre coups de fil : trois au siège du parti, un à Ugolini.

— Ils ont veillé… marmonna le commissaire d'une voix suspicieuse.

— *Dottore*, on a aussi des appels reçus.

— Ah, dis-moi.

— Trois communications depuis le siège du parti, deux du portable de Laudadio.

— Laudadio ? répéta Soneri.

— J'ai vérifié. Le premier appel a borné sur le relais de Sala Baganza, le deuxième sur celui de Fragno, au-dessus de Calestano. Notre homme a dû se rendre à Chiosetto, supposa l'inspecteur.

— S'il était dans cette zone, c'est quasiment certain, en convint Soneri.

Il recevait enfin le coup de fouet dont il avait besoin pour sortir de la léthargie que lui avait valu son réveil en sursaut. Il retourna à la Questure, grimpa dans son Alfa et prit la direction de San Vitale.

Il roula en léchant la Baganza dont les eaux se cachaient au milieu de la grève à cause de l'hiver sec. Juste au-dessus de lui se devinait un ciel limpide, mais une brume fluctuante continuait d'envelopper la route. De kilomètre en kilomètre, il avait hâte de pouvoir percer cette coquille et d'apparaître à la lumière tel un poussin aveugle. Il finit cependant par se calmer à la vue du carrefour qui conduisait au domicile de Laudadio.

Il descendit de voiture, sonna, et avant qu'on ne lui réponde, vit arriver une moto. Il ne parvint pas à distinguer l'homme derrière sa visière, mais à sa corpulence, il sut qu'il s'agissait de celui qu'il cherchait. Il en eut la confirmation quand l'autre retira son casque, et tous deux se fixèrent avec résignation. Laudadio semblait tendu et affichait un masque de froideur inexpressif, quoiqu'un rien surpris. Il fit un signe et invita Soneri à le suivre. Ils s'installèrent dans cette même cage vitrée où stagnait une odeur de fumée.

— Vous avez du nouveau ? s'enquit l'homme qui avait parfaitement compris le but de la visite.

— Je n'aurais jamais imaginé que vous n'étiez qu'un simple dealeur, attaqua le commissaire. Je pensais que vous agissiez à un plus haut niveau.

— Je ne suis pas un dealeur.

— Vous ne vendez pas des ecstasys dans les boîtes de nuit, si c'est ce que vous voulez dire. Vous êtes chargé des personnes importantes. D'une clientèle business, le railla Soneri.

L'homme le scruta avec une rancœur cordiale. Il devinait à l'ironie du commissaire que celui-ci était au courant, toutefois, il n'avait pas encore établi de stratégie de défense.

— Vous me surestimez, je ne fais ni l'un ni l'autre.

— La nuit où le maire est mort, vous êtes parti d'ici pour vous rendre à Calestano. Vous me dites pourquoi, ou bien vous préférez attendre la transcription des écoutes de votre téléphone ?

Laudadio tapota sur la petite table et murmura quelque chose dans sa barbe que le commissaire ne parvint pas à déchiffrer. Peut-être un juron.

— Vous savez comment on se venge quand on se sent trahi, l'incita-t-il. Le reste, je m'en charge. Vous devez seulement raconter.

L'autre eut un rire rageur.

— Vous avez peur ?

L'homme répondit par un rictus plein d'arrogance même si, l'espace d'un court instant, le commissaire l'avait cueilli.

— D'accord, j'y suis allé ! s'exclama-t-il ensuite avec un air de défi.

Soneri, qui s'attendait à des aveux de repenti, fut déçu. Bien qu'il admît s'être rendu à Calestano, Laudadio n'irait pas plus loin. Il se sacrifiait afin de protéger les autres.

— C'est vous qui leur avez livré la drogue ?

— On m'a demandé de le faire. Je ne suis pas un dealeur.

— Vous n'étiez pas au courant du contenu de la livraison ?

— Qu'est-ce que j'en sais ? On m'a juste remis un paquet. Il ne sniffait pas de la coke ?

— Qui vous l'a remis ?

— Deux étrangers. Deux Roumains.

— Vous les connaissez ?

— Oui, ils travaillent pour l'organisation. Vos collègues les ont arrêtés après avoir trouvé le chien.

— Pourquoi ne sont-ils pas allés directement à Chiosetto ?

— Ils se sentaient sous surveillance, moins ils se montraient, mieux ça valait.

— Vous savez avec quelle drogue le maire est mort ?

— Je n'ai aucune idée de ce qu'il y avait dans le sachet. Et selon moi, les deux Roumains non plus.

— Et eux ? Qui leur a fourni la came ? s'impatienta Soneri en haussant le ton.

— Je connais juste les deux échelons au-dessus du mien. Ça marche comme ça, dans l'organisation, ça évite les mouchards.

— Jusqu'à Petrillo, je suppose.

L'homme le fixa sans trahir la moindre émotion tandis que le commissaire songeait que tout lui échappait encore. L'ennemi qui lui faisait face ressemblait au lézard qui, pour tromper son prédateur, abandonne un morceau de queue. Et maintenant, ce morceau de queue, c'était lui qui l'avait en main. Et qu'en ferait-il, de Laudadio ? Certes, Capuozzo s'en contenterait. Il irait même jusqu'à parler d'une brillante opération.

— Racontez-moi ce qui s'est passé, soupira Soneri avec lassitude.

— Petrillo m'a téléphoné pour me demander de livrer un paquet du côté de Calestano. Je suis allé réceptionner la marchandise dans un bar du quartier Montanara, où j'avais rendez-vous avec les deux Roumains. Ensuite, je suis revenu chez moi, j'ai prévenu Bonaldi, mais à Fragno, j'ai préféré le rappeler pour ne pas avoir de surprises. J'ai fait ma livraison, et je suis reparti. Je jure que j'ignorais ce qu'il y avait dans le paquet.

— Je vérifierai tout ça avec les transcriptions des écoutes, conclut le commissaire.

— Vous pourrez vérifier, rétorqua Laudadio en haussant les épaules.

En revenant à Parme, Soneri repensa à la stratégie du lézard : une tactique utilisée par les mafieux et les politiciens afin de protéger la face cachée de leur activité. Ainsi, Petrillo, Laudadio et Bonaldi, d'un côté, le maire et ses adjoints, de l'autre, formaient le morceau de la queue qu'on lui avait abandonné. Bergossi, qu'il avait appelé durant le trajet, avait comparé la tactique avec celle des organisations clandestines où chacun de ses membres n'en connaît pas plus de trois autres. À présent, la question principale était de savoir si le maire avait voulu mettre fin à ses jours, ou si on l'avait tué.

De retour au bureau, Juvara lui fit part des transcriptions des écoutes téléphoniques de Laudadio et de Bonaldi : elles confirmaient ce qu'il venait d'apprendre. Comme il rendait le dossier à l'inspecteur, on entendit un vrombissement, et la lumière intermittente des gyrophares teinta de bleu les murs du petit cloître préfectoral.

— Qu'est-ce qui se passe ?

— Visite du garde des Sceaux et de sous-secrétaires d'État, l'informa Juvara. Une réunion est prévue avec le préfet, suivie d'une rencontre avec les représentants de la droite à l'hôtel Stendhal. Bergossi, comme vous le savez, a déjà sur le dos les inspecteurs du ministère.

— Tu vois ce que je te disais ? Ils vont bloquer l'enquête. Ils n'ont pas digéré la mise en examen du secrétaire régional, ni les arrestations.

— La découverte du corps du maire leur a fait perdre la tête.

— Ils comptaient sur le temps pour étouffer l'affaire. Ils savent que les gens ont la mémoire courte.

Sur le bureau, il trouva les journaux qui martelaient en première page la contre-offensive de la droite à l'égard du parquet. Tout se précipitait. On entendit des hurlements résonner du côté de la via Repubblica et de la piazza Garibaldi.

— C'est le *Calcinculo day*[13], organisé par les mouvements à l'occasion de la visite du ministre, l'informa

13 La « journée des coups de pied au cul » : allusion au *Vaffanculo day* – la « journée du "Allez-vous faire foutre" » –, organisée plusieurs années de suite par le comique italien Beppe Grillo avant la création, en 2009, du Mouvement 5 étoiles. Lors des élections municipales de 2012, quatre villes porteront à leur tête un de ses candidats, parmi lesquelles la ville de Parme.

Juvara. Je ne comprends pas très bien ce qu'ils veulent, à part qu'ils sont antiparti : ils ont envie de faire place nette.

Soneri se sentit en plein désarroi, totalement déphasé. Il ne comprenait plus ce qu'il se passait, hormis que tout s'en allait à vau-l'eau : la politique, l'enquête, lui-même.

Il entendit vaguement Juvara qui disait :

— Bah, ce n'est pas plus mal s'ils dégagent tous, non ? Les politiques sont tous pareils, tous des escrocs et des voleurs. On a besoin de nouvelles têtes issues de la société…

Des mots qu'il avait entendu rebattre des milliers de fois. Mais la société était faite d'Ugolini, de Capuozzo, et des centaines d'indifférents qui s'agitaient pour essayer de tirer avantage des disgrâces de ceux qu'ils élisaient depuis des années. Et voilà que ce mot aussi impérieux qu'un haut-le-cœur remontait brusquement à la surface : le contexte. Le contexte était pourri. Et la moisissure politique qui le recouvrait, le fruit de sa décomposition.

Lorsque Bergossi le reçut afin de lui annoncer qu'on l'enverrait dans quelques mois en retraite anticipée, il alla droit au but :

— Dans un monde tel que le nôtre, la moitié des individus devrait être en prison. Au minimum, pour connivence. La délinquance est aux manettes. La grande, comme les banques et la finance, a imposé ses lois pour continuer d'agir sans que nous la gênions le moins du monde. Et le menu fretin doit supporter nos mises en scène pour donner l'impression aux gens qu'une justice existe. Nous aussi sommes acteurs de cette comédie, en quelque sorte, mais ça ne m'amuse plus. Au moins, nous n'avons rien à nous reprocher, car nous nous sommes dépensés sans compter, termina-t-il en frappant des deux mains sur la table.

Pour Soneri, un geste qui sonna comme le solennel, dramatique final d'une symphonie.

Ils gardèrent le silence pendant quelques instants. Le commissaire, un peu abasourdi, le procureur, avec un petit sourire amer. On eût pu penser à Socrate devant la coupe empoisonnée.

— De quelle manière pourra-t-on en sortir ? balbutia Soneri comme s'il se parlait à lui-même.

— Grâce à une dictature de la minorité honnête, répondit Bergossi en conservant son petit sourire. Mais l'événement est rare, et bien souvent, tragique. Je ne sais pas s'il faut l'espérer, dans tous les cas, le prix serait très élevé.

Ils se levèrent en même temps et se serrèrent la main. S'ensuivit une approbation tacite, et sans plus prononcer un mot, ils prirent congé l'un de l'autre.

Un peu plus tard, Soneri appela Angela. Tandis qu'il attendait qu'elle lui réponde, il éprouva un mélange d'humiliation, d'impuissance, de rage et de dégoût. Curieusement, il pensa qu'une femme violée devait éprouver la même chose.

— Ce soir, je t'emmène au *Milord*, annonça le commissaire.

— Tu n'es pas occupé ?

— Non, à partir de maintenant, je suis libre : j'ai terminé.

Le silence de sa compagne lui parut éloquent.

— J'ai vu, dit-elle. Tu t'y attendais, non ?

— C'est une chose de s'y attendre, une autre de le vivre. Tu as toujours un petit espoir.

— Allez, reprit Angela en essayant de passer à autre chose, ce soir, on se fait une bonne bouffe et on picole un peu. Enfin, pas trop.

— Soit on boit, soit on ne boit pas.

— Va pour une petite cuite, adjugea-t-elle.

— J'ai besoin de te voir, dit soudain Soneri. De dormir avec toi.

Il l'entendit rire doucement, et visualisa son visage. C'était cela, bien se connaître.

— D'accord, répondit Angela. Au moins, ce qu'il y a de positif avec ton métier, c'est qu'on finit par se retrouver.

Le commissaire se sentit soulagé. Il le fut également quand Juvara l'informa que Capuozzo avait tenu un point-presse pour annoncer la résolution de la totalité des affaires en cours. Un funeste trafic de drogue avait été démantelé grâce à la découverte d'un moyen de transport à la fois ingénieux et cruel – des ventres de chiens –, malheureusement, personne n'avait pu empêcher l'héroïne blanche de faire plusieurs victimes, parmi lesquelles le maire. Laudadio et Petrillo étaient accusés de trafic de stupéfiants en bande organisée, et des dealeurs étrangers avaient été interpelés. Enfin, Petrillo et d'autres employés de L'Éternelle seraient prévenus du chef de dissimulation de cadavre. La corruption au sein de la municipalité, qui avait poussé Corbellini à préparer sa fuite, avait été vaincue, et pour finir, c'était le maire qui l'avait payée de plein fouet.

— *Dottore*, mission accomplie, on dirait, ironisa Juvara. On nous a même félicités.

— Tu connais la stratégie du lézard ?

L'inspecteur s'étonna et ne répondit rien, puis il voulut comprendre :

— Non. C'est quoi ? Un film ?

— C'est bon, laisse tomber, abrégea Soneri en raccrochant.

Il oublia tout quand il fut chez Alceste avec Angela. Ils avaient décidé de se faire plaisir et commencèrent par une assiette de *culatello*. Puis ce fut au tour d'un brelan de *tortelli*, suivi d'un plat de tripes. Ils vidèrent une bouteille de gutturnio, et firent le choix, pour le dessert, d'accompagner le millefeuille et la *sbrisolona*[14] d'une bouteille de malvasia. Enfin, ils se laissèrent tenter par une liqueur à l'herbe Luigia[15] qu'Alceste servait semi-glacée, et l'euphorie qu'ils éprouvèrent fit s'envoler toutes leurs pensées.

— Le bonheur est un truc chimique, proclama Soneri.

— Si le remède, c'est de boire un petit verre, je veux bien me soigner, ricana Angela, en proie à la folie intermittente qui précédait l'ivresse. (Ses yeux brillaient de curiosité.) D'après toi, qu'est-ce qui s'est passé ? demanda-t-elle tout en sirotant sa liqueur. Raconte : en plus de te libérer l'esprit, ça t'aidera à trancher. Je sais que ta version des faits sera proche de la réalité.

Le commissaire fit tourner plusieurs fois son verre entre ses doigts, ne sachant par où commencer.

— C'est vrai, tu es en droit de savoir. Tout a commencé avec toi, et tout se termine avec toi, sourit-il.

— Je n'y suis pour rien…

— Si, au contraire. C'est toi qui m'as demandé de passer voir Adelaide à cause des musiquettes qu'elle entendait en bas de chez elle.

14 Spécialité de Mantoue à base d'amandes ou de noix dont la pâte sablée s'émiette facilement.

15 Liqueur à base de verveine odorante (dite *erba Luigia*, en hommage à Marie-Louise de Bourbon-Parme).

Angela haussa les épaules, mais elle riait. Tout paraissait léger.

— Au même moment, je découvre le corps de Romagnoli dans les escaliers de la clinique, mais je ne fais aucun rapprochement avec les sonneries de la digue. Ensuite, je vais sur la grève, et je trouve des empreintes de chien, ça m'interpelle, et quand j'observe le vieux limier de Valmarini, je comprends que d'autres chiens se baladent dans le coin. J'apprends ensuite que le vieux tenait des propos incohérents sur des chiens éventrés : est-ce qu'il risquait d'ébruiter des choses qu'il ne fallait surtout pas dire ? Plus tard, j'apprends que Romagnoli est le factotum du maire, et son livreur de drogue. Je comprends que les trafiquants contraignent Zunarelli, le vieil ami de Romagnoli avec lequel il partageait la passion des chiens de chasse, à régler le problème. Lui-même étant au bord de la faillite et victime de chantage, il accepte assez rapidement : il a seulement accompagné la démence de Romagnoli en direction de l'épilogue.

— On pourrait parler de provocation au suicide, aggravée par le fait que la personne est vulnérable, fit noter Angela.

— Peut-être… mais comment le prouver ? Dans cette histoire, pas d'assassin identifié, juste un ensemble d'individus et de circonstances. Autrement dit… s'interrompit soudain le commissaire qui, sans doute à cause de l'alcool, ne trouvait plus ses mots : le contexte. Les victimes sentent peu à peu l'étau se resserrer sans savoir contre qui lutter. L'ennemi est pluriel, anonyme. Alors elles se débattent, mais comme elles ne font face qu'à un seul interlocuteur, elles ne résolvent rien. Une fois qu'elles l'ont compris, elles se sentent impuissantes, ou libres d'abréger leur agonie.

— Je n'arrive pas à comprendre si c'est parce qu'elles ne savent plus distinguer le bien du mal ou si c'est parce que la justice est morte, commenta Angela.

— Ce qui est mort, c'est la confiance en l'être humain, c'est encore pire, murmura le commissaire.

— Continue, l'exhorta sa compagne.

Soneri but une gorgée de liqueur.

— En suivant la piste des chiens, j'arrive à San Vitale, chez Zunarelli, le maillon qui sert de passerelle entre les trafiquants mafieux et les élus. À propos du trafic, je pourrais presque affirmer qu'ils ont investi une partie des profits dans des entreprises parmesanes, y compris dans celle d'Ugolini, chef indiscuté de la droite, et collaborateur direct de la Camorra. Je pense aussi qu'ils en ont injecté dans L'Éternelle pour qu'elle prenne le contrôle sur les cimetières d'Émilie et de Campanie. Un mécanisme parfait qui se grippe à cause d'un imprévu. Une loi non démontrable en laquelle croit aveuglément Bergossi : le hasard.

— À part le rôle de mule que jouait Romagnoli, je sais déjà tout ça, s'impatienta Angela. Le chien qui se révolte et qui s'enfuit en obéissant à son instinct de liberté. Du reste, je trouve révélateur que ce soit un animal, et pas un homme, qui s'affranchisse de son esclavage. Quand on y réfléchit, c'est le seul, dans cette affaire.

— C'est vrai. Une force indomptée, comme les mythes auxquels on a cru, dit Soneri en riant. Donc : ce chien met au jour un moyen de transport cruel, un être vivant faisant office de contenant à usage unique, pour convoyer de la drogue. L'argent n'est-il pas supérieur à tout ? La Camorra en remue à la pelle, et achète tout ce qu'elle veut : des entreprises avec de faux représentants, l'avocat Righetti, ou des entrepreneurs vaseux de la région de

Parme. Ensuite, elle impose son petit empire respectable et le met à l'abri des lois grâce à la politique. Corbellini ne répondait plus à ses électeurs, mais à ces potentats à qui il donnait son feu vert pour saccager la ville. Nous sommes gouvernés par une oligarchie dont la force est soumise aux intérêts les plus abjects. Et nous, on sert à quoi ? Tu peux me le dire ? On arrête Petrillo et Laudadio, quelques adjoints et deux dealeurs.

— Mais le maire s'est fait descendre, ou il s'est liquidé lui-même ? questionna Angela qui essayait de revenir sur les rails de l'enquête, bien qu'elle se rendît compte que c'était justement l'enquête qui l'entraînait sur des considérations plus générales.

— D'après moi, on l'a liquidé parce qu'il risquait de tout balancer. Il était désormais incontrôlable. Mais on ne pourra jamais le prouver. Il sniffait depuis des années, ils pourront toujours dire qu'il s'agissait d'un accident, qu'il a voulu tester cette héroïne par envie de nouveauté. Corbellini était un homme fragile, et ils connaissaient son point faible. Au pire, ils accuseront des dealeurs étrangers, peut-être même qu'ils mettront Bonaldi dans le pétrin.

— Une histoire de morts sans assassins… constata Angela. Un mort de froid, un suicidé, une overdose plus que suspecte.

— Je t'ai dit qui était l'assassin : le contexte, répéta Soneri. Et le contexte, on ne peut pas l'arrêter. On pourrait réformer, mais ce serait un travail de longue haleine, si ça se trouve, inutile. Dans tous les cas, ce n'est pas de la compétence des flics.

— C'est dur…

— C'est dur d'avoir de la pourriture sous le nez et de ne rien pouvoir faire, à part de vaporiser un peu de désodorisant. Capuozzo désodorise, et moi aussi, au fond, et tu sais combien ça me pèse de faire le même métier que Capuozzo ?

— L'important est de savoir jusqu'où tout est faussé. C'est déjà quelque chose, tu ne crois pas ? dit Angela.

— C'est déjà quelque chose, reconnut-il du bout des lèvres.

Ils sortirent du *Milord* et s'étreignirent dans le brouillard. Le commissaire essaya de se persuader que la réalité disparaîtrait dans le corps d'Angela. Ainsi, il pourrait croire à la beauté du monde.

FIN

La traductrice :
Florence Rigollet est traductrice depuis huit ans. Outre les enquêtes du commissaire Soneri, elle a traduit entre autres les mémoires d'Ugo Tognazzi, ceux d'Ennio Morricone et de nombreux articles.

Bibliographie sélective :
Asia Argento, *Anatomie d'un cœur sauvage*, Hors Collection, 2021.

Goffredo Fofi, « Un héros marginal », postface à sa traduction italienne de *Codine*, de Panaït Istrati (*Il Bruto,* e/o Edizioni), parue dans la revue *Le Haïdouc*, n° 14/15,

2017/2018.

Ennio Morricone, *Ma musique, ma vie – Entretiens avec Alessandro De Rosa*, Séguier, 2018.

Ugo Tognazzi, *La Grande Bouffe d'Ugo Tognazzi*, Séguier, 2016.

Valerio Varesi, *La Pension de la via Saffi*, Agullo Éditions, 2017 ; *Les Mains vides*, Agullo Éditions, 2019 ; *Or, encens et poussière*, Agullo Éditions, 2020 ; *La Maison du commandant*, Agullo Éditions, 2021 ; *La Main de Dieu*, Agullo Éditions, 2022 ; *Ce n'est qu'un début, commissaire Soneri*, Agullo Éditions, 2023.

Déjà parus chez
Agullo Noir

Arpád Soltész
Colère
Le Bal des porcs
Il était une fois dans l'Est

Alexandre Courban
Passage de l'Avenir, 1934

Magdalena Parys
Le Prince
Le Magicien
188 mètres sous Berlin

Maryla Szymiczkowa
Le Rideau déchiré
Madame Mohr a disparu

Miguel Szymanski
La Grande Pagode
Château de cartes

Jurica Pavičić
L'Eau rouge

Valerio Varesi
Ce n'est qu'un début, commissaire Soneri
La Main de Dieu
La Maison du commandant
Or, Encens et Poussière
Les Mains vides
Les Ombres de Montelupo
La Pension de la via Saffi
Le Fleuve des brumes

Frédéric Paulin
La Nuit tombée sur nos âmes
La Fabrique de la terreur
Prémices de la chute
La Guerre est une ruse

Wojciech Chmielarz
Les Ombres
La Cité des rêves
La Colombienne
La Ferme aux poupées
Pyromane

Bogdan Teodorescu
Spada

Déjà parus chez
Agullo Fiction

Magdaléna Platzová
La vie après Kafka
Le Saut d'Aaron

Dragan Velikić
Bonavia
La Fenêtre russe
Le Cahier volé à Vinkovci

Yan Lespoux
Pour mourir, le monde

Soufiane Khaloua
La Vallée des Lazhars

Faruk Šehić
Le Livre de l'Una

Sigbjørn Skåden
Veiller sur ceux qui dorment

Jurica Pavičić
La Femme du deuxième étage

Laura Mancini
Rien pour elle

Osvalds Zebris
À l'ombre de la
Butte-aux-Coqs

Astrid Monet
Soleil de cendres

Maria Galina
Autochtones
L'Organisation

Joe Meno
La Crête des damnés
Le Blues de La Harpie
Prodiges et Miracles

Viliam Klimacek
Bratislava 68, été brûlant

Bogdan Teodorescu
Le dictateur qui ne voulait
pas mourir

Dmitri Lipskerov
Léonid doit mourir
L'Outil et les Papillons
Le Dernier Rêve de la raison

Jaroslav Melnik
Espace Lointain

Saad Z. Hossain
Djinn City
Bagdad, la grande évasion !

S.G. Browne
Héros secondaires
La destinée, la Mort et moi,
comment j'ai conjuré le sort

Vladimir Lortchenkov
Le Dernier Amour du
lieutenant Petrescu

Anna Starobinets
Refuge 3/9

Rui Zink
Le Terroriste joyeux
L'Installation de la peur

Déjà parus chez Agullo Court

Thóra Hjörleifsdóttir
Magma

Michalis Makropoulos
Eau noire

Maria Galina
L'Invisible est lumineux

Jurica Pavičić
Le Collectionneur de serpents

Rui Zink
L'Installation de la peur (nouvelle édition augmentée)

Maja Thrane
Petit Traité de taxidermie

Sigbjørn Skåden
Oiseau

Asja Bakić
Mars

Yan Lespoux
Presqu'îles

Achevé d'imprimer en mars 2024
sur les presses de l'Imprimerie CPI Bussière
à Saint-Amand-Montrond (18200)
pour le compte de Agullo Éditions.

ISSN : 2551-5853
ISBN : 978-2-38246-115-0
Dépôt légal : Avril 2024
Numéro d'impression : 2076800